# INCA

**

## L'OR DE CUZCO

DU MÊME AUTEUR
*CHEZ POCKET*

*Inca*

1. PRINCESSE DU SOLEIL
3. LA LUMIÈRE DU MACHU PICCHU

ANTOINE B. DANIEL

# INCA

**

# L'OR DE CUZCO

XO
EDITIONS

ISBN : 2-266-11676-2

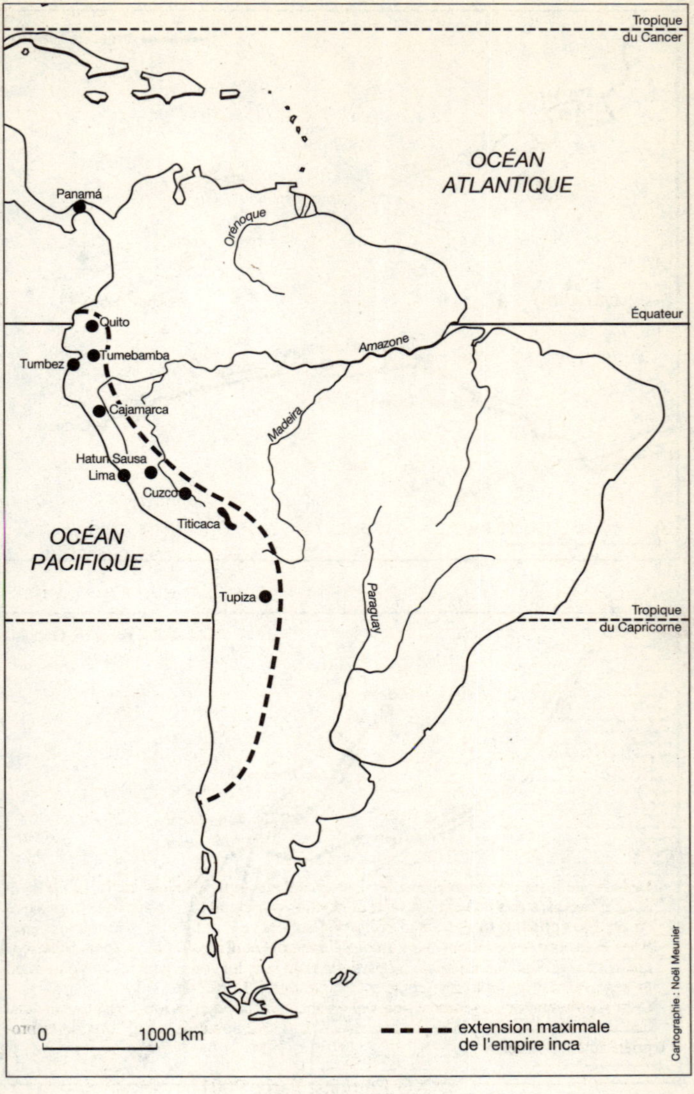
Tropique
du Cancer
OCÉAN
ATLANTIQUE
Panamá
Orénoque
Équateur
Quito
Tumebamba
Tumbez
Amazone
Cajamarca
Madeira
Hatun Sausa
Lima
Cuzco
Titicaca
OCÉAN
PACIFIQUE
Tupiza
Paraguay
Tropique
du Capricorne
0
1000 km
extension maximale
de l'empire inca
Cartographie : Noël Meunier

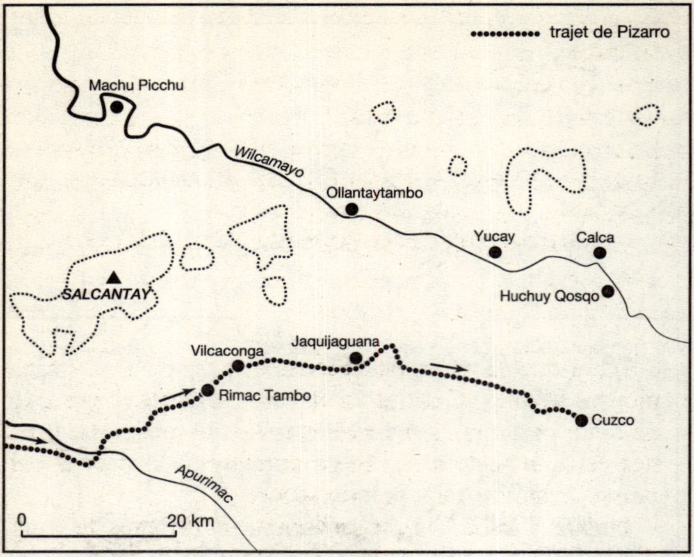
trajet de Pizarro
Machu Picchu
Wilcamayo
Ollantaytambo
Yucay
Calca
Huchuy Qosqo
SALCANTAY
Jaquijaguana
Vilcaconga
Rimac Tambo
Cuzco
Apurimac
0
20 km

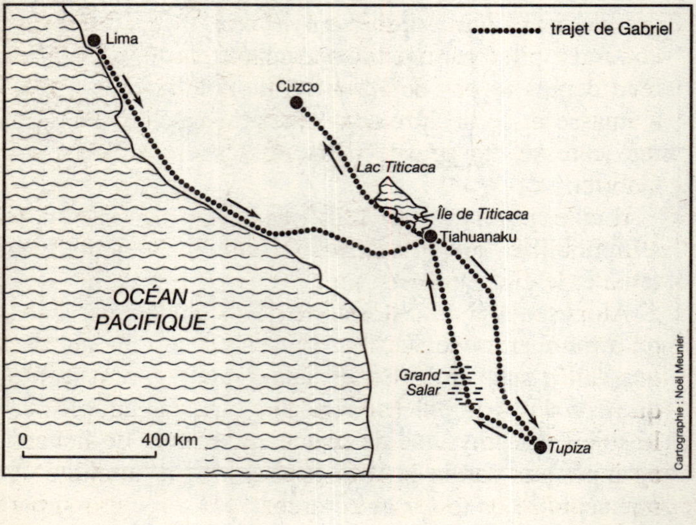
trajet de Gabriel
Lima
Cuzco
Lac Titicaca
Île de Titicaca
Tiahuanaku
OCÉAN
PACIFIQUE
Grand
Salar
Tupiza
0
400 km
Cartographie : Noël Meunier

# PROLOGUE

## Cordillère de Huayllas, 5 avril 1533

La bride à la main, posant avec soin ses bottes sur les pierres friables, Gabriel va devant, seulement précédé de deux porteurs charriant des toiles de tentes. Le sentier est tout juste assez large pour que son cheval bai puisse le suivre sans prendre peur.

Depuis l'aube, ils progressent sans repères le long d'une falaise. La brume est si épaisse qu'ils ne peuvent voir ni le ciel ni le fleuve dont ils entendent l'énorme grondement, loin au-dessous d'eux. Mais soudain, comme aspirée par une bouche géante, la brume se soulève depuis le bas de l'à-pic. Elle s'étire, tour à tour s'amasse et se déchire aux arêtes des roches. Pareil à une caresse, un souffle tiède glisse sur le visage de Gabriel.

Il cille, pose une main sur l'épaule de son cheval et s'immobilise. En un instant, la lumière devient éclatante et le ciel d'un bleu pur.

Alors seulement, il découvre qu'ils ne sont parvenus qu'à mi-chemin de l'abîme. Le sentier ne remonte pas une vallée mais une fracture dans la montagne, si étroite que l'on dirait qu'une hache géante s'y est abattue. Sous le soleil, une myriade de plantes grasses et de lichens agrippés aux parois de la falaise scintille d'humidité. À une centaine de toises en contrebas, le fleuve grossi par les pluies des jours précédents gronde comme un fauve, éventré de remous. Il est si plein de terre et de graviers arrachés aux rives que ses eaux sont devenues ocre sombre, aussi épaisses que la boue dont on fait les torchis. Çà et là, elles charrient des troncs, des branches, des paquets d'herbes ou des amas d'orchidées et de *cantutas*.

D'un regard derrière lui, comme un serpentin coloré sur le fond de roche verdâtre, Gabriel voit désormais la longue colonne qui le suit à quelque distance. Une centaine de porteurs ployant sous des charges d'or, presque autant de lamas, bâtés comme des ânes, derrière eux des Espagnols tirant leurs chevaux par la bride, le plumet rouge sang du morion incrusté d'argent d'Hernando Pizarro et, enfin, la grosse civière de leur « invité » de choix, le général inca Chalkuchimac.

Voilà maintenant cinq semaines qu'il a quitté Cajamarca pour rejoindre Hernando parti dans le Sud chercher de l'or, le plus d'or possible. Ils sont de retour, leur mission parfaitement accomplie et mieux encore.

À sa manière, roublarde autant que violente, ne rechignant pas plus aux coups qu'aux mensonges, Hernando a convaincu le premier des généraux de l'Inca prisonnier Atahuallpa de se joindre à eux. Ainsi Chalkuchimac, le guerrier inca qu'on dit le plus terrible, les suit dans sa litière jusqu'à Cajamarca afin de rejoindre son maître. C'est à peine si vingt de ses soldats l'escortent ! Malgré son mépris chaque jour plus vif envers le comportement d'Hernando, Gabriel ne peut qu'apprécier l'exploit. Cette manière de capture pacifique du général inca apaisera, peut-être, les craintes perpétuelles de la troupe. Depuis ce que les Espagnols entre eux se plaisent à appeler la Grande Bataille de novembre, pas un soldat ne se lève le matin sans craindre d'avoir à affronter une attaque de l'armée d'Atahuallpa, que les rumeurs disent encore nombreuse et puissante…

— Holà ! grogne Pedro le Grec dans le dos de Gabriel, Monseigneur daignerait-il avancer ou devons-nous rester fixés dans le paysage jusqu'à la Noël ?

Gabriel sourit sans répliquer. Le géant grec est grincheux depuis le matin. Comme beaucoup, il est fatigué de tirer son cheval plutôt que de le chevaucher ! À moins que n'avoir pas à ses côtés son inséparable compagnon, le Noir Sebastian, qui marche un peu plus loin dans la colonne, ne soit cause de sa méchante humeur.

Ils se remettent en marche avec prudence, tenant la bride de leur monture toute proche du mors afin d'éviter les écarts.

Un moment ils montent régulièrement, heureux de sentir enfin le soleil leur chauffer le visage. Et puis une ombre, brièvement, le masque, file comme un trait noir sur les flancs de la falaise.

Gabriel lève le visage : un énorme oiseau plane dans l'échancrure du cañon avec une lenteur mesurée, sans un coup d'aile. Bien qu'il soit haut, il paraît gigantesque.

Demi-journée par demi-journée, Gabriel décompte le temps, infiniment trop lent, qui le tient encore éloigné d'Anamaya. Il scrute chaque crête de montagne en espérant, contre toute logique, que ce sera la dernière et qu'enfin ils vont redescendre vers Cajamarca.

Tout d'elle lui manque, sa voix, sa bouche, sa nuque, son parfum d'herbe sèche et de fleur poivrée. Il voudrait baiser ses épaules et son ventre, mais sa bouche ne respire que le froid de la montagne. La nuit, il se réveille comme s'il attendait ses caresses, ses chuchotements, le bleu immense de son regard lorsqu'ils font l'amour. Il rêve de son corps qu'elle a l'art de lui cacher et de lui livrer en même temps, de sa douceur sauvage, de cette manière qu'elle a d'incliner la tête en fermant à demi les paupières quand il lui chuchote qu'il l'aime.

Il rit au souvenir de sa timidité lorsqu'il lui a appris ce mot dans la langue de l'Espagne.

Il se lève, transi, et va attendre l'aube, enveloppé dans une couverture humide. À travers les brumes et les pluies, dans la crête des montagnes et les courbes des vallées, il veut la retrouver, elle. Alors ce Pérou, pays aussi étrange qu'une étoile piquée dans le ciel, lui semble magnifique car c'est le sien, à elle. Et parfois, au cours des longues marches de la journée, il observe les yeux sombres et craintifs des porteurs, cherchant à déchiffrer quelque chose d'elle dans leurs traits.

— Hé ! le rêveur, gronde brusquement Pedro de Candia dans son dos en pointant son doigt ganté, regarde un peu ce qui nous attend !

À trois cents pas devant, dans une courbe du fleuve et un peu en contrebas, un pont de cordages relie les deux faces abruptes du cañon. Un pont si long qu'il pend comme un collier sur une poitrine creuse.

Gabriel ralentit le pas. Le géant grec, les joues blanchies sous sa barbe drue, le rejoint en grommelant :

— Je n'aime pas ça. Et les chevaux vont aimer encore moins que moi !

Gabriel, sans l'entendre, siffle entre ses dents, admiratif.

— Par Santiago ! Comment ont-ils fait pour construire ça ! s'exclame-t-il.

— Voilà bien une question dont je me contrefous, compagnon ! Demande-toi plutôt comment tu vas passer là-dessus et si ça va tenir…

— En posant un pied devant l'autre, je suppose, se moque Gabriel. Aurais-tu peur, le Grec ?

— Je n'ai pas peur. Je n'aime pas ça !

— Ma foi, mon ami, je crains qu'il ne te reste qu'à essayer d'aimer ! Ou à transformer ton cheval en Pégase…

Pedro fait une moue sans conviction.

Alors qu'ils progressent de nouveau le long de la falaise, ils découvrent à l'extrémité du chemin les piliers monumentaux où sont fixés les cordages du pont. Finement tressés brin par brin, ils ont la taille d'une cuisse d'homme. Tout un appareillage de cordes et de nœuds forme les rambardes de l'ouvrage, plus large que les chemins qu'ils viennent d'emprunter.

Gabriel demeure un instant pétrifié d'admiration. Les ouvriers et architectes incas, ne possédant aucun outil de fer, ni scie, ni gouge, ni rabot, sont cependant parvenus à une construction aussi élégante que pratique. Trois des énormes cordes soutiennent un tablier de rondins minutieusement agencés. Afin de rendre la surface moins glissante et dangereuse, de fins branchages sont assemblés au-dessus des rondins, égalisant leur surface.

— Par la Sainte Vierge, maugrée Candia. Regarde !... Regarde, Gabriel, il bouge ! Il se creuse...

C'est vrai, constate Gabriel. La masse en est lourde, c'est une véritable pente qui descend vers le fleuve grondant loin dessous, et elle oscille doucement sous l'effet du vent, pourtant peu violent.

— Je te dis que jamais ça ne tiendra sous le poids des chevaux ! insiste Pedro.

— Holà, le Grec ! Je t'ai connu plus vaillant ! Vois la taille des cordes et le poids des troncs, c'est du solide...

De l'autre côté, des gardes indiens apparaissent. Le reste de la troupe commence à les rejoindre et les porteurs attendent dans une attitude de nonchalance, où la curiosité pointe sous l'apathie, que les Étrangers fassent les premiers pas avec leurs chevaux.

Gabriel ôte le long foulard bleu, couleur des yeux d'Anamaya, qui ne quitte plus son cou et commence à le nouer sur le front de son cheval bai.

— Fais comme moi, Pedro ! lance-t-il. Aveugle ton cheval, qu'il ne voie pas le vide ni le fleuve...

Prudemment, tenant haut la bride du bai, lui murmurant des paroles qui le réconfortent lui-même, Gabriel s'engage entre les piliers. En quelques pas, il est au-dessus du vide. Plus il avance, plus le grondement du fleuve devient violent, pareil à un aboiement continu qui monte de l'abîme.

D'un coup d'œil entre les cordages, il voit la colonne, la litière du général inca, le plumet du casque d'Hernando, qui parviennent à l'orée du pont. Chacun le guette. Il hurle :

— Suis-moi, Pedro, tout va bien !

— Je suis déjà derrière toi ! gueule Candia de sa voix de stentor. Ne crois pas que je vais te laisser faire le héros tout seul !

Gabriel sourit et accroît un peu la rapidité de son pas. Le bai suit bien, en confiance sous sa main. Ils descendent aisément vers le point le plus bas du pont. Il semble même que la pente s'accroisse. Gabriel doit rejeter ses épaules en arrière, comme s'il enfonçait à chaque pas le talon de sa botte dans un fond vaseux au lieu de ce lit de branchages. De sa main gauche, il s'agrippe aux cordes rêches, tandis que les sabots du cheval ripent et découvrent les rondins.

Le vacarme du fleuve devient assourdissant. On en voit le roulement de boue, les vagues énormes qui se brisent sur les roches en explosion d'écume si violente qu'une sorte de bruine s'élève dans cette partie du cañon.

Un bruit sourd, un cri, lui parviennent alors. Son bai lui heurte l'épaule en soufflant bruyamment. Gabriel se retourne à l'instant où il entend le braillement de Pedro :

— Crédieu de saloperie de pont !

Pour un peu, Gabriel rirait. Le Grec a glissé, s'étalant sur le cul, une botte déjà dans le vide. Mais sa main n'a pas lâché la bride de son cheval et la bête, le cou arqué, les antérieurs piochant, retient le maître.

Basculant sur le côté, Candia attrape un cordage et se remet sur les genoux en soufflant. La plume rose de son morion, cassée net, glisse et s'envole dans le vide en tournoyant doucement. Il lui faut longtemps pour être avalée par la fureur du fleuve.

— Ça va ? demande Gabriel.

— Et pourquoi donc ça n'irait pas ? gueule Candia.

Là-haut, à l'entrée du pont, Gabriel voit Hernando, entouré de ses affidés, qui sourit. Même à distance, même dans l'ombre de la barbe, il devine le mépris haineux de ce sourire.

— On continue, gronde-t-il pour lui-même.

Mais l'incident a changé l'équilibre du pont et semble l'avoir étrangement rendu vivant. Au ballant de droite et de gauche s'ajoute un bizarre mouvement de vague, comme si le tablier du pont soudain était saisi par une houle. Plus ils s'avancent, plus cela devient violent. À chaque crêt de la vague, à chaque secousse, le bai marque une hésitation. Gabriel tire sur la bride mais la nausée le gagne. En un instant, la sueur lui plaque la chemise et le pourpoint aux côtes.

Et puis tout cesse d'un coup. Ils sont assez proches de l'autre rive pour que les cordes se tendent. Les gardes indiens leur sourient. La nausée lui soulevant les entrailles et le cœur dans la bouche, Gabriel presse le pas et achève la traversée presque au pas de course. Sans même s'en rendre compte, il hurle comme dans une charge à l'épée. Les gardes indiens cessent de sourire et disparaissent en courant dans un groupe de bâtisses entourées d'un mur.

Le Grec le rejoint sur la vaste plate-forme située au débouché du pont et ils s'embrassent avec de grands rires en se donnant des claques sur les épaules.

*

Presque une heure durant, les lamas et les porteurs indiens franchissent le pont sans encombre. L'adresse des porteurs de la litière du général inca est stupéfiante. Ils semblent littéralement glisser le long des cordes, insouciants du tangage. La litière elle-même demeure stable et horizontale, c'est à peine si ses tentures vacillent.

Quant aux cavaliers et fantassins espagnols, leur adresse est inégale. Ils s'encouragent avec de grands cris inutiles et leurs gestes manquent de la mesure et de la précision des Indiens. Certains vomissent sur le pont lui-même ; la plupart arrivent pâles sur l'autre rive.

Sebastian traverse sans encombre et vient se poster auprès de ses deux amis, les saluant d'un simple clignement de l'œil.

Le soleil est bientôt à son zénith. Une légère brise disperse les derniers nuages encombrant l'ouest de la vallée. Sous la violence de la lumière, les verts des arbustes acquièrent une profondeur d'émeraude. Zébrant le bleu intense du ciel, ce n'est plus un condor, mais deux, trois, dix qui tournoient dans un ballet majestueux. Gabriel ne peut s'empêcher de les admirer, ravi de les voir s'approcher de plus en plus. Il devine mieux leur cou long, le bec énorme, recourbé comme un coutelas de Turc. Mais ce sont leurs ailes, surtout, qui impressionnent. D'un noir absolu, reflétant le soleil comme des plaques d'acier damassé immenses, elles semblent demeurer éternellement immobiles, seulement frémissant sur les souffles de l'air. Pour ce que Gabriel peut en juger, l'envergure des plus grands condors dépasse aisément la longueur d'un cheval !

Insensiblement, leur tournoiement prend de l'ampleur. S'inclinant dans des courbes plus sèches, ils vont plus loin en amont du fleuve. Ils reviennent, si bas que, soudain, malgré le bruit des eaux, on entend une manière de crissement vibrer dans l'air.

Les derniers porteurs à franchir le pont sont à mi-chemin lorsque cela se produit.

Par couples, une longue tige de bambou posée sur l'épaule et d'où pendent des carcasses de jeunes lamas dont les Espagnols aiment faire leurs festins, une dizaine d'Indiens s'avancent avec prudence. Ils ont déjà bien progressé et pris le rythme de l'ondulation du pont, sauf une paire de traînards qui semblent avoir du mal à garder leur équilibre.

Soudain, les premiers porteurs interrompent leur progression, le visage levé vers le ciel, le regard inquiet. Alors, Gabriel comprend. L'un des condors glisse si bas, si proche des têtes des deux derniers porteurs que l'on croit qu'il va les heurter. Surpris, les deux Indiens lèvent les bras pour se protéger. La carcasse de lama bascule, tombe en tournant sur elle-même, aussitôt suivie d'un second condor, avant de s'abîmer dans les rapides.

Décrivant une courbe gracieuse, l'immense rapace reprend immédiatement de la hauteur, superbe et insolent, pour fondre de nouveau sur le pont. On le dirait furieux d'avoir laissé échapper sa proie. Ses congénères entrent à leur tour dans le ballet. L'un après l'autre, les ailes en avant, le cou rentré dans la collerette immaculée, ils piquent sur les porteurs maintenant couchés et qui hurlent de terreur.

Gabriel parvient enfin à les entendre :

— *Kuntur ! Kuntur !*

Sous le regard stupéfait de tous ceux qui sont sur la rive, deux Indiens brandissent les carcasses de lamas au-dessus des cordages.

Le dernier condor, majestueux, vient jusqu'à eux, si lentement que l'on croit qu'il va se poser. Il ouvre ses serres aux griffes aussi longues qu'une main d'homme, saisit sa proie et l'emporte dans le ciel.

Gabriel, le souffle court, entend le grondement qui

sort des bouches des Indiens tandis que les oiseaux disparaissent :

— *Kuntur ! Kuntur !*...

— Bon Dieu, qu'est-ce qui leur prend ? demande Pedro le Grec, les yeux encore écarquillés.

— Le condor est un animal sacré pour eux, explique Gabriel, les Incas voient en lui un messager de leur Dieu Soleil et...

Il n'a pas le temps d'en dire plus. Un rugissement de fureur le fait se retourner.

Hernando, à l'entrée du pont, insulte les porteurs qui arrivent en courant.

— Bande de foutus abrutis ! Vous avez peur des oiseaux ! Qui vous a donné le droit de jeter ces lamas ?

Les porteurs, la peur encore dans les yeux, s'immobilisent à quelques pas du frère du Gouverneur. Hernando attrape brusquement par l'épaule Felipillo, le traducteur qui les suit depuis le débarquement de Tumbez.

— Dis à ces singes que je ne veux pas qu'on gâche la nourriture ! ordonne-t-il.

Felipillo marmonne quelques mots. La tête basse, le plus âgé des Indiens répond de manière presque inaudible :

— Ils disent qu'il faut nourrir le condor quand il a faim, sinon le Dieu Soleil sera en colère !

— Cré nom de sauvages ! hurle Hernando. Nourrir les oiseaux, et quoi encore ? Je vous en foutrai, moi, de la colère du soleil ! C'est ma colère à moi que vous allez connaître...

En trois pas, Hernando repasse sous les piliers, agrippe le vieux porteur et, d'un mouvement de hanche, le soulève et le balance par-dessus les cordages du pont avec un ahan de bûcheron.

N'en croyant pas ses yeux, Gabriel voit la stupeur sur les visages, la main grande ouverte du porteur qui bascule dans le vide, sa bouche béante sur un cri qui ne vient pas. Puis l'homme n'est plus qu'un pantin qui gesticule. Il heurte une arête de roche qui le projette comme une pâte molle dans le fleuve. Il y disparaît comme s'il n'avait jamais existé.

Dans le silence, Hernando se retourne vers les Espagnols et sourit.

— En voilà un qui ne sait pas voler, dirait-on, fait-il avec une gaieté sinistre.

Les Indiens restent interdits, n'osant même pas regarder le torrent. Sebastian n'a pu retenir un hoquet de surprise et son sourire perpétuel s'est mué en une grimace ; l'esclave, le visage gris, tremble d'impuissance. Gabriel, envahi par la rage, s'approche d'Hernando. Il se plante devant le frère du Gouverneur, si près qu'il sent son souffle sur ses joues.

— Don Hernando, vous êtes une merde puante !

Hernando ne répond pas. Ses yeux se rétrécissent jusqu'à devenir des fentes à travers lesquelles luit la haine. Profonde, infinie. La voix basse, il dit enfin :

— Je t'ai mal entendu, fiente bâtarde.

— Votre présence empeste l'air, don Hernando. Vous n'êtes pas un homme, pas un chrétien, vous faites honte à votre nom. Votre sang est de la boue et votre cervelle est pourrie depuis longtemps !

— Par le Christ !

L'épée d'Hernando jaillit du fourreau. Gabriel n'a que le temps de basculer les épaules pour éviter la lame qui cherche son cou.

— Haa !

Dans une vocifération, Hernando fouette l'air et se plie mais, une fois encore, Gabriel a été plus vif, s'écartant d'un bond, les bras loin du corps, avec un mouvement dansant.

— Le jour où vous crèverez, don Hernando, fait encore Gabriel la voix moins tremblante, presque amusée, même les charognards ne voudront pas de vous !

— Bats-toi ! gronde Hernando en rejetant son morion pour plus d'aisance. Prends donc ton épée, couenne de bâtard !

Autour d'eux chacun a reculé. La lame souple de Gabriel crisse et scintille lorsqu'il la tire d'un coup aisé de poignet. Les fers se frappent en tintant. Un instant, ils paraissent au ralenti, comme si s'était formé entre eux un bloc invisible, infranchissable.

Et puis Hernando se fend. Sa lame glisse sur celle de Gabriel, qui pare, le genou et la taille pliés, remontant l'épée au-dessus de son épaule. Les coques se frappent avec force. Gabriel repousse Hernando et se dégage en tournant, le sourire aux lèvres. Le frère du Gouverneur est lourd, essoufflé par la rage, abruti par sa violence. Il fouette le vide de sa lame comme un chien fouette de la queue. Gabriel se contente de parer à petits coups. Il lit la fureur folle dans les yeux d'Hernando. Alors d'un bond il s'approche, le buste de profil. Sa lame se glisse sous l'épée d'Hernando, l'enrobe souplement. De toute la force de son bras, Gabriel pèse sur les armes et d'un puissant coup de poignet dégage son bras sur la droite.

Avec un tintement de cloche, l'épée d'Hernando vole aux pieds de Candia, qui ne retient pas son sourire.

La pointe de l'épée piquant le pourpoint de son adversaire, Gabriel le pousse, l'oblige à reculer. La bouche déformée, les yeux d'Hernando laissent passer une expression que Gabriel ne lui a jamais vue. Il a peur, songe-t-il avec plaisir.

— Vous ignorez que la souffrance a deux faces, don Hernando, souffle-t-il. La peur dans le regard des autres vous excite, mais que dites-vous de ce qui vous tord les tripes maintenant ? Encore un effort et vos chausses pèseront d'un poids nouveau…

Tout en parlant, Gabriel force Hernando à reculer jusqu'au bord du fleuve, à l'endroit même où il a précipité le malheureux porteur.

— Serrez donc les fesses, je ne vais pas vous tuer. Mais soyez certain que le Gouverneur don Francisco aura à juger vos méfaits. Vous rapportez beaucoup d'or à Cajamarca, et un grand général du Seigneur de ce lieu. Cela ne vous excusera pas en tout.

— Menace-moi, par la Vierge ! Nous verrons qui souffrira à la fin.

Hernando a ricané, mais chacun sent que le cœur n'y est pas ; l'humiliation qu'il vient de subir est trop éclatante.

— Paix, Messeigneurs, la leçon est donnée ! coupe Candia le Grec en posant sa main sur le bras de Gabriel. Dieu m'en est témoin : deux conquistadores ne peuvent se battre sans dignité ni danger, pour le bien de la Conquête ! Don Hernando, voici votre épée. Reprenons notre route, s'il vous plaît.

Hernando et Gabriel se toisent. Gabriel baisse son épée. Mais c'est Hernando qui baisse les yeux.

Derrière eux, la tenture qui ferme la litière du général Chalkuchimac retombe sans un bruit.

Au moment où la colonne s'ébranle, Sebastian prend Gabriel par le bras. Il fait avec lui, silencieusement, quelques pas. Puis il se penche à son oreille et murmure :

— Merci.

# PREMIÈRE PARTIE

# 1

## Cajamarca, 14 avril 1533, à l'aube

« Je t'aime », murmure Anamaya dans le jour pâle qui se lève sur Cajamarca. La nuit est encore noire mais déjà les fumées qui flottent au-dessus des toits de chaume se teintent de bleu.

Anamaya est seule.

Le pas léger, elle a quitté le palais où Atahuallpa est gardé prisonnier. Elle s'est éloignée, vive comme une ombre, empruntant les rues étroites qui courent le long de la pente dominant la place. En peu de temps, elle a rejoint la rivière et le chemin d'accès à la route royale.

— Je t'aime, répète-t-elle. *Te quiero !*

Les mots lui viennent si facilement dans la langue des Espagnols que cela fait l'étonnement de tous, conquistadores ou Indiens ! Chez les siens, cela a même réveillé une méfiance ancienne. Une fois de plus, on a murmuré derrière son dos. Qu'importe !

Elle glisse en courant le long des maisons, se confondant avec l'obscurité des murs pour échapper à la vue des gardes, qui surveillent le palais d'Atahuallpa et la chambre de la rançon où les trésors sont venus s'entasser par milliers.

La seule vue de ces charges précieuses semble enivrer ceux qui ont gagné la bataille de Cajamarca et osé porter la main sur l'Unique Seigneur Atahuallpa.

Comme si l'or pouvait leur donner les pouvoirs magiques qu'ils n'ont pas !

Chez Anamaya, ce pillage ne provoque qu'une profonde et silencieuse tristesse.

Mais eux sont insatiables. Pour emplir plus encore la grande salle de la rançon, don Hernando Pizarro est allé dépouiller le temple de Pachacamac, loin, très loin sur la rive de la mer du Sud. Comme il tardait à revenir, le Gouverneur don Francisco Pizarro a envoyé Gabriel et quelques hommes de confiance sur les traces de son frère.

Gabriel… Elle laisse venir son nom à son cœur, sonorité si étrange et si douce… Elle évoque le visage de l'Étranger aux cheveux de soleil, sa peau si blanche, la tache de puma qui est tapie sur son épaule et qui marque leur lien, ce lien secret qu'elle lui révélera un jour.

Gabriel n'aime pas l'or. Elle l'a vu plus d'une fois demeurer indifférent et même agacé par la folle joie de ses compagnons au seul contact des feuilles d'or.

Gabriel n'accepte pas que l'on batte les Indiens pour un rien, qu'on les enchaîne et les tue.

Gabriel a sauvé l'Unique Seigneur de l'épée.

Anamaya se souvient des paroles d'Atahuallpa, alors qu'il possédait encore tous les pouvoirs de l'Unique Seigneur. La veille de la Grande Bataille, voyant les Étrangers pour la première fois, il avait murmuré : « J'aime leurs chevaux, mais eux, je ne les comprends pas. »

Elle pourrait dire comme lui : « J'aime l'un d'entre eux, celui qui a bondi pour moi à travers l'Océan. Mais eux, je ne les comprends pas. »

*

Elle a dépassé les hauts murs de Cajamarca et, en grimpant les premières pentes de la route royale, elle ralentit son pas. Les maisons aux murs de pisé s'espacent. La lumière de l'aube glisse maintenant sur les pentes des collines, éveillant les champs de maïs et de *quinuas* qui frissonnent sous la brise matinale. Parfois, l'ombre d'un paysan, déjà courbé sous une charge, se découpe sur la blancheur du jour qui vient. Le cœur d'Anamaya s'emplit d'une tendresse inquiète. Elle a un mouvement pour courir vers l'homme et l'aider à soutenir son fardeau. Elle pense à la peine qui accable son peuple.

Son peuple ! Car maintenant, celle qui fut si longtemps la trop bizarre enfant au regard bleu, la fillette trop grande, trop mince, sait combien tous ceux qui vivent dans le Royaume de l'Inca forment « son peuple ». Ils ne parlent pas tous la même langue, n'arborent pas les mêmes tenues et ne croient qu'en apparence aux mêmes dieux. Souvent ils se sont fait la guerre et l'esprit de la guerre est encore en eux. Pourtant, en son cœur, Anamaya les voudrait frères de sang.

Quand elle parvient au col, le jour est bien levé. La lumière miroite dans les marais, s'avance dans la plaine immense, jusqu'aux collines où se dissimule le chemin de Cuzco.

Comme chaque fois qu'elle revient ici, Anamaya ne peut retenir le flot de ses souvenirs. Ces jours, pas si lointains, où la plaine entière était recouverte par la multitude des tentes blanches de l'armée invincible d'Atahuallpa. L'Unique Seigneur qui avait su vaincre la cruauté de son frère Huascar, le Fou de Cuzco.

Là-bas, à l'opposé de la pente où elle se trouve, fument les eaux des Bains où il se reposait et remerciait par un long jeûne son Père Inti. La respiration rapide, le cœur serré, Anamaya se souvient, comme s'ils étaient à tout jamais inscrits dans sa chair, de ces jours interminables où l'on annonçait l'approche des Étrangers. Où chacun se moquait et où la peur grandissait en elle.

Et puis ce crépuscule où il avait été là, soudain, lui, Gabriel. Si beau, si attirant que c'en était incompréhensible !

Le reste, elle ne veut plus y songer. L'Unique Seigneur Atahuallpa n'est plus que l'ombre de lui-même, prisonnier dans son propre palais, tandis que ses temples sont détruits.

Ainsi s'accomplit la volonté du Soleil.

Ainsi s'accomplissent les terribles paroles du défunt Inca Huayna Capac, qui était venu à sa rencontre sous l'apparence d'un enfant : « *Ce qui est vieux se brise, ce qui est trop grand se brise, ce qui est trop fort n'a plus de force... C'est cela le grand* pachacuti... *Certains meurent et d'autres grandissent. N'aie aucune crainte pour toi, Anamaya... Tu es celle que tu dois être. N'aie crainte, le puma t'accompagnera dans le temps futur !* »

Ainsi, depuis l'Autre Monde, l'ancien Inca lui avait annoncé tout à la fois la fin d'Atahuallpa et la venue de Gabriel !

En vérité, depuis que sa bouche s'est posée sur celle de Gabriel, depuis qu'elle a baisé son épaule étrangement marquée, il y a bien des choses qu'Anamaya ne parvient pas à comprendre. Tant de sensations, tant d'émotions inconnues vivent maintenant en elle ! Avec tant de force que cela en devient aussi cruel que si les griffes d'un véritable puma lui lacéraient le cœur.

Il y a ce que veulent dire ces mots : « Je t'aime », que Gabriel s'est tant obstiné à lui apprendre, jusqu'à se mettre en colère parce qu'elle l'écoutait en souriant, refusant de les répéter !

Et puis il y a ce mystère : comment un des Étrangers, un ennemi, peut-il être le puma qui l'accompagnera dans le futur ?

Anamaya marche doucement jusqu'à l'extrémité du plateau qui s'étire sur le sommet du col. À l'aplomb de la pente, elle s'enroule dans sa cape et s'allonge sur l'herbe encore humide. Le regard tourné vers les plus hauts sommets de l'Est, elle contemple les premiers rayons du soleil.

Anamaya ferme les yeux. Elle laisse la lumière caresser ses paupières et effacer les larmes qui y sont nées. Et aussitôt que le soleil lui chauffe le visage, contre le rougeoiement de ses paupières c'est Gabriel qui lui apparaît. Lui, l'Étranger si beau, aux yeux de braise, au rire d'enfant et aux gestes doux.

Alors les mots se forment encore sur ses lèvres. Elle les chuchote comme s'ils pouvaient voler au-dessus de la terre, pareils à des oiseaux colibris : « Je t'aime. »

*

À l'approche de Cajamarca, dans un élan qu'il ne peut retenir, Gabriel éperonne son cheval. Au grand trot, il remonte vers la tête de la colonne. Le sang bouillonne dans son cœur. Depuis son affrontement avec Hernando, cela fait trois nuits qu'il ne dort pas. Trois nuits passées à regarder les étoiles, partageant la veille des guetteurs, au campement ou dans les étapes des *tambos*. Mais aujourd'hui, c'en est enfin fini.

Il va la retrouver.

Tout à l'heure, il sera devant ses yeux si bleus, il pourra effleurer sa bouche si douce, si tendre qu'un baiser d'elle le fait fondre, oublieux de toutes les réalités. Encore deux lieues et il pourra voir sa grande et mince silhouette, unique parmi les femmes indiennes. Et le savoir lui tord déjà les entrailles.

Il espère aussi qu'il ne lui est rien arrivé durant tout le temps de son absence. Quand il a quitté Cajamarca, on annonçait l'arrivée du *mariscal* Almagro, le vieux complice de don Francisco, avec encore des chevaux et des hommes…

Il tremble de joie et, pourtant, s'il osait, il gueulerait un grand coup pour chasser sa peur.

Il dépasse les brancards soutenus par les Indiens où reposent les objets les plus lourds, grande vasque d'or, statue d'or, siège en or, plaques murales des temples en or ! De l'or, de l'or ! Il y en a partout, dans des paniers d'osier, des sacs de peau, des bâts en tapisserie ! Les porteurs sont cassés en deux sous le poids des charges, les lamas disparaissent sous les trésors. La colonne en est ralentie, comme si leur troupe entière s'était ainsi, depuis Jauja, alourdie de tout l'or et l'argent du Pérou...

Et dire que ce n'est qu'un échantillon : la rumeur court que ces trésors ne sont rien à côté de ceux qui arriveront bientôt de Cuzco, où le Gouverneur a envoyé trois hommes, dont l'exécrable Pedro Martin de Moguer, pour une mission de reconnaissance.

À chaque instant, les cavaliers espagnols sont sur le qui-vive. Énervés, l'œil noir, malgré la docilité des Indiens, ils cherchent le moindre signe d'agitation. Gabriel n'a pas beaucoup d'amis parmi ceux-là. Ce sont tous des hommes d'Hernando. Son inimitié personnelle avec le frère du Gouverneur était connue depuis longtemps... Leur duel l'a figée dans une haine glacée. Par prudence plus que par sagesse, le frère au plumet rouge fait tout pour éviter Gabriel.

Comme il arrive à la hauteur des litières des deux grands prêtres du temple de Pachacamac, qu'Hernando a jugé bon d'enchaîner, une voix familière le hèle :

— On est pressé, Votre Grâce ?

Gabriel tire brutalement sur les rênes. Docilement, dans une volte gracieuse, son cheval vient côtoyer Sebastian. Cela fait vingt jours que le grand Noir, son rare ami et confident depuis la première heure de leur épopée, va à pied. Le prix des chevaux est devenu inabordable, mais surtout don Hernando lui a interdit d'emprunter la monture d'un homme malade et mort deux jours avant qu'ils ne quittent Pachacamac.

Les mots de l'insulte vrillent encore les oreilles des deux amis : « Holà, le moricaud ! Pour qui te prends-tu ? Aurais-tu oublié qu'on n'offre de cheval qu'aux *caballeros* portant l'épée ? Ce n'est pas de botter le cul des Indiens qui te donne le droit de te prendre pour un homme ! »

S'inclinant sur l'encolure de sa monture, Gabriel serre avec chaleur la main que lui tend Sebastian. Le géant noir n'a pas de cheval, mais son pourpoint de cuir est tout neuf, d'une souplesse de seconde peau. Ses chausses ont été taillées dans toutes sortes de tissus parvenus d'Espagne jusqu'à Cajamarca. Elles sont à la dernière mode de Castille : bouffantes à larges crevés verts, rouges, jaunes ou bleu pâle, de velours autant que de satin, et même avec un peu de dentelle au cordon qui les enserre dans les bottes. Ce qui a fait dire à Gabriel, toujours aussi sobre dans sa mise, qu'il avait l'impression de se mouvoir dans un cortège de donzelles de Tolède qui se seraient caché les fesses avec leurs corsages !

— Où trottes-tu si vite ? demande Sebastian.

— Ça pue par ici, grogne Gabriel avec un regard en direction de la garde d'Hernando. J'ai besoin de respirer un air plus pur.

Le géant noir lui sourit, malicieux :

— Oh… J'ai cru que tu avais une impatience d'une nature plus… élevée !

Gabriel esquisse un sourire.

— Quoi d'autre, en vérité, que ma hâte de rendre compte de ma mission au Gouverneur ?

— Je ne vois rien d'autre, en effet.

Sebastian hoche la tête, silencieux et sans plus plaisanter. Le regard de Gabriel se pose sur les crêtes qui entourent Cajamarca. Il y a quelques mois, ce paysage inconnu ne recelait que des menaces. Maintenant, il est devenu familier, presque amical. Et bien sûr il contient la plus belle des promesses.

Brusquement, Gabriel sort son pied droit de l'étrier et saute à terre avec agilité. D'une main il guide son cheval, de l'autre il entoure les épaules de Sebastian. Il se penche vers lui.

— Tu as raison, dit-il à voix basse, les yeux brillants, je suis pressé… Et cela n'a rien à voir avec cette ordure d'Hernando…

— Eh bien ?

Gabriel a un geste vague, qui embrasse les collines.

— Elle dit qu'elle ne peut pas m'épouser. Elle est une sorte de prêtresse dans leur ancienne religion… Cela ne lui est pas permis, elle ne peut même pas épouser un Indien. Mais…

— Mais ?

— … mais je l'aime. Bon sang, Sebastian. De seulement penser à elle, j'en ai le cœur qui explose comme un boulet de mitraille ! Je l'aime comme si je n'avais jamais su ce que cela signifiait.

Sebastian éclate de rire.

— Fais comme moi, l'ami. Aimes-en plusieurs en même temps. Une ici, une là, mais toujours une pour te vouloir. Une couche tendre ici, une couche de feu là… Ainsi, tu sauras ce qu'aimer veut dire !

De la désapprobation se mêle au sourire de Gabriel quand il remonte à cheval.

— Parfois, compagnon, je voudrais que tu cesses un instant de te moquer…

Sebastian esquisse un sourire, mais son regard reste aussi noir que sa peau.

— Moi aussi, parfois, je voudrais. Et puis…

— Et puis quoi ?

La colonne s'est ralentie, allongée, puis arrêtée, alors

que déjà la route royale se rétrécit à l'approche du dernier col au-dessus de Cajamarca.

— Et puis quoi ? insiste Gabriel.

Sebastian secoue la tête. D'un geste, il invite Gabriel à galoper loin devant.

— Je te le dirai une autre fois, quand tu seras moins impatient.

*

Le martèlement qui réveille en sursaut Anamaya n'est pas celui de son cœur. C'est le pas des hommes et des chevaux qu'elle entend monter de la terre. Elle se redresse à demi et va se dissimuler dans une haie d'acacias et d'agaves, à quelque distance de la voie royale.

Un troupeau de lamas qui paissait en paix dans les prés voisins jaillit tout près d'elle et s'enfuit en bonds nerveux de l'autre côté du col. Le cliquetis si particulier des armes de fer des Espagnols résonne dans l'air tiède. Il croît lentement, entremêlé de rires, d'éclats de voix et du claquement des sabots sur les dalles de pierre.

Elle les devine qui sortent d'un bosquet, au bas de la pente. Les piques et les plumets colorés des cavaliers d'abord, puis les visages sombres de barbes sous les morions, les porteurs indiens, les Espagnols allant à pied, peu à peu, c'est toute la longue colonne menée par le frère du Gouverneur qui apparaît.

Anamaya respire à petites goulées rapides. Elle le cherche des yeux.

Mais elle a beau scruter les visages, les tenues et les chapeaux des cavaliers, Gabriel ne semble pas être parmi ces hommes qui approchent du col. Elle ne reconnaît pas son pourpoint noir, ni son cheval bai avec une longue tache blanche sur la croupe. Elle ne distingue pas le foulard bleu qu'il porte toujours autour de son cou, afin « d'emporter la couleur de ses yeux avec lui », dit-il, et qui lui permet d'habitude de l'apercevoir de loin.

Les doigts d'Anamaya tremblent sans même qu'elle s'en rende compte. Son cœur bat trop fort. Elle a honte de sa crainte mais elle tire sur une branche basse pour mieux voir, au risque d'être vue elle-même.

Enfin la tache bleue du foulard surgit, fugitive, derrière une litière. Elle entraperçoit le cheval bai. Un petit rire involontaire lui vient.

Et se glace dans sa bouche.

Son regard ne va pas jusqu'à Gabriel. Il reste fixé sur les tentures qui referment la litière. Elle en reconnaît les motifs et les couleurs, les lignes de biais formées de rectangles et de triangles rouge sang, or et bleu ciel.

C'est la litière du général Chalkuchimac, le plus puissant des guerriers d'Atahuallpa.

Ainsi les Étrangers l'ont convaincu de venir jusqu'à la prison de l'Unique Seigneur ! Par quel piège, quelle traîtrise ?... Maintenant, tous les Puissants Seigneurs du clan d'Atahuallpa vont être leurs prisonniers.

Anamaya voit Gabriel qui passe devant la litière et semble la protéger. Son cœur ne bat plus aussi vite du bonheur de le revoir. Sa joie est semée d'ombres.

Elle sait bien comment vont les choses. Elle sait, plus que quiconque, ce qui doit advenir de l'Unique Seigneur.

Un cri la fait se retourner. Venant de l'autre côté du col, un petit groupe de cavaliers peine dans la pente très raide. Le premier des Espagnols, le Gouverneur Francisco Pizarro, va devant, tout en noir, la barbe grise posée sur un étrange tissu blanc plein de trous. Un peu en arrière, chétif et petit sur une jument trop grande pour lui, vient Almagro. Il a un visage à faire peur. Un bandeau de tissu vert lui recouvre un œil. Sa peau est grêlée, crevassée, parcourue de plaques rougeoyantes que les poils clairsemés de sa barbe ne parviennent pas à dissimuler. Sa bouche est épaisse, ses dents peu nombreuses. Pourtant, lorsqu'il parle, sa voix parfois est douce, presque plaintive.

De nouveau un cri résonne dans l'air, puis d'autres. Des rires vibrent, des piques se lèvent et s'agitent. Lorsque les cavaliers de la longue colonne ne sont plus qu'à un jet de pierre de lui, don Francisco saute de son cheval avec agilité et s'avance vers son frère, les bras ouverts.

Avant même qu'ils ne s'embrassent, Anamaya a déjà atteint les herbes hautes et court vers la ville en empruntant le sentier escarpé des bergers.

*

L'ultime pente du col est raide pour les chevaux. Les rênes tendues à hauteur de sa poitrine, Gabriel guide avec prudence sa monture. Les dalles sont glissantes et les porteurs vacillent. À son approche, les conversations s'interrompent : on sait chez les Indiens qu'il parle un peu leur langue.

Des appels et des cris jaillissent en tête de la colonne. Gabriel pousse son cheval et s'éloigne de la litière du général inca. Là-haut, sur le terre-plein que forme le col, il aperçoit Hernando Pizarro qui a rejoint son frère Francisco.

Gabriel ne peut retenir un sourire ironique. Don Francisco a revêtu ses plus beaux atours pour accueillir son frère. Une collerette de dentelle de Cadix, qui a dû coûter son pesant d'or pour atteindre son cou, met en valeur sa barbe finement taillée. Mais quels que soient les efforts du Gouverneur, c'est son frère Hernando, plus grand, plus confiant dans la force de son corps et la noblesse de son origine, qui a l'air d'un véritable prince.

Sous les yeux de toute la troupe, les deux frères

s'étreignent dans une embrassade démonstrative. Un peu en retrait, les deux plus jeunes frères du Gouverneur, le beau Gonzalo avec ses boucles sombres, et le petit Juan, son grain de beauté sur le cou, les regardent faire, le chapeau à la main et le rire aux lèvres.

Gabriel sait ce que valent ces mines. Ce qui arrête son regard, c'est un corps malingre, une face renfrognée et d'une laideur à effrayer les enfants. Bien qu'il ne l'ait vu que rarement, il y a des années et avant le départ pour les côtes du Pérou, Gabriel le reconnaît sur-le-champ.

Ainsi donc, pendant son absence, don Diego de Almagro est bien arrivé de Panamá ! Celui qui depuis dix ans a payé de sa personne et de ses deniers pour soutenir la plus folle entreprise de don Francisco, celui qui a rêvé de devenir *adelantado* au côté de son vieux compagnon désormais Gouverneur, celui que le roi Charles Quint n'a nommé que lieutenant de la place de Tumbez avec un misérable salaire et juste un titre d'hidalgo, celui-là vient réclamer son dû !

Les porteurs reprennent leur lente marche en avant, prudents sur les larges marches, toujours glissantes, de la descente qui plonge dans les premières rues de la ville. L'interprète Felipillo, lèvres minces fermées, le regard mobile et fuyant, ne quitte pas la litière la plus riche, la plus décorée — celle de Chalkuchimac.

Alors que le cortège parvient tout près de la place où déjà le Gouverneur, ses frères et don Diego de Almagro ont pénétré, les rideaux de la litière s'entrouvrent. Gabriel voit apparaître une main puissante, assez large pour broyer le cou d'un lama.

Felipillo accourt, se penche avec respect et murmure quelques mots que Gabriel ne peut saisir.

Lorsqu'il se redresse, Felipillo hurle un ordre. Les porteurs s'immobilisent, les yeux baissés. La tenture qui ferme la litière se soulève et s'ouvre en grand.

Le général Chalkuchimac porte un magnifique *unku* de coton et de laine. Le tissage de la tunique est parsemé de paillettes d'or. À hauteur de la taille, de très fins *tocapus* dessinent une bande pourpre. Ses cheveux sont épais et longs jusqu'aux épaules, dissimulant à demi ses bouchons d'oreilles. Ils sont d'or mais semblent plus petits que ceux des autres nobles que Gabriel a pu voir. Pourtant, le visage de Chalkuchimac force le respect. Il est difficile de lui donner un âge, mais il a la puissance et l'impassibilité d'une statue, comme s'il avait été taillé d'un bloc dans la roche sacrée des montagnes.

Il avance son corps, jette un bref regard à Gabriel. Quelques mots franchissent ses lèvres :

— Je dois aller voir mon maître.

Des mots pareils à un grognement. Gabriel n'est pas certain de ce qu'il a compris. Cependant Felipillo s'empresse au pied de la litière. Le général inca lève la main, le repousse sans même le toucher.

Puis il s'avance vers l'un des porteurs et lui arrache sa charge. L'Indien reste tremblant, les mains vides et les yeux fixés au sol.

Chalkuchimac pose sur son dos l'énorme corbeille et c'est ainsi, courbé en deux par le poids, qu'il fait son entrée dans la ville.

*

— Maintenant, affirme lentement Atahuallpa, ils vont me libérer.

L'Unique Seigneur est assis sur son trépied royal, une cape de laine fine sur les épaules. Sa voix est sourde. Elle semble à peine repousser le silence.

La pièce est grande et toujours sombre. La lumière pas plus que l'air n'y pénètre et la fumée des braseros en a noirci les pierres, le haut des tapisseries pourpres et les poutres de la charpente. De nombreuses niches sont vides ou ne contiennent que de magnifiques vases rituels en bois sculpté pour la bière sacrée. La plupart des pots d'or, les gobelets d'argent, les statuettes de divinités, tout est depuis longtemps entassé dans la chambre de la rançon.

Ainsi qu'à chaque visite d'Anamaya, l'Unique Seigneur a fait sortir les servantes, les femmes, les concubines. L'intimité d'un instant est tout ce qui reste de leur ancienne liberté.

Par l'ouverture qui donne sur le patio du palais, le soleil n'entre que sur le seuil. Il dessine sur les dalles un pâle rectangle jaune.

La silhouette d'Atahuallpa se dégage péniblement de l'ombre. Anamaya ne peut s'empêcher de frissonner en pensant que celui qui fut l'Inca, éblouissant de soleil, glisse lentement vers le Monde d'En dessous.

Le *llautu*, le bandeau royal, est toujours sur son front, avec les plumes noires et blanches du *curiguingue*, le signe suprême du pouvoir de l'Unique Seigneur. Anamaya remarque qu'il n'a plus de bouchons d'or dans les oreilles. Le lobe gauche, béant comme un anneau de chair morte, pend jusqu'à son épaule. Ses épouses ont tissé une bande de fin alpaga qui lui enserre les cheveux afin de dissimuler le lobe déchiré de l'autre oreille.

Anamaya évite de regarder ces signes pitoyables d'un pouvoir qui s'estompe. Jour après jour, il lui semble qu'Atahuallpa se vide de son âme. Les vierges tissent encore ses tuniques pour chaque nouvelle journée. On lui offre sa nourriture dans des poteries que nul autre n'utilise. Ceux de sa maison, femmes ou hommes, les quelques Puissants qui sont également prisonniers dans les palais de Cajamarca, craignent ses paroles comme autrefois. Les Étrangers s'inclinent devant lui avant de parler et le Gouverneur espagnol lui montre le respect que l'on doit à un Seigneur. Pourtant, Anamaya ne peut s'empêcher de voir en tout cela une mascarade qui s'use. L'Unique Seigneur se voûte, son visage s'amollit, le rouge de ses yeux s'assombrit. Sa bouche est moins belle et moins impérieuse. Son immobilité trop fréquente et trop lourde. Tout son corps semble étrangement plus petit.

En lui disparaît le conquérant, le fils du grand Huayna Capac. Atahuallpa est toujours l'Unique Seigneur qui vit dans le palais de Cajamarca, mais il n'est plus le puissant Fils du Soleil qui a vaincu son frère fou du Cuzco. Il n'est qu'un prisonnier sans chaînes et qui rêve de sa libération.

Anamaya voudrait lui dire ce qu'elle vient de voir sur la route du col. Le prévenir que Chalkuchimac est là, dans sa litière, comme le premier des joyaux d'or que les Étrangers charrient sans cesse. Mais elle n'ose pas et Atahuallpa répète :

— Maintenant, il y a assez d'or, ils vont me laisser aller.

— Je ne sais pas, répond Anamaya en détournant les yeux.

— Que dis-tu ?

— Je ne sais pas, répète-t-elle.

Atahuallpa a un geste d'agacement en désignant au-dehors la salle de la rançon.

— J'ai choisi la plus grande pièce de mon palais, j'ai désigné sur le mur une ligne qui marquait la hauteur que le trésor atteindrait pour ma rançon. Elle est atteinte.

— Je m'en souviens, Unique Seigneur, approuve Anamaya avec douceur. Les Étrangers riaient, ils pensaient que la folie s'était emparée de toi.

— Je leur ai indiqué où trouver nos objets d'or et d'argent. J'ai dit qu'ils pouvaient tout prendre, dans toutes les maisons sauf celles qui appartenaient à mon père.

— Je le sais, Unique Seigneur.

Un sourire éclaire l'œil d'Atahuallpa.

— Je n'ignore pas que je parle à l'épouse du Frère-Double de mon père…

Anamaya marque une pause imperceptible puis reprend :

— Unique Seigneur, ceux qui sont partis pour Pachacamac sont de retour aujourd'hui.

— Comment le sais-tu ?

Anamaya ne répond pas. Elle ne veut pas souligner sa faiblesse.

— Ils arrivent avec beaucoup d'or.

Un sourire éclaire le visage de l'Inca.

— N'est-ce pas ce que je te disais ? Je vais être libre.

— Unique Seigneur, dit-elle d'une voix si basse qu'elle en est presque inaudible, la grande pièce sera remplie d'or, de tous nos objets sacrés, des plus anciens comme de ceux que les orfèvres viennent d'achever. Mais les Étrangers ne quitteront pas ton royaume. Ils voudront aller jusqu'à la Ville sacrée. Ils rempliront la grande salle et ils iront prendre l'or de Cuzco. Et même s'ils t'ont promis par leur Dieu et leur Roi de ne rien toucher qui appartienne à ton père Huayna Capac, à la seule vue de l'or ils oublieront leur promesse. Tu le sais, Unique Seigneur…

Atahuallpa baisse les yeux.

Anamaya ne veut plus se taire. Elle reprend avec douceur :

— D'autres Étrangers arrivent dans ton royaume, Unique Seigneur. Avec des chevaux, des armes, et eux aussi veulent de l'or.

— Oui, murmure Atahuallpa. Je n'aime pas celui qui est très laid, qui n'a qu'un œil…

Les mots sont troubles dans la bouche d'Atahuallpa, comme s'il redevenait un enfant hésitant.

— Almagro est son nom.

— Je ne l'aime pas, répète l'Inca. Son œil ment ! Lui

et ceux qui sont venus avec lui prennent des femmes sans ma permission. Ils rient si je le leur interdis. Il se dit l'ami de Pizarro, mais je vois dans son œil que ce n'est pas vrai…

— Pourquoi ces hommes sont-ils ici, Unique Seigneur, sinon pour prendre encore et encore de l'or ?

— Le frère de Pizarro me protégera, affirme Atahuallpa. Il est puissant.

— Hernando ? Pardonne-moi, Unique Seigneur, mais ne te fie pas à lui. Il est fourbe.

Atahuallpa secoue la tête.

— Non ! Il est puissant et les autres ont peur de lui.

— Tu dis cela parce qu'il a une belle prestance, qu'il a le regard fier et qu'il soigne sa tenue à la différence des autres, qui vont négligés, sales comme ces animaux qu'ils ont fait venir et qui infestent nos rues. La plume au-dessus de son casque est rouge mais son âme est noire.

Un espoir plein de honte a envahi le visage d'Atahuallpa.

— Lui, il a promis qu'il m'aiderait. S'il ne le fait pas…

Sa voix baisse d'un cran. Il fait signe à Anamaya de s'approcher. La lumière revient dans ses prunelles, qui brillent d'une naïve excitation.

— S'il ne le fait pas, les milliers de combattants rassemblés par mes fidèles généraux viendront me délivrer. Chalkuchimac est à Jauja, il est prêt. Il dira aux autres…

Anamaya étouffe un cri.

— Ô Unique Seigneur…

Mais, le temps de son hésitation, des cris résonnent dans le patio. Un serviteur vient se ployer sur le seuil de la pièce. Anamaya sait ce qu'il va dire et son sang se glace.

— Unique Seigneur… Le général Chalkuchimac est ici. Il demande si tu veux bien poser les yeux sur lui.

D'abord, Atahuallpa ne bouge pas. Puis le sens des mots trouve son cœur et toute couleur se retire de son visage.

— Je suis mort, souffle-t-il.

— Doit-il entrer ? redemande le serviteur qui n'a pas entendu.

— Je suis mort, répète Atahuallpa.

*

À l'entrée du palais, Chalkuchimac n'a pas retiré la charge qui pèse sur son dos. Gabriel le regarde, cassé en deux, comme un suppliant portant sa croix.

Almagro grommelle :

— Cessons cette foutue comédie ! La seule chose que ce singe doit faire, c'est nous dire où il a caché le reste de l'or.

Don Francisco lève sa main gantée de noir.

— Patience, Diego. Patience…

Les guerriers incas protégeant l'entrée du patio se sont reculés avec respect devant Chalkuchimac. En son centre, dans une fontaine basse, l'eau jaillit de la bouche et de la queue d'un serpent de pierre. Tout autour s'épanouissent les corolles rouge vif des *cantutas*, la fleur des Incas. Une servante n'est là que pour recueillir les pétales fanés.

Alors que Chalkuchimac, à genoux, est parvenu au milieu de la cour, Atahuallpa sort de la pièce. Gabriel ne le voit qu'à peine. Derrière l'Inca, dans la pénombre qui masque en partie ses traits, il découvre Anamaya.

Quand elle lève enfin le visage vers lui, il se retient à grand-peine de marcher jusqu'à elle.

Atahuallpa s'assied avec lenteur sur le banc de bois

rouge, haut d'une paume environ, où il se tient habituellement. Des femmes approchent, prêtes à le servir.

Chalkuchimac dépose enfin sa charge entre les mains du porteur qui l'a suivi depuis l'entrée de la ville. Il se déchausse et lève les mains, paumes tournées vers le ciel, vers le soleil dissimulé.

Des larmes coulent sur son visage rude.

Des paroles s'échappent de ses lèvres et Gabriel n'en saisit que des mots de gratitude à Inti, des balbutiements d'amour pour l'Inca.

Puis Chalkuchimac s'approche de son maître. Sans cesser de pleurer, il lui baise le visage, les mains et les pieds.

Atahuallpa demeure aussi immobile que si un fantôme l'effleurait. Ses yeux se perdent dans le lointain. Gabriel a vu l'Inca souvent mais il ne parvient à comprendre ni ses réactions ni les expressions de son visage.

— Sois le bienvenu, Chalkuchimac, dit finalement l'Inca d'une voix monocorde et dénuée de chaleur.

Chalkuchimac se redresse et tourne de nouveau ses paumes vers le ciel.

— Si j'avais été là, dit-il d'une voix vibrante, rien ne serait arrivé. Les Étrangers n'auraient pas posé la main sur toi.

Atahuallpa se tourne enfin vers lui. Le regard de Gabriel cherche celui d'Anamaya à l'instant où don Francisco agrippe son épaule et demande tout bas, un peu impressionné :

— Que disent-ils ?

— Ce sont des paroles de bienvenue.

— Étrange façon de se souhaiter la bienvenue, marmonne le Gouverneur.

Chalkuchimac se redresse. Son visage a repris noblesse et impassibilité.

— J'ai attendu tes ordres, Unique Seigneur, dit-il à voix basse. Chaque jour, chaque fois que notre Père le

Soleil montait dans le ciel, je voulais venir à ton secours. Mais, tu le sais, je ne pouvais le faire sans ta volonté. Et jamais le *chaski* m'apportant ton ordre n'est arrivé. Ô mon Unique Seigneur, pourquoi ne m'as-tu pas ordonné de détruire les Étrangers ?

Atahuallpa ne répond pas.

Le général inca attend, sans plus parler, une réponse, une parole chaleureuse. Elles ne viennent pas. Elles ne viendront jamais.

Don Francisco demande encore :

— Et maintenant, qu'est-ce qu'il dit ?

Gabriel sent peser sur lui le bleu immense et magnifique des yeux d'Anamaya qui lui parlent, et soudain il comprend. Ce qui rend Atahuallpa si immobile, ce qui le fige dans ce silence terrible, c'est la colère.

— Le général regrette de n'avoir pas mieux servi l'Inca, murmure-t-il. Il regrette qu'il soit prisonnier…

Chalkuchimac fait deux pas en arrière.

— J'ai attendu tes ordres, Unique Seigneur, répète-t-il. Nous étions seuls. Tes généraux, Quizquiz avec le capitaine Guaypar et les autres aussi, sont seuls. Si tu n'en donnes pas l'ordre, ils ne viendront pas te délivrer.

Alors il tourne le dos à celui qui a été son maître et sort du patio d'un pas lent, les épaules ployées, comme si elles étaient chargées plus lourdement qu'à son entrée.

*

Dans la pénombre, Gabriel avance prudemment entre les sacs, les paniers et les jarres.

Le passage s'ouvre dans l'enceinte même du palais, au fond d'une petite pièce où sont conservés les coquillages roses, les *mullus,* si précieux pour les rituels des Incas.

Anamaya le lui a fait découvrir peu de temps après la Grande Bataille. Il a dû lui promettre d'en garder le secret. Il se souvient d'avoir plaisanté : « Voudrais-tu que j'entraîne le Gouverneur par ici ? »

Alors, les mots entre eux étaient incertains, les gestes remplaçaient encore les phrases et eux seuls savaient dire et partager l'amour. Ils n'avaient pas toujours la liberté de fuir dans la cabane près des sources d'eau chaude, celle de leur première nuit. Le passage est devenu leur lieu de rendez-vous.

En traversant la pièce, Gabriel plonge la main dans les grandes jarres de coquillages et en retire une étrange et agréable sensation marine. La pièce est entourée de ces niches en forme de trapèze qui lui sont maintenant familières et qui ont, au début de l'occupation espagnole, été vidées des objets d'or qu'elles contenaient et recouvertes de tentures de coton. Il soulève l'une d'entre elles, le cœur battant.

Le tunnel est creusé dans une pente légèrement montante. Une fine couche de terre battue recouvre le rocher. Dans les temps anciens, lui a expliqué Anamaya, il traversait toute la colline, passant par l'*acllahuasi* et atteignant la forteresse en forme d'escargot — celle que les conquistadores ont entrepris de démolir dès leur arrivée.

Le passage est remarquablement sec et propre, et il s'y trouve même par intervalles, dans des renfoncements, des coffres où devaient être entreposées quelques réserves de nourriture et de vêtements. Un grondement monte des entrailles de la terre : ce sont les rivières souterraines qui traversent la montagne.

Son regard n'est pas encore habitué à l'obscurité et il crie de surprise quand une main se referme sur la sienne, avec une légèreté de papillon.

— Anamaya !

La main de la jeune fille s'envole sur son visage et

vient fermer ses lèvres pleines, puis caresser ses joues mangées de barbe, ses paupières, son front. Il cherche à l'embrasser, à l'étreindre, mais elle l'entoure et lui échappe à la fois. Ils rient tout bas.

À l'instant où il cesse de vouloir la saisir, elle cesse de vouloir s'enfuir. Il entend son souffle tout près du sien, devine son visage offert. Ils se sourient sans se voir, dans l'obscurité protectrice.

— Tu es là, chuchote-t-elle enfin.

Dans sa voix, il devine une timidité, une pudeur si profondes qu'elles le bouleversent. Ces mots tout simples ont fait un très long chemin pour parvenir jusqu'à ses lèvres.

Elle est tellement proche qu'il perçoit son parfum.

Quand il l'attire vers lui, elle se laisse aller, timide et pudique comme son aveu. Les bras de Gabriel se referment autour d'elle, il sent ses seins durs contre sa poitrine, ses jambes contre ses jambes. Ils s'agrippent soudain l'un à l'autre, saisis par le vertige du désir, le ventre et les reins douloureux.

Toute la force et la violence qui sont en eux, toute l'attente accumulée depuis des jours, refluent d'un coup, dans un frisson qu'ils apaisent de caresses.

Gabriel ne veut être que douceur. Sa main plonge dans l'épaisse chevelure d'Anamaya. Ils se tiennent immobiles un instant. Leurs cœurs battent avec tant de force qu'ils semblent se frapper l'un contre l'autre.

C'est elle qui pose ses lèvres sur les siennes, elle qui le touche, le découvre, le repousse à petits coups pour lui faire ployer les genoux et, lentement, le faire glisser au sol.

Gabriel sent le roc froid sous son dos.

Il sent la bouche d'Anamaya qui n'en finit pas de partir et de revenir, faisant courir sur son visage, son cou, sa poitrine bientôt, une onde de chaleur.

Alors ses mains se laissent aller et se posent avec

force sur les cuisses fines et musclées, nues sous la tunique de fine laine. Immobiles, elles laissent leur empreinte et il lui semble entendre, mêlés à la rumeur de l'eau, un murmure, un gémissement nouveau.

Anamaya chuchote à son oreille des mots qu'il ne comprend pas, des mots vifs et heureux.

« Elle est légère », pense-t-il alors que leurs corps nus se brûlent et se fondent l'un dans l'autre.

Puis les caresses les emportent et il s'envole avec elle.

## 2

## Cajamarca, 14 avril 1533

Anamaya repose dans sa chambre, les yeux clos. La petite pièce est baignée dans une pénombre douce. Dans le palais de l'Inca, la *Coya Camaquen* a le privilège de bénéficier d'une pièce pour elle seule. Mais, au contraire de celle d'Atahuallpa, les niches en sont vides et les tapisseries ont disparu. Les fins serpents de pierre qui surmontent les murs en sont les seuls ornements. Leurs ondulations jouent avec la lumière et semblent parfois devenir très réelles.

Anamaya rêve du jour où elle pourra toute une nuit dormir près de Gabriel, comme une épouse près de son époux. Mais cela arrivera-t-il ? Il est tant de choses impossibles.

Elle est encore gorgée de leur passion, tout son corps à la fois lourd et léger du bien-être de l'amour. Une brise tiède agite la tenture de l'entrée. Elle semble glisser une ultime caresse sur son corps après celles de l'amant.

Brusquement, un souffle d'air plus violent la fait sursauter.

— *Coya Camaquen !*

C'est un chuchotement, à peine un murmure. Elle se redresse sur ses coudes.

— *Coya Camaquen !*

Anamaya distingue une forme tapie dans la pénombre, comme un petit animal effrayé.

— Qui es-tu ? demande-t-elle tout bas.

— *Coya Camaquen,* j'ai besoin de ton aide...

— Qui es-tu ? répète Anamaya.

Pour toute réponse, elle perçoit seulement un souffle rapide, tendu. Elle s'assoit sur sa natte et tend les mains vers la forme recroquevillée.

— Viens près de moi... N'aie pas peur.

Tout doucement, timidement, la forme se redresse. Deux yeux vifs et sombres, des cheveux ébouriffés apparaissent. C'est une jeune fille, presque encore une enfant, le visage triangulaire, vêtue d'une sobre tunique maculée de boue et d'une cape grise trop grande pour elle. Elle avance, courbée comme si elle portait une charge, et s'immobilise au bord de la natte. Dans une posture suppliante, elle y pose ses deux petites mains, les paumes retournées, la nuque tremblante.

— Que fais-tu ici ? demande Anamaya.

Les yeux noirs la fixent sans répondre.

Anamaya est envahie d'une tendresse infinie pour cette frêle inconnue. Elle imagine sa frayeur lorsqu'elle a dû se glisser au milieu des gardes, et courir à travers le patio pour parvenir jusqu'à elle.

— Si tu ne me parles pas, reprend-elle avec une feinte sévérité, je ne saurai jamais si je peux t'aider !

— Je m'appelle Inguill et je viens de Cuzco, répond d'un souffle la jeune fille. Je suis du clan du Puissant Seigneur Manco.

Manco ! La gorge d'Anamaya se serre.

Manco, l'ami fidèle malgré les guerres et les haines de clans ! Manco, enfui sur son conseil dans les collines de Cajamarca, avec le Frère-Double en or, dans la terrible nuit qui a suivi le Grand Massacre et la capture d'Atahuallpa !

Manco, celui que le défunt Inca Huayna Capac, la

dernière fois qu'il est venu la visiter depuis l'Autre Monde, a désigné comme « *le premier nœud des temps futurs…* ».

Prise d'une soudaine inquiétude, elle agrippe les épaules d'Inguill.

— Comment va-t-il ?

— Il m'a dit de venir vers toi, répond la toute jeune fille un peu effrayée. Il m'a dit : « Va rejoindre la *Coya Camaquen*, elle saura te faire une place près d'elle. Elle est celle qui voit la marche du temps devant nous… »

Anamaya réprime un soupir. Si seulement ! Que dirait-elle aujourd'hui à Manco ? Non, je ne sais plus aller dans l'Autre Monde et l'Unique Seigneur Huayna Capac ne vient plus me visiter depuis qu'un Étranger fait vibrer mon cœur et pose ses mains sur moi comme aucun homme ne l'a fait ? Un Étranger si différent des autres et qui porte sur sa chair la marque du puma ?

Elle se contente de sourire, esquissant une caresse sur l'épaule de la jeune messagère.

— Alors il va bien !

Inguill hoche la tête, et se détend enfin.

— Il m'a dit aussi que tu ne dois pas être inquiète pour lui et le Frère-Double. Chacun est là où il doit être.

Anamaya approuve d'un battement de paupière et demande :

— Raconte-moi ton histoire sans crainte…

— Comme tu le sais, Huascar, celui qui a voulu être l'Inca à la place de l'Unique Seigneur Atahuallpa, est mort peu de temps après que vous avez été vaincus par les Étrangers. Mais, même depuis ici, depuis ce palais de Cajamarca, la vengeance que l'Unique Seigneur Atahuallpa a ordonnée contre les clans du Cuzco soumis à Huascar a été terrible. Ma famille en était. Les soldats de l'Unique Seigneur Atahuallpa sont entrés dans la ville et ont tué tous les hommes. Ils ont écrasé leurs têtes avec des massues de bronze jusque dans leur sommeil. Ensuite, quand le sang s'est mis à ruisseler dans les rigoles des rues à la place de l'eau sacrée, ils nous ont emmenés. Nous, les enfants, les jeunes filles et les femmes… Ils nous poussaient avec leurs lances. Ils nous frappaient avec les manches de leurs haches en riant. Ils disaient qu'ils donneraient notre sang à boire au puma et que les condors liraient l'avenir dans nos tripes… Ils ont…

Inguill parle d'une voix calme et timide qui jusque-là n'a pas tremblé. À cet instant elle ne se brise pas, elle devient seulement plus basse. Si basse qu'Anamaya doit se pencher tout près d'elle pour l'entendre.

— Ils ont arraché du ventre de ma mère le bébé qu'elle portait. Ils l'ont coupé en deux sous ses yeux avant qu'elle ne meure…

Anamaya ne répond pas. Elle ne parvient plus à distinguer Inguill. Les larmes brouillent ses yeux et font tout trembler.

Une scène venue de très loin l'envahit et déchire son cœur, réveille une souffrance qu'elle croyait endormie. Le visage tendre et aimant de sa propre mère remplit son esprit. Et l'image déformée de la pierre de fronde, lancée par le soldat inca, qui entre dans sa tempe ! Avec une précision et une lenteur insupportables, elle revoit sa mère basculer dans la boue en lui tenant la main. Elle se revoit elle-même, debout, seule et perdue.

La douleur lui coupe le souffle. Elle n'existe plus, la *Coya Camaquen,* la protégée du grand Huayna Capac, celle qui a sauvé Atahuallpa, celle qui connaît le futur de l'Empire !

Pendant quelques secondes, Anamaya est de nouveau cette petite fille terrifiée par la brutalité des guerriers, cette petite fille seule à qui les nuits ne peuvent pas apporter de repos. C'est à peine si elle entend Inguill ajouter :

— Une nuit, les soldats ont bu la *chicha* pour remercier Père le Soleil et Illapa l'Éclair d'avoir vaincu pour toujours les clans qui avaient soutenu Huascar. Quand ils se sont endormis, je me suis enfuie. Comme je ne savais pas où aller, je suis retournée à Cuzco. Le Puissant Seigneur Manco y vivait, dissimulé dans le temple de ses ancêtres. Son frère Paullu venait de fuir la ville pour se cacher près du lac Titicaca… Et comme je n'avais plus personne de ma famille, plus de maison où aller, plus de sœurs ou de frères, le Seigneur Manco m'a dit que tu m'aiderais si j'arrivais jusqu'à toi.

— Je t'aiderai, murmure Anamaya.

Elle saisit la main de la jeune fille, qui hésite avant d'y accrocher ses doigts encore raidis de crainte. Peu à peu, Inguill cesse de trembler. Alors les larmes viennent. Elle bascule en avant, la tête pressée contre le ventre d'Anamaya. Les sanglots lui brutalisent la poitrine, hachant ses phrases :

— Cela fait des lunes et des lunes que je suis partie… J'ai cru que je n'arriverais jamais. Il neigeait quand j'ai traversé les montagnes de Jauja. J'étais sûre de mourir… Mais un jour j'ai vu la colonne des Étrangers… avec le général Chalkuchimac. Je me suis glissée parmi les porteurs… Personne n'a rien dit ! Je devais seulement charrier une *manta* pleine de gobelets d'or toute la journée…

— C'est fini maintenant, dit Anamaya en lui caressant la nuque. C'est fini.

Inguill se redresse, fière, essuyant ses yeux du revers de ses fins poignets. Elle esquisse un sourire pour dire :

— Ici, j'ai dû faire attention aux soldats étrangers. C'est pour ça que je n'ai pas pu venir près de toi plus vite. D'abord, j'ai eu très peur d'eux. Quand ils me voyaient, ils riaient et voulaient m'attraper. Mais ils ne courent pas bien vite…

L'une et l'autre laissent le silence revenir et apaiser leurs souffles. La brise du nord est un peu plus forte désormais. Le rideau sur le seuil de la pièce se balance avec plus de régularité.

Anamaya a gardé la main d'Inguill dans la sienne et la sent frémir. Elle hoche la tête, presque sereine à présent. Elle parle tout bas :

— Le Grand Massacre a effacé tout ce qui était avant. L'ordre ancien est mort. Ceux qui prétendent encore savoir et dire ce qui est comme deviner ce qui doit être sont pareils à des enfants aveugles qui voient la nuit en plein jour. Tous ici ne s'en rendent pas encore compte. Le monde est retourné, ce qui était fort devient faible. Et demain n'est encore qu'un point dans le noir du ciel entre les étoiles… Père le Soleil et Mère la Lune nous observent en silence et ne nous disent pas ce que nous devons faire. Chacun agit à sa guise et nombreux sont ceux qui se trompent. Les Étrangers ne pensent qu'à l'or. Et parmi ceux qui servent l'Unique Seigneur Atahuallpa, beaucoup sont encore possédés par l'esprit de vengeance contre ceux du Cuzco… Tu dois te taire désormais, Inguill. Ne raconte à personne ton histoire.

— Je sais. Le Seigneur Manco m'a prévenue : « Ne parle qu'à elle, elle saura entendre ! »

— À partir d'aujourd'hui, ajoute Anamaya, tu ne dois plus pleurer. Tu dois sourire et montrer combien tu es heureuse de servir l'Inca.

— Tout ce que tu voudras si tu me gardes près de toi, *Coya Camaquen* !

Anamaya se met debout tandis qu'Inguill bondit sur ses pieds.

— Pour commencer, je vais te trouver des vêtements…

Inguill la regarde avec adoration :

— Comme tu es belle !… Le Seigneur Manco m'a affirmé que tu étais la plus belle des femmes de l'Empire des Quatre Directions… Je croyais qu'il racontait cela seulement parce qu'il tient beaucoup à toi. Mais tu es belle et tes yeux…

— Non, ne dis pas ces choses-là ! proteste Anamaya un peu trop vivement. Et n'oublie pas : lorsque nous ne sommes pas seules, tu ne dois me parler que si je t'y autorise…

Comme pour apaiser la dureté de ses dernières paroles, Anamaya prend le visage de la jeune fille entre ses mains et l'approche du sien. Elle pose sa joue contre la sienne.

— Chacun sait que je n'ai pas de sœur. Il me faudra prétendre que tu es ma servante. Mais, dans mon cœur, tu es la sœur que m'a envoyée le Puissant Manco.

*

— Je ne suis pas content, gronde le Gouverneur Francisco Pizarro en regardant Gabriel droit dans les yeux, et tu sais pourquoi.

— Dites-le-moi, don Francisco, que je l'entende de votre bouche.

Pizarro soupire. Il a entraîné le jeune homme hors de son palais, loin de la place, à travers la ruelle qui monte le long du palais de l'Inca, vers la colline où se trouve cet étrange bâtiment qu'ils appellent « forteresse » par habitude, alors qu'aucun soldat et aucune arme n'y ont jamais été trouvés.

— Tu as gravement insulté mon frère Hernando et tu l'as provoqué en duel devant les hommes…

— C'est cela, le vilain conte qu'il vous a fait ?

— Je ne te permets pas !

Malgré la sévérité du ton, Gabriel n'est pas réellement inquiet. Si Hernando avait convaincu le Gouverneur, ce n'est pas à une promenade dans la ville qu'il aurait droit, mais à un tribunal en bonne et due forme.

Prudent, le Gouverneur a dû se renseigner sur l'incident auprès de Candia.

— Gagnons du temps vous et moi, don Francisco. Dites à votre frère que vous m'avez menacé des pires punitions. Et je prendrai sur moi l'humiliation de reconnaître que je vous ai présenté contrition pleine et sincère…

— Si ce n'était que cela !

Gabriel est intrigué par l'accablement qui semble s'être emparé du Gouverneur.

— De quoi diable s'agit-il, don Francisco ? Votre frère a-t-il été touché par la grâce divine et, regrettant ses crimes, menace-t-il de se retirer dans un monastère pour expier ses péchés et mourir en odeur de sainteté ?

— Cesse ton persiflage, l'écolier ! Mon frère est un héros pour tous depuis qu'il est revenu avec ce général. Mon frère est admiré et craint de tous les Indiens. Et mon frère exige des excuses…

Gabriel éclate d'un rire sonore.

— Votre frère me connaît encore bien mal. Je croyais pourtant que la pointe de mon épée…

— Cesse ! vocifère Pizarro en se bouchant les oreilles, je ne veux pas en savoir plus.

— Alors ne m'en demandez pas plus, don Francisco.

Les deux hommes sont parvenus sur l'éminence qui domine la plaine où s'étend la ville de Cajamarca. Au loin, ils aperçoivent les fumées des sources chaudes des Bains de l'Inca où Atahuallpa les attendait.

— Je te comprends, marmonne Pizarro d'une voix sourde, et si j'étais à ta place je refuserais sans doute. Mais je te le demande tout de même…

Le changement de ton de Pizarro alerte Gabriel, qui se fige dans l'attente de ce qui va suivre.

— J'ai besoin de mon frère. Je le connais dans chacun de ses vices. Mais j'ai besoin de son absence de scrupules, de son autorité naturelle… et j'ai besoin de son argent…

— Alors que le trésor s'amoncelle !

— Tu ne sais vraiment rien, toi ! Ce trésor n'est rien à côté des montagnes de dettes que j'ai accumulées, rien à côté de ce qu'attend mon cher associé, le borgne Almagro, rien à côté des promesses que j'ai dû distribuer avec libéralité quand la conquête n'était encore qu'un rêve de fou dans ma cervelle… Si Hernando me lâche, je suis…

Pizarro ne termine pas sa phrase mais il l'accompagne d'un geste du tranchant de la main sur le cou, plus éloquent qu'un long discours. Sa sincérité ébranle Gabriel plus que ne l'avait fait la menace.

— Et si je ne présente pas mes excuses…

— … publiques…

— … publiques, Hernando menace de tout quitter.

Pizarro acquiesce. Le cœur de Gabriel bat terriblement, une sueur froide lui coule dans le dos.

— Je ne sais pas, don Francisco, je ne sais vraiment pas…

Pizarro hoche la tête.

— Fais ce que tu veux, fils.

Gabriel ne dit rien mais, au fond de son cœur, il sait déjà qu'il a accepté. Un curieux mélange de soulagement et de fureur le fait trembler.

Il ne voit pas le léger sourire qui, comme un nuage, passe dans le regard de Pizarro.

*

Chalkuchimac est debout, immobile sur la place, large et furieux comme un ours.

— Que se passe-t-il ? rugit-il.

Aucun des quelques nobles de sa suite n'ose

répondre. Ils regardent droit devant eux, les yeux arrondis.

Là où se dressait l'élégante pyramide de l'*ushnu*, il n'y a plus qu'un amas de pierres. Avec ces gravats, des Étrangers couverts de poussière dressent une étrange construction, pleine de murs et de toitures, telle qu'on n'en a jamais vu dans l'Empire. Des murs si minces et si tordus, des pierres si ridiculement maçonnées qu'un souffle de vent, une fureur du ciel pourraient les renverser et les réduire en boue !

Chalkuchimac se tourne vers Felipillo et aboie encore :

— Qu'est-ce que cette horreur ?

— C'est un temple pour leur Père du Ciel. C'est ainsi qu'ils appellent celui qui leur a permis de vaincre l'Unique Seigneur Atahuallpa, répond l'interprète avec une soumission exagérée.

— Et qui les a autorisés à détruire l'*ushnu* pour faire « ça » ? gronde encore Chalkuchimac dont la colère assombrit le teint.

Le regard méfiant de Felipillo cherche sur le visage des Nobles une aide qui ne vient pas.

— Personne.

Chalkuchimac esquisse un geste de colère mais, à cet instant, un cavalier jaillit d'un des bâtiments de la place. Le général inca se fige, ahuri.

— Il était dans le Temple du Soleil avec son animal… murmure-t-il comme s'il n'en croyait pas ses yeux.

Autour de lui, les Puissants et Felipillo se taisent, baissant le front. Sans quitter le cavalier du regard, Chalkuchimac tend le bras vers lui, menaçant, et hurle :

— Il était dans le Temple du Soleil avec son animal ! Vas-tu enfin me dire ce qui se passe ici ?

Felipillo plie le buste.

— Le Gouverneur Pizarro… euh, leur *Machu Kapitu* a choisi le Temple pour en faire sa maison et…

Felipillo s'interrompt car le bruit des sabots du cheval sur l'immense place devient soudain un grondement. Le cavalier a entraîné sa monture tout à l'opposé, près de la porte des bains, et l'a fait volter brutalement. D'un talonnement des éperons qui scintillent à ses bottes, il lance son cheval droit sur le groupe des Incas. Se dressant à demi sur ses étriers, le rebord du chapeau plaqué au front, il pousse sa bête au galop. Felipillo et les Nobles ne peuvent plus détacher leurs regards de la gueule ouverte du cheval, obnubilés par ses naseaux béants et ses yeux globuleux. Mais Chalkuchimac se contente de refermer lentement la bouche en une moue pleine de morgue.

Le vacarme du galop fait vibrer leurs poitrines. Lorsque la bête n'est plus qu'à cent pas, les Nobles incas poussent un cri de peur et reculent hors de la trajectoire du cheval. D'un bond, Felipillo se glisse derrière eux. Le chanfrein blanc, les lèvres retroussées sur ses dents jaunes, l'animal souffle en soulevant haut ses jarrets. Il n'est plus qu'à cinquante pas et Chalkuchimac ne bouge pas.

Il regarde le cavalier, un petit homme qui grimace pour se tenir le cul au-dessus de la selle. Un homme d'une laideur étrange, avec un seul œil et la peau du visage mangée par la maladie.

Alors que le cavalier et les sabots du cheval sont tout près, droit devant lui, Chalkuchimac étire ses épaules d'un mouvement sec, comme s'il voulait s'élargir encore. La haine et le mépris lui abaissent les plis de la bouche. Il sait maintenant comment les Étrangers ont pu oser détruire l'*ushnu* pour y construire leur maison ridicule. Il comprend de quoi ils sont capables. Il comprend ce qui a rendu si mou et veule l'Unique Seigneur Atahuallpa. Alors, dans cette fraction de seconde, en entendant derrière lui les cris des Nobles si peu puissants, sa fureur est si violente qu'il semble se transformer en pierre.

Juste au-dessus de lui, les lèvres charnues du cavalier tremblent d'excitation. Au dernier moment, alors que les sabots du cheval font gicler des cailloux dans ses jambes, le cavalier tend son bras gauche et tire sur les brides. Chalkuchimac sent contre son épaule le choc de la botte et respire la puanteur acide de la bête. La queue du cheval fouette l'air au-dessus de lui.

Chalkuchimac ne bouge pas. Il ne tourne pas même les yeux lorsque, riant toujours, l'Étranger fait trotter sa monture autour de lui, si près que le cheval piétine son ombre.

Chalkuchimac reste immobile. Son sang est glacé. Seules sa haine des Étrangers et sa colère contre l'Unique Seigneur Atahuallpa, qui a permis une telle honte, vivent encore en lui.

Le cheval tourne et tourne encore. La bave de la bête, sa sueur âcre et la poussière souillent l'*unku* d'alpaga du général Chalkuchimac. Mais il n'entend plus le rire du cavalier.

Rien de tout cela n'existe.

Seuls sont réels Inti et Quilla, les Apus, les Ancêtres de pierre qui demeurent au-delà des collines, dans les montagnes, par les chemins sacrés.

Dans le ciel chargé de nuages, un rayon de soleil jaillit.

Le cavalier vient se placer juste devant lui. D'une seule pression des genoux, il fait lever les antérieurs de sa monture. Le cheval hennit, ses sabots battent furieusement l'air au-dessus de la tête du général vaincu.

Chalkuchimac reste immobile.

Il offre son visage à son Père le Soleil. Il sourit. Son visage se plisse comme une montagne à la naissance du monde.

Et c'est l'Étranger à l'œil unique qui a peur.

*

À côté de celui où son frère le Gouverneur s'est installé, le palais qui abrite don Hernando Pizarro ressemble déjà à un palais d'Espagne. Par on ne sait quel miracle, le frère a réussi à se faire livrer des malles et des malles, et sa demeure est un bourdonnement permanent d'artisans indiens, dont l'extrême habileté est formée avec plus ou moins de brutalité par les Espagnols.

La pièce qu'il a transformée en salle à manger a la prétention d'un palais de Charles Quint, avec sa grande table grossièrement sculptée, ses candélabres, son service d'or et d'argent. Même ses serviteurs ont une livrée distinctive — rouge comme son plumet. On n'est pas à don Hernando comme à n'importe qui…

Quand don Francisco et Gabriel y entrent, Hernando est déjà attablé avec ses jeunes frères Gonzalo et Juan, Soto, et les principaux capitaines espagnols parmi lesquels seul manque Candia. Les deux hommes sont accueillis par de grands rires.

— Mon frère, mon frère, dit le timide Juan, don Hernando nous racontait justement comment il a jeté ce barbare à l'eau en lui recommandant de voler comme un oiseau.

Le silence retombe autour du rire faux de Juan. Tous les regards se tournent vers Gabriel.

— Votre frère vous a-t-il raconté la suite de l'histoire, don Juan ? Le bruit court qu'elle est divertissante.

— Je ne m'en souviens pas, jette Hernando. Peut-être voudrez-vous nous éclairer, monsieur ?

— Mes lumières sur ces questions sont trop limitées, don Hernando, et je ne saurais me souvenir de ce que vous auriez oublié.

Don Francisco se tient raide à côté de Gabriel, qui sent la tension extrême qui l'habite.

— Il vous vient, monsieur, une sagesse tardive, dit rageusement Hernando.

— Ce n'est que prudence, Votre Seigneurie, ou bien faiblesse. Je ne donnerai pas à cet oubli le beau nom de sagesse.

— Il y manque en effet quelque chose — quelque chose d'essentiel.

Gabriel part d'un rire plein d'entrain.

— Il me manque tant de choses, Votre Seigneurie, pour m'en approcher…

— Faites donc un effort.

— C'est que j'ai beau essayer, je n'y parviens pas. C'est bête.

— Bête, monsieur, ô combien bête, gronde Hernando en plongeant ses yeux furieux dans ceux de son frère, bête comme je ne saurais le dire…

Hernando, les mains crispées sur la table, n'en peut plus. Il se redresse, renverse sa chaise d'un coup et se dirige vers Gabriel.

Gabriel, d'un mouvement preste, fait demi-tour et se dirige vers la tenture qui sert de porte.

Tournant le dos à Hernando, il marmonne :

— Je vous présente mes excuses, don Hernando.

Il s'efface avec tant de vivacité qu'Hernando se retrouve interdit devant la tenture qui bat. Il se retourne, furieux, vers l'assemblée.

— Qu'a-t-il dit, l'animal ?

— Il vous a présenté ses excuses, mon frère, répond Juan d'un ton embarrassé. Nous direz-vous pourquoi ?

## 3

# Cajamarca, juin 1533

Il règne dans le patio de l'Unique Seigneur Atahuallpa une atmosphère singulière.

Juste devant l'emplacement du banc de l'Inca, sur une natte délicatement tissée de joncs verts, les femmes posent les récipients d'or, d'argent, de terre cuite qui serviront à son repas. Comme au temps d'avant les Étrangers, ils contiennent les viandes les plus fines, des poissons venus depuis l'Océan lointain. Pourtant, cette exquise promesse de félicité est accomplie dans un ballet silencieux.

À quelques pas de là, debout dans l'ombre d'un mur, loin des braseros, Gabriel et Anamaya sont côte à côte. Pas tout à fait de face et pas non plus épaule contre épaule. Ils ont maintenant l'habitude de se tenir ainsi lorsqu'ils sont sous le regard des autres. Immobiles, contenant leurs gestes alors que le désir leur vient de se frôler. Mais rien ne peut les empêcher de sentir vibrer l'union étrange qui est la leur. Pas même la tristesse qui gagne dans tous les recoins du palais d'Atahuallpa.

À mi-voix, Gabriel raconte comment, à force de paroles mensongères, Hernando Pizarro a dupé Chalkuchimac, lui assurant que son maître Atahuallpa avait besoin de le voir. Il décrit l'indifférence méprisante du général devant les demandes pressantes d'or et d'argent du frère du Gouverneur. L'insistance d'Hernando, ses menaces voilées. L'excitation de toute la troupe lorsque la rumeur est parvenue que Moguer et ses compagnons étaient parvenus à Cuzco, d'où ils envoyaient un trésor encore plus fabuleux que tout ce qu'ils avaient découvert jusqu'alors.

— Tu aurais vu leurs yeux fous... Leur aurait-on promis la vie éternelle qu'ils n'auraient pas été plus excités. On en a vu qui refusaient de dormir la nuit pour le cas où le trésor arriverait...

— La chambre de la rançon est déjà presque pleine, murmure Anamaya.

— Anamaya, ce n'est pas une chambre qu'il leur faut, pas un palais, c'est une ville entière d'or, et quand ils l'auront ils ne seront pas satisfaits...

— Ce sont des hommes bizarres, tes frères. Je ne cesse de les regarder pour comprendre en quoi ils sont différents de toi et en quoi ils sont semblables...

Gabriel ne sait que répondre. Il regarde Anamaya, la tête penchée. Ses yeux bleus demeurent le plus souvent baissés vers le sol mais, en un éclair, se posent parfois sur le visage animé de Gabriel.

— L'Unique Seigneur Atahuallpa ne sera jamais libre, murmure-t-elle.

— Don Francisco lui a promis qu'il régnerait paisiblement dans le Nord, à Quito, là où il est né.

— Cela n'arrivera pas, dit Anamaya en secouant doucement la tête.

— Le Gouverneur a promis, s'obstine Gabriel, le front plissé. Chacun devra suivre ses ordres. Il en va ainsi chez nous. Même celui qui est roi au-dessus du Gouverneur don Francisco souhaite qu'Atahuallpa demeure votre Unique Seigneur...

— Tu viens de dire que l'or était votre seule loi...

— Leur seule loi ! reprend fièrement Gabriel.

— As-tu la prétention de les faire changer de loi ?

Une fois de plus, Gabriel reste sans voix. Anamaya plonge son regard dans le sien. Il se sent perdu, flottant et presque inconsistant dans la puissance de ce regard, dans cette beauté aussi fraîche et simple qu'un lac immobile. Sans un mot, elle est capable de lui transmettre ses certitudes, son implacable connaissance de la vérité. Chaque fois, Gabriel sort ébranlé de cet échange. Chaque fois, il lui semble percevoir l'effet d'une force dont il n'a, jusqu'alors, jamais soupçonné l'existence.

Un peu comme un enfant, pour ne pas se laisser convaincre, il proteste encore une fois :

— S'ils voulaient lui faire du mal, je ne l'accepterais pas !

Il a parlé si fort que les femmes sursautent. Anamaya se retourne vers elles et les servantes se dispersent comme une volée d'oiseaux. Gabriel rougit puis reprend à voix plus basse :

— Depuis le jour de sa capture, où j'ai empêché qu'on le tue, le Gouverneur m'a demandé de veiller sur la vie de ton Roi.

Anamaya resserre sa cape, la remonte sur son cou fin.

— Tu ne pourras pas lutter contre ce qui doit être…

Comme elle se tait de nouveau, Gabriel demande, plus durement qu'il ne le voudrait :

— Qu'est-ce qui doit être ?

— Le temps va. Il est des forces auxquelles il est inutile de s'opposer. Même toi, même toi qui es bon, tu ne peux pas…

Touché par la tendresse de ces mots, Gabriel baisse la tête. Il ne voit pas Atahuallpa sortir de la pièce principale. L'Unique Seigneur est enveloppé dans une cape d'une laine brune très fine, fermée à la poitrine par un *tupu* en or incrusté de pierres précieuses.

Une femme se précipite pour balayer les quelques

mètres qui conduisent à son banc. Même de dos, Anamaya reconnaît la silhouette épaissie d'Inti Palla. La fausse amie et la vraie ennemie qui tant de fois a voulu sa perte. Bien que vivant pratiquement sous le même toit, elles ne se sont pas adressé la parole plus de deux fois depuis des lunes.

Anamaya se lève et d'un murmure demande à Gabriel de bien vouloir s'éloigner.

À cet instant, dans un écho qui se répercute jusqu'aux plus lointaines collines, un cri déchire le silence. Un hurlement, un rugissement plutôt, d'une netteté glaçante. Tout se fige, puis la plainte se répète, rauque, déchirante.

— Chalkuchimac ! chuchote Anamaya en se tournant vers l'Inca.

Gabriel sent ses reins se geler.

Devant eux, Atahuallpa ne manifeste pas qu'il ait entendu le moindre bruit. Il tend la main vers l'un des bols d'or, Inti Palla se penche pour le saisir et l'approcher. À l'instant où le rugissement tranche une nouvelle fois le ciel de Cajamarca, l'Inca porte à sa bouche un fin lambeau de viande de vigogne. Un peu de jus coule sur ses lèvres et une goutte de sang cuit tombe sur sa tunique.

Sans plus attendre et sans respecter la cour sacrée de l'Inca, Anamaya et Gabriel se précipitent vers la porte. Levant son épée sans la sortir de son fourreau, Gabriel repousse les guerriers incas et les soldats espagnols qui surveillent l'entrée du palais.

Tandis qu'Inti Palla tient toujours le bol de viande, les yeux tournés vers la porte où Anamaya et Gabriel ont disparu, Atahuallpa ne lève qu'à peine le visage vers eux. Il attend un bref instant, mâchant des grains de maïs. Puis il quitte son banc, rejoint l'intérieur du palais et disparaît dans l'ombre, du pas lent de l'homme qui dirige le temps et l'espace.

*

Un attroupement s'est formé sur la place, à l'entrée de l'ancien Temple du Soleil dont le Gouverneur Francisco Pizarro a fait sa résidence. Le mur d'enceinte en torchis qui le protège est toujours planté d'une haie de *quinuas*. Gabriel et Anamaya traversent le groupe silencieux des Indiens. À l'entrée, Gabriel avise la longue silhouette et le nez busqué du géant grec, Pedro de Candia.

— Que se passe-t-il, Pedro ?

— Soto lui a demandé poliment s'il connaissait les caches de l'or et il n'a pas voulu répondre.

Le Grec jette un regard par-dessus l'épaule de Gabriel et découvre Anamaya. Il sourit d'un air entendu.

Gabriel s'écarte, repousse quelques hommes. Il traverse une salle plus ou moins meublée à l'espagnole et parvient dans la lumière du patio. À côté de lui, il entend le petit cri de surprise d'Anamaya.

Au milieu du patio, un poteau a été dressé. Chalkuchimac est attaché solidement. Ses pieds reposent sur un tas de paille et de bois mort. Bien que le feu n'y ait pas encore été mis, la tunique du général fume, en partie calcinée, ses mollets sont noircis. Derrière lui, des Indiens Cañaris tiennent des torches. Devant, à côté de l'interprète Felipillo, se dresse Soto. Le capitaine, torse puissant et jambes trop courtes, piétine les dalles du patio de ses bottes ferrées comme si la terre était toujours trop basse pour lui. Mais son regard, d'ordinaire paisible, volontiers ironique, flamboie de fureur. Son index est pointé sur la poitrine de Chalkuchimac.

— Comprends-moi bien ! Tu es général, tu es courageux, tu as une tête de bœuf et un cœur de pierre. Mais moi qui ne suis que capitaine, je veux savoir où se trouve ton or ! hurle-t-il. Je veux savoir aussi où sont tes troupes et les ordres que tu as donnés à tes capitaines. Je veux le savoir, et je saurai, ou bien tu grilleras comme un cochon !

L'interprète Felipillo se penche par-dessus une botte de paille, comme s'il avait peur de chuter et de brûler avec. Les yeux fermés, il marmonne à l'oreille de Chalkuchimac. Le visage du général inca reste impénétrable, mais une veine de son cou tressaute.

Gabriel s'avance dans le patio.

— Soto !

Le capitaine se tourne vers lui, la fureur maintenue dans son regard.

— Reste en dehors de ça, mon ami.

— Le Gouverneur…

— Don Francisco m'a donné l'ordre de questionner ce bougre d'âne et je le questionne, coupe Soto d'un ton sans réplique.

Gabriel le connaît assez pour savoir que l'homme ne se laisse jamais aller au mensonge.

À cet instant, s'échappant des lèvres de Chalkuchimac, le cri retentit, celui-là même qu'ils ont entendu dans le palais d'Atahuallpa. Gabriel devine que le hurlement contient un mot, mais il ne parvient pas à le comprendre. Il se tourne vers Anamaya, que les Espagnols présents guettent avec un mauvais sourire. Elle ne le voit pas. Ses yeux bleus sont rivés sur le visage de Chalkuchimac. Ses lèvres bougent au même rythme que le cri du général. Un murmure, un mot. Un mot que cette fois Gabriel parvient à identifier.

« Inti ! Inti ! »

Le général inca ne crie pas de douleur ou de crainte. Ce qui sort de sa gorge est un appel puissant comme une trompe résonnant au sommet d'une montagne.

— Inti !

Chalkuchimac appelle le Soleil ! Il s'en remet à lui, sans un frémissement de doute, dans une foi sans faille.

Son regard tombe sur Anamaya et il ajoute d'une voix calme :

— *Coya Camaquen*. Fais venir mon maître, l'Unique Seigneur.

— Brûle-le jusqu'aux tripes, gronde Gabriel à Soto. Il ne te dira rien. Tu ne lui fais pas plus peur qu'une mouche. Il demande à voir son Roi. Lui seul le décidera à parler.

Le capitaine le dévisage, prêt à laisser sa colère exploser. Mais ses paupières battent. Il soupire avec un petit haussement d'épaules et acquiesce.

Un calme menaçant s'installe dans le patio. Une attente flotte dans l'air tandis qu'Anamaya ressort. Les regards fuient, le seul dont les yeux ne cillent pas est le général inca, qui fixe Soto, d'un air de défi méprisant.

Un bruit derrière lui fait se retourner Gabriel, comme l'ensemble de l'assistance. Le Gouverneur est entré dans le patio et Atahuallpa se tient à côté de lui. Le regard de don Francisco glisse de Gabriel à Soto, un sourire naît entre ses poils de barbe. De la main, il désigne l'Inca et annonce :

— Le Seigneur Atahuallpa accepte de parler avec son général. Peut-être réussira-t-il là où votre persuasion échoue, Soto…

Gabriel perçoit l'hésitation d'Anamaya. Elle doit prendre sur elle-même pour ne pas aller au-devant de l'Inca, qui s'approche de Chalkuchimac.

Attaché à son poteau de torture, le général toise son maître. Lui qui a montré tant de soumission et de fidélité en le retrouvant n'a pas un frémissement de cils tandis qu'Atahuallpa s'approche. Pas un signe d'affection. Au contraire, sa bouche s'arque un peu plus, dure et méprisante.

Atahuallpa s'immobilise à quelques pas du bûcher. Ses paroles sont basses mais assez nettes pour que Gabriel puisse comprendre.

— Ils menacent de te brûler mais tu ne dois pas les croire. Ils ne te feront pas de mal, car ce serait me faire du mal. Ils n'ont pas cette méchanceté.

Chalkuchimac reste un court instant sans répondre. Il dévisage l'Inca, glisse son regard lourd jusqu'à Anamaya, ignore les Espagnols autant que s'ils n'étaient que des ombres. Il demande :

— Unique Seigneur, connais-tu encore la volonté de ton Père le Soleil ? Es-tu toujours notre Inca pour demain et après-demain ?

Atahuallpa frissonne comme sous une gifle. Il se redresse et, un instant, les Espagnols devinent dans sa colère l'homme plein d'orgueil et de puissance qu'il a été.

— Comment oses-tu me parler ainsi ? gronde-t-il à l'adresse de Chalkuchimac.

— Il me semble que tu as peur de mourir, Unique Seigneur, réplique le général, décidé à le provoquer. Est-ce vrai ?

— Ton esprit te quitte, Chalkuchimac. Tu ferais mieux de te taire devant les Étrangers. Tu crains leur feu plus que je ne crains la mort. Nul ne touchera le Fils d'Inti.

— Ils ont déjà posé la main sur toi.

— Ne regarde pas. N'écoute pas.

— Pourquoi ? demande Chalkuchimac avec rudesse.

Gabriel sent la gêne d'Atahuallpa. Nul parmi les Espagnols ne sait à quoi ce « pourquoi ? » est destiné, mais Chalkuchimac et Atahuallpa, eux, se comprennent parfaitement.

— Tais-toi, dit finalement l'Inca.

— Pourquoi ne m'as-tu pas appelé, alors que j'étais prêt ? Pourquoi as-tu refusé que je meure pour te libérer ? Je suis venu devant toi, plein de larmes et d'affection, et tu ne m'as offert que du silence. Je te regarde et je vois que tu trembles devant les Étrangers. Ce ne sont que des pilleurs de temples et des voleurs d'or. Ce ne sont pas eux qui détruisent l'Empire des Quatre Directions, Atahuallpa, c'est ta peur !

Avec un feulement rauque, Chalkuchimac crache sur la paille de son bûcher. Atahuallpa se détourne. Le sang de ses yeux semble avoir avalé jusqu'aux prunelles. Anamaya tient son visage et sa nuque baissés. Gabriel serre les poings tant son désir est grand d'aller la prendre dans ses bras. Mais il sait que son geste ferait plus de mal que de bien.

Déjà, sur un signe de Soto, les Indiens Cañaris s'approchent et posent leurs torches sur la paille, qui brûle en petites flammes claires.

Dans le silence brusque du patio, Anamaya entend le bruit du feu. Elle relève le visage, la bouche ouverte comme si elle allait crier. La main de Pizarro serre le bras de Gabriel avant même qu'il ne fasse un mouvement.

— Ne t'inquiète pas, fils, marmonne don Francisco. L'Inca a raison, ceci n'est qu'une plaisanterie…

Les flammes de la paille embrasent le bois mort avec des crépitements saccadés. La fumée est dense, âcre. Elle vacille autour de Chalkuchimac, qui regarde droit devant lui, les lèvres à peine entrouvertes.

Atahuallpa lui fait face à nouveau, il fixe le feu qui se propage sur toute la surface du bûcher, imperturbable.

Elles grandissent, le bois craque. Anamaya serre ses mains jusqu'à s'en blanchir les phalanges. La chaleur du brasier atteint le visage de Gabriel. Alors Chalkuchimac, le visage tourné vers Atahuallpa, hurle une nouvelle fois de fureur :

— Qu'on enlève ce Seigneur de ma vue ! Qu'il s'en aille ! Qu'on l'éloigne de moi… Je vous parlerai et vous entendrez !

À peine a-t-il achevé ces mots que déjà Felipillo en crie la traduction.

— Faites ce qu'il dit et éteignez ce feu, ordonne la voix calme de don Francisco.

Tandis que les Cañaris lancent des jarres d'eau sur le bûcher, des soldats poussent doucement Atahuallpa hors du patio, qu'il quitte sans se retourner.

Le feu se transforme en une vapeur blanche et puante. Le bleu des yeux d'Anamaya parvient enfin jusqu'à Gabriel. Le beau visage de la *Coya Camaquen* est aussi triste que serein.

Gabriel préfère se détourner pour ne pas affronter son regard. Tout ce qu'il pense et voit lui est insupportable.

Chalkuchimac est noir de cendres, on n'entend plus que son souffle. On défait ses liens. Des pieds jusqu'aux genoux, sa chair n'est que lambeaux racornis sous lesquels le sang suinte, ses mains et ses bras sont couverts de cloques. Pourtant, lorsqu'on avance une natte pour qu'il s'y allonge, le vieux guerrier refuse. On le porte à quelques pas du bûcher. Là, il repousse les Cañaris à coups de coude et, sans montrer de douleur sinon par son souffle court qui lui secoue la poitrine, il reste debout, attendant que le Gouverneur vienne jusqu'à lui.

Soto maintenant secoue la tête comme devant un fou.

Les phrases vengeresses du général indomptable jaillissent comme autant d'insultes.

Oui, il y a de l'or, beaucoup, dans la ville de Cuzco. Oui, il y a là-bas des trésors. Si Atahuallpa a interdit que l'on touche aux biens de son père, l'Inca Huayna Capac, c'est qu'il est le plus puissant et le plus riche de tous les souverains : il est mort dans ce monde mais vivant dans l'autre. Il boit, il mange, et son temple regorge d'or…

Mais il y a plus : quatre fois il s'est approché de Cajamarca avec ses troupes à la demande de l'Unique Seigneur. Quatre fois, l'Inca a reculé au dernier moment.

Quatre fois, il n'a pas donné l'ordre de l'attaque et lui, Chalkuchimac, a dû reculer, la rage au cœur.

Gabriel se rend à peine compte qu'Anamaya quitte le patio. La fumée du bûcher pique les yeux et répand dans l'air une odeur de honte et de chairs grillées.

Chalkuchimac parle et dit les mots que veulent entendre le Gouverneur et Soto. Mais ce sont des mots de vengeance et nul ne sait s'ils contiennent une seule part de vérité.

*

La forge éclaire les nuits de Cajamarca. La distribution du butin a commencé et elle officie de jour et de nuit. Maintenant que la chambre de la rançon, au sein du palais, déborde la ligne tracée par l'Inca, les chargements y parviennent directement. La forge rougeoie et l'or coule, devient ruisseau, liquide magique, scintillant. Puis il refroidit. Devient brique, poids de jubilation. L'or s'entasse, s'empile par sacs et paniers entiers de briquettes.

Les premiers jours, tous les Espagnols étaient là, le visage aussi rouge que les braises des braseros, les joues soufflant en même temps que les soufflets. Il en était même pour se brûler les doigts à vouloir trop vite caresser les briquettes du bonheur ! Les yeux rivés à cette soupe d'or que déversaient les *plateros* de leurs louches de fonte, tout s'effaçait. Tous les mauvais souvenirs, les peurs, les maladies, les haines, les amitiés. Mais l'or coule et coule, alors cela finit par devenir aussi banal que le lever du jour.

Les soldats désormais grimacent d'y être désignés de garde au prétexte qu'on n'a le choix qu'entre s'y griller le cul ou les couilles. Mais, nuit et jour, tandis que les objets d'or les plus étranges, épis de maïs, lamas, cruches, colliers, bouchons d'oreilles, idoles ou simples plaques, fondent, nul Indien, même parmi les plus fidèles, n'a le droit de s'en approcher.

Sebastian observe le tas d'or disparate que l'on vient de déposer devant la forge. Comme toujours des vases et de la vaisselle, mais aussi des tubes et des vasques de fontaine délicatement ouvragées, des sièges et même des cailloux d'or.

Tous ces trésors rougeoient sous la lune et dans les lueurs des flammes. Ils se reflètent sur son visage.

Gabriel grogne à ses côtés :

— Il est des soirs où je suis content d'avoir été privé de butin et de ne rien posséder de tout ça. Mon plus cher trésor demeure encore mon cheval !

— Hé ! un vrai trésor pour le coup : trois mille pesos d'or au cours du jour !

— N'imagine rien, il n'est pas à vendre.

— Ne fais pas le sentimental, tu ne lui as même pas donné de nom…

Gabriel reste un instant pensif.

— Ce n'est pas l'envie qui manque mais, va savoir pourquoi, je n'y arrive pas. Aucun nom ne me semble lui convenir. Il est mon cheval, et cela me suffit…

Sebastian hoche la tête.

— Pour ma part, je serais assez content qu'on m'en donne un. Mais Hernando s'y oppose…

— Ce jean-foutre !

Au nom détesté, le cri a jailli de la bouche de Gabriel comme un crachat.

— Tu peux râler, l'ami — et soit dit entre nous, tu m'as fait bien plaisir en lui chatouillant le cou l'autre jour… Mais cela ne change rien à ma condition : esclave je suis, pauvre je dois rester.

— Tu parviendras bien à grappiller quelques déchets de fonte par-ci par-là…

Sebastian est secoué d'un rire silencieux qui fait

vibrer tout son corps. Il désigne les hommes à la forge d'un coup de pouce.

— Regarde un peu s'ils en laissent, des déchets.

— Patience, grogne encore Gabriel. Tu trouveras une bonne âme pour t'en donner, de cet or de malheur !

— Tiens donc ? J'ai deux amis ici, dans ce monde perdu. Toi et Candia. Et voilà qu'il faut que tu sois le seul conquistador qui n'a pas droit au butin et qui de surcroît n'aime pas l'or ! Un fou authentique qui n'aime que les yeux bleus d'une Indienne !

Gabriel toise son compagnon, déjà prêt à la colère, mais il n'y a chez Sebastian que tendresse, amusement et admiration. Il rit doucement à son tour.

— Candia t'aime autant qu'il aime l'or.

— Hélas ! Autant dire qu'il vaut à peine mieux que toi et qu'il ne sera jamais riche !

Gabriel soupire, le sourire encore posé sur ses lèvres.

— Qui sait, Sebastian, c'est peut-être toi qui deviendras le plus riche d'entre nous ?

Le géant noir éclate de rire, portant la main à son côté.

— Sans cheval ? Sans épée ?

— Elle viendra, cette épée : tout en son temps et tout à son prix, cela comme le reste…

Gabriel s'interrompt pour suivre des yeux un petit groupe d'Espagnols qui serrent de près deux Indiens. Ils portent une idole en or, de la taille d'une grosse poupée. Derrière, entouré de quelques-uns de ses proches, don Diego de Almagro, la moue aux lèvres.

— Don Diego ne va pas supporter longtemps de voir tout cet or lui filer sous le nez, marmonne Sebastian. Depuis qu'il est arrivé ici, il est comme cinglé !

Les Indiens déposent la statuette sur le sol avec mille précautions, comme s'il s'agissait d'un enfant fragile.

— La règle n'est pas d'aujourd'hui, répond Gabriel

tout bas. L'or de Cajamarca ne va qu'à ceux qui ont participé à la Grande Bataille et à la capture de l'Inca !

— Les règles sont faites pour être changées, marmonne Sebastian. Il suffit d'être le plus fort.

— Que veux-tu dire ?

— Qu'il ne faudra pas longtemps pour que don Diego améliore le goût de sa soupe.

— Il ferait la guerre au Gouverneur ?

Sebastian hausse les épaules.

— Ils sont tous là pour l'or. Il faudra bien que tous en aient.

Gabriel regarde l'excitation d'Almagro, là-bas, devant la statuette. Il s'accroupit, caresse l'idole et rit, son œil unique plein de flamme.

— Est-ce vrai que tu l'as sauvé de la mort ? demande Gabriel à Sebastian en désignant don Diego d'un coup de menton.

— C'était il y a longtemps. Et jusqu'à présent, cela me donne plus de devoirs que de droits.

— C'est lui qui pourra te rendre riche.

Sebastian éclate de rire.

— Non. Lui, il pourrait me rendre libre ! Je lui appartiens. Il m'a seulement prêté à la Compagnie du Gouverneur. Son or à lui, c'est ma liberté !

*

Il fut un temps, songe Gabriel en marchant dans les rues sombres, traversées de cris, de disputes, où cette ville était habitée par des hommes seulement occupés à survivre et à craindre leurs dieux. Maintenant nous sommes là, si pleins de nos fièvres, voraces d'or et de gloire comme des oiseaux de malheur ! Parfois, au détour d'une rue, brille la torche d'un des cinquante cavaliers du quart de nuit. Les derniers arrivés, ceux d'Almagro, sont les plus agressifs parce que les plus pauvres. Pas de pesos, pas de femmes, et à peine de quoi boire.

« Bientôt, bientôt, vous verrez… » leur disent ceux de Cajamarca, qui paient leur ail avec des lingots d'or.

Débouchant sur la place, Gabriel prend le chemin du palais de Pizarro. Puis il aperçoit, de l'autre côté, derrière l'église en construction, un attroupement devant le plus vaste des bâtiments, les *kallankas* comme ils les appellent, où Hernando a élu domicile.

C'est là, ce soir, que Chalkuchimac repose, les bras et les pieds brûlés, les nerfs à vif.

Quelques soldats gardent l'entrée, tendus devant la foule des Indiens pourtant calmes. Les hommes se parlent à mi-voix. Il est difficile de saisir ne serait-ce que l'éclair noir de leurs yeux.

Des doigts se referment sur son épaule. Il sursaute, la main déjà sur le pommeau de son épée.

— N'aie pas peur…

— Anamaya !

Ils rient ensemble de sa surprise. Un *añaco* blanc, retenu par une ceinture pourpre, lui serre la taille. Elle est magnifique, pareille à une étoile posée sur terre. Elle se tient tout à côté de lui, sans le toucher.

— Qu'attendent-ils ? demande Gabriel en désignant les Indiens.

— Ils veulent servir Chalkuchimac.

— Pourquoi ?

Elle se tourne vers lui, le visage impassible, avec pourtant une moqueuse tendresse dans la voix.

— Ils ont perdu l'Inca mais ils ont besoin d'un maître.

— L'Inca est toujours vivant…

— Son Père le Soleil ne se lève plus pour lui.

— Tu veux dire qu'il s'est levé pour celui-là ? demande Gabriel en désignant la porte du palais.

— Non. Je dis seulement qu'ils ont le désir de servir.

— Servir qui, si ce n'est pas l'Inca ?

Anamaya ne répond pas. Son regard se perd dans les collines, vers la lune, vers les montagnes, vers les neiges éternelles.

Lorsque ses yeux reviennent sur Gabriel, elle se laisse aller contre lui très doucement.

— Viens, chuchote-t-elle.

Étrangers à la tristesse des Indiens, à l'ivresse des Espagnols, ils longent le mur de la place et gagnent la route des Bains de l'Inca. C'est par ici qu'à l'automne, le cortège magnifique d'Atahuallpa est arrivé pour connaître en un seul jour sa gloire et sa fin. C'est par là que, ce soir-là, ils ont fui pour trouver leur destin.

Comme ils s'enfoncent dans l'ombre, le murmure de leurs voix se mêle avec celui des eaux. Bientôt, ils ne font plus qu'un avec la nuit.

## 4

## Cajamarca, 25 juillet 1533, à l'aube

Dans le bleu timide du jour naissant, Gabriel suit à cheval le chemin bien empierré qui domine la rivière Hatunmayo. Protégé du vent matinal par une épaisse futaie, il devine au loin la crête des collines rayées d'or pâle au soleil levant. Il fait bon. L'humidité de la nuit s'évanouit goutte à goutte sur les feuilles des arbres.

Au fur et à mesure qu'il s'élève au-dessus de Cajamarca, son cœur se fait plus léger. Illusion du vent, ivresse de la brise… C'est comme s'il échappait enfin, d'une volée de sabots, à la tension qui ne cesse de gagner la troupe des conquistadores.

Hernando, le frère du Gouverneur, est reparti pour l'Espagne. Accompagné de quelques hidalgos, il va porter la bonne nouvelle de la victoire de Cajamarca, accompagnée de la preuve : le *quint* du Roi, un bateau tout entier rempli d'or.

Gabriel n'a pas eu le temps de se réjouir de son départ. En traîtrise et vilenie, les jeunes frères du Gouverneur valent bien Hernando. La tension règne dans la ville entre « ceux qui en ont » et « ceux qui n'en ont pas » : l'or, toujours l'or… Plus il en arrive et plus l'avidité augmente : ceux qui sont déjà riches en voudraient plus et ceux qui n'ont grappillé que des miettes sont prêts à tuer pour en avoir. On murmure que la tension entre les deux camarades de Panamá, Almagro et Pizarro, est à son comble.

Et puis de nouvelles rumeurs agacent les esprits. Secrètement dirigés par Chalkuchimac, toujours détenu dans le propre palais d'Hernando Pizarro, les Indiens rassembleraient des troupes dans les montagnes, autour de la ville. L'interprète Felipillo prétend que l'armée de l'Inca est si nombreuse que ses généraux doivent la diviser en trois ou quatre corps afin qu'elle puisse se ravitailler plus facilement.

Chalkuchimac a de nouveau été questionné. Mais cette fois il s'en est tenu au silence... Don Francisco a envoyé Soto avec un détachement sur la route de Cajas pour en avoir le cœur net.

Chaque jour, des cavaliers sillonnent les chemins des alentours de la ville pour déceler les traces d'une avant-garde, la préparation d'une attaque qui ne vient pas.

Peu à peu, insidieusement, la peur se réinstalle.

Ce n'est pas la peur terrible de l'automne, quand ils ont découvert la puissance de l'Empire, ou la peur panique de la nuit de la bataille, quand ils ont su qu'il faudrait se battre à un contre plusieurs centaines. C'est une crainte plus sourde, qui prend aux tripes et ne lâche pas. Elle s'endort la nuit, revient, se cache dans un souffle de vent ou le piétinement d'un animal dans les taillis...

Et là, à l'instant, ce galop qui fait se retourner Gabriel sur sa selle un peu trop vite.

— Don Gabriel ! Don Gabriel !

Gabriel reconnaît le pourpoint de velours vert sombre, le cheval pie avec des brides cloutées d'argent. Pedro Cataño est un élégant, mais un des rares Espagnols dont Gabriel ne déteste pas la compagnie. Ils ont le même âge et pour un peu ils auraient pu se connaître sur les bancs de l'université. Cataño est l'un des rares hommes de cette aventure à savoir lire et écrire.

D'ailleurs, à l'écriture, il y passe beaucoup de temps, comme s'il était amoureux de sa propre histoire. Il est aussi un de ceux qui s'est le mieux, le plus dignement comporté pendant la bataille de novembre, ne cherchant jamais à insulter l'Inca. Cette attitude et son teint mat, ses pommettes si hautes qu'on pourrait presque le prendre pour un Indien, l'ont fait surnommer *l'Indio.*

— Holà, Pedro ! Pourquoi ce galop ? Mauvaise nouvelle ?

Cataño secoue la tête, sourire aux lèvres, le souffle un peu court.

— Que non ! J'ai vu que vous partiez et l'envie m'est venue de vous rejoindre.

— Il n'est pas certain que j'aie besoin de compagnie, dit Gabriel sans sévérité.

— Gabriel, répond Cataño sans se démonter, je croyais que les ordres étaient de ne pas s'aventurer seul dans les collines…

— Ah, les ordres ! grommelle Gabriel avec un soupir fataliste.

Doucement, au pas, les deux hommes atteignent la première crête. Au-dessous d'eux, la rivière roule sans menace. Le jour est bien levé et une brise légère empêche la chaleur de monter. Il est difficile de croire que des milliers d'hommes armés de haches et de frondes se dissimulent dans cette splendeur.

Cataño pousse son cheval à la hauteur de Gabriel. Les deux hommes, épaule contre épaule, admirent la beauté de la ville dont les toits fument.

— Quelle foutaise que ces rumeurs ! finit par grincer Gabriel. Je vous parie tout l'or que je n'ai pas qu'il n'y a pas un guerrier inca à des lieues à la ronde !

Cataño sourit :

— Voilà qui est faire des paris à bon compte !

— On nous raconte des sornettes, Pedro ! Et nous savons pourquoi, n'est-ce pas ?

Cataño fait une moue prudente. Il y a chez lui une retenue timide doublée d'une audace que l'on sent presque sans limites. Et ses mots sont parfois sans ambages :

— Voulez-vous dire que les gens d'Almagro veulent se débarrasser de l'Inca Atahuallpa ? Qu'ils ont tellement hâte de gagner Cuzco et de fondre leur propre or qu'ils contreviendraient aux ordres royaux ?

— La rançon d'Atahuallpa a été versée, en surnombre même, approuve Gabriel. Les nouveaux venus et don Diego en tête n'en peuvent plus d'attendre. La présence d'Atahuallpa et les prétendus risques d'une attaque des soldats de Chalkuchimac pour le libérer portent sur leurs nerfs. Et de fait nous ne pouvons nous enterrer ici... Ce n'est pas votre avis ?

Cataño hésite à peine.

— Don Francisco ne laisserait pas faire. Je veux dire : tuer l'Inca.

Gabriel flatte avec amitié l'encolure de son cheval bai. Quand on évoque devant lui la rectitude du Gouverneur, il ne peut s'empêcher désormais de sentir encore dans ses narines l'odeur de chair brûlée respirée près du bûcher de Chalkuchimac.

— Ma foi, il faut l'espérer.

— Sait-il seulement cette menace ?

— Don Francisco sait tout et comprend tout. Nul ici n'a plus d'intelligence de la situation que lui. Et chacun voit bien qu'il a un peu triché avec don Diego. Ils sont partis ensemble dans cette aventure, dix ans durant, contre vents et marées, ils en ont été des compagnons, main dans la main. Mais voilà qu'aujourd'hui l'un est riche et Gouverneur, tandis que l'autre y a perdu sa fortune et n'est encore qu'un capitaine !

En silence, le temps que ces mots fassent tout leur chemin, ils admirent encore un peu la splendeur de la plaine. Puis Cataño hoche la tête avec un sourire las :

— Je comprends maintenant pourquoi les frères du Gouverneur vous détestent tant, don Gabriel. Jusqu'à présent, je n'y voyais que jalousie de votre intimité avec don Francisco. Mais vous avez l'œil trop aigu. On ne vous pardonnera rien…

Gabriel rit doucement et le regarde avec amitié.

— À vous de juger si votre œil peut à son tour devenir aigu, Pedro. Sans ignorer les désagréments que cette trop bonne vue peut vous attirer.

Pedro le considère sans répondre. Mais son demi-sourire, plein d'affectueuse reconnaissance, dit assez que son choix est déjà fait.

Après un bref salut, sans un mot de plus, Gabriel pique des deux vers la ville.

*

Chaussant ses sandales de paille, Anamaya trouve sur la lanière une belle et grosse araignée aux pattes luisantes de poils. Après un mouvement de répulsion, elle laisse l'insecte remonter sur sa jambe nue, hésiter autour du genou avant de redescendre et de filer sur les dalles de pierre. Vive comme une ombre, elle disparaît sous une natte.

Elle reste un moment immobile. Elle n'aime plus les matins comme avant. Elle se réveille souvent en sueur, le cœur affolé de pressentiments, obscurci par les mensonges, les trop lourds silences qui pèsent sur la *cancha* du palais. On cache à l'Inca les serviteurs qui meurent, ceux qui fuient, l'imperceptible dégradation des choses. On trace autour de lui un cercle invisible, de plus en plus petit. Là il règne encore en maître absolu. Au-delà, c'est le chaos, l'impuissance, la confusion…

C'est une vie étrange à laquelle l'amour de Gabriel n'apporte aucune certitude, mais un trouble encore plus grand.

— Tu rêves, Anamaya ?

Inguill n'a jamais perdu l'habitude de se glisser dans sa chambre avec son agilité de *viscacha*. Ainsi elle a survécu, ainsi elle se déplace par tout le palais. Dans le désordre régnant, peu de questions ont été posées sur cette servante miraculeusement surgie. On a besoin de toutes les mains.

— J'essaie d'arriver dans le jour, sourit Anamaya.

— Ai-je le droit de te parler ?

Inguill possède ces manières enfantines et sérieuses qui donnent à Anamaya le sentiment d'être une mère.

— Tu as entendu comme moi les bruits qui courent sur Inti Palla…

— Je ne m'intéresse pas à Inti Palla.

Malgré elle, Anamaya a laissé percer de la colère dans sa voix. Le souvenir de la haine de celle qui fut une si belle princesse ne s'efface pas. Inguill la fixe, surprise.

— Pardonne-moi, reprend Anamaya avec plus de douceur en prenant la main d'Inguill. Alors, quels sont ces bruits ?

— On dit qu'Inti Palla s'est laissé séduire par celui qui sert les Espagnols et traduit tout ce que l'on dit.

— Felipillo ?

Inguill hoche la tête.

— Inti Palla est… va dans la couche de Felipillo ?

— Tu ne le savais pas ?

Anamaya hausse les épaules avec mépris.

— C'est impossible. Inti Palla est l'une des femmes d'Atahuallpa ! Comment oserait-elle ?

Inguill prend un air buté, elle serre le poignet d'Anamaya, emportée par sa certitude :

— Que si ! Je les ai vus. Je ne dormais pas cette nuit et je suis allée dans la *cancha* avant de me réfugier dans le temple aux divinités. Eh bien ils…

— Ils… ?

— Felipillo avait ses mains sur elle et elle était heureuse…

Quelque chose de sa vieille aversion envers la princesse fourbe renaît dans le cœur d'Anamaya. Sa voix est plus dure lorsqu'elle demande :

— T'ont-ils vue ?

— Je ne crois pas.

— Je t'ai dit de prendre garde à toi, Inguill !

— *Coya Camaquen !* Je les ai entendus prononcer le nom d'Atahuallpa. Je devais te le dire !

— Oui… Je te remercie. N'oublie pas d'être prudente. Et maintenant laisse-moi, petite.

Les yeux d'Inguill s'attardent un instant sur Anamaya puis, à regret, elle obéit.

Seule, Anamaya demeure parfaitement immobile. Elle sent une douleur grimper dans ses reins. La honte, la crainte, la déception forment des poisons dans son corps. Elle devrait courir parler à l'Inca, le prévenir du danger, comme elle l'a fait si souvent depuis des lunes et des saisons.

Mais cette fois, elle ne ressent que de la peine et un besoin de solitude.

*

— Connard ! Couillon !

Par l'ouverture dans le mur, Gabriel entend les injures. Il descend de cheval, tend les rênes à l'un des Indiens qui traînent toujours devant les *canchas,* et pénètre dans la cour. Un Espagnol est en train de frapper un Indien du seul pommeau de son épée, à petits coups violents, sur la tête, les oreilles, le cou. L'homme saigne et pousse des cris.

— Qu'est-ce qui se passe ici ? demande Gabriel.

L'Espagnol se retourne, ses boucles brunes en désordre encadrant un visage encore gonflé d'enfance lui donnent une allure d'angelot. De dos, Gabriel n'a pas reconnu sur-le-champ Gonzalo Pizarro, le plus jeune des frères du Gouverneur. Le plus beau des hommes présents à Cajamarca. Une beauté qui n'est que le masque d'une âme du diable.

Gonzalo sourit avec une feinte amabilité, désigne de la pointe de l'épée une table aux pieds de laquelle gît l'herminette.

— Il se passe que l'on confie à grand prix à cet animal le soin de faire une table. Une table, m'entends-tu ? Non pas un jubé ou une chaire ouvragée : une table. Et voilà !

Gonzalo s'appuie sur la table, qui branle imperceptiblement.

— Eh bien ? demande Gabriel, s'efforçant à un sourire aussi naturel que celui de Gonzalo.

— Eh bien, elle branle.

Gabriel s'approche de la table à l'autre extrémité et y pose la main à son tour.

— Elle ne branle pas, dit-il paisiblement.

— Et moi je dis qu'elle branle.

Gabriel se baisse pour ramasser l'herminette et la tend à l'Indien, dont les yeux sont apeurés.

— Prends, dit-il en quechua. N'aie pas peur.

L'homme hésite, saisit timidement l'outil tout en jetant un regard terrifié vers Gonzalo.

— M'est avis qu'elle ne branle pas, fait plaisamment Gabriel à l'intention de Gonzalo. Cependant, branlerait-elle que le Gouverneur ton frère m'accorderait que cela ne vaut pas la vie d'un pauvre diable.

La main de Gonzalo est crispée sur le pommeau de l'épée. Le nom du Gouverneur, son frère, le laisse songeur.

— Méfie-toi, dit-il finalement.

— Grand Dieu, plaisante encore Gabriel, c'est que je suis sur le qui-vive de nuit comme de jour.

Les pommettes de Gonzalo rougissent sous la moquerie.

— Tu ne t'en sortiras pas avec moi comme avec mon frère Hernando, siffle-t-il.

— Je t'entends, Gonzalo. C'est qu'il me manque, ton grand frère avec son plumet rouge. Et puis j'ai aussi peur de toi que j'avais peur de lui. Ne vois-tu pas le tremblement qui m'agite ?

Gabriel tourne les talons, sort de la cour et glisse un fruit à l'Indien qui a tenu son cheval sans bouger d'un pouce.

Gonzalo donne une bourrade à l'artisan dont les yeux sont fixés au sol.

— Refais cette table, bougre de singe ! crie-t-il. Et qu'elle ne branle pas.

Puis il se retourne vers l'ouverture par laquelle Gabriel a disparu et il la désigne du poing fermé.

— Méfie-toi, répète-t-il pour son seul plaisir.

Et il sourit.

*

Assis sur sa *tiana,* le siège royal, l'Unique Seigneur a les yeux fermés et le visage impassible, totalement immobile, comme s'il était déjà sa propre momie.

Quand il ouvre les paupières, ses pupilles sont deux minuscules points noirs perdus au milieu du lac rougeoyant des iris.

Anamaya garde le silence. Un sentiment ancien la submerge, plus fort que sa colère contre Atahuallpa, plus fort que la tristesse et l'amertume.

La tendresse.

Mais soudain, comme s'il avait perçu cette affection, l'Unique Seigneur fait un mouvement inouï. Il glisse du banc vers le sol couvert de peaux de guanacos et de couvertures en laine de vigogne. Il tend les mains vers Anamaya. C'est à peine si un murmure se mêle à son souffle : « *Coya Camaquen !* »

Alors elle avance sur ses genoux, pose ses mains sur celles du Fils du Soleil, paume contre paume.

L'Unique Seigneur tremble. Tout son corps tremble, ses lèvres, ses mains, sa poitrine, tout en lui tremble dans l'ébranlement du monde. Il tremble jusqu'à en claquer des dents. Il tremble comme les pierres aux multiples angles mille fois polis tremblent dans les temples lorsque *Pacha Mama*, la Mère Terre, met en mouvement ses entrailles.

Alors les bras de l'Inca entourent Anamaya et la serrent contre lui. Il s'agrippe à elle comme autrefois son père Huayna Capac s'était agrippé à sa main toute une nuit avant de mourir. Il la serre sur son cœur comme aux temps anciens où, guidée par la comète, elle lui indiquait son destin de gloire et de triomphe.

Il y a un frottement de bottes sur les dalles du patio. Lorsqu'il parvient au seuil de la pièce, c'est ainsi enlacés que le Gouverneur don Francisco Pizarro les trouve.

*

Pizarro hésite sur le seuil, embarrassé. Dans son dos, le regard matois de Felipillo est stupéfait de ce qu'il voit. Le Gouverneur patiente quelques secondes puis, comme rien ne se passe, il appelle avec une sorte de douceur et de respect :

— Seigneur Atahuallpa !

L'Inca ouvre les bras et Anamaya se lève sans hâte. Elle va se placer derrière Atahuallpa qui s'est rassis sur sa *tiana*. Elle fixe Felipillo. L'interprète détourne la tête, mal à l'aise. Elle repense aux paroles d'Inguill, mais les trois mots qui sortent de la bouche du Gouverneur captent toute son attention :

— Tu es libre !

Elle n'est pas certaine d'avoir bien compris.

Le Gouverneur fixe avec intensité le visage d'Atahuallpa.

— Tu es libre, reprend-il, mais je ne te comprends pas.

Felipillo traduit en regardant Anamaya par en dessous.

— Qu'est-ce que cela signifie ? demande l'Inca. Que dit le *Machu Kapitu* ?

Anamaya répète à son tour, en dévisageant le Gouverneur dont elle ne parvient pas à lire l'âme.

— J'entends des rumeurs, Seigneur Atahuallpa ! reprend Pizarro plus à l'aise. Je les écarte mais les rumeurs ne cessent pas… Dans mon palais, presque chaque jour, tes caciques viennent et me disent que tes ordres partent vers toutes les provinces du pays pour rassembler des troupes contre nous… Ton général Chalkuchimac est ici, avec nous, mais tu envoies des instructions à tes autres capitaines, Quizquiz et aussi Ruminavi. Mais je t'aime bien et je ne crois pas tout ce qu'on me raconte. Pourtant, je te le demande : ai-je raison de ne pas les croire ?

Le visage d'Atahuallpa s'éclaire.

— Tu as raison ! Ce sont des plaisanteries.

Le Gouverneur écoute la traduction nerveuse de Felipillo et hoche la tête.

— Tant mieux ! Dans ce cas, tu pourras bientôt rejoindre ton royaume du Nord comme je te l'avais promis et y régner en paix, avec ma protection, pour la gloire de notre Empereur Charles Quint et celle de Notre Seigneur. En attendant…

Atahuallpa écoute avec attention. Il attend. Mais Pizarro aussi se tait soudain, ne montre aucune impatience.

— Je vais mourir, déclare finalement Atahuallpa.

— Comment cela, mourir ? s'étonne le Gouverneur.

— Je vais bientôt rejoindre mon Père.

Pizarro ne nie pas, ne proteste pas…

Par la tenture, Anamaya voit soudain s'encadrer la silhouette de Gabriel, qui se glisse au côté du Gouverneur.

— Pardonnez-moi, don Francisco ! chuchote-t-il, essoufflé. Je n'ai pas pu venir plus vite.

Pizarro ne tourne pas la tête vers lui. Il ne quitte pas des yeux l'Inca.

— Ne dis pas cela, mon ami, dit-il d'une voix douce. Tu ne vas pas mourir. Si tu as des ennemis, nous te protégerons de tes ennemis ! Et aussi de ceux qui chez les chrétiens ne te comprennent pas. Je tiens trop à ton amitié.

— Je suis fatigué, réplique l'Inca d'une voix égale.

— Repose-toi. Sois en paix et passe une belle journée.

Pizarro sort après un salut qui casse en deux sa silhouette sèche, suivi de Felipillo et de Gabriel.

— Où sont-ils ? demande-t-il dans le patio.

Deux soldats s'approchent. Stupéfait, Gabriel découvre Sebastian, le visage fermé, portant des chaînes grosses comme un poignet d'enfant.

— Mais qu'est-ce que tu fais avec ça ? demande-t-il.

Sebastian ne répond pas. Gabriel se tourne vers le Gouverneur.

— Don Francisco, expliquez-moi, s'il vous plaît !

— Viens, fait Pizarro à Gabriel, après avoir indiqué d'un signe l'entrée de la chambre de l'Inca aux deux soldats. Nous avons à parler.

Anamaya est restée derrière Atahuallpa. Quand elle voit la tenture se soulever de nouveau et les chaînes entre les mains des Espagnols, elle a un mouvement de recul.

— Ne t'inquiète pas, dit Atahuallpa, tout est bien.

Sebastian s'approche de l'Inca immobile. Son regard

fuit, se pose un instant sur les iris bleus d'Anamaya et fuit encore.

— Dis-leur de faire ce qu'ils ont à faire, demande tranquillement Atahuallpa.

Le géant noir passe un collier de fer autour du cou de l'Inca. Il veille à ne pas trop serrer. Une chaîne est accrochée au collier, qu'il fixe par un cadenas autour de la plus basse des poutres de la charpente.

Atahuallpa n'a toujours pas bougé. Un pâle sourire éclaire ses yeux et détend son visage.

— Tu vois, dit-il à Anamaya. Je suis libre !

## 5

## Cajamarca, 25 juillet 1533, soir

Jour après jour, la plus grande salle du Temple du Soleil s'est transformée, avec les moyens du bord, en vague écho du luxe des palais d'Espagne. Des meubles grossiers, tables et chaises à hauts dossiers, souvent branlantes, ont été construits. Des tentures aux motifs fanés pendent aux murs, tandis que çà et là sont entassés quelques coffres. Dans les niches, des miniatures de la Vierge Marie à l'Enfant Dieu, chéries par le Gouverneur Pizarro, remplacent les masques de pumas, les lamas d'or ou d'argent déjà fondus, les poteries brisées.

Autour de la grande table où goutte la cire des candélabres, quatre couverts sont mis. Pour l'heure, les convives ne sont que trois. Don Diego de Almagro fait face à Gabriel tandis que Pizarro est resté debout.

Ce soir, don Diego ne porte pas de bandeau en travers de sa figure grêlée. Gabriel ne sait dans quel œil il lui faut regarder. Celui qui a été abîmé par une lance indienne est bizarrement attirant dans sa monstruosité. Une masse noire et sèche, qui semble parfois se mouvoir dans le rythme du bon œil. Sous son air brut et rustre, don Diego, que l'on dit courageux comme dix, sait être rusé et faire de son infirmité un avantage.

— Je l'ai vu, dit-il avec son accent traînant de la

Mancha qu'il n'a jamais perdu. Je suis allé dans sa cellule et je lui ai demandé de se calmer.

— De qui parlez-vous, don Diego ? demande Gabriel.

— Pedro Cataño ! Votre ami, à ce qu'il semble ! Il est venu tantôt faire du scandale au Conseil, interrompant don Francisco pour prétendre que lui et vous aviez déjoué un complot contre l'Inca ! Cré Dieu, ne gueulait-il pas qu'il donnerait sa vie pour la sienne ? Est-il un de ses mille deux cents fils, pour parler ainsi ? Quoique, à voir la couleur de sa peau, on peut se poser la question…

Pizarro sourit. Gabriel pâlit et doit serrer les dents pour se retenir d'insulter le Borgne.

— Le Gouverneur l'a fait mettre en cellule pour le calmer, dit don Diego en riant. Quoi faire d'autre ?

— Ne pas l'y mettre, gronde Gabriel, mais seulement lui conseiller de se taire !

— Paix, messieurs ! intervient Pizarro en se frottant les mains pour une fois dégantées. J'ai demandé que notre ami Cataño nous rejoigne pour souper. N'est-ce pas une bonne idée, don Diego ?

Roulant son œil, Almagro lève les bras au ciel.

— Je connais la profondeur insondable de ta bonté, Francisco. Insondable et, si tu me permets : dangereuse.

Le visage de Pizarro s'éclaire. Quelles que soient les causes et l'aigreur de leur rivalité, Almagro a ce privilège d'être l'un des rares capables de lui arracher un sourire.

— Si Vos Seigneuries me faisaient l'aumône d'une explication ? demande Gabriel un peu narquois et qui se doute de ce qu'il va entendre.

— Au conseil de guerre où ton ami Cataño a fait si brutalement irruption, nous discutions en effet du sort de l'Inca. L'aumônier Valverde et moi sommes d'avis que c'est un homme et que nous pourrions en faire un chrétien, mais d'autres…

Le vacillement des candélabres glisse des ombres sinistres sur le visage d'Almagro.

— D'autres pensent qu'il y a là du danger, approuve Almagro de sa voix grêle en jouant avec un gobelet de mauvais vin. D'autres croient qu'il n'est plus possible de remettre l'expédition vers la capitale de l'Empire. Moguer et Bueno ont été formels à leur retour de Cuzco. Il s'y trouve des trésors bien plus considérables que ceux que nous avons vus jusqu'à présent. Je veux dire que vous autres, ceux qui ont accompagné don Francisco, mon ami et Gouverneur, avez collectés, fondus et glissés avec soin dans votre poche…

— Toutefois, aucun d'entre nous ne doute qu'il ne faille en cette entreprise faire preuve d'un esprit très chrétien, reprend Pizarro impassible. Notre Empereur Charles Quint doit pouvoir se réjouir de nos œuvres lorsqu'elles lui seront rapportées.

— Les ordres royaux sont clairs, intervient Gabriel. Il est demandé de sauvegarder autant que faire se peut la vie des Princes, Rois et Seigneurs des Indes.

— Autant que faire se peut, donc pas en cas de trahison, grogne Almagro.

— Quelle trahison ? demande Gabriel en haussant le ton.

— Non, pas de trahison, fait doucement le Gouverneur en s'approchant de la table. Il se pourrait qu'il y ait, Diego ! Il se pourrait seulement ; faute de preuves de la trahison de l'Inca, nous devons protéger sa vie… en attendant le retour de Soto.

— Nous avons des preuves ! s'exaspère Almagro en frappant du gobelet sur la table.

— Lesquelles ? demande Gabriel.

— Le témoignage des leurs !

— Foutaises, don Diego ! Vous savez bien qu'il

n'est entre eux question que d'intrigues et de vengeances…

— Foutaises toi-même, mon garçon ! Tu veux de la vérité ? Je t'en donne une : nous ne pouvons pas partir sur les pistes de Cuzco en traînant cet animal à plumes à notre cul ! Tous les Indiens de l'univers nous tomberont dessus !

— Qu'en savez-vous ? Il les apaise d'une parole ! Je l'ai vu le faire.

— Tu n'as rien vu du tout, mon bonhomme ! Moi qui n'ai qu'un œil, j'ai vu ! Ça fait quarante ans que je vois ce dont cette engeance est capable. Et Francisco le sait aussi bien que moi, n'est-ce pas ?

— J'aime faire les choses selon la loi et l'ordre, don Diego.

— Tu parles ! Mets donc de l'ordre, Gouverneur ! Décide de la date du départ pour Cuzco et ne laisse pas traîner l'emplumé derrière nous !

— C'est indigne ! crie Gabriel en se levant. Vous ne pouvez pas…

Don Francisco lui fait un signe d'apaisement et se tourne vers la Vierge.

— L'Inca est sous ma protection. S'il doit être coupable, un tribunal le décidera, comme en Espagne.

Almagro secoue sa grosse tête difforme, mord avec rage dans un petit pain de maïs et pousse un cri.

— Diego, que t'arrive-t-il ?

— Par le crachat du diable ! Je me suis cassé une dent, marmonne Almagro, furieux. Quitte donc ta Sainte Vierge et demande qu'on nous serve la viande, Francisco. J'ai faim !

Don Diego de Almagro crache sa canine dans la poussière.

*

L'ombre noie les recoins du palais d'Atahuallpa. L'Unique Seigneur a donné l'ordre ne pas allumer les torches. Il a refusé tout repas, ainsi que les visites des *curacas* et la sollicitude des concubines et des femmes.

Il ne veut que la seule présence d'Anamaya auprès de lui.

Tant que les lueurs du jour se glissent dans la niche du puma d'or, il garde le silence. C'est seulement lorsque la nuit est pleine qu'il prononce les premiers mots :

— Je suis un fauve qui ne sait plus bondir.

Il n'y a pas d'amertume ou de tristesse : une constatation. Il touche le collier, remue la chaîne qui l'accroche au mur.

— Viens près de moi, *Coya Camaquen*. Entoure-moi de tes bras…

Anamaya pose ses mains sur l'Unique Seigneur. Sous la douceur du vêtement, elle sent son corps épuisé dont la chaleur s'estompe déjà. Un homme qui meurt par sa volonté. Un homme qui appartient déjà au Monde d'En dessous.

— Je sais tout, maintenant, dit Atahuallpa calmement. Il est trop tard et je n'ai pas de regrets car c'est ma vie elle-même qui est le prix de cette connaissance. Je sais ce que mon père t'a dit avant de mourir car je suis dans la même nuit que lui et je vais bientôt le rejoindre. Ce n'est plus ma voix qui te parle mais encore la sienne. Et écoute… Écoute : derrière la nôtre il y a celles de nos Pères ! Ma voix est plus ancienne que moi et elle durera longtemps après nous. *Coya Camaquen*, douce jeune fille aux yeux de lac, n'oublie jamais de porter la voix des Fils d'Inti !

— Depuis des lunes je sais que tu dois partir, Unique Seigneur, murmure enfin Anamaya. Pourtant, maintenant que le moment est venu, j'ai peur.

— Je n'ai pas peur, moi. Reste avec moi comme tu es restée avec mon père.

Le souffle d'Anamaya se mêle à celui de l'Inca et ils ne sont plus qu'un dans la nuit.

— Il n'y a plus de clans au Cuzco, chuchote Atahuallpa. J'ai exercé ma vengeance comme un homme ivre, un homme injuste et chargé de colère. Il n'y a plus de frères, plus d'ennemis… Les enfants de l'Empire sont aujourd'hui chargés de chaînes comme moi. Ils pleurent et ils souffrent par ma faute.

Ses genoux plient, Anamaya le soutient, mais le collier broie la gorge de l'Inca. Un grognement de douleur vibre dans sa poitrine.

— Le Nord et le Sud se sont affaiblis par ma faute, le sang du Soleil s'est répandu à cause de moi. Chalkuchimac avait raison : les Étrangers n'y sont pour rien ! reprend-il d'une voix enrouée. Ils sont pareils aux rapaces qui attendent que leur proie s'épuise d'elle-même. Moi, Atahuallpa, fils d'Inti et du grand Huayna Capac, j'ai fendu l'Empire des Quatre Directions et les Étrangers en profitent. Mais ils ne connaissent rien de la puissance de l'Autre Monde. Ils bâtissent avec de la poussière sur une montagne de feu qui, un jour, se réveillera et les brûlera jusqu'à ce que leurs cendres soient dispersées et répandues sur l'Océan qui les a portés.

La voix ne sort plus de sa poitrine. Elle est rauque comme celle d'un vent venu des entrailles de la terre. C'est la voix de tous les Ancêtres, des pères et des fils qui ont construit le lignage infini depuis la création du monde.

— Longtemps j'ai rejeté mon frère Manco. Maintenant je vois ce que tu as vu sans oser me le dire : il est le premier nœud des temps futurs.

— Et le puma ?

La question est sortie de la bouche d'Anamaya malgré elle. Il n'y a aucune surprise dans la voix d'Atahuallpa quand il répond :

— Le puma n'est plus avec moi, mais tu dois lui faire confiance. Fais ce que mon père t'a ordonné, suis ses conseils…

Au soulagement qui envahit son cœur, Anamaya sait que se brise en cet instant la chaîne du silence qui broyait sa propre gorge. Enfin l'Unique Seigneur est parvenu lui-même à voir et à comprendre ce qu'elle a vu et compris depuis des lunes. Il est enfin proche de nouveau des Anciens de l'Autre Monde. Oui, il est sur le chemin de la fin du corps.

Longtemps, dans la nuit, les yeux clos et l'esprit apaisé, l'Unique Seigneur et la *Coya Camaquen* unissent leur joie. Il n'y a plus de frontière entre leur veille et le rêve, la nuit et le jour, la chair et l'absence de chair. Ainsi que des oiseaux transparents, ils étendent leurs ailes et voyagent au-dessus des montagnes et des plaines du pays bien-aimé, dans ses temps anciens et futurs, dans le lac de ses origines et le fleuve sacré du ciel, dans l'argent de la Lune et l'or du Soleil.

Prisonniers, ils sont libres.

*

Ils en sont déjà à peler des fruits lorsque Pedro Cataño entre dans la salle à manger du Gouverneur en titubant. La colère et la peur d'avoir été enfermé ruinent ses traits. Don Francisco se lève pour le prendre par l'épaule, ce geste que Gabriel connaît bien, par lequel il offre son affection et réclame la soumission.

— Calme-toi, Pedro ! Assieds-toi et mange donc !

Cataño se laisse glisser sur une chaise et lâche une tirade longuement méditée en toisant Almagro droit devant lui :

— Messieurs, Gouverneur, je vous remercie d'exercer la justice que mérite le Seigneur Atahuallpa.

Almagro glousse, la chair d'une mangue entre les

dents, tandis que Pizarro demande, comme s'il n'avait pas entendu :

— Que diriez-vous d'une partie de cartes ?

— De cartes !

Gabriel n'en croit pas ses oreilles.

— Notre noble don Gabriel se trouverait-il trop savant pour les cartes ? s'amuse don Diego.

— Excellent, reprend don Francisco en faisant un signe aux servantes indiennes. Diego, tu joues avec notre ami Cataño, mais donne-lui le temps d'avaler sa volaille…

Almagro prend le jeu d'un air de dégoût et de résignation tandis que Cataño plonge le nez dans son écuelle d'étain.

À cet instant, un vacarme se fait entendre depuis le patio, des voix qui montent, des cris de colère. Gabriel sort sur le seuil. Deux soldats espagnols encadrent un des esclaves indiens venus du Nicaragua et tentent de forcer l'opposition des gardes. Gabriel reconnaît Pedro de Añades, un petit homme à la barbe clairsemée qui ne cesse jamais de transpirer, fidèle d'Almagro s'il en est.

— Eh bien, Añades, appelle Gabriel, que se passe-t-il ?

— Ceux-là nous refusent le passage ! gueule Añades en désignant les gardes. Il me faut voir don Diego de Almagro dans l'instant.

— Dans l'instant ? Comme vous y allez ! Don Diego joue aux cartes avec le Gouverneur.

Le visage d'Añades s'éclaire.

— Alors le petit Jésus est mon frère, don Gabriel. Il me faut le voir également, le Gouverneur.

— Puis-je vous demander pourquoi ?

Añades désigne l'esclave.

— Je pense, dit-il d'un air d'importance, que Leurs

Seigneuries m'en voudraient de ne pas leur apporter le témoignage de celui-là…

— Le témoignage ?

Añades pose un doigt sur ses lèvres.

— Pardonnez-moi, don Gabriel, mais la chose est si grave que je ne peux autoriser cet homme à parler que devant le Gouverneur et don Diego.

Il y a dans le visage d'Añades comme la flamme du mauvais plaisir. Gabriel, un instant, songe que cela ressemble beaucoup à celles d'un bûcher. Il fait un geste en direction des gardes.

— Laissez-les entrer, ordonne-t-il.

— Vos Seigneuries, commence pompeusement Añades une fois parvenu dans la salle à manger, il est de la plus haute importance que…

— Sois bref, coupe Pizarro.

Añades se trouble, jette un coup d'œil sur la table, les mets, les cartes, comme s'il s'y trouvait le chemin le plus direct pour parvenir à son but. Il finit par houspiller l'Indien qu'il a tiré jusque-là :

— Parle alors, toi…

L'Indien se tait, roule des yeux effrayés autour de lui. Ses lèvres s'agitent mais aucun son n'en sort. Añades, le front luisant, se lance enfin :

— Cet homme dit qu'il a vu, à trois lieues de Cajamarca, une multitude de guerriers indiens en marche vers la ville…

— Pour ce que mes oreilles entendent, cet homme ne dit rien, remarque froidement Pizarro.

— Tout doux, Francisco ! intervient Almagro en jetant ses cartes et en bondissant de sa chaise. Par saint Jacques, la menace est sur nous et tu nous parles comme au tribunal à Séville !

— Cet homme dit ou ne dit pas. Je veux entendre ce qu'il dit.

— Parle-nous, demande Gabriel avec douceur. Raconte ce que tu as vu, nous serons contents.

L'esclave rassemble ses esprits. Ses phrases sont courtes, hachées :

— J'ai vu ces guerriers. Nombreux, très nombreux… Ils viennent du Nord… J'étais caché dans un village. Ils ont détruit un champ de maïs. Ils chantaient. Ils parlaient d'attaquer la ville la nuit prochaine…

Gabriel fronce le sourcil, les lèvres pincées, tandis que l'Indien, les yeux baissés, poursuit son récit. À chaque phrase, Pizarro hoche la tête.

— Alors ? demande finalement Añades, la mine satisfaite.

Le silence lui répond.

Puis la voix d'Almagro retentit, sarcastique :

— Votre Seigneurie souhaite-t-elle que pour l'amour de Cataño nous mourions tous ?

Pizarro le toise et gronde :

— Épargne-moi tes âneries, Diego, je les connais toutes !

Il serre le poing dans son gant et sort, sans un coup d'œil pour Gabriel. Almagro, déjà debout, le suit, puis Añades, son compagnon et l'esclave. Malgré la lueur des flammes, le visage brun du jeune Cataño est tout gris.

— C'est fini, marmonne-t-il. Ils vont tuer Atahuallpa. Nous avons perdu, n'est-ce pas ?

Gabriel secoue doucement la tête.

— Pedro, dit-il à voix basse, nous étions bien ensemble ce matin ?

Cataño hoche la tête d'un air malheureux.

— Tu as vu ce que j'ai vu ? Des champs, de l'air, le silence. Il n'y a pas d'armée autour de Cajamarca.

— Pourtant cet homme…

— Cet homme ment ! assène Gabriel.

# 6

# Cajamarca, matin du 26 juillet 1533

— Prouve-moi qu'il ment ! aboie Pizarro.

— Il n'est pas besoin de preuve : j'ai vu de mes yeux les champs et les montagnes vides de toute armée ! Je vous en donne ma parole et je vous le dis : ce bonhomme ment. Bon sang de bois, don Francisco ! Ma parole ne vaut-elle pas celle d'un esclave ? s'énerve Gabriel.

Il a forcé l'entrée de la chambre de Pizarro à l'heure où le Gouverneur s'habille. Don Francisco passe méticuleusement autour de son cou sa collerette de dentelle blanche. Avec les quelques plumes de couleur de son chapeau, c'est là le seul ornement qu'il s'autorise pour égayer son éternelle tenue noire.

— Don Francisco, reprend-il, attendez au moins le retour de Soto ! Nous en saurons plus. D'ici à Cajas, lui et ses cavaliers auront exploré chaque ravin. S'il y a plus de trois Indiens en armes, il les aura vus ou au moins entendus.

Sa voix est dure, son regard furieux. Il se voudrait plus calme, plus mesuré. Il sait que le Gouverneur déteste qu'on le presse trop. D'ailleurs, Pizarro repousse sa proposition d'une levée méprisante des sourcils.

— Attendre ? Que dirai-je au Conseil ce matin, mon garçon ? Que dirai-je à Almagro, aux officiers royaux ?

— Monseigneur, si mon souvenir est bon, à notre départ de Séville vous ne vous êtes guère alors préoccupé des officiers royaux… ni du Conseil ni de don Diego ! Vous vouliez que les choses se passent à votre manière et que les éléments vous suivent au lieu de vous précéder…

Un éclat d'amusement passe dans les prunelles usées du Gouverneur. Il aime qu'on lui rappelle cette « incartade ». Néanmoins, il secoue la tête.

— Autrefois est autrefois, mon garçon ! Désormais, j'ai la charge de cette ville, de toi, de tes compagnons. Je suis le Gouverneur, et ce pays doit vivre selon les lois de l'Espagne.

— Précisément ! remarque aigrement Gabriel. Si le Roi apprend que le Seigneur Atahuallpa a été exécuté sans preuve…

Les doigts du Gouverneur frémissent sur le rebord de son chapeau. L'exaspération assourdit sa voix, il martèle les mots :

— Combien de fois faudra-t-il le dire ? Tu ne me donnes pas la preuve que l'Indien de don Diego mente ! Pas plus que tu ne me prouves qu'Atahuallpa ne crache pas des sornettes pour nous endormir !

— Donnez-moi le temps de vous fournir cette preuve et vous l'aurez.

— Assez !

Pour la première fois, Pizarro élève la voix et lève sa main déjà gantée de noir vers Gabriel.

— Assez ! Cela suffit, Gabriel Montelucar y Flores ! Souviens-toi de qui tu es et de ce que tu me dois ! Souviens-toi de ce que tu m'as promis !

Gabriel se raidit, les joues soudain blanches pour l'allusion à sa bâtardise et au nom qu'il déteste. Quant au reste, il s'en souvient comme au premier jour.

Mais déjà le Gouverneur se mordille la lèvre, mimant l'embarras, et se reprend :

— D'où tu viens, tu sais que je m'en fiche. Je suis comme toi. Mais n'oublie pas le reste… Tu m'as promis de toujours te soumettre à mon jugement. Et à cette condition tu es… Oui, tu es comme mon fils.

La voix du Gouverneur s'éteint sur cette affection secrète, ambiguë, qui les unit. « Le vieux chien... » pense Gabriel, sans toutefois pouvoir retenir son émotion.

— J'ai besoin de ta confiance, Gabriel, reprend don Francisco en lui serrant le bras. Ne te laisse pas trop influencer par cette Indienne, cette magicienne de l'entourage d'Atahuallpa. Ce n'est pas bon.

— Cela ne regarde que moi, don Francisco !

— Je ne sais pas…

Ils se jaugent un instant, yeux dans les yeux. Finalement, Pizarro agite sa main comme s'il chassait une mouche.

— Bah, les femmes, ce n'est pas important ! Je te dis cela car mes frères sont chagrinés de te voir avec cette fille étrange.

Ainsi nous y voilà, songe Gabriel presque avec amusement. Ce vieux singe détourne la conversation, et veut appuyer là où il me croit faible.

— Vous savez ce que je pense de vos frères, don Francisco. Moi, je ne me permets pas d'avoir une opinion sur les femmes indiennes qu'ils prennent et jettent au gré de leur fantaisie…

Gabriel est presque certain de voir une lueur d'amusement sur le vieux visage de Pizarro. Il en profite pour ajouter :

— Nous parlions de choses sérieuses, Votre Excellence.

— Oui… Tu as raison. Alors écoute-moi bien. Ce n'est pas seulement que j'exerce le pouvoir ici, de l'autorité du Roi. Tu me connais assez pour savoir que je ne me contente pas de cela. Nul n'a plus que moi le sens du devoir et de la justice. Nul, m'entends-tu ?

— Je le sais, don Francisco.

— Crois-tu que je passe mes nuits en vaines prières, à faire des bruits avec ma bouche ? Ou bien crois-tu que j'écoute ce que me dit la Très Sainte Vierge ?

— Je sais, répète Gabriel.

— Je ne suis pas ici pour l'or, Gabriel, ni pour avoir des terres avec des milliers d'esclaves. Je laisse cela à don Diego de Almagro et aux autres… Je suis ici, moi, pour écrire une légende à la gloire de Notre Seigneur Jésus-Christ et du Roi Charles Quint.

— Alors, ne la laissez pas se tacher de sang.

Pizarro enfonce son chapeau bas sur son front, plonge ses yeux dans l'ombre. Il resserre d'un coup sec la boucle de son baudrier et place sa main sur le pommeau d'or de son épée, comme s'il posait pour un peintre.

— Tu maintiens qu'Añades et son esclave mentent ?

— Oui.

— Donne-m'en la preuve.

— Et ensuite ?

— Ensuite rien. Trouve-moi cette foutue preuve, c'est tout.

*

Malgré l'heure matinale, Gabriel est surpris par l'animation nerveuse sur la place de Cajamarca. Des groupes d'Indiens bavardent à voix basse et les Espagnols patrouillent, la mine menaçante.

La garde a été doublée. Toute la nuit, cent cavaliers se sont succédé dans les rues et les routes des abords de Cajamarca. Tous les Espagnols ont dormi en armes. À l'aube, le père Valverde a dit dans l'église inachevée une messe qui, à la ferveur et la pâleur des visages, rappelait aux anciens de Cajamarca celle de la Grande Bataille de novembre.

— Gabriel !

L'appel le fait sursauter. Sebastian s'approche de lui. Son sourire habituel découvre ses dents dont la blancheur et la solidité font la jalousie des conquistadores.

— Suis-moi un instant, veux-tu ?

Côte à côte, ils contournent l'église. Les murs de la nef ne sont encore maçonnés qu'à hauteur d'homme. Sur l'autel de pierre, une simple croix de bois a été érigée. L'effet est étrange, de ces piliers dressés vers le ciel bleu des Andes.

— Pourquoi est-ce toi qui as enchaîné l'Inca ? questionne durement Gabriel.

— Parce qu'ils m'en ont donné l'ordre, répond simplement Sebastian.

— *Ils ?*

— Almagro et le Gouverneur lui-même.

— Mais toi ? Pourquoi toi ?

Le ricanement de Sebastian est sinistre, sa voix pleine d'aigreur :

— Mon ami, te faut-il toujours redécouvrir la plus simple vérité ? Moi, parce que je suis la chose de don Diego. Moi, parce que ma peau est noire et qu'aucun bon Espagnol n'aurait voulu se souiller les mains à enferrer le cou d'un roi, même d'un roi à plumes du Pérou ! On ne sait jamais de quoi demain sera fait, quand on est blanc, espagnol et *don* quelque chose ! Moi je le sais : de la même fiente qu'hier et aujourd'hui !

Gabriel baisse les paupières. Il y a tant de douleur contenue dans la voix de son ami que chaque mot le frappe au ventre comme un poing. En cet instant, l'ébauche maçonnée de l'église lui semble aussi hideuse qu'un chapelet de mensonges.

— Ma question était stupide, pardonne-moi, ami.

— Il y a une mer entre toi et moi, don Gabriel, grince Sebastian. L'amitié ne suffit pas toujours à y naviguer de bout en bout…

— Je t'ai dit : je sais et je te demande pardon. Faut-il que je me mette à genoux et que je te prie ? s'agace Gabriel avec mauvaise conscience. Bon sang, d'accord ! Tu n'y es pour rien. Seulement je suis las que l'on me fasse prendre des vessies pour des lanternes. D'autant que cette nuit que nous venons de passer me semble avoir été des plus noires et des plus mal éclairées !…

Le sourire revient sur les lèvres de Sebastian.

— Je peux peut-être te l'éclairer, ta lanterne. Cet Indien qui a témoigné hier…

— L'homme d'Añades ?

— Précisément. Indien et surtout esclave. Il ne sait même plus de qui, le bougre ! Hier soir, j'ai bu avec lui quelques-unes de leurs bières si douces dans le gosier et qui te délient la langue en moins de rien. Au troisième gobelet, il n'était plus trop sûr s'il avait vu des armées d'Indiens ou des troupeaux de lamas. Au quatrième, il n'était plus sûr d'être allé baguenauder dans les champs autour du col. Au cinquième, il montrait l'épingle d'or que lui a généreusement donnée Añades pour raconter sa fable !

— Tu es ma providence, Sebastian ! Où est-il ?

— Si je le savais…

— Comment ça ?

— Il a pris peur en dessoûlant et je ne parviens plus à mettre la main dessus…

— Par le sang du Christ !

— Comme tu dis ! Si tu ne le fais pas parler devant le Gouverneur, c'est moi qui serai le Judas ! Ils m'ont désigné pour garrotter l'Inca.

Gabriel plonge son regard dans celui de son ami. Il y a dix minutes il serait entré dans une violente colère.

Maintenant il se sent plongé dans une amertume sans fond. Seul un dernier espoir fait encore battre son cœur.

— Tu ne me demandes pas pourquoi ? grince Sebastian.

— Ne recommence pas, veux-tu !

Sebastian lui agrippe le poignet et plante ses yeux sombres bien droit dans les siens tandis qu'il assène, plus aigre qu'un crissement de scie sur un vieux barreau :

— Si je tords le cou de l'Inca, don Diego m'offrira lui-même une épée, et don Hernando Pizarro soi-même ne s'opposera plus à ce que je pose mon auguste cul sur le dos d'un cheval. Moguer m'appellera don Sebastian ! C'est un marché qui se tient, qu'en penses-tu ?

Gabriel retient la fureur qui ronge sa gorge. Il serre les mâchoires et empêche sa bouche de cracher des mots inutiles.

Sebastian a raison : c'est un marché qui se tient.

*

Anamaya observe sans émotion la foule des Étrangers qui pénètre dans la chambre de l'Inca. Elle les reconnaît tous. Le Gouverneur vient en tête, puis Almagro le Borgne, le prêtre Valverde sa Bible à la main et les officiers royaux. L'interprète Felipillo aussi et les deux jeunes frères du Gouverneur, Gonzalo et sa beauté du diable, Juan et son étrange allure de fierté et de timidité mêlées.

De toute la nuit elle n'a pas quitté Atahuallpa.

Sur un geste de Pizarro, un soldat détache le collier. Atahuallpa se tâte le cou. Il toise les Étrangers, un par un, avec dégoût, avec mépris, avec indifférence. Puis il revient sur le Gouverneur.

— Pourquoi as-tu fait cela, mon ami ?

Pizarro ne répond pas. Il donne un coup de pied dans

le collier de fer gisant à terre, comme pour l'éloigner de l'Inca et supprimer toute trace de son existence.

— Tu es venu pour jouer aux échecs, n'est-ce pas ?

Le temps de la traduction, un murmure monte chez les Espagnols. Anamaya voudrait sourire. Atahuallpa a dit cela avec tant de tranquille assurance… La nuit a été pleine de réconfort pour l'Unique Seigneur.

Sur un signe, un serviteur apporte une table en joncs tressés. Un banc est déposé à côté de Pizarro, puis l'échiquier. Atahuallpa a pris du goût pour ce jeu pendant sa captivité. Tout près du palais, à côté des ateliers de tissage désormais vides, on lui confectionne des échiquiers dont il choisit avec attention les matières et les tailles.

— Tu vas prendre les blancs, déclare l'Unique Seigneur. Et moi les noirs. C'est dans l'ordre des choses.

S'il est surpris, le Gouverneur ne le montre pas. Il retire le gant noir de sa main droite. Anamaya découvre cette main petite et sèche qui place les pièces avec nervosité.

Toujours debout, l'Unique Seigneur ôte un à un les attributs de son pouvoir et les tend à Anamaya : le pectoral de *mullus* roses et rouges à la finesse inouïe, le *llautu,* le bandeau royal, et même le foulard qui dissimule son oreille déchirée. Le silence est absolu. Tous les Espagnols ont les yeux rivés sur l'Unique Seigneur Atahuallpa. Plus il se dépouille, plus il est l'Inca.

Lorsqu'il ne lui reste plus que sa tunique, il dit paisiblement au Gouverneur Pizarro :

— Jouons.

Les servantes, les femmes, les Seigneurs de la suite s'entassent dans les niches du fond de la pièce. Les Espagnols refluent vers le patio, laissant les deux joueurs seuls. Et Felipillo se tient prudemment debout derrière Pizarro, jetant parfois un coup d'œil fuyant à Anamaya.

Dans la clarté qui vient du patio, les yeux d'un autre Espagnol cherchent les siens avec insistance. L'un des frères du Gouverneur. Gonzalo ? Juan ? Chaque fois qu'elle croit surprendre le regard d'un des deux frères, elle n'attrape qu'un sourire en biais, comme s'ils cherchaient à se jouer d'elle.

Là-bas, dehors, il y a un conciliabule entre les Espagnols. Les voix se chevauchent et le ton monte.

Atahuallpa, indifférent, avance ses pions avec calme et sûreté. Les mouvements de Pizarro sont moins réguliers, moins réfléchis. Bientôt, Almagro le Borgne rentre dans la pièce. Il vient se poster si près du Gouverneur qu'il frôle ses épaules du pommeau de son épée.

— Don Francisco, nous ne sommes pas ici pour assister à une partie d'échecs.

Un murmure d'approbation monte du patio. Anamaya remarque que le Gouverneur a perdu déjà beaucoup plus de pièces qu'Atahuallpa.

— Don Francisco ! insiste Almagro.

Pizarro tourne à peine la tête.

— Qu'y a-t-il, don Diego ?

— Foutre Dieu, Francisco ! Enfin quoi, Votre Seigneurie ? Nous ne sommes pas ici pour jouer, mais pour signifier à l'Inca sa sentence.

Felipillo a cessé de traduire. Anamaya le fait, à voix basse, tout près de l'oreille blessée de l'Inca. Au mot de « sentence », il se raidit brièvement. Il hoche la tête.

— Eh bien faites, mon ami, faites, grommelle Pizarro.

Tandis qu'Almagro se retourne vers les officiers royaux en secouant la tête de dépit, le Gouverneur regarde l'énigme indéchiffrable de l'échiquier. Sa main se pose au hasard sur l'une des pièces qui lui restent avant de voleter à la suivante, indécise toujours.

Lorsqu'il finit par lever les yeux vers l'Inca, Anamaya surprend son regard plein de désarroi. Il lui semble que Pizarro va réclamer l'aide de l'Unique Seigneur.

Mais le plus jeune des officiers est enfin entré dans la pièce et déplie un rouleau. Il commence à lire, s'interrompant après chaque phrase pour reprendre son souffle. Felipillo fait ridiculement de même. L'Unique Seigneur d'un claquement de langue lui ordonne de cesser. L'Espagnol cependant continue de lire la litanie du rouleau de mots. Agenouillée auprès de l'Inca, Anamaya ne traduit que les plus violents : duplicité… mensonge… trahison… assassinat… armées hostiles…

À chaque mot, le sourire d'Atahuallpa s'agrandit.

Quand l'officier royal cesse sa lecture, l'Inca s'adresse à Pizarro :

— C'est pour cela que vous me tuez.

Ce n'est pas une question. Pizarro se trouble et laisse tomber la pièce qu'il cherchait à reposer. L'Unique Seigneur Atahuallpa se penche, la ramasse, la lui met dans la main dont il referme doucement les doigts.

Son sourire est beau, si tendre que le rouge de ses yeux s'estompe.

— Êtes-vous certains que vous ne voulez pas plus d'or ? Pas plus de jolie vaisselle, de jolies statues, de jolies fontaines ?

Les Espagnols sont entrés jusqu'au milieu de la pièce. On entend leurs respirations. Le silence est lourd, violent.

L'Unique Seigneur déplace un dernier pion. Il ne reste plus de pièces au Gouverneur tandis que celles de l'Inca sont presque au complet.

— Vous êtes mat, mon frère, annonce Juan avec un entrain forcé.

Atahuallpa saisit son propre roi, le soulève au-dessus de l'échiquier. Il le tourne entre ses doigts comme s'il le voyait pour la première fois.

— C'est un grand roi, dit-il, avec des troupes puissantes… Pourtant, il a dû commettre des fautes graves…

D'un cou sec, il brise la pièce sur le bord de l'échiquier. La tête roule à terre à la manière d'un dé. Personne n'ose la ramasser.

Le silence revient. Don Francisco Pizarro saisit son gant à côté de lui sur le banc et l'enfile en agitant les doigts.

— Un grand roi mais une mauvaise partie, soupire-t-il. Je ne peux rien faire.

— Tu en es sûr ?

La question n'appelle pas de réponse et elle n'en obtient pas.

Les Espagnols plissent les yeux d'inquiétude. Lorsque l'Inca cherche la main d'Anamaya, certains font un pas en arrière. Tous observent cette poigne sombre qui serre, serre à briser la main de la *Coya Camaquen*.

Ils ignorent le sens de ce geste. Ils imaginent que l'Inca a peur, qu'il a besoin de l'appui d'une femme.

Quand l'Unique Seigneur relâche sa pression, Anamaya s'avance jusqu'à la pièce brisée et ramasse la tête du roi d'échecs. Elle referme ses deux mains dessus. Atahuallpa sourit avec un petit hochement de tête.

— Allons, dit-il. Conduis-moi où tu dois, mon ami Pizarro.

## 7

## Cajamarca, 26 juillet 1533, crépuscule

Au logement d'Añades, Sebastian et Gabriel ont trouvé porte close. Un vieil esclave à la bouche tremblante, assis sur une chaise branlante adossée au mur, qui ne savait rien que balbutier des mots sans suite. Ils ont couru par la ville toute la journée, inspectant chaque ruelle, chaque palais, chaque *cancha* riche ou pauvre.

Ils ont fini par le dénicher dans une cour misérable, où les cochons d'Inde grignotent des feuilles pourries et cavalent entre des enfants nus. Quatre esclaves y font tourner en geignant une lourde meule à roue. À l'extérieur de la *cancha*, quelques serviteurs indiens attendent les sacs de farine de maïs. Sebastian désigne un homme assis sur un tabouret :

— Le voilà enfin !

Gabriel découvre deux yeux pleins de crainte qui se posent sur lui et le reconnaissent.

— Oui, c'est bien lui, dit-il.

D'un même élan, ils se précipitent sur le pauvre bougre avant qu'il puisse esquisser un geste. Dans la bousculade, les cochons d'Inde s'enfuient en couinant et les enfants se mettent à hurler. Mus par une sûre prudence, les Indiens abandonnent la meule et se réfugient dans l'ombre d'une pièce misérable.

— Je ne veux pas te tuer, marmonne Gabriel en poussant le bonhomme hors de la cour.

Devant eux, la file des serviteurs fuit aux extrémités de la ruelle.

— Je te laisse, fait Sebastian. Ils m'attendent. Fais vite.

Le géant noir s'éloigne en courant tandis que Gabriel plaque l'esclave contre le mur de terre.

— Ton nom ?

— Je n'ai pas de nom…

Toute la frustration accumulée pendant la journée, toute la fureur de l'injustice qui va se commettre lui rompent les nerfs. D'un revers de main dur comme le plat d'une épée, Gabriel frappe l'homme au visage. Son nez et sa bouche saignent.

— Tu ne sais même plus ton propre nom, c'est cela ? Combien de *tupus* t'a-t-on donnés pour oublier ce que tu sais et te souvenir de ce que tu n'as pas vu ? Combien ?

Dans le regard de l'autre, il retrouve l'ironie de Sebastian au matin : « Il y a une mer entre toi et moi… » Aussi brutalement qu'est venue sa colère, la honte et la lassitude lui immobilisent les bras. Il lâche l'homme qui se recroqueville, coulant de sueur et de sang mêlés.

— Ton nom ?

Des yeux méfiants se lèvent, des yeux qui ne voient plus que la peur. Gabriel se baisse et saisit l'esclave par les épaules avec une douceur inattendue.

— N'aie pas peur, je ne te frapperai plus.

Il s'assied par terre à ses côtés, à même la terre et les ordures qui traînent sur le sol. Il laisse avec indifférence un cochon d'Inde mordiller la pointe de ses bottes. Par une ouverture, il entrevoit les silhouettes accroupies de deux femmes. Au loin, le son sinistre des trompettes résonne, porté par la brise.

— Raconte, insiste-t-il. Que t'a demandé ton maître ?

— Je ne dois rien dire, marmonne l'homme à voix basse.

— Je sais. Mais il faut dire quand même.

— Le Seigneur Étranger a annoncé que nous allions être tous tués si je ne racontais pas la chose comme il voulait. Il a dit que votre Maître serait content et nous épargnerait. Il m'a donné l'épingle en or.

— Tu n'as pas vu de soldats. Tu n'as pas vu les guerriers de l'Inca.

L'homme frotte ses pieds sur le sol sans répondre. Il attrape un cochon d'Inde et le relance sans brutalité. Puis enfin secoue la tête.

— Que diras-tu si je t'amène devant le Gouverneur maintenant ?

— Si je dis le vrai, ils me tueront quand tu auras tourné le dos.

— Non, assure Gabriel en se redressant et en s'époussetant. Je peux te promettre que tu ne seras pas tué si tu dis la vérité.

*

Entre le palais d'Atahuallpa et le poteau d'exécution qui a été dressé au milieu de la place, une haie de soldats maintient un passage dans la foule. Quand l'Unique Seigneur sort, enchaîné, tête nue, les Indiens se jettent à terre en poussant des cris, comme s'ils étaient ivres. Tout autour de la place, des cavaliers guettent, casqués, la main à l'épée.

Atahuallpa est encadré par le prêtre Valverde, l'interprète Felipillo et un capitaine espagnol. Anamaya le suit à quelques pas. L'Inca se retourne vers elle :

— Reste avec moi jusqu'à ce que je puisse voir mon Père, ordonne-t-il.

Elle hoche la tête, la gorge nouée, incapable de répondre.

— Demande-leur, dit paisiblement Atahuallpa à Felipillo, pourquoi ils me mettent à mort.

L'interprète se trouble. Tout bas, dans l'espoir qu'Anamaya ne l'entende pas, il dit au capitaine et au prêtre :

— L'Inca demande s'il peut donner encore de l'or pour éviter la mort.

Ce n'est pas la première fois que l'interprète déforme les paroles de l'Unique Seigneur. Anamaya est sur le point de protester lorsque Atahuallpa, sans se soucier de la réponse à sa question, lance d'une voix si forte que la foule tout autour l'entend :

— Depuis que vous m'avez en votre pouvoir, Étrangers, qu'ai-je fait, sinon vous amener de l'or, encore plus d'or, de l'argent, des pierres précieuses ? Qu'ont fait mes femmes, mes serviteurs, mes fils, sinon vous servir et vous obéir en tout ? Vous affirmez que mes armées marchent vers vous. Montrez-moi ces armées… Vous m'avez emprisonné et enchaîné, vous torturez le Puissant Chalkuchimac. Y a-t-il une volonté ici qui ne soit pas la vôtre ? Maintenant, ma présence vous lasse. Vous voulez prendre ma vie. Prenez-la. Vous ne prendrez que ma présence dans ce Monde. Je suis l'Unique Seigneur du Tahuantinsuyu, rien ne peut interrompre mon voyage vers l'Autre Monde. Il y a bien des saisons, mon Père le Soleil a lancé sa semence d'or sur ces montagnes pour assurer ma naissance. Ma Mère la Lune a fait couler son lait d'argent jusqu'à ma bouche pour que je sois fort et puissant. Je n'aurai que joie et paix de retourner enfin auprès d'Inti.

Lorsqu'il se tait, un lourd grondement de douleur parcourt la place. Des larmes coulent et brillent jusque sur les joues des hommes. Même ceux qui se sont plaints de la dureté et de l'indifférence de l'Inca s'inclinent avec douleur. Aujourd'hui, comme si le soleil déchirait enfin les nuages, son courage et sa souffrance deviennent les leurs. Avec lui, ils affrontent l'impuissance d'être hommes et femmes de l'Empire des Quatre Directions, avec lui ils subissent le grand vent de destruction soulevé par les Étrangers.

Deux hommes se saisissent de ses bras et l'attachent étroitement au poteau de cèdre. Anamaya reconnaît l'homme de peau noire, l'ami de Gabriel qui, déjà, la veille, a passé le collier au cou d'Atahuallpa. Elle cherche son regard et n'y lit qu'une résignation infinie.

— Où est le Gouverneur, mon ami Pizarro ? demande Atahuallpa. Je veux lui parler.

Fray Vicente Valverde d'un signe et d'un soupir demande au capitaine de bien vouloir aller chercher don Francisco.

C'est alors que des cris font taire brutalement la foule. Se retournant, Anamaya découvre Gabriel qui fend la haie de soldats, traînant derrière lui un Indien.

— Où est le Gouverneur ? hurle-t-il. J'ai sa preuve ! J'ai la preuve qu'il m'a demandée ! L'esclave d'Añades a menti, entendez-vous ! Il n'y a pas d'armée indienne, l'Inca est innocent !

Après un temps de surprise, Valverde lui répond, agacé :

— Que lui voulez-vous, au Gouverneur ?

— Fray Vicente, l'Inca est innocent !

— Innocent de quoi ? De bafouer la volonté de Dieu, certainement pas ! Mon ami, si vous voulez être utile à cette créature, vous devriez prier pour lui plutôt que de vociférer comme un fou.

Gabriel montre l'homme qui tremble à côté de lui et crie :

— Fray Vicente, dois-je vous rappeler que vous allez massacrer l'Inca non à cause de Dieu, mais au prétexte qu'il veut nous anéantir avec ses armées. Or cet homme que voici a menti sur l'ordre d'Añades. Il n'y a pas un seul guerrier indien à cinquante lieues à la ronde ! Cela vous est-il indifférent ?

Le dominicain reste silencieux.

— Par le sang du Christ, Fray Vicente, répondez-moi !

Mais Valverde n'a pas à répondre. Un cri détourne leur attention :

— Messeigneurs ! Messeigneurs ! On ne trouve don Francisco nulle part ! Personne ne sait où il est…

— Vous voyez, murmure Valverde, inutile de compliquer les choses.

Gabriel, hébété, se tourne vers Felipillo, qui traduit à l'Inca encore ses mots. Fugacement, il voit les lèvres d'Anamaya qui elles aussi murmurent. Atahuallpa cherche le regard de Gabriel avec un peu d'étonnement. Rien de plus. D'un geste de la main, il fait taire Felipillo et s'adresse directement à lui :

— Il faudra dire au Gouverneur que je reste son ami et que je confie mes enfants à sa protection.

Avant que Gabriel puisse réagir, Valverde, la croix haute levée, se dresse entre eux :

— Oublie tes enfants, Inca ! s'exclame-t-il. Oublie tes femmes ! Songe à Dieu, songe au visage de Dieu et meurs en chrétien.

— Mes enfants sont petits, nombreux et très petits, insiste Atahuallpa en cherchant encore le regard de Gabriel par-dessus l'épaule du prêtre.

— Dieu a voulu que tu meures pour les excès que tu as commis en ce monde. Tu dois te repentir de tout cela et Dieu te pardonnera.

— Mes enfants sont faibles, ils ont besoin de protection…

Gabriel perçoit la voix d'Atahuallpa mais les bras levés du prêtre lui dissimulent son visage. Soudain, ce sont les yeux d'Anamaya qui pèsent sur lui, qui se posent sur lui comme si elle posait ses mains sur sa poitrine. Alors, par-dessus le sermon de Valverde, il lance en quechua, d'une voix forte :

— Sois sans crainte, Unique Seigneur, je parlerai au Gouverneur pour tes enfants.

Valverde pivote d'un coup, les joues empourprées, la croix menaçante.

— Cela suffit ! Taisez-vous !

Derrière lui, le visage d'Atahuallpa est presque souriant.

— Puis-je ne pas être brûlé ? demande-t-il doucement.

— La sentence est que tu le sois, grogne Valverde dans un soupir. Sauf si tu meurs en reconnaissant la volonté de Dieu le Tout-Puissant.

— Pourquoi ?

— Parce que Dieu te pardonnera et tu auras sa clémence.

Les yeux d'Atahuallpa quittent ceux de Valverde. Un instant, il considère la foule comme s'il voulait incruster chaque visage dans sa mémoire. Et brusquement il s'exclame :

— Peuple du Tahuantinsuyu, je vais mourir !

Une clameur monte de la foule, un cri plus profond que celui des trompes, un vacarme plus assourdissant que celui des tambours.

— Je vais vous quitter pour rejoindre enfin mon Père ! Je vais par le Monde d'En dessous commencer mon long voyage. Je reviendrai vers vous comme je suis déjà revenu, une fois, sous la forme d'un serpent. Les Étrangers disent qu'ils ne me brûleront pas si je deviens chrétien, comme eux. Ils désirent que je me soumette à la puissance de leur Dieu.

La foule se tait. La poitrine d'Atahuallpa se soulève malgré les liens qui l'emprisonnent.

— Peuple du Tahuantinsuyu, mon corps ne doit pas devenir cendres afin de pouvoir me porter jusqu'à mon

Père. Aussi vais-je faire ce qu'ils disent. Mais souvenez-vous : je suis le Fils d'Inti !

Il y a soudain tant de fierté dans les derniers mots que la foule se met à hurler :

— C'est ainsi, Unique Seigneur !

— Je suis le Fils du Soleil !

— C'est ainsi, Unique Seigneur !

Alors, avec indifférence, au milieu des cris, des vociférations, des larmes, des appels, Atahuallpa se laisse baptiser par Valverde.

Anamaya ferme les paupières et se souvient. Elle se souvient du jour où elle a aidé l'Unique Seigneur à fuir et où les gardes stupéfaits n'ont trouvé dans sa geôle qu'une mue de serpent. Elle se souvient du matin du Grand Massacre, quand il a interpellé la foule avec les mêmes mots, exactement.

L'ombre du soir déjà obscurcit la grande vallée tandis que les sommets des montagnes rougissent. Des torches s'allument çà et là. Gabriel voudrait s'avancer, serrer le corps d'Anamaya entre ses paumes. L'Indien qu'il a poussé jusque-là l'observe, hébété. Il lui fait signe de disparaître dans la foule. Quand il relève le visage, il découvre le regard de Sebastian. Malgré lui et sans bien savoir ce que peut signifier ce signe, il hoche la tête.

Avec une étrange douceur, Sebastian passe le lacet de cuir autour du cou de l'Inca, il en glisse les deux brins dans l'orifice du garrot. C'est une vis de bois, pareille à celles qui brisent les noix. Il donne un tour à la poignée et le lacet entre dans la chair d'Atahuallpa.

Le grondement de la foule devient assourdissant, il ne fait qu'un avec le ciel.

D'un coup de poignet, Sebastian tourne de nouveau. La chair brune de l'Unique Seigneur blanchit sous la pression du lacet. Sa glotte tressaute tandis que sa bouche s'ouvre sur un silence. Ses lèvres si bien dessinées se tendent sous la douleur.

Anamaya a relevé ses paupières, elle fixe les yeux sanglants d'Atahuallpa comme si elle voulait se fondre dans son ultime regard. Tandis que la foule hurle encore, que Valverde psalmodie avec violence, c'est à peine si elle perçoit l'ordre de Gabriel.

— Plus fort, Sebastian, plus vite !

Le grand homme noir, cette fois, semble tourner le garrot avec tout son corps. Un craquement déchire le vacarme. L'échine de l'Unique Seigneur s'est brisée. Ses yeux basculent sur ce que nul ne voit.

Gabriel se rend compte qu'Anamaya est maintenant si près de lui que leurs épaules et leurs hanches se touchent. Il sent le frôlement du dos de sa main sur la sienne. Elle murmure :

— Nul ne peut lutter contre ce qui doit être, pas même toi.

Les hurlements des femmes crissent vers le ciel de plus en plus obscur. Les hommes déchirent leurs vêtements, se griffent la poitrine. Les flammes des torches sont folles. Anamaya referme ses doigts sur les siens.

— Tout est bien, dit-elle.

Sebastian est assis au pied du bûcher. Ses joues sont sèches mais ses épaules tremblent comme si la fièvre allait l'emporter.

# 8

## Cajamarca, nuit du 26 juillet 1533

C'est une nuit sans la lumière de Quilla, la Lune. Le palais de l'Unique Seigneur Atahuallpa est plongé dans une obscurité qui ne cessera jamais.

Partout, dans les vastes pièces comme dans les petites, dans les cours et les resserres, la nuit résonne de gémissements. Hier encore, certaines des épouses, des concubines et des servantes rêvaient de servir les Étrangers. On se plaignait de l'Inca, on rappelait sa dureté, son indifférence… Maintenant, tout n'est plus que douleur. Le sang ne coulera jamais assez pour la peine.

Anamaya se sent brûlante et elle s'arrête à la fontaine dans le patio pour plonger ses mains dans l'eau claire. Les gouttes glissent sur son visage sans apporter de fraîcheur.

Inguill vient vers elle et, sans un mot, se blottit contre sa poitrine.

Anamaya la laisse faire et la console. Elle aussi, la jeune fille de Cuzco, la protégée de Manco, pleure la mort de celui dont les ordres et la cruauté ont été cause de la mort de sa mère, de ses frères.

Puis, tout doucement, Anamaya l'éloigne d'elle. Elle la considère un instant dans l'ombre, son petit visage d'oiseau baigné de larmes.

— Laisse-moi, maintenant, murmure-t-elle tendrement, j'ai à faire…

Inguill s'efface dans la nuit.

Anamaya se glisse dans la vaste chambre d'Atahuallpa. Une seule torche est allumée, dans le fond de la pièce, qui n'éclaire rien mais donne l'atmosphère d'une maison qui descend lentement vers l'Autre Monde.

Son pied heurte un objet qui jette un son métallique : c'est le collier qui enchaînait l'Inca tout à l'heure. À tâtons, son regard s'habituant peu à peu à la faible lumière, elle retrouve tout ce qui entourait l'Inca vivant et qui porte encore la marque de sa chaleur, de sa puissance évanouie : la *tiana* en bois rouge, la table en joncs tressés, l'échiquier renversé…

— Toi aussi, tu es revenue !

Une peur terrible la traverse en un éclair.

— Inti Palla !

La silhouette de la jeune femme sort de l'ombre. Anamaya a un mouvement de recul et elle trébuche sur le banc de l'Inca.

— N'aie pas peur…

Ce n'est pas la voix de l'ancienne Inti Palla, celle dont elle avait cru à l'amitié et qui la trahissait avec des paroles doucereuses derrière lesquelles se tapissait la jalousie.

— Prends ma main, je t'en prie.

Inti Palla est presque suppliante et pourtant ses paroles semblent provenir d'un monde déjà lointain. Après une hésitation, Anamaya saisit la main tendue. Elle est glacée malgré la douceur et l'humidité de la nuit.

— J'ai tant de remords la nuit. Dans le sommeil ou dans la veille, mon esprit s'agite en vain pour leur échapper. Mon remords est un *quipu* dont les nœuds ne se dénombrent plus…

Inti Palla part dans un petit rire qui se transforme en une toux et secoue sa poitrine.

— Je ne suis rien et pourtant j'ai partagé la couche de l'Inca. Lorsque nous étions ensemble, toi et moi, dans les maisons des Vierges de Quito, je n'avais pas d'autre volonté. J'ai obtenu ce que je voulais. Et puis, je ne sais plus comment, les trahisons sont venues peupler ma couche plus souvent que l'Unique Seigneur. Les vengeances et les déceptions ont succédé aux trahisons…

La princesse se rapproche d'Anamaya. Son bras et son épaule l'effleurent. Sa peau est étrangement sèche et rugueuse, comme si tout le corps d'Inti Palla se préparait pour l'Autre Monde.

— Tu les voyais trop bien, ces trahisons. J'avais peur que tu me le voles. Peur d'être rejetée comme les concubines oubliées que les soldats se partagent. Moi, si délicate !

Le rire de nouveau. Sans joie.

— Mon remords, vois-tu, ce n'est pas d'avoir menti, ce n'est même pas d'avoir trahi Atahuallpa pour Felipillo… Mon regret, c'est toi, jeune fille aux yeux bleus. Je t'ai aimée et admirée plus qu'aucune autre personne.

Anamaya sursaute encore, retire sa main. Mais Inti Palla s'accroche à elle jusqu'à planter ses ongles longs dans sa paume.

— Tu ne veux pas me croire, n'est-ce pas ? Tu te défies trop de moi ? Tu ne crois plus rien de ce qui sort de ma bouche !

— Je te crois, Inti Palla…

— Je le voudrais tant ! Anamaya, aucun autre instant de ma vie ne tourmente ma mémoire plus que ce jour où tu es arrivée à l'*acllahuasi*. Ce jour où pour la première fois tu as posé ton regard sur moi. Tes yeux étranges, si beaux, si profonds, que la jalousie dans l'instant m'a déchiré le cœur. Tu possédais quelque chose que je n'aurais jamais... Avec le temps, j'ai compris que ton regard, en vérité, ne réclamait qu'amitié et fidélité. Une amitié pour la vie. Mais mon orgueil, ma crainte me l'ont aussitôt interdite. Pour la vie !... Maintenant je vais mourir. Cette nuit même, je vais mourir avec ce remords-là au cœur.

— Tu es mon amie, chuchote Anamaya.

Elle est surprise par ses propres mots. Ils ne mentent pas. Ils font seulement remonter une très ancienne, très lointaine émotion, qu'elle peut offrir en cet instant à la princesse perdue.

Dans sa main, la main d'Inti Palla s'est figée. Elle lui paraît moins froide.

— Tu vois comme c'est étrange, dit finalement Inti Palla à voix encore plus basse, maintenant je n'ai plus peur.

Les deux jeunes femmes s'étreignent dans la chambre devenue prison. Anamaya sent le souffle d'Inti Palla s'apaiser, son corps se tendre d'une volonté nouvelle et forte.

— Je voudrais que tu m'aides, maintenant, demande la princesse qui fut si belle.

— Oui, dit Anamaya.

*

Pizarro est tête nue, un bandeau noir au bras de son habit noir. Il lève son gobelet d'argent à l'entrée de Gabriel.

— Sais-tu ce que je bois ?

Gabriel ne répond pas. La colère l'avait quitté au côté d'Anamaya mais, à chaque pas qui le rapprochait du Gouverneur, elle est remontée en lui.

— Merci, je n'ai pas soif, dit-il sèchement.

— Goûte, fils !

Le ton du Gouverneur n'admet pas de réplique.

Gabriel saisit le gobelet qu'on lui tend et y trempe ses lèvres. Pour aussitôt en cracher le liquide. Don Francisco opine du chef, sans l'ombre d'un sourire, et reprend son gobelet.

— Du vinaigre ! J'en boirai toute la semaine et avec moi ce borgne d'Almagro et tous les autres !

— Don Francisco, si vous croyez que cela va... Soto !

Soto entre d'un pas lourd dans la pièce, le chapeau encore sur la tête et précédant quelques hommes. Le capitaine a la mine noire des mauvais jours. Ses yeux sont fatigués, sa barbe aussi broussailleuse que ses vêtements sont poussiéreux. Avant même qu'il n'ouvre la bouche, Gabriel sait ce qu'il va dire :

— Rien ! Rien, don Francisco ! Pas le cul d'un soldat indien, pas une troupe, pas une colonne. À cent lieues à la ronde en direction du sud, je vous le dis : rien ! Les routes sont aussi vides d'armées de l'Inca que le dos de ma main... Les seules armes que nous avons vues, ce sont les bêches de pierre des paysans ! Voilà : rien... On nous a raconté des sornettes !

Pizarro soupire. Les paupières baissées, il fait tourner le vinaigre dans son gobelet.

— J'ai été trompé !

Soto se retourne vers Gabriel, la fatigue durcissant sa voix :

— Que se passe-t-il ici ? On me dit que l'Inca est mort ? Je traverse la ville et partout j'entends des hurlements à vous glacer le sang !

Gabriel frissonne. Tous ses muscles sont douloureux comme s'il avait lui-même chevauché en vain des journées entières.

— Garrotté, marmonne-t-il.

— Garrotté ? Sans jugement ?

— Avec jugement.

— Mais puisque j'étais sur les routes...

La bouche du capitaine frémit. Il se tait. Il a compris.

— Ainsi donc, Almagro a eu gain de cause.

Son front se baisse un instant et il secoue la tête comme s'il voulait se débarrasser d'une mouche importune.

— Gouverneur, reprend-il avec lenteur et sévérité. Il est vrai que la présence de l'Inca rendait délicate l'expédition pour Cuzco, mais il y avait d'autres solutions que cette exécution… Je regrette la mort du Seigneur indien. Elle n'est pas bonne. Ni pour vous ni pour nous.

« Et tu n'as pas tout vu », songe Gabriel que l'image du collier de fer obsède.

Pizarro soutient un instant le regard de Soto puis remplit son gobelet de vinaigre. Il y trempe les lèvres sans sourciller.

— Je la regrette également, don Hernando.

Il y a dans la voix de Pizarro une solennité, une tristesse, qui imposent le respect. Soto le considère silencieusement, cherchant un regard, attendant une parole de plus. Qui ne vient pas. Il remet son chapeau et sort devant ses hommes.

— Raconte-moi, dit alors don Francisco à Gabriel. Raconte-moi comment il est mort.

*

Elles sont dans une petite pièce de l'arrière du palais, entourées de piles d'*unkus* dont la variété de formes, de tissages, de matières et de couleurs est inouïe. Il y a là de quoi vêtir les Uniques Seigneurs pour des générations et des générations.

Elles n'ont pas trouvé de corde d'agave dans la resserre. Inti Palla a volé l'une de ces longues brides de cuir avec lesquelles les Espagnols attachent leurs chevaux. Elle la tend à Anamaya en esquissant un sourire :

— L'Unique Seigneur Atahuallpa est mort avec un lien tout pareil.

Anamaya glisse ses mains autour du cou d'Inti Palla. Elle noue habilement la lanière en un nœud solide et mobile. Sur la chair fine et souple dont le brun de miel attisait la convoitise des hommes, cela fait une sorte de collier presque beau.

Elle regarde la princesse. Inti Palla approuve d'un petit hochement de tête.

— Si elle casse, dit-elle, je tomberai au milieu des tuniques de l'Inca et je rêverai que je suis la concubine de sa dernière nuit.

Elle dispose deux bancs l'un sur l'autre et grimpe avec légèreté sur cet empilement branlant. Habilement, elle accroche la corde à la poutre principale de la fine charpente qui soutient le toit de chaume.

— Laisse-moi seule, maintenant.

Anamaya sort sans se retourner.

Alors qu'elle parvient dans le patio, elle entend le choc sourd des bancs de bois qui se renversent.

C'est tout le bruit que fait Inti Palla, à l'heure de son voyage vers le Monde d'En dessous.

Anamaya ne ralentit pas sa marche et va boire un peu d'eau fraîche à la fontaine qui coule encore.

Cette nuit-là, dans le palais d'Atahuallpa, dans les *canchas* de Cajamarca, à l'*acllahuasi*, des dizaines de femmes meurent ainsi pour suivre l'Inca.

*

Pour respecter les ordonnances de la sentence, il a tout de même fallu allumer un maigre bûcher. Quelques flammes ont léché les vêtements de l'Inca mort, grillé sa chair et ses cheveux afin que l'on puisse dire, plus tard, qu'il a été brûlé.

La puanteur de ce simulacre flotte encore dans l'air

de Cajamarca lorsque Gabriel quitte le logement du Gouverneur. L'air de la vallée est déjà irrespirable, étouffant de cris et de gémissements.

Au centre de la place, le poteau d'exécution est encore dressé. La dépouille d'Atahuallpa y est attachée, tel un Christ indien, martyr de la nuit revêtu par la plainte de tout un peuple. La souffrance propagée par sa mort ne s'éteint pas. Elle va, comme une flèche lente, au plus profond des cœurs, les blesse et les brise.

Mâchoires serrées, Gabriel traverse la foule. Les visages si souvent impassibles brillent de larmes. Plusieurs fois dans la soirée, les Espagnols, à bout de nerfs, ont tenté de dégager la place, mais cela s'est révélé impossible. Hommes et femmes, les Indiens se sont allongés sur la terre poussiéreuse ainsi que des cadavres, indifférents aux coups de botte ou de pique, indifférents à la peur ou à la souffrance, si bien que certains se sont laissé piétiner, éclater la tête par les sabots des chevaux.

Au loin, se répondant dans les collines qui entourent la ville et de plus loin encore, des hautes et lointaines montagnes, de ce qui fut le cœur battant de l'Empire des Quatre Directions, résonnent les trompes et les tambours, les torrents, le tonnerre de l'orage. Dans le ciel, les étoiles se meuvent avec lenteur dans leur fleuve d'éternité.

Le souffle des dieux incas traverse la nuit.

Parvenu au bûcher, Gabriel accomplit ce qu'il n'a jamais encore accompli pour personne jusqu'à ce jour. Il s'agenouille et joint les mains, en silence, devant le corps d'Atahuallpa. Lui qui s'était promis de ne plus prier depuis son séjour dans les geôles de l'Inquisition trouve sans peine des mots et une ferveur qui l'étonnent.

— Je savais que tu viendrais…

Ce n'est qu'un chuchotement, mais il reconnaît aussitôt la voix et l'accent. Il ne se retourne pas. Le cœur battant, les yeux fermés, il devine la présence de celle qu'il aime.

— J'ai tout essayé pour qu'ils ne le tuent pas, murmure-t-il.

La puanteur cesse, il respire son parfum, elle est si proche qu'elle l'entoure de ses bras, lui ferme la bouche d'une main légère.

— Je sais.

— J'avais la preuve. Soto est revenu… Le Gouverneur est convaincu maintenant. Mais ça ne sert plus à rien. C'est trop tard.

Anamaya l'enlace doucement, sa poitrine frémit contre le bras de Gabriel.

— Non. Ni trop tôt ni trop tard. Cela est advenu en son temps. Je te l'ai dit : tout est bien. L'Unique Seigneur est maintenant là où il doit être. Tu as fait ce que tu devais. Comme l'un de nos héros, un guerrier vivant au milieu des soldats de pierre…

— De pierre ?

Elle hoche la tête, paisible, sereine.

Ils sont ensemble dans la nuit. Leurs souffles s'accordent. Malgré l'horreur qui les entoure, il est étonné par la violence soudaine de son désir pour elle. Avec une pointe de gêne, il sent son membre se tendre alors que les doigts d'Anamaya glissent sous sa chemise, fins, agiles. Sur son épaule, ils épousent les contours de la marque du puma.

— Il y a des choses que tu dois savoir, chuchote-t-elle. Cette tache sur ton épaule. Celle que j'ai embrassée la première nuit…

La caresse est délicieuse, la douceur le traverse de part en part.

— Je me souviens…

— Elle représente un animal de nos montagnes, un

animal puissant et magnifique que nous vénérons car il porte en lui la force et la volonté de nos Ancêtres.

— Le puma ?

— Oui, le Puissant Seigneur *puma.* Une nuit, il y a bien des saisons déjà, alors que je n'étais qu'une jeune fille tremblante, le père d'Atahuallpa, l'Inca Huayna Capac, m'a fait appeler auprès de lui. Il m'a confié des secrets du passé de l'Empire, mais aussi de son futur…

La voix d'Anamaya est douce, caressante comme sa main et sa bouche. Gabriel se laisse entraîner sans effort ni étonnement, tandis qu'elle lui raconte comment elle est devenue la *Coya Camaquen*, l'épouse du Frère-Double de la momie du Grand Roi. Comment elle l'a accompagné, perdu, puis retrouvé au cœur de la *huaca,* du labyrinthe de pierres sacrées.

— C'est là, dans l'obscurité et la terreur, que je t'ai vu pour la première fois. Tu étais le puma aux yeux de lumière, celui dont les griffes terrifient, celui dont le bond traverse les montagnes… Je ne savais pas si tu allais me dévorer… Et j'ai entendu la voix de Huayna Capac me dire : *Fais confiance au puma...*

Gabriel n'est pas sûr de comprendre tous les mots qu'Anamaya prononce. Ils traversent son esprit sans s'arrêter, comme des oiseaux de nuit, et ils reviendront dans ses rêves.

— Quand je t'ai eu devant moi, quand j'ai vu le puma sur ton épaule, j'ai su que tu étais arrivé jusqu'à moi. D'où tu venais, où tu retourneras…

Elle lève les yeux vers le cadavre d'Atahuallpa.

— Il y a une vie ici mais d'autres, ailleurs, dans plusieurs mondes… Nous voyageons de ce Monde à celui d'En dessous et du Monde d'En dessous à l'Autre Monde du ciel, le plus beau et le plus parfait… Nous revenons, nous nous transformons…

— Toi aussi ? Anamaya, tu as fait ce… voyage ?

Elle ne répond pas.

Elle tourne ses yeux bleus vers les siens et son sourire les élargit, ses yeux de lac, ses yeux de ciel, ses yeux de nuit, et il y plonge avec confiance, pour un voyage dont il sait déjà qu'il ne voudra pas revenir.

# DEUXIÈME PARTIE

# 9

## Cordillère de Huayhuash, 5 octobre 1533

— Gare !

Le cri retentit juste au-dessus de Gabriel. D'instinct, il courbe la tête sous le bouclier promptement relevé et crispe la main sur la bride de son cheval, qu'il presse contre la paroi. Des fragments de roche plongent comme une mitraille dans le ravin, quelques énormes blocs y basculent dans un souffle de boulet. Le choc des pierres sur les dalles et les bandes de fer des écus résonne comme des coups de masse tandis qu'ils retiennent leur souffle. Quelques graviers rebondissent sur les croupes des chevaux qui renâclent. Puis c'est le silence.

Presque d'un même geste, les longues silhouettes de Candia et de Sebastian se redressent. Comme Gabriel, ils laissent retomber leurs boucliers et lèvent les yeux vers le haut de la pente.

L'éboulement a dû se produire juste au-dessus du ressaut qui leur dissimule encore le col. Inquiet, Gabriel se retourne vers les porteurs qui suivent. Mais chacun a pu se mettre à l'abri et quelques ballots seulement ont été déchirés.

— Sacrée artillerie ! grommelle le Grec. Et je m'y connais !

Les yeux de Candia sont brillants. Les trois amis ont

la même pensée : l'éboulement est-il dû au hasard ou provoqué par les guerriers de Quizquiz et Guaypar ?

À dire vrai, depuis l'emplacement où ils se trouvent, c'est impossible à savoir.

— C'est le troisième depuis ce matin, remarque Sebastian avec une grimace ironique. Si celui-ci, ils ne l'ont pas provoqué, c'est qu'ils ont un dieu pour faire le boulot à leur place !…

Candia grommelle une insulte qui se perd dans le vide.

— En route, ordonne Gabriel en claquant d'un coup de bride la croupe de son bai. Ce n'est pas la peine de geler ici.

Derrière eux, l'immense colonne s'étire et fume sur tout le flanc de la montagne. C'est comme si un peuple entier avançait. Les quatre cents Espagnols conduits par le Gouverneur, Soto et don Diego de Almagro sont noyés, engloutis dans cette cohorte immense de milliers d'Indiens, esclaves ou troupes alliées des Cañaris, guerriers de la côte, serviteurs de petits seigneurs locaux ralliés de gré ou de force à la puissance nouvelle et fascinante des Étrangers.

Mais le temps est violent, le ciel bas, froid et humide. La montagne dresse ses pics et ses cols devant eux comme autant d'épreuves meurtrières. Elle semble s'élever toujours plus haut, se noyant dans les brumes et l'air glacé. Un concert de toux et de gémissements, de cris et d'imprécations, se mêle aux claquements espacés des sabots.

Presque au milieu de la colonne, un peu après le peloton de cavaliers qui entoure le Gouverneur don Francisco Pizarro, vient la litière de Chalkuchimac. De loin, même dans la lumière grise, elle est reconnaissable à la variété des plumes de couleur qui la décorent. Depuis les premiers pas du matin jusqu'à l'épuisement du soir, une haie serrée de fantassins espagnols l'encadre, relevée toutes les cinq heures. Les tortures ont affaibli le général inca, mais la légende de son courage n'en demeure pas moins immense parmi les guerriers indiens. Il n'est pas de jour où le Gouverneur et les siens ne craignent une attaque pour le délivrer.

*

Sur la pente raide et glissante, la voie royale menant à la capitale trace des lacets de plus en plus serrés. Les cavaliers ont mis pied à terre depuis longtemps pour soulager les chevaux, qui respirent avec des gémissements de forge.

La brume tantôt se déchire, tantôt s'épaissit au gré de souffles invisibles. Parfois, à l'approche d'un col, Gabriel est ébloui par la lumière dure du soleil, tandis que le bleu du ciel devient aussi profond que celui d'un océan.

Le monde qu'il découvre ne semble plus être celui de la terre. Les pentes s'adoucissent en une houle souple et nue, lavées par les pluies et balayées de vents fous. La poussière des roches recouvre des herbes courtes et jaunes, recuites par le gel. Pas un arbuste ne pousse, pas une plante ni un arbre. Seuls de gros rochers noirs émergent parfois du sol ocre et rouge, pareils à des chancres. Ce monde n'appartient plus aux hommes — il ne faut compter que sur la chance pour le traverser sans dommage.

Ici, on ne peut qu'à peine respirer. Chaque pas semble plus lourd, comme si tout l'or fondu à Cajamarca avait été glissé dans les semelles des bottes !

La dernière nuit de Gabriel n'a été qu'un long cauchemar. Vingt fois il s'est réveillé, glacé et en sueur, la bouche béante, convaincu déjà d'étouffer. Vingt fois il a rêvé qu'il marchait dans un pays vide d'air, se redressant sur sa couverture avec un gémissement de bête à l'agonie. Et vingt fois, tout autour de lui, il a entendu geindre ses compagnons saisis par une pareille terreur.

Au réveil, il n'a presque rien mangé. Au cœur de l'après-midi, il s'interdit de penser qu'il ne va pas trouver la force de poursuivre, qu'il devra rester au bord du chemin. Il a compté ses pas par centaines, puis par dizaines, et maintenant il ne les compte qu'un par un, s'étonnant de pouvoir encore mettre un pied devant l'autre.

Lorsque son bai glisse sur une des dalles du chemin, la bride l'entraîne et c'est lui qui perd l'équilibre. Il lui faut s'agripper au pommeau de la selle pour retrouver la fermeté de ses jambes.

Chaque effort l'épuise un peu plus. Mais l'effort aussi l'oblige à s'arracher à l'engourdissement qui par moments le gagne comme une drogue.

Malgré son foulard bleu noué sur sa bouche, son visage commence à geler. Dans le cuir épais de ses gants, il ne sent plus ses doigts. Pourtant, une transpiration glacée humidifie ses reins. Ses tempes résonnent d'un vacarme qui lui brouille la vue. Un poivre de feu est semé dans sa gorge.

Les conseils d'Anamaya tournoient dans ce qui lui reste de conscience : « Ne t'arrête pas, ne t'arrête pas, même si tu n'en peux plus, tu ne te reposeras pas mais tu t'épuiseras encore plus vite ! Quand tu seras fatigué, a-t-elle ajouté en le frôlant de ses doigts, mâche doucement ce que je vais te donner… »

Oui, elle lui a donné… Pourquoi n'y a-t-il pas pensé plus tôt ?

Avec une lenteur incompréhensible, ses doigts insensibles cherchent et ouvrent la bourse de tissage, la *chuspa* dont elle a glissé la lanière à son épaule. Le givre s'est accroché à la laine. Il en ressort quelques feuilles vertes qu'il s'introduit dans la bouche sans se donner le temps de réfléchir. Le goût est fade, légèrement âcre, et il manque de cracher immédiatement. Puis il se laisse aller à la mastication ; une certaine sensation de légèreté l'envahit et son mal de tête s'estompe.

Par endroits, le chemin est bordé d'un mur de plus de trente pieds de haut, dont les pierres sont assemblées avec cet art de la maçonnerie qu'il a appris à connaître et qui touche à la magie. Son cheval hésite de nouveau, comme s'il sentait sa propre appréhension. Le précipice semble soudain dangereusement proche et Gabriel râle malgré lui : « Pourquoi diable construire un mur en plein milieu de nulle part ? » Pourtant, une sorte d'euphorie le gagne à affronter ainsi les éléments et il est presque indifférent aux bourrasques de grésil qui lui fouettent le visage.

Après le mur vient un lacet au-dessus duquel on aperçoit enfin le col. Gabriel se retourne vers la colonne qui progresse tant bien que mal. Il voit les chevaux qui dérapent et tombent, les porteurs qui peinent, cette pluie glacée qui traverse les vêtements et mord les hommes jusqu'à l'os. La file est parfois interrompue par un homme malade, que l'épuisement ou les nausées font tomber en plein milieu du chemin.

— Tu as vu ?

Gabriel voit apparaître comme un fantôme le sourire de Sebastian. Il lève les yeux une nouvelle fois vers le col. Deux énormes blocs sombres en marquent le passage, à la manière d'une porte taillée par des géants. Il acquiesce et sourit à son tour. Chaque montée est plus longue que la descente qui la précède et, en même temps, il ne peut se retenir d'une sorte d'espoir absurde que ce soit la dernière.

Il y a quelques semaines, quand ils ont quitté Cajamarca, les tensions étaient vives entre les partisans de Pizarro et ceux d'Almagro. Le Gouverneur tenait le maréchal pour responsable d'une exécution injuste et dont la Couronne pouvait s'émouvoir ; Almagro fulminait contre la trahison des engagements et le vol permanent dont lui et ses partisans étaient les victimes dans la répartition de l'or… Dans les montagnes qui s'élèvent presque sans limites, face aux précipices, aux pierres qui volent et à la neige qui étouffe tout, dans l'inquiétude sourde qui monte, il n'y a plus de partisans de l'un ou de l'autre, plus de riches ni de pauvres — plus que des hommes qui essaient simplement de survivre.

Dans une trouée de lumière, Gabriel voit le ciel s'éclairer, le blanc laiteux de sa couverture se déchirant pour laisser passer un bleu clair lumineux et apaisant. Et, au milieu de cette clairière de lumière, un oiseau noir dont les larges ailes sont terminées par des extrémités qui ressemblent à des doigts. Le condor plane et danse dans l'air, dégageant une impression de puissance et de liberté illimitées. Il est beau et pourtant Gabriel ne peut s'empêcher d'évoquer le souvenir de l'attaque sur le pont de Huayllas, des porteurs jetés à terre, de son duel avec Hernando.

Un moment, il oublie la fatigue et le froid.

Puis, aussi brutalement qu'il s'est ouvert, le ciel se referme et un vent glacial amène des flocons de plus en plus épais. Il ne peut ouvrir les yeux que fugitivement, pour apercevoir la silhouette placée devant lui, courbée par le vent et l'effort.

Dans cet instant où les forces s'en vont, où la solitude est extrême, il se sent inexplicablement envahi par une confiance qui réchauffe ses membres las et qui fait fondre sa peur.

Il est certain qu'Anamaya est là, présente, juste à côté de lui.

*

Au col, la tempête s'est brusquement calmée, comme le vent, et le ciel se dégage lentement. Gabriel cligne des yeux et souffle doucement, le visage en feu, tandis que les quelques Espagnols arrivés avant lui boivent longuement à leurs gourdes.

Les Indiens ont déposé leurs charges et se sont accroupis, avec leur habituelle indifférence. L'un d'eux lève les yeux vers Gabriel, qui lui adresse un sourire ; l'homme découvre ses dents vertes, pointe le doigt vers celles de Gabriel et se met à rire silencieusement. « *Coca*, dit-il avec satisfaction, *coca !* »

À quelques pas de là, un jeune partisan d'Almagro dont Gabriel ignore même le nom est assis contre une pierre. Le visage gris, enflé, il est déchiré d'une toux sèche et sa respiration est irrégulière, sifflante. Parfois il se détourne pour cracher une espèce de mousse rose, qui vient se poser comme des fleurs rouges sur la neige.

— Qu'as-tu, mon camarade ?

— Je le vois... je le vois... répète-t-il dans un râle qui lui déchire la gorge.

— Qu'est-ce que tu vois ?

L'homme ne répond pas et se prend la tête entre les mains, la serrant comme s'il voulait la briser, en proie à une douleur trop violente.

— Il y a de l'or, dit le jeune homme, beaucoup d'or et ce chevalier en armes qui le garde...

Ses mots sont entrecoupés de quintes de toux et Gabriel se sent envahi d'une tendresse profonde pour ce jeune inconnu qui rêvait d'aventure et de fortune, et qui, sans doute, est en train de mourir à ce col d'un mal mystérieux.

Il s'agenouille à côté de lui, prend sa main entre les siennes, tentant de lui donner de la chaleur. La main est froide comme celle d'un mort.

Alors Gabriel l'entoure de ses bras. Il pose son oreille contre sa poitrine couverte par la veste trempée. C'est comme s'il entendait un lac furieux s'agiter dans son corps. Parfois la respiration s'arrête brutalement mais, à l'intérieur, ce bouillonnement ne cesse pas.

Il éloigne son visage de lui sans cesser de le toucher.

— D'où es-tu ? demande-t-il d'une voix qu'il tâche de garder ferme. Comment s'appelle ta mère ?

Le jeune homme a les yeux fermés. Son corps est travaillé par des soubresauts qu'il ne peut plus contrôler. Quand il crache, cela l'ébranle tout entier.

Les hommes qui arrivent se tiennent éloignés de lui, seul Gabriel reste à son côté.

Il a l'air de dormir d'un coup, comme si une torpeur s'était emparée de lui et l'emportait. Pourtant, Gabriel sent encore la vie battre à son poignet.

— Estrémadure, murmure enfin le jeune homme, si bas que Gabriel doit se pencher vers lui pour l'entendre, Maria…

— Je viens du même pays que toi et ma mère porte le même nom que la tienne. N'aie pas peur, je suis avec toi.

La main de l'homme se serre, se crispe et son visage est déformé par une douleur qui ne laisse rien indemne. Son corps se soulève comme s'il voulait s'arracher à la terre.

— J'ai chaud, dit-il, j'étouffe ! Ouvre la fenêtre !

— Tu vas revoir notre terre brûlée bien avant moi, mon camarade, et le visage de ta mère sera sur toi comme lorsque tu étais enfant.

La vie le quitte en un dernier frisson. Il n'est plus ni en paix ni en guerre. Il a vu, avant de passer, le visage de sa mère ou celui du chevalier qui défendait l'or. Il est mort.

Gabriel se relève. La vie est en lui, toute glacée, toute suante, toute pitoyable. La vie, étrange frontière que ne franchissent pas les colères, les peurs, les avidités…

Il va en titubant vers la masse des hommes qui ont détourné les yeux, se sont fermé les oreilles.

Dans le ciel qui se remplit soudain du crépuscule, tandis que la tempête s'éloigne, il voit d'abord un point noir, puis un deuxième. Les condors reviennent planer au-dessus du col, sinistres et majestueux.

*

L'un des gros rochers noirs, au passage du col, est creusé à l'arrière en une sorte de cavité semblable à l'abside d'une église. Il se découpe sur le ciel bleu-noir et soudain le cœur de Gabriel fait un bond : sa forme épouse exactement celle de la montagne située dans le fond, dont le couchant teinte d'or le sommet enneigé. Gabriel se retourne vers les quelques Espagnols qui l'entourent ; ils ont la tête baissée, les épaules courbées, et ils marmonnent ce que dit le prêtre. Sous le ciel étoilé, dans le froid qui commence à couper, face au mort qu'on a vite dissimulé sous une couverture afin que les Indiens ne le voient pas, ils retrouvent le chemin de ce Dieu qu'ils n'ont pas beaucoup prié.

Gabriel n'arrive pas à se perdre dans la prière. Le regard énigmatique du jeune homme ne cesse de le hanter et il sent une main qui le tire de l'autre côté de la nuit. Il n'en finit pas d'observer ce rocher, la montagne qui est derrière ; son regard suit les alignements de pierre qui les entourent, revient jusqu'à la table montée en deux gros blocs de pierre qui est située au centre et où se tient le prêtre. Un autel en pleine montagne…

Il se détourne, fait quelques pas en arrière sur la neige qui craque. En sortant de la protection naturelle du rocher, il est repris par une brise légère et glacée. Il n'y a pas d'autre lumière que celle des milliers d'étoiles qui scintillent dans le ciel et qui ne laissent pas de les intriguer ; qu'ils soient d'Estrémadure ou de Castille, de Galice ou même de Grèce, les conquistadores sont tous nés sous le même ciel. Celui-ci est différent, comme si un dieu facétieux s'était amusé à y jeter des étoiles en désordre. Oui, c'est bien un autre monde.

Dans son dos, il entend la rumeur de la prière et des répons indistincts de ses compagnons. Mais en contrebas, venant des vastes tentes indiennes qui se sont montées sur la plate-forme naturelle située sous le col, il perçoit une sorte de bourdonnement musical monotone et triste. Il n'y a pas de tambours ou de trompes — c'est simplement le murmure des voix des Indiens qui, regroupés par tribus, se racontent leurs histoires et évoquent leurs dieux.

Ainsi, s'ignorant, ne se comprenant pas, séparés par la guerre, les Espagnols et les Indiens se laissent aller à être des hommes semblables dans leur peur de la mort et leur frayeur admirative devant le ciel.

À l'écart, dans une tente montée derrière un amas de rochers et de neige, Gabriel entend quelques éclats de voix. Il s'approche. Sous la tente, trois hommes soufflent et s'encouragent, tentant de creuser dans le sol glacé à coups d'une sorte de houe dont l'extrémité, visiblement en bronze et non en fer, se tord contre la terre gelée.

— Outil de merde ! grogne Sebastian.

Il entrevoit le visage en sueur de son ami, et aussi celui de Diego Mendez, un Almagriste à la tête de fouine mais dont le visage a enflé et les yeux gonflés au point que l'un d'eux est pratiquement fermé par une fente. Étrange mal des montagnes, qui choisit ses hommes indistinctement pour leur infliger ses attaques et les laisser vivants ou morts.

— Viens transpirer avec nous ! appelle Sebastian.

Gabriel repart dans la nuit sans répondre.

Les tentes incas sont regroupées autour de celle de Chalkuchimac et reconnaissables aux lignes de motifs géométriques qui ornent leurs toiles de coton blanc.

À son approche, les voix baissent ou se taisent, les

hommes et les femmes s'enveloppent dans leurs couvertures, et leurs regards se détournent dès qu'il cherche leurs yeux.

— Ils n'ont pas peur de toi.

Gabriel se retourne. Protégée par une cape de laine noire et grise, Anamaya s'est coulée à côté de lui. Gabriel sourit dans le noir pour lui-même.

— Je te cherchais…

— J'ai eu peur pour toi.

Sans feu pour les éclairer, Gabriel ne peut deviner l'expression du visage d'Anamaya ; mais il entend la tendre inquiétude dans sa voix. Il a la sensation de son corps tout près du sien et un frisson qui n'est pas le froid le parcourt. Il doit serrer les dents pour ne pas s'abandonner à son désir d'elle pour l'embrasser, l'étreindre…

— Les soldats de Quizquiz sont dans la montagne, reprend-elle, et Guaypar est l'un d'entre eux…

— Guaypar ?

Le nom du capitaine inca fait venir à ses yeux l'image d'un homme au front et au nez fiers, au regard muré dans la haine.

— Ils vous connaissent maintenant, dit Anamaya, et ils savent que vous êtes mortels… Ils n'auront plus la naïveté du Grand Massacre… Vous êtes à présent sur leur terrain et vos chevaux glissent, vos épées vous encombrent, alors que leurs pierres volent et frappent…

Gabriel reste silencieux. Depuis des jours, cette impuissance et cette inquiétude sont en lui, comme en chacun des Espagnols.

Autour d'eux, progressivement, les Indiens reprennent leurs conversations. Il se sent entouré de cette présence où toute hostilité est endormie. Pour l'instant. Derrière une tente, il devine les lueurs d'un feu, des ombres qui s'agitent. Il se tourne vers Anamaya.

— Ils ont trouvé du bois ?

Elle ne répond pas et il n'insiste pas. Parfois ses

silences l'intimident. Ils marchent tous les deux vers le rocher où, tout à l'heure, le prêtre disait la messe.

Ils passent un petit groupe d'Espagnols qui rient et plaisantent autour d'une sorte de fortin fait en carré avec des malles et des sacs. Ils ont accroché des clochettes aux harnais des chevaux, pour que l'alerte soit donnée au premier mouvement suspect dans la nuit.

— L'or, soupire Gabriel.

— Ils le protègent mieux qu'eux-mêmes…

Gabriel a un geste d'impuissance. À cause de sa fuite avec Anamaya, Pizarro l'a privé de butin ; cette humiliation s'est révélée une bénédiction et il se réjouit de n'avoir rien et de ne rien vouloir.

Ils s'approchent du rocher noir dont l'ombre se confond maintenant complètement avec la nuit.

— Connais-tu cet endroit ? demande Anamaya.

— Non.

— Pour nous les montagnes sont des dieux, comme le Soleil et la Lune, comme les sources et les vents, ou encore comme ces rochers dont la forme indique la présence d'une divinité… Ces lieux ont été travaillés par la main de nos ancêtres pour nous les signaler. Depuis, nous y sacrifions pour remercier les dieux de leur prodigalité… Nous les appelons *huacas.*

Une voix surgit de l'ombre :

— Le Dieu chrétien, lui aussi, a connu les sacrifices… Mais il a retenu la main d'Abraham sur son fils Isaac, il a courbé la nuque raide des hommes et leur a envoyé le Christ pour remettre leurs péchés…

La voix est douce et on n'y reconnaît pas les accents vengeurs de Fray Vicente Valverde. Instinctivement, Gabriel se dresse pour protéger Anamaya.

— N'aie crainte, dit l'homme à la voix douce, je te connais…

La silhouette sort de l'ombre du rocher et s'approche d'eux sans faire de bruit dans la neige piétinée.

L'homme lève la main droite et dit à Gabriel avec un sourire :

— Tu sais d'où je viens, maintenant ?

Gabriel, interdit, regarde les yeux bleu-gris dans le visage glabre, à la fois très jeune et si vieux, de l'homme et cette main qu'il lève au-dessus de lui, sans menace, comme pour le bénir, cette main dont deux doigts — le majeur et l'annulaire — sont joints. Des souvenirs indistincts s'agitent en lui, jusqu'à ce qu'il s'écrie :

— Mon Dieu !

— Tu vois que tu sais te tourner vers lui quand le besoin s'en fait sentir, ami d'Érasme…

— Frère Bartolomé !

— Quand je pense, dit Bartolomé en s'adressant à Anamaya, que nous avons passé deux mois ensemble et que cet homme avait tout effacé de sa mémoire, sauf un triste accident de nature…

L'émotion traverse Gabriel de part en part. Il n'a pas repensé à cette geôle depuis si longtemps, pas évoqué le souvenir de sa peur d'être torturé, de sa colère et de son humiliation face à son père… ni celui — il en a presque honte — de doña Francesca.

— C'était une autre vie, dit Gabriel.

— Et pourtant c'est la même.

Les deux hommes se considèrent dans la nuit jusqu'à ce que, d'un même mouvement, ils s'étreignent.

— Depuis quand avez-vous rejoint l'expédition ?

— Je suis arrivé à Cajamarca quelques jours après son départ.

— Mais comment se fait-il que je ne vous aie pas vu jusqu'à cette nuit ?

— Comment, n'est-ce pas ?

— Ne faites pas votre théologien avec moi, frère Bartolomé, en répondant à des questions par des questions.

— Quand il n'y a pas de réponse à une question, autant poser une autre question. Ou bien garder le silence…

— Le silence… C'est ce que vous m'aviez conseillé, il y a bien des années… Et je ne sais toujours pas si j'en serais capable…

— Tu m'as l'air capable de bien des choses, dit gaiement Bartolomé en jetant un coup d'œil vers Anamaya.

Les deux hommes et Anamaya ont rejoint la tente où Sebastian et ses compagnons creusaient la tombe.

— Je dois bénir ce malheureux, dit Bartolomé.

— Qu'est-ce que vous faites ici, frère Bartolomé ?

Le moine ne cille pas et ses yeux ne se détournent pas. Mais il ne répond pas.

— Le ministère de Dieu, dit-il finalement en un sourire.

— Quand il n'y a pas de réponse à une question…

— Ne t'ai-je pas répondu ?

Bartolomé s'efface sous la tente.

Gabriel reste un instant à regarder la nuit. Puis Anamaya l'entraîne.

— Cet homme n'est pas comme les autres, dit-elle. Il n'est pas comme toi, mais il n'est pas comme les autres.

— Pour moi aussi il est étrange, tu sais…

— Est-il capable de nous massacrer ?

Le regard de Gabriel cherche à deviner les étoiles dont la splendeur illumine le ciel, à percer la nuit dans laquelle les oiseaux sont cachés, à couper le froid…

— Je ne crois pas, dit-il finalement, mais je ne sais pas.

## 10

# Hatun Sausa, 11 octobre 1533

En découvrant le champ, dans la lumière grise de l'aube, tous les hommes se sont tus. Ce que la main a semé ici avec générosité, ce n'est ni le mauve délicat du *quinua* ni l'or du maïs : c'est la mort.

La bataille entre les partisans de Huascar et ceux d'Atahuallpa a eu lieu des semaines plus tôt, mais les guerriers sont restés là où ils sont tombés, celui-ci la tête dans la boue, celui-là les yeux tournés vers le ciel. Gabriel décèle pourtant dans cette paix éternelle une atroce impression : c'est l'odeur pestilentielle des corps qui se décomposent, c'est le mouvement irrésistible de l'herbe qui pousse, c'est le grouillement des vers qui se nourrissent des blessures, ce sont les oiseaux qui ont creusé les orbites des yeux… En tout, près de quatre mille cadavres jonchent la plaine, étrange récolte que la terre absorbera, que la verdure recouvrira bientôt.

Il fait beau et les hommes vomissent.

Gabriel détourne les yeux et tente de se remplir le regard du paysage verdoyant. Après la rudesse des cols, de la neige et du froid, l'aube semble clémente et promesse de chaleur.

En tête de la longue colonne, le Gouverneur don Francisco Pizarro semble, seul, indifférent au carnage comme à la beauté. Il arrête souvent les guides indiens pour observer un accident de terrain et demander une explication. Il garde auprès de lui, avec de grandes déclarations d'amitié, le *curaca* de la ville, un Huanca aux cheveux longs serrés par une couronne de quatre doigts de large. « Nous prendrons soin de vous, dit-il fréquemment, nous vous libérerons des Incas. » Quand on lui traduit, le regard de l'homme s'éclaire et il approuve avec de grands mouvements de tête.

Pizarro a passé la nuit en prières, comme aux premiers temps de la conquête. Les anciens de Cajamarca ont le ventre serré par une appréhension familière, qui les excite et les effraie.

— On va se battre.

*

Le versant de la montagne domine la ville d'Hatun Sausa. C'est une belle ville inca, avec son Temple du Soleil, son *acllahuasi,* son *ushnu* à la forme caractéristique de pyramide au milieu de sa vaste place, les *canchas* bordées de murs, les entrepôts, les ruelles étroites… C'est une belle ville située dans le fond d'une large vallée, allongée contre un fleuve d'allure ample.

C'est une belle ville inca, mais elle brûle.

Un peu plus haut dans la montagne, Pizarro s'est trouvé retardé par les difficultés de progression de la litière de Chalkuchimac. Bien que le général ne se montre jamais, bien qu'il soit établi que les blessures consécutives à ses tortures l'empêchent de marcher, le Gouverneur est persuadé qu'il dirige plus ou moins secrètement les mouvements des troupes indiennes. C'est pourquoi, à l'approche de la bataille, il ne veut pas le quitter de la largeur d'une paume.

Freinant l'impatience de son frère Juan et celle d'Almagro, il donne l'ordre à Soto de se diriger avec ses cavaliers vers la ville. Il est loin, le temps où Gabriel devait supplier pour faire partie des avant-gardes : d'un signe, Pizarro lui demande de suivre Soto. « Pour le cas où, comme toujours », s'amuse Gabriel. D'une talonnade, il pousse son bai et prend place parmi la quinzaine de cavaliers qui vont en rang par deux.

À l'entrée de la ville, Soto lève la main pour les stopper. Le gros des troupes indiennes est massé de l'autre côté du fleuve. Des soldats aux tuniques colorées, les torches à la main, mettent le feu aux bâtiments principaux, à commencer par les *collcas* où les réserves de nourriture sont entreposées.

— Ils brûlent les entrepôts. Il faut y aller ! s'écrie Diego de Agüero, un des *caballeros* les plus fougueux.

— Tout doux, réplique Soto.

— Vous avez bien de la prudence, capitaine de Soto, s'étonne Gabriel.

Soto sourit.

— J'obéis aux ordres du Gouverneur : pas de bataille d'importance sans lui.

— Tout brûle, Soto. Dans deux heures, il ne restera plus un épi de maïs, plus une viande séchée dans cette ville, râle un *caballero*.

— Soto, reprend Gabriel, laissez-moi faire une patrouille avec Agüero et Candia…

— Et moi, dit un cavalier situé en arrière.

— Et lui, répète Gabriel sans se retourner. Un galop bien mené pourrait les repousser sans que tout se mette à flamber.

Soto réfléchit un instant.

— Ma foi, c'est votre responsabilité ! Restez en vie, mes amis, le temps que nous arrivions en renfort.

— Ne vous inquiétez pas, capitaine. Nous mettrons le couvert. Tâchez seulement de ne pas manquer le dîner !

Au trot, ils franchissent le gué. Gabriel pousse sa monture au galop jusqu'aux petites maisons en forme de cône tronqué où le chemin royal se transforme en ruelle. Une fumée épaisse et âcre stagne déjà entre les maisons. À l'entrée de la place, un Indien, la tunique déchirée, le visage noirci par la suie, lève le bras. Sans grand étonnement devant leur présence, il crie en quechua, courant après les chevaux :

— Ils brûlent tout ! Sauvez-nous !

Les Huancas font partie de ces tribus soumises de force par les Incas qui n'ont jamais bien accepté la domination. Gabriel se retourne vers ses trois compagnons :

— Ils nous accueillent en libérateurs ! gueule-t-il.

— Libérons-les vite alors, s'écrie Candia en désignant le plus grand des bâtiments de la place, une *kallanka,* à laquelle des soldats incas s'apprêtent à mettre le feu. Sinon tout va rôtir, et nous avec !

Gabriel, les yeux rougis par la fumée, tire son épée et flatte son cheval que l'acidité de la chaleur révulse. Là-bas, les soldats qui sortent de la *kallanka* sont armés de haches, de lances ou de frondes. Un officier qui les a vus beugle un ordre. Le son lourd d'une trompe résonne à travers la place tandis que, déjà, une vingtaine de guerriers se précipitent vers les Espagnols sans la moindre crainte des chevaux.

Un hurlement sauvage sort de la poitrine de Candia, un « Santiago ! » qui pourrait aussi bien être un cri de bête. Tous les quatre, mus par un même instinct, se courbent à demi sur le col des bêtes, l'épée pointée, la lame luisante dans la lumière opalescente. Les chevaux trouvent eux aussi une rage dans leur course, comme s'ils y respiraient mieux.

La première charge fend le groupe des Indiens. Les épées brisent les lances, tranchent les lanières des frondes, massacrent les poignets qui retiennent les casse-tête et les haches. L'épaule ouverte, un premier homme tombe en braillant de douleur. Les autres s'éparpillent vers les ruelles étroites. Gabriel les poursuit, Candia à ses côtés. Au loin, dans l'épaisseur de la fumée, Agüero et son compagnon s'engagent en direction du fleuve.

— Gare, gare ! crie Candia.

Devant eux, le passage entre les maisons est trop étroit pour que les deux cavaliers s'y engagent de front. Gabriel va en premier, couché sur l'encolure de son cheval. Le passage franchi, un homme trébuche et chute lourdement sous les sabots du bai. Avec dégoût, Gabriel perçoit jusque dans ses cuisses le piétinement. Une pierre de fronde manque de peu les oreilles de l'animal et Gabriel découvre le tireur dissimulé dans l'entrée d'une *cancha*. Lorsqu'il parvient à hauteur de l'homme, il pousse son cheval assez près pour que la pointe de son épée fende la poitrine de l'homme. Une fraction de seconde, il affronte ses yeux exorbités. Sur sa joue et ses lèvres glissent les gouttelettes de sang de son premier mort.

Bientôt il ne reste plus qu'un fuyard devant lui, un homme dont la course rapide ne semble pas vouloir faiblir. Un *oreillard* au lourd casque d'officier à plumes bleues. D'énormes bouchons d'or fichés dans ses lobes tressautent sur ses épaules à chacun de ses bonds.

D'un coup d'œil, Gabriel comprend qu'il cherche à rejoindre le fleuve. De l'autre côté, le gros des troupes indiennes patiente, sans bouger. Il pousse son bai sur le côté pour couper la route à l'officier, mais celui-ci, dès qu'il se sent rejoint, s'arrête. Sous la poussière et la suie, Gabriel le reconnaît avec stupéfaction. Ce regard plein de fierté, ce nez droit comme l'arête d'un rocher, il ne les a jamais oubliés.

— Guaypar ! s'écrie-t-il. Je sais qui tu es !

— Tu parles notre langue ? réplique l'autre rageusement. À quoi cela te sert-il pour me tuer ?

— J'ai souvent pensé à toi, Guaypar, sourit Gabriel.

Le visage de Guaypar ne marque aucune émotion, mais Gabriel se sent hésiter. De voir en face de lui cet homme, qui a voulu protéger Anamaya pendant le massacre de Cajamarca, fait peser un poids étrange sur ses épaules. Comme si soudain le fer de son épée pesait terriblement.

— Tu devrais me tuer, dit Guaypar, percevant son doute.

Gabriel tient son cheval parfaitement immobile. Au-dessus du fleuve, des fumées flottent. Sur l'autre rive, les combattants qui ont aperçu leur capitaine isolé se massent et crient. D'autres braillements emplissent le village. Mais il reste immobile. Guaypar semble saisi par son propre doute et ne bouge plus un cil.

C'est alors qu'à vingt pas d'eux, avec un grondement de fauve, un toit de chaume s'embrase. Gabriel détourne la tête un instant pour voir les flammes avaler le ciel. Il devine plus qu'il ne voit Guaypar bondir souplement pour éviter le cheval, sauter sur le talus d'herbe rase qui borde le fleuve et jeter tout l'or de sa parure dans le remous.

— Tu aurais dû me tuer car, maintenant, c'est moi qui te tuerai ! crie-t-il avant d'y plonger lui-même.

*

Partout où il passe, Gabriel rencontre des groupes d'hommes, de femmes et d'enfants qui sortent des maisons et des *kallankas* avec des pleurs et des cris de gratitude. Il en ressent un malaise qu'il exprime en les repoussant sans ménagement.

Certains réussissent à l'entraîner vers une *cancha* où gît un soldat inca, la jambe brisée et la hache à la main, entouré d'un groupe de jeunes Huancas qui hurlent en l'insultant mais n'osent pas encore l'approcher. Un enfant tire sur le fourreau de son épée.

— Je n'ai pas le temps ! crie-t-il.

Il repart au galop à travers la place. Il ne voit nulle trace d'Agüero ni de Candia. Il se dirige vers le pont. La pensée d'Anamaya le traverse mais il la repousse loin, très loin, là où le sang ne coule pas.

De l'autre côté du fleuve, plus de deux cents combattants indiens se sont rassemblés, protégés par une quinzaine d'autres, à l'arrière, qui cherchent à enflammer la paille et les cordages du pont. Déjà Agüero et Candia tentent en vain de se frayer un passage dans le gros de la troupe pour les en empêcher.

Agüero se bat avec vaillance, moulinant sa lame au large, esquivant les pierres et parant les coups de casse-tête, usant de son cheval avec adresse ; Candia est plus économe de mouvements mais tout aussi efficace. Cependant, ce qui frappe Gabriel et le glace tandis qu'il rejoint ses deux compagnons, ce sont ces Indiens qui leur font face et, tout comme ceux de Cajamarca, sont encore prêts à mourir sans un cri, sans une protestation pour permettre à leurs compagnons d'incendier le pont, empêchant ainsi le passage des Espagnols.

Comme pour se donner du courage et effacer ses doutes, il hurle à s'en faire péter les cordes vocales et lance le bai dans la mêlée. Le rire de Candia sonne, incongru et réconfortant.

— Tu en as mis du temps ! souffle le géant grec.

Gabriel lance ses coups avec tant de violence, taillant les bras, trouant les poitrines, déchirant les visages, que la fièvre de la mort le prend. Aucune des protections traditionnelles des Incas n'est apte à résister au fer qui tranche. Ils sont dix, puis vingt à tomber, presque impuissants. Certains meurent étouffés sous le poids des combattants qui tombent au-dessus d'eux, d'autres se traînent jusqu'au fleuve, blessés, mutilés, et s'y noient. Mais leurs compagnons repartent à l'assaut, la masse brandie, la hache levée, les yeux fous.

Dans la mêlée, Gabriel a le regard attiré par un combattant plus vigoureux que les autres. Il est plus grand et plus fort, d'allure plus noble, et le découragement ne semble jamais l'atteindre tandis qu'il ne cesse de haranguer ses compagnons. Plusieurs fois, le fer d'une épée ou le sabot d'un cheval le frôlent. Il évite la mort comme s'il dansait. Et puis, d'un mouvement agile, il bondit sur la croupe du cheval de Candia, agrippe le Grec par une épaule tandis que l'autre main cherche la hache pour frapper les côtes du cavalier.

D'un bond arraché au bai, Gabriel est derrière eux. Son bras fuse comme un trait d'arbalète, il sent dans sa paume le fer crisser entre les tissus colorés et les chairs.

Le combattant inca pousse un cri et se redresse, pesant de tout son poids sur l'épée. Un temps bref, rien ne semble devoir arriver. Les jambes de l'Indien demeurent serrées autour du cheval et Gabriel croit le soutenir de son fer. Et puis l'étreinte se dénoue. Il bascule sous les sabots des chevaux.

— Foutre Dieu, gronde Candia en se massant les côtes, tu es le bienvenu, don Gabriel !

— Le pont est fichu, il va flamber pour de bon, répond Gabriel en montrant les flammes qui s'élèvent.

D'ailleurs les Indiens refluent, abandonnant les cadavres et les blessés derrière eux. Le combat cesse comme par magie. Agüero et son compagnon les rejoignent, les yeux hagards, les bottes et les chausses pleines de sang. Ils descendent de cheval et relèvent leurs morions. Les visages sont trempés de sueur, de sang, les joues et les lèvres encore tendues par la peur.

— Messieurs, grommelle Candia, j'ai une bonne nouvelle : nous sommes vivants !

*

Soto et ses cavaliers les ont rejoints puis, vers midi, Pizarro et le reste de la colonne. Partout dans la ville ce ne sont que cris de joie, mais les Espagnols ne s'attardent pas à la fête, aux présents qui leur sont offerts.

Pizarro parvient au bord du fleuve, ses frères Gonzalo et Juan, le capitaine de Soto et Almagro à ses côtés.

— Où en est-on, Gabriel ?

Gabriel désigne l'autre côté de la rive, où six cents combattants incas environ leur font face.

— Nous les avons poursuivis, don Francisco, et comme vous voyez, nous en avons découragé quelques-uns. Mais ils ont réussi à détruire le pont.

— Couard ! Lâche !

L'aboiement de mépris a jailli des lèvres de Gonzalo.

Gabriel essuie la sueur qui est encore sur son front. Il s'approche tout près du diable aux boucles brunes, un mauvais sourire sur les lèvres. Un sourire qui lui est venu tout à l'heure en tuant et lui reste encore à l'instant, comme une balafre.

Gonzalo recule de trois pas et jette de nouveau :

— Nous savons déjà comment tu as combattu, lâche, en laissant s'enfuir leur chef…

Gabriel est surpris. Il a un instant d'hésitation avant de comprendre qu'il s'agit de Guaypar.

— C'est assez, Gonzalo ! ordonne Pizarro.

Le ton cassant du Gouverneur n'admet pas de réplique. Gonzalo et Gabriel se défient un instant, la morgue et la haine déformant leurs traits.

Don Francisco considère froidement l'amoncellement des victimes, puis le fleuve profond et rapide qui les sépare de la route où ont disparu les assaillants du village. Sans se détourner, il demande des volontaires pour conduire une charge supplémentaire.

— Il faut leur donner une leçon, dit-il. Ne leur laissons pas croire qu'ils peuvent s'en tirer à si bon compte.

Pourquoi Gabriel est-il l'un des premiers à se désigner ? Il ne le sait pas lui-même. La rage lui fait battre le sang plus vite. Il entend à peine les autres.

— Moi aussi ! dit Juan.

— Moi également ! dit Soto.

— Et moi ! grogne Almagro, comme s'il se réveillait d'un long sommeil.

Pizarro sourit. Les quatre cavaliers suivis de quelques hommes descendent par la berge jusque dans le fleuve. De jeunes Huancas, enthousiastes dans la vengeance, se jettent avec eux dans les eaux glacées, admirant les chevaux qui tendent leurs naseaux au-dessus des remous.

*

Le courant est fort. Ils doivent décrire un arc de cercle pour ne pas épuiser leurs montures. Mais la pente de la rive opposée est lente, facile à gravir. Sitôt parvenus à la route, Almagro et les siens piquent vers la montagne pour opérer un revers, tandis que Juan et un petit groupe longent le fleuve. Il revient à Soto et à Gabriel de foncer droit à la poursuite des guerriers indiens et de les rabattre sur la rive.

Gabriel ne ressent plus aucune fatigue. L'insulte de Gonzalo tourne dans sa cervelle comme une vrille. Ses cuisses tiennent fermement le bai et sa main, serrée sur le pommeau de l'épée, pèse sur sa cuisse droite comme si toute la réalité du monde se trouvait là.

Un premier groupe de combattants surgit devant eux. Ils semblent battre des bras stupidement. Mais le temps que Soto crie un « Gare ! », une pluie de pierres de fronde s'abat autour d'eux. Le bai, frappé à l'épaule, bronche et fait un écart. Déjà les guerriers indiens s'éparpillent, ayant compris qu'ils ne devaient pas demeurer en groupe.

Mais, cent pas plus loin, d'autres lanceurs de fronde se mettent en position et, cette fois, font pleuvoir leurs pierres sur le groupe de Juan Pizarro, qui doit refluer.

C'est alors que Gabriel a cette idée folle. Il lance son

cheval tandis que d'autres guerriers, dans une ligne impeccable, rechargent leurs frondes. Avec un hurlement de dément, il galope droit sur eux. Cela ne prend pas plus de temps qu'un éclair tandis que les combattants indiens, fascinés, s'immobilisent. Et il hurle encore :

— Santiago ! Santiago !

La volonté de la mort galope dans ses veines, son esprit n'est plus qu'un feu de violence. Quand il découvre les premiers visages, les premières bouches ouvertes, il se laisse glisser sur le côté de sa selle, sa main gauche s'agrippant au pommeau. Une hache de bronze file par-dessus lui, mais il ne la voit pas. Il ne regarde que les gorges des guerriers. Il ne sent que le ballant rythmé du bai dans ses reins. Son bras droit est plus dur que du chêne. À demi plié, il tient la lame de l'épée inclinée vers l'arrière. Et il est sur eux.

— Santiago !

Le fer plonge dans les gorges. Une à une ! Une à une, à la vitesse de l'éclair, la lame de Gabriel tranche le souffle et la vie de douze hommes qui n'ont plus même de quoi hurler.

Lorsque d'un coup de rein il se redresse et fait pivoter son cheval, il voit douze hommes qui s'écroulent, bras et jambes grotesquement agités, inondant l'herbe de sang.

Il lui semble qu'un drôle de silence s'enfonce dans la vallée. Une lumière blanche l'étourdit. Il doit se cramponner à la crinière du bai pour ne pas choir de sa selle. Là-bas, sur la gauche, terrifiés, les Indiens s'enfuient sous le couvert des bosquets.

— Couard et lâche, murmure-t-il, comme s'il ne comprenait pas les mots qui sortent de sa bouche.

Des cris jaillissent derrière lui, Almagro et les Huancas partent à l'assaut des fuyards. Gabriel se passe une main sur le visage.

Soto l'a rejoint. Ils s'observent. Le capitaine hoche la tête avec un respect où Gabriel croit deviner une sorte de crainte. Ils tournent bride en même temps, comme des hommes épuisés.

Une heure plus tard, il y a plus de six cents cadavres sur la rive du fleuve. Du bataillon de Guaypar, il ne reste que quelques silhouettes qui tentent, le plus souvent en vain, de trouver une fuite en plongeant dans l'écume boueuse.

## 11

## Hatun Sausa, 15 octobre 1533

Dans le crépuscule, les toits et les charpentes des maisons d'Hatun Sausa se consument en rougeoyant. L'air empeste la fumée et l'odeur du sang. Toute la vallée résonne des cris et des rires de la victoire. Parfois, ce sont des rires d'enfants et de femmes, entrecoupés par une étrange musique. Un son grave de flûte auquel se mêlent des chants lancinants de jeunes filles et le martèlement interminable des tambours.

Gabriel n'a pas encore eu le courage de retraverser le fleuve et de se joindre à la fête. Sur la berge, son cheval bai broute l'herbe piétinée entre les cadavres des guerriers incas que nul n'a relevés.

De temps à autre, des compagnons viennent le héler depuis l'autre rive. Soto en personne crie quelques mots à son intention. Pourquoi ne les rejoint-il pas ? Est-il blessé ?

Non, son sang ne coule pas hors de ses veines. Mais il est comme empoisonné par les images du carnage. Dans l'obscurité grandissante, il voit sa lame pénétrer dans les chairs, trancher, perforer, tuer.

Non, il n'est pas blessé. Mais le dégoût lui gonfle la poitrine d'une douleur qu'il ne parvient pas à apaiser. Il songe à Anamaya. Il voudrait que ses lèvres douces se posent sur lui, sur ses yeux en feu. Il voudrait l'enlacer de son bras douloureux de s'être tant levé pour frapper. Il voudrait qu'elle lui murmure des mots de pardon et d'amour.

Pourtant il sait qu'en cet instant, il n'oserait même pas prononcer son nom. Il ne supporterait pas qu'elle le regarde et le touche.

*

Quand il fait nuit, Gabriel appelle enfin son cheval et traverse le fleuve. L'eau glacée bouillonnant contre ses bottes lui fait du bien. Lorsqu'il parvient sur l'autre rive, il pousse sa monture au petit trot. Il évite les regards, ignore les cris exubérants, éraillés par la folie de la victoire et qui le hèlent de tous côtés.

Il parvient sur la grande place de la ville alors que les compagnons d'Almagro, en présence du Gouverneur lui-même et du cacique d'Hatun Sausa, extraient les trésors de la *kallanka,* qui fume toujours.

Comme chaque fois, des dizaines de plats et de gobelets, des masques et des statuettes d'or s'entassent. Malgré la suie de l'incendie, tout cela luit sous les torches. Les yeux des Espagnols brillent plus encore. Ils rient, ils font sauter en l'air du bout de l'épée des écuelles d'or déformées par la chaleur et que les esclaves sont parvenus à sauver de la fournaise. À bonne distance, les Indiens du lieu les observent, intrigués.

Le visage de don Francisco, lui, demeure imperturbable. Il regarde s'amonceler l'or comme s'il ne le voyait pas. À demi dissimulées par sa barbe impeccable, ses lèvres seulement murmurent. Gabriel, sans même l'entendre, sait qu'il est en train de prier la Très Sainte Vierge. Don Francisco n'abandonne en aucune occasion ses anciennes manières. Il offre à la Très Sainte à l'Enfant le sang, les morts, la souffrance et la joie de l'or, sachant ainsi s'en purifier. Gabriel l'envie quelques secondes.

Enfin don Francisco se retourne et découvre Gabriel tout près de lui, qui a mis pied à terre et tient encore dans son poing crispé la bride de son cheval.

— Ah ! tu es là… fait-il avec un éclat de tendresse dans les yeux.

Il examine Gabriel des pieds à la tête, passe en revue ses chausses trempées et déchirées, son pourpoint souillé dont la manche droite est ouverte, noire de sang à demi séché. Lorsqu'il parvient au visage creusé par les ombres, aux joues griffées, au regard hébété, l'affection s'efface et c'est l'amusement qui plisse les yeux du Gouverneur.

— Tu es dans un bel état, mon garçon ! Ce n'est pas si mal, pour un lâche…

Gabriel ne relève pas le compliment, ni le désaveu implicite des paroles blessantes de Gonzalo. Tremblant de froid et de fatigue, il détourne le regard vers les hommes qui entassent les objets d'or dans de grands paniers d'osier apportés par des femmes indiennes.

Puis soudain, d'un geste, le Gouverneur fait un signe au trompette Alconchel.

— Sonne le rassemblement ! ordonne-t-il calmement.

Alconchel embouche son instrument. Les Indiens du village, surpris, reculent d'un pas. Ceux qui suivent les Espagnols depuis Cajamarca se moquent et expliquent d'où vient la plainte qui monte et recouvre l'air épais et bruyant de la vallée.

— Que se passe-t-il, don Francisco ? demande Gabriel.

— Ceux que vous avez taillés en pièces n'étaient qu'un détachement. Le gros de leur armée, avec quinze mille guerriers, se trouve à six lieues au sud. Maintenant que les hommes et les chevaux sont reposés, je veux que cinquante cavaliers partent à leur poursuite.

Gabriel reste interdit.

— Je ne parle pas pour toi, fils. Tu dois te reposer, maintenant. Ta journée est finie… Amuse-toi, profite des mets et des femmes que nos nouveaux amis nous offrent…

Pizarro le prend dans ses bras et l'étreint.

Un ricanement aigre résonne dans leur dos alors qu'ils s'écartent avec émotion.

— Plaisant spectacle !

Le buste cambré à l'excès, le pourpoint béant sur une chemise sale et déchirée, l'haleine empestant la bière, Gonzalo Pizarro rit encore, plein de morgue, en singeant un salut de cérémonie.

— Assurément, mon frère, c'est un véritable héros que vous serrez dans vos bras !

— Mais tu en es un autre, Gonzalo ! réplique le Gouverneur en ouvrant ses bras avec ostentation. Et si ton bonheur peut se trouver dans une embrassade de ton Gouverneur, c'est bien volontiers que je te l'offre !

Ignorant les mains tendues, Gonzalo se retourne vers les cavaliers qui l'entourent et se moque encore :

— Chapeau bas, messieurs ! Pour avoir enfin étripé une poignée d'Indiens, don Gabriel est devenu des nôtres. Bienvenue, bâtard !

Le Gouverneur pâlit sous l'insulte. Ses traits se glacent aussi durement que si l'affront lui était adressé. Sa main gauche agrippe le poignet de Gabriel et le retient tandis que les mots sifflent entre ses dents à peine desserrées :

— Gonzalo, le jour viendra où tu t'empoisonneras toi-même avec ton propre venin. Et il n'est pas sûr que, ce jour-là, je te regrette !

Le sourire suffisant de Gonzalo s'efface dans l'instant. Il considère don Francisco avec stupéfaction. Il ouvre la bouche pour répliquer mais se tait lorsque Gabriel, se dégageant de la poigne du Gouverneur, s'avance d'un pas pour le toiser.

— Vous avez raison, don Gonzalo : il en est ici qui sont bâtards. Mais il n'y en a aucun pour puer la merde autant que vous.

Lorsqu'il tourne les talons, Gabriel n'entend pas un ricanement, seulement les premiers ordres de marche. La voix de don Francisco est de nouveau calme, comme si rien ne s'était passé.

D'un pas qu'il veut indifférent, le corps encore endolori des violences de l'après-midi, il traverse la place. Ce n'est qu'un peu plus tard, s'apprêtant à rejoindre les tentes à l'extérieur du village, qu'il aperçoit la litière de Chalkuchimac, entourée de quelques guerriers. Une demi-douzaine de nobles vieillards la suivent, entourant Anamaya de leur mine sévère.

Dans un réflexe, Gabriel s'engouffre dans une minuscule ruelle qui sent l'eau croupie. Pour rien au monde il ne voudrait qu'elle l'aperçoive, les chausses, le cœur et le regard encore souillés par le sang des Indiens qu'il a tués aujourd'hui.

*

Les torches fixées au bas de l'escalier de l'*ushnu* rendent leurs traits vacillants et incertains. D'un battement de paupières, Chalkuchimac ordonne qu'on approche les hampes enduites de poix.

En silence, sans même que l'on entende le frottement de leurs sandales sur les dalles, une dizaine de jeunes garçons s'empressent. Comme il n'y a pas de boucles de pierre dans les murs les plus proches, ils s'immobilisent autour des Puissants Seigneurs, tenant les torches à bout de bras.

Maintenant Anamaya voit mieux leurs visages.

Formant une manière de cercle autour d'un brasero où fument des feuilles de coca, ils sont neuf. Quatre vieillards que le voyage épuise, deux Puissants Seigneurs du Cuzco, un gouverneur de région nommé par Atahuallpa, Chalkuchimac et elle, la *Coya Camaquen*.

Le général Chalkuchimac est le plus impressionnant. Pas une ride de son visage n'avoue les souffrances qu'il endure depuis des semaines. Il ne peut ni marcher ni même porter un aliment à sa bouche. Les extrémités de ses membres, brûlées lors des tortures endurées à Cajamarca, sont encore à vif. Les femmes qui le soignent ont beau enduire les plaies d'onguent chaque soir et chaque matin, changer les linges qui les recouvrent, les profondes brûlures ne cessent de suinter et de se creuser, comme si elles cherchaient à dévorer tout le corps du puissant guerrier.

Pourtant, assis là sur une natte, le dos appuyé contre un siège de litière, enveloppé dans une vaste *manta* qui ne laisse que son visage à découvert, il semble à Anamaya plus robuste et déterminé qu'aucun des autres hommes présents. C'est lui qui a voulu cette assemblée, tandis que les Étrangers maintenant festoient et ripaillent dans les enclos intacts de la ville pour célébrer leur victoire et rire des morts qui croupissent dans le fleuve.

Le regard de Chalkuchimac parcourt un à un les visages graves et silencieux. Il se fixe, perçant, sur celui d'Anamaya. Dans la lumière des torches, le blanc de ses yeux se teinte de rouge. Un bref instant, elle croit retrouver face à elle le regard d'Atahuallpa. Mais les prunelles de Chalkuchimac se détournent et sa voix claque :

— Nous avançons comme des enfants dont on a bandé les yeux. Nous n'avons plus ni courage ni discernement. Les Étrangers veulent entrer dans la Ville sacrée, et nous leur tenons la main pour les y conduire !

Pourtant, nous savons ce qu'ils désirent y faire. Regardez autour de vous : ils vont piller les enclos des clans, prendre l'or des temples. Pourtant, Puissants Seigneurs, quand je vois vos mines et que j'entends vos paroles, il me semble que cela vous indiffère. Que le sort tout entier de l'Empire vous indiffère !

L'un des plus vieux Seigneurs lève la main pour l'interrompre et lance d'une voix aigre :

— Tu agis et penses toujours en guerrier, Chalkuchimac. Tu ne connais que les mots de la force. Cela t'a réussi tant que la puissance d'Inti était avec toi. Aujourd'hui que tu es faible et soumis à la volonté des Étrangers, tu ne parles que le langage de la défaite. Regarde donc ce qui s'est passé aujourd'hui ! Des centaines de tes braves guerriers sont morts par la main des Étrangers, qui ne sont qu'une poignée à avoir combattu ! Que cela te plaise ou non, leurs chevaux donnent à leur bras une puissance que tu n'as pas…

— Chalkuchimac, écoute la joie des habitants de Hatun Sausa ! glapit un autre Ancien, plein de colère. Les entends-tu chanter et danser ? Tes soldats étaient venus brûler cette vallée pour que les Étrangers ne trouvent sur leur route que cendres et fumées ! Écoute comme les habitants de cette province sont heureux maintenant, alors que les Étrangers vident les réserves de l'Inca et prennent les femmes comme si elles leur appartenaient ! Est-ce cela que tu veux partout dans l'Empire des Quatre Directions ?

— Il suffit ! ordonne d'une voix calme le plus puissant des Seigneurs du Cuzco. Il est inutile de se disputer.

Le silence les enveloppe tous un instant, brisé par les cris et les rires venant des tentes autour de la ville, en bordure du fleuve.

Le Puissant du Cuzco est un homme rond, aux pommettes très hautes et à la peau si cuivrée que son visage ressemble à certaines des poteries peintes. Sous son regard, Chalkuchimac demeure impassible. Ses bouchons d'or pèsent sur ses épaules et jettent des éclats. Ses paupières n'ont pas cillé sous les attaques et sa mâchoire semble à présent aussi large que celle d'un fauve.

— Chalkuchimac énonce une part de la vérité, reprend le Puissant du Cuzco. Et moi, Tisoc Inca, je suis de son avis lorsqu'il dit que nous avançons comme des enfants dont on a bandé les yeux. Il est temps de désigner un Unique Seigneur. Il est temps qu'Inti retrouve un fils parmi nous.

Anamaya voit les visages des vieillards s'incliner. Chalkuchimac sourit, méprisant.

— Je suppose que le Puissant Tisoc veut que l'un de ses frères de clan soit désigné !

— La colère t'emporte inutilement, Chalkuchimac. Celui qui sera désigné doit avoir le soutien de son Père le Soleil comme des Ancêtres de l'Autre Monde. C'est tout ce que je demande.

— Cela m'étonnerait que tu ne songes à personne, grimace Chalkuchimac.

— Comment allons-nous désigner un Unique Seigneur, puisque nous n'avons ni prêtre ni devin pour nous dire la volonté d'Inti et de Quilla ? demande un Ancien qui jusqu'à présent s'est tu. Comment allons-nous le choisir alors que l'Unique Seigneur Atahuallpa avant de mourir n'a transmis la *mascapaicha* royale à aucun de ses fils ?

— Il n'avait pas à le faire, réplique sèchement Chalkuchimac. Chacun sait que le fils préféré d'Atahuallpa est Atoc Xopa. C'est lui qui doit porter sur le front les deux plumes de *curiguingue,* comme son père.

De nouveau les paroles de Chalkuchimac plongent chacun dans le silence. Mais celui-ci est pesant. Des regards se tournent vers Anamaya. Elle sait ce qu'ils attendent, mais elle préfère que toutes les paroles et les arrière-pensées des Puissants se déversent et s'affrontent avant de dire ce qu'il lui faudra dire.

— Atoc Xopa n'est qu'un enfant, remarque le Puissant du Cuzco. De surcroît, il vit en ce moment dans la capitale du Nord, bien loin d'ici et des Étrangers. Comment pourrait-il faire entendre sa volonté ?

— Tisoc, tu n'as pas compris ce que ne disent pas les mots de Chalkuchimac ! raille l'un des Anciens. Tu as raison : le fils préféré d'Atahuallpa n'est qu'un enfant. Il vit loin dans le Nord et nul ici ne connaît son visage. Jamais il n'est entré dans le Cuzco. Mais c'est bien là ce qui plaît au général Chalkuchimac !

— Si nous le nommons, renchérit un autre, il ne sera qu'une ombre fragile sous l'influence de Chalkuchimac. Ce sera lui, le maître véritable de l'Empire, bien qu'il ne soit pas le Fils d'Inti !

Tous les visages se sont tournés vers Chalkuchimac. Il affronte les accusations sans qu'un muscle de son visage ne bouge. Anamaya ne peut s'empêcher d'admirer cette force et ce calme. La tension est si grande pourtant qu'elle voit trembler les mains des Vieux Puissants. Le plus âgé dit encore, en dressant sa main aux doigts tordus :

— J'ai entendu ce que Chalkuchimac disait au *Machu Kapitu* des Étrangers par l'intermédiaire de ceux qui parlent leur langage. Il lui offrait, tout seul et sans notre consentement, qu'Atoc Xopa soit notre Unique Seigneur.

— Est-ce vrai, Chalkuchimac ?

Étrangement, avant de répondre à Tisoc Inca, le vieux guerrier tourne son regard vers Anamaya. Il pose ses yeux dans les siens, longtemps et avec force, comme s'il voulait voir au-dedans d'elle. Puis il se redresse, sourit et dit :

— Oui.

Un grognement de colère s'échappe des bouches des Puissants. Mais Chalkuchimac semble maintenant ne s'adresser qu'à Tisoc Inca :

— Que vous arrive-t-il, tous ? Êtes-vous comme Atahuallpa, qui croyait que les Étrangers prendraient l'or qu'il leur offrait et que bientôt ils s'en iraient ? Atahuallpa est parti et nul d'entre nous ne sait s'il a pu rejoindre son Père dans l'Autre Monde !

De nouveau un grognement fait vibrer les poitrines. Alors, dans un geste de fureur, Chalkuchimac repousse la *manta* qui le recouvre. Tous voient les mains qu'il tend. Elles n'ont plus de peau, le sang y brille, noirâtre. Sur ses pieds et ses jambes, la chair forme des lambeaux recuits, déchirés, qui se noient dans des humeurs jaunes.

— Pourquoi donc croyez-vous que j'ai accepté cela ? demande Chalkuchimac dans un rugissement. Ma chair brûlée empeste l'air de l'Empire des Quatre Directions. Ma douleur monte jusqu'au noir du ciel pour qu'Inti au matin la trouve sur son chemin ! Et Il ne veut pas que je guérisse afin que chacun de nos guerriers en respire l'odeur et sache que je ne me prosternerai jamais devant les Étrangers. Tisoc ! Ils ne sont pas doux et bons ! Ils mangent l'or et leur ventre n'a pas de fond ! Tisoc Inca, ne comprends-tu pas que lorsqu'ils parviendront à Cuzco, ils prendront sans rien rendre en échange ? Ils prendront ton enclos, tes femmes, tes enfants, tes serviteurs… Ils prendront, prendront toujours, car ils sont là pour prendre ! Moi, Chalkuchimac, je vous le dis : il faut les tuer tant qu'ils sont peu nombreux.

— En ce cas, pourquoi désigner un enfant sans expérience ? grince un vieillard.

Le sourire de Chalkuchimac est pareil à celui d'un démon du Monde d'En dessous et Anamaya ne peut retenir un frisson.

— Parce que les Étrangers croiront être les maîtres

de l'Unique Seigneur. Ils lui diront : fais ceci, fais cela ! Nous leur sourirons. Nous leur donnerons l'or. Mais pendant ce temps, je serai libre. Je pourrai conduire nos guerriers dans une grande bataille où ils mourront tous !

— Comme aujourd'hui ? ricane Tisoc.

— Vous êtes des pleutres ! crie Chalkuchimac en brandissant ses mains blessées. Inti vous réduira en cendres !

— Inti ne t'écoute pas, Chalkuchimac ! réplique sèchement Tisoc. Tu oublies que celui qui a faim finit toujours par mourir ou par se rassasier. Ton choix n'est ni sage ni judicieux. Nous savons tous qui nous devons désigner pour Unique Seigneur. C'est Manco, fils de Huayna Capac, Puissant du clan d'En haut. Il est le plus sage et le plus fort de ceux qui sont encore en vie. Avec lui nous aurons la paix et l'unité de l'Empire…

Le grognement de dégoût de Chalkuchimac est presque un rire. Il se tourne vers Anamaya. Son regard est si dur qu'il briserait une pierre de fronde.

— Est-ce toi qui as soufflé ce choix, *Coya Camaquen* ? Tu es bien silencieuse ! Je t'ai connue plus bavarde auprès d'Atahuallpa !

— Chalkuchimac ! lance l'un des Anciens. Comment oses-tu te moquer de la *Coya Camaquen* ?

Chalkuchimac grimace car ses mains blessées ont heurté ses vêtements. Il secoue la tête et dit d'une voix plus basse :

— Non ! Non, Puissant Ancien, je ne me moque pas. Je sais qui est la *Coya Camaquen*…

— Chalkuchimac, reprend Tisoc Inca d'une voix conciliante, la querelle est sans but. Le temps nous presse de choisir un Unique Seigneur. Il n'y a ici ni devin ni serviteur d'Inti pour nous faire connaître les oracles. La *Coya Camaquen* le peut. Elle a su désigner l'Unique Seigneur Atahuallpa avant que la comète vive dans le ciel de Quito. Il lui a toujours fait confiance pour toutes les décisions qu'il a prises, tu le sais. Nous savons tous qu'il a partagé ses derniers mots du Monde d'ici avec elle, comme avait fait son père Huayna Capac, à Quito…

— Oui ! approuve bruyamment un vieillard. C'est cela qu'il faut faire.

— Accepte, Chalkuchimac ! Que la *Coya Camaquen* désigne l'Unique Seigneur, qu'elle choisisse entre Manco et Atoc Xopa !

Le regard de Chalkuchimac n'a pas quitté Anamaya. Elle y voit pour la première fois la crainte, le doute et presque une lueur d'amitié. Il souffle soudain comme une forge, ferme les paupières et demande :

— Alors, quelle est ta parole, puissante Anamaya ?

Anamaya ne peut empêcher son cœur de battre si fort qu'il en étouffe ses mots. Elle sait le poids de ce qu'elle va dire. Tous ses muscles, tous ses os deviennent durs comme pierre. Mais les phrases montent dans sa gorge et franchissent sa bouche comme libres, ainsi qu'il en fut en d'autres occasions. Même si elle les prononce, elles viennent de bien ailleurs que de sa bouche.

— La nuit avant le Grand Massacre de Cajamarca, l'Unique Seigneur Huayna Capac est venu me voir depuis l'Autre Monde. Il avait l'apparence d'un enfant. Il m'a dit : « *Ce qui est vieux se brise, ce qui est trop grand se brise, ce qui est trop fort n'a plus de force… C'est cela le grand* pachacuti. *Le monde se serre et il recommence. Tout est changé…* »

Un murmure d'étonnement l'enveloppe. Nul ne songe à mettre en doute sa parole : c'est comme si par sa bouche le grand Huayna Capac lui-même était en train de parler. Elle voit les visages tendus qui semblent cueillir ses mots comme des braises. Elle dit encore :

— L'Unique Seigneur Huayna Capac a ajouté : « *Prends soin de mon fils que tu as sauvé du serpent, car il est le premier nœud des cordelettes du futur…* »

Il y a longtemps, alors que j'étais encore une jeune fille sans savoir ni expérience, j'ai assisté à la cérémonie où le Puissant Manco est devenu un homme. Ce jour-là, il a gagné la course. Mais alors qu'il courait, un serpent venimeux s'est placé en travers de son chemin pour le mordre au passage. Je l'ai vu juste à temps. J'ai pu faire partir le serpent et Manco est toujours en vie.

Le silence est absolu. Maintenant, il n'y a plus de clameurs dans la plaine, plus de rires et de chants dans la nuit.

— Ainsi, *Coya Camaquen*, c'est Manco ton choix, murmure Chalkuchimac.

— Puissant Chalkuchimac, répond Anamaya avec une audace qui la surprend elle-même, ce n'est pas mon choix : il y a longtemps déjà que les Ancêtres de l'Autre Monde ont désigné Manco. Mais permets-moi de te dire qu'il est noble et droit. Il est juste et ce n'est pas un lâche, tu le sais. Il saura réunir toutes les parties de l'Empire sans se soumettre aux Étrangers comme un enfant. Et pour faire la guerre que tu souhaites, si elle doit venir, il faut d'abord la paix. Il faut que se pansent les plaies de la guerre entre les frères qui a tant affaibli l'Unique Seigneur Atahuallpa. Oui, Chalkuchimac, tu es un grand guerrier. Mais aujourd'hui, la guerre a la forme de la paix. Elle seule nous permettra d'être forts, le jour venu, si Inti et Quilla le veulent…

— Elle a raison ! C'est bien dit ! approuvent deux des vieillards.

— Chalkuchimac, reprend Tisoc, tous ici, nous sommes de l'avis de la *Coya Camaquen*. Nous lui faisons confiance. Demain, dans la première lueur du jour, elle partira à la rencontre de Manco pour lui dire notre choix…

Les paupières à demi plissées, Chalkuchimac considère un instant ses blessures. Puis il relève son visage pour faire face à Tisoc, la bouche amère :

— Que se passerait-il si je n'étais pas de l'avis de la *Coya Camaquen* ? demande-t-il.

Tisoc ne répond pas. Le silence est traversé des souffles fatigués de ces Seigneurs, qui ne puisent plus leurs forces que dans les lèvres et la mémoire d'une jeune fille. Anamaya regarde Chalkuchimac avec admiration et regret.

— Que se passerait-il ? demande Chalkuchimac d'une voix plus basse et plus menaçante.

Anamaya fixe Tisoc un bref instant, mais elle n'attend pas son approbation pour répondre enfin, avec une terrible douceur :

— Rien, Puissant Chalkuchimac. Il ne se passera rien. Je partirai demain.

Les yeux de Chalkuchimac plongent dans les siens. Pour la première fois, elle y lit un sentiment qui n'est ni la colère ni la révolte : la résignation.

Et une tristesse infinie.

*

L'aube naît dans une brume dense qui laque d'humidité les roches et les toiles des tentes. L'air sent encore les cendres froides. Il n'y a plus de bruit, sinon le roulement continu de la rivière et quelquefois un cri d'oiseau.

Enveloppé dans sa longue cape de cheval, Gabriel est assis sur une souche un peu à l'écart du campement des Seigneurs incas. Dans la nuit, il s'est souvent réveillé de son mauvais sommeil, affrontant encore le combat de la veille comme s'il n'en finissait pas. Il avait le cœur battant du désir brutal, violent, de courir jusqu'à la tente d'Anamaya. Il s'est imaginé la prenant dans ses bras, se noyant dans ses caresses et son ventre afin d'effacer sa mémoire brûlante dans un plaisir d'amour qui n'en finirait pas. Il n'a pas osé.

Pas plus qu'il n'ose la rejoindre maintenant, alors qu'elle s'apprête au départ.

Don Francisco l'en a prévenu : les Seigneurs incas se sont choisi un nouveau roi. « Avec mon accord », a indiqué Pizarro sans autre précision, avant d'ajouter : « Leur prêtresse a été désignée pour aller avertir l'élu et j'ai autorisé qu'elle quitte la colonne. » Au mot de « prêtresse », l'œil noir de Pizarro a percé en un éclair celui de Gabriel, qui s'est détourné, presque honteux.

Maintenant, dans cette aube humide et silencieuse, tout près de la rivière, des porteurs indiens préparent la litière de la *Coya Camaquen*. Un peu à l'écart, sous le commandement d'un jeune officier, une dizaine de guerriers formant l'escorte patientent. Mais Gabriel n'a d'yeux que pour le groupe réuni entre les tentes des Seigneurs.

Là-bas, devant les vieillards qui la saluent avec respect, Anamaya est resplendissante. Drapée dans une cape de vigogne aux motifs entrelacés bleus, pourpres et jaune vif. Une sorte de diadème d'or dans lequel sont fixées trois plumes jaunes ceint son front. Ses poignets sont recouverts de plaques d'or. Elle tient à la main une tige de maïs en or elle aussi.

Jamais Gabriel ne l'a vue dans une si imposante tenue. Elle lui semble en vérité comme une étrangère, princesse d'un monde qui lui est encore si lointain, si inaccessible, qu'il en ressent une bête jalousie.

— Vas-tu au moins lui dire au revoir ? demande à ses côtés une voix qui le fait sursauter.

— Fray Bartolomé !

Le visage étrangement pâle du frère Bartolomé sourit. Il y a une manière de tendresse dans ses yeux gris. Il tend sa main aux doigts joints dans la direction d'Anamaya, alors même que les vieillards s'inclinent devant elle.

— Je sais ce qu'est cette femme pour toi, ami

Gabriel. Aucune indiscrétion de ma part : tout se sait, tout se chuchote dans la colonne. Les mensonges y fleurissent comme les vérités mais il suffit de peu de lumière pour les discerner…

Gabriel hésite un instant avant de répondre.

— Je ne sais juger s'il s'agit d'un de ces cas où il vaut mieux garder le silence, frère Bartolomé, selon vos propres recommandations. Qu'en pensez-vous ?

— *Mihi secretum meum*, n'est-ce pas ? Fais comme il te plaira, mon ami. Mais tu ne m'empêcheras pas de lire dans tes yeux les réponses que tes lèvres ne me donnent pas.

Gabriel hoche doucement la tête et ses yeux scrutent la scène, là-bas. Encadrée par des soldats indiens et trois des Seigneurs, suivie par une poignée de servantes, Anamaya s'approche de la litière. Gabriel sait qu'elle l'a déjà vu.

— On dit que c'est une princesse différente des autres, remarque seulement Bartolomé en regardant Gabriel.

Gabriel se déride pour la première fois et retient un sourire en coin. Il est plus doux de céder à l'intelligence qu'à la méchanceté.

— Elle a des dons qui la font craindre et aimer des Indiens, répond-il. Le défunt roi Huayna Capac lui aurait confié des secrets dont ils pensent que leur sort dépend.

Gabriel s'interrompt, hésite.

— Peut-être que pour vous, frère Bartolomé, cela pourra sembler diabolique…

Le prêtre sourit :

— Je ne suis pas enclin à voir le diable partout, Gabriel. En revanche, je sais voir la beauté quand elle s'impose à moi. Et la beauté n'est-elle pas toujours l'œuvre de Dieu ?

Gabriel éprouve un vrai bonheur à retrouver l'habileté subtile et amicale du moine. Et c'est comme si son sourire avait attiré l'attention d'Anamaya. Elle n'est plus qu'à quelques toises de la litière. Son pas se fait hésitant. Mais son chemin est aussi bien tracé que celui d'une cérémonie. Un vieux Seigneur indique d'un geste la litière, les porteurs, l'escorte…

La main de Bartolomé se pose sur le bras de Gabriel :

— Laisse-moi te poser de nouveau la question : pourquoi ne vas-tu pas lui souhaiter une bonne route ?

— Hier, répond-il d'une voix sourde, hier, j'ai tué beaucoup d'hommes. Beaucoup d'Indiens.

— Et tu as peur qu'elle te le reproche ?

— Je ne sais pas. Mais j'ai ce souvenir étrange que j'avais envie de les tuer, que j'y prenais du plaisir, même…

Bartolomé part d'un rire léger.

— Cela, c'est à moi que tu devrais en parler, et non à elle.

Les yeux gris du frère Bartolomé se détournent du visage de Gabriel pour observer le cortège indien. Il se tait un instant, assez longtemps pour voir Anamaya prendre place sur le siège de la litière. Quand il se met à parler, sa voix est vive et nette :

— Hier, Gabriel Montelucar y Flores, tu as fait ton devoir. Tu es devenu un héros pour tes compagnons et beaucoup ce matin t'admirent. Il est probable que tu t'en moques, car tu es d'un grand orgueil et tu les trouves un peu sauvages. Il n'empêche. Si cela compte pour toi, dis-toi bien que les vies que tu as prises, tu les as déjà rendues à Dieu… Quant à l'amour qui est dans ton cœur, ne compte pas sur moi pour l'appeler un péché…

La surprise de Gabriel est si grande qu'il se retourne pour chercher le regard du prêtre.

— C'est vous qui me dites cela, frère Bartolomé ?

Cette femme n'est pas même baptisée ! Si j'en écoute Fray Vicente Valverde...

Bartolomé le coupe avec impatience :

— Et si tu m'en écoutes, moi, le péché est d'ignorer la force de l'amour. L'apôtre Paul ne dit pas autrement et saint Augustin...

— Mais ils parlent de l'amour de Dieu !

— Le voilà qui théologise, l'esprit fort ! C'est à moi que tu prétendrais apprendre la force de l'amour divin ? Je te dis — moi — qu'il y a une étincelle divine dans ton amour...

Les derniers mots de Bartolomé sont presque recouverts par le son de la trompe de bronze qui annonce le départ du cortège.

— Va ! Dépêche-toi ! insiste le frère Bartolomé.

Et Gabriel, comme allégé du poids qui l'entrave depuis la veille, écarte soldats et Seigneurs pour aller vers celle qu'il aime.

*

La litière est déjà à la sortie du village lorsque Gabriel s'en approche. Les soldats indiens le regardent avec un peu de surprise se mettre à leur pas. D'un mot, Anamaya fait stopper les porteurs.

Lorsqu'elle quitte la litière pour s'approcher de lui, un frisson parcourt la nuque de Gabriel. Jamais il n'a vu plus de noblesse et tant de douceur dans la même personne. C'est elle qui l'entraîne un peu à l'écart. Il remarque qu'aucun des porteurs, des soldats ou des servantes n'ose tourner les yeux vers eux.

— Je suis heureuse que tu sois venu, dit Anamaya.

Elle laisse filer un bref silence et ajoute :

— J'ai eu peur que tu ne viennes pas. Je ne voulais pas partir sans voir ton visage près de moi.

Elle lève la main et l'approche de ses lèvres comme

pour le toucher. Mais quand il veut l'embrasser, elle a un léger mouvement de recul. Le sourire, pourtant, ne quitte pas ses lèvres.

— Ce n'est pas possible, dit-elle avec douceur. Pas ici — et pas maintenant...

La gorge nouée, incapable de trouver les mots dans son cœur bouillonnant, Gabriel est parcouru d'un tremblement. Il lui semble intolérable de ne pas tenir son corps contre le sien avant leur séparation.

Anamaya s'approche d'un pas de plus et ils sont assez près l'un de l'autre pour que leurs corps se frôlent sans se toucher. Lorsqu'il rouvre les paupières, il trouve les yeux bleus d'Anamaya qui le fixent et fouillent le fond de son âme.

— Je sais ce qu'est la guerre, murmure-t-elle. Chez nous aussi, on tue ses ennemis.

— Tu vas me manquer, dit enfin Gabriel. Il n'y a pas d'heure qui passe sans que tu me manques.

— Bientôt ce sera la paix. Nous avons désigné un nouvel Inca. Il est comme un frère pour moi, il est sage. Il saura faire la paix avec votre Gouverneur.

Là-bas, le cortège est toujours aussi immobile. Pas un, homme ou femme, n'a fait un geste. Gabriel songe à Guaypar, qu'il a affronté durant le combat de la veille et laissé partir.

— La paix n'est pas encore là. Sois prudente.

— C'est toi, dit-elle, toi qui dois être prudent...

Elle l'observe soudain avec tant d'intensité, presque de l'inquiétude, qu'il en est troublé.

— Tu as fait un long chemin pour me retrouver. Je ne veux pas te perdre. Tu as introduit une faiblesse en moi, une fissure qui est devenue un ravin, et j'ai plus peur pour toi que je n'ai jamais eu peur pour moi.

Elle dit ces mots sans le regarder et, bien que sa voix soit sourde et ferme et son visage impassible, il sent l'émotion qui la fait presque trembler à son tour.

Il est incapable de parler.

Il avance sa main vers la sienne et cette fois-ci elle le laisse faire et même s'appuie contre lui dans un élan qui fait presque cogner leurs corps. Elle serre sa main à lui faire mal, elle le griffe, le broie, et dans cette unique étreinte il y a peut-être plus d'abandon qu'elle ne lui en a jamais donné pendant l'amour.

Dans la brume qui passe devant ses yeux, il surprend des regards posés sur eux et il se souvient de ses paroles : « Pas ici, pas maintenant… » C'est lui qui s'arrache le premier à elle, le cœur chaud et le dos glacé.

Ils restent un peu côte à côte, la terre incertaine sous leurs pas. Ils ne peuvent ni bouger ni parler. Une odeur de fleurs passe dans l'air et Gabriel s'y réfugie, fermant les yeux.

Elle fait un premier mouvement pour regagner le cortège. S'arrête, se retourne.

— Prends soin de toi, dit-il, la voix étranglée.

Elle ouvre la bouche pour parler, se reprend. Il reste suspendu à ses lèvres, à ses yeux.

— Je t'aime…

Et sans lui laisser le temps de comprendre que c'est la première fois qu'elle prononce ces mots pour lui, elle court rejoindre le cortège.

## 12

## Vallée de l'Apurimac, 30 octobre 1533

L'homme est petit. Des bouchons de bois pendent à ses oreilles et il porte la tunique des gouverneurs de pont. Alors que la litière est encore sur les épaules des porteurs, il se met à genoux sur les dalles de la voie et incline le buste. L'officier des gardes, la masse à la main, l'observe avec circonspection.

— Sois la bienvenue dans la vallée de l'Apurimac, *Coya Camaquen*. C'est un honneur pour moi de te faire passer le fleuve !

Anamaya esquisse un sourire tant l'homme semble la craindre. Il n'est pas de jour, depuis son départ d'Hatun Sausa, sans qu'elle découvre à quel point sa renommée et son cortège impressionnent les modestes habitants des villages comme les fonctionnaires de l'Empire.

Le gouverneur du pont, lui, a quelque raison d'être inquiet. À deux cents pas au-dessous d'eux, l'Apurimac roule des eaux furieuses entre d'énormes rochers. Son grondement résonne dans la vallée qui s'ouvre largement vers le sud. Mais là où devraient pendre les cordes d'un pont, on ne voit que du vide.

— Relève-toi, ordonne Anamaya. Et explique-moi pourquoi le pont a disparu.

— Il y a déjà dix nuits de cela, *Coya Camaquen*, des

soldats sont venus le brûler. J'ai voulu les en empêcher et j'ai ordonné à mes gardes de les repousser. Mais nous n'étions que dix alors que le peloton du général Quizquiz comptait plus de cent hommes !

— Quizquiz ? s'étonne Anamaya.

— Oui, *Coya Camaquen*. C'est ainsi qu'ils se sont présentés : des soldats du grand général de l'Unique Seigneur Atahuallpa.

— Ont-ils dit pourquoi ils le brûlaient ?

— Pour empêcher les Étrangers voleurs d'or d'atteindre Cuzco.

Le petit homme tend son bras vers le sud de la vallée, et ajoute :

— On dit qu'il y a des troupes partout dans la montagne et jusqu'à Cuzco.

— Comment franchit-on le fleuve désormais ? demande Anamaya d'un ton sec pour couper court aux bavardages qu'elle sent venir.

Sa question semble ravir le petit homme. Il s'incline à nouveau dans un mouvement de respect :

— Un messager a annoncé ta venue il y a trois jours déjà, *Coya Camaquen*. Aussi avons-nous préparé ce qu'il faut. Des radeaux…

— Des radeaux ?

— Oui, *Coya Camaquen*. Mais pas ici, au passage ordinaire du pont, les courants y sont trop forts et trop dangereux. Il y a un endroit plus propice à quelque distance d'ici. Si tu permets que je t'y conduise.

— *Coya Camaquen*, intervient le jeune officier de l'escorte, il n'est pas prudent de s'écarter de la voie royale. Cela pourrait être un piège !

— Comme tu le vois, officier, réplique Anamaya, la voie royale n'existe plus au-dessus du fleuve. Et moi, je dois continuer ma route malgré tout. Fais donc en sorte de me protéger !

*

Il leur faut presque une heure de marche par un sentier quelquefois difficile et pentu pour parvenir à un soudain apaisement du cours du fleuve.

Surgissant entre deux pentes boisées, l'Apurimac se fait d'un coup plus lent et plus régulier. Il dessine une longue courbe entre des champs, traversant une brève vallée. Mais à l'autre extrémité, il se brise encore dans un flot d'écume contre une haute roche grise qui annonce une nouvelle succession de rapides.

Là, la rivière prenant ses aises s'élargit. Cependant, en s'approchant de la rive, il suffit d'un regard pour comprendre que le courant y est à peine moins dangereux qu'en aval.

— Vous voyez, explique le gouverneur du pont, les radeaux doivent être mis à l'eau à ce point là-bas. Il faut se laisser glisser dans le courant et atteindre l'autre rive avant la grosse roche.

— Où sont les radeaux ? demande Anamaya.

— À l'abri dans le bois là-bas, *Coya Camaquen*. Nous ne voulions pas que des soldats les découvrent et les détruisent avant ta venue.

— Avez-vous déjà traversé le fleuve ? questionne l'officier, la mine suspicieuse.

— Une fois déjà ! répond avec un large sourire le gouverneur du pont. Aller et retour.

— Eh bien, ce sera la seconde fois, dit-elle tranquillement.

Le petit homme, flatté par son encouragement, se démène avec vigueur dans les instants qui suivent. Ses aides tirent de la lisière de la forêt deux lourds radeaux de rondins et des perches. À l'aide d'autres rondins plus petits, ils leur font habilement traverser les champs jusqu'à l'Apurimac, où ils mettent à l'eau le plus large.

Une dizaine d'hommes le retiennent avec des cordes tandis que six autres y déposent la litière dont est descendue Anamaya. Une fois que le siège à brancards est correctement arrimé, les aides du gouverneur du pont se prosternent et attendent pour se relever que la *Coya Camaquen* ait pris place sur le radeau. Alors, munis de longues perches, ils en maintiennent la stabilité autant que faire se peut.

Le courant est si violent qu'Anamaya sent sa litière vaciller. Les troncs, attachés entre eux avec une certaine souplesse, bougent de manière impressionnante.

Tandis que les hommes ont de plus en plus de mal à retenir le radeau près de la rive, un débat soudain s'envenime entre l'officier d'escorte et le gouverneur du pont.

— Je dois accompagner la *Coya Camaquen* avec au moins cinq soldats, gronde l'officier.

— Impossible ! La charge sera trop lourde pour le radeau, officier. On ne pourra plus le diriger avec sécurité. Deux hommes tout au plus. Regardez : les rondins s'enfoncent déjà…

— C'est que vous avez mal fait votre travail !

— C'est que la litière est plus lourde que prévue. Et puis, il y a le second radeau. Vos soldats pourront y suivre la *Coya Camaquen*…

— Cela suffit ! intervient Anamaya. Officier, venez sur ce radeau avec le gouverneur du pont. Si son radeau est mal construit, il en subira les conséquences comme nous !

En vérité, dès que l'embarcation est lâchée dans le courant, Anamaya comprend le souci des hommes qui cherchent à la diriger. Outre son vacillement qui ne fait que s'amplifier, elle prend une très grande vitesse en atteignant le cœur du fleuve. La puissance des eaux semble, en quelques secondes, devoir l'emporter sur la force des hommes qui enfoncent leurs perches, avec une rapidité stupéfiante.

Soudain, l'un d'eux crie. Un remous inattendu apparaît, fortement creusé. Les six hommes passent du même côté du radeau pour pousser vers la droite. Mais tout va trop vite. Le choc soulève une première fois Anamaya. Les rondins rebondissent et raclent la roche masquée par l'eau. La litière se soulève une nouvelle fois et bascule sur le côté. L'officier d'escorte se couche d'un bond sur le brancard pour la retenir. Anamaya s'agrippe aux montants du siège, le buste ployé pour contrebalancer son inclinaison.

La litière retombe lourdement, mais l'un des pieds tranche d'un coup l'un des liens déjà affaibli par le choc. Le rondin central du radeau qui s'est délié s'enfonce dangereusement tandis que le radeau tout entier commence à tournoyer sur lui-même.

La roche grise, là-bas, qui annonce les rapides et qui semblait assez éloignée, se rapproche maintenant à une folle vitesse. Le gouverneur du pont lance une sorte d'aboiement, puis un autre. Puis encore un autre. Alors, avec un ensemble parfait, les six hommes aux perches poussent ensemble.

Cela ressemble à un ballet. Les perches se soulèvent, s'enfoncent, ploient et glissent, se soulèvent à nouveau, s'enfoncent et ploient. La sueur perle sur les nuques, mais le radeau se stabilise. Mieux, il s'écarte du centre du courant. Les aboiements continuent, les perchent ploient si fort qu'elles semblent vouloir se briser. Mais enfin, alors même que le grondement des rapides roule dans l'air comme une menace imminente, le radeau ralentit. Il commence à glisser vers la berge.

Le gouverneur du pont sourit. Il se retourne vers Anamaya et la salue. Chacun des hommes se rend compte que la *Coya Camaquen* n'a pas dit un mot, pas poussé un cri de frayeur durant le danger.

Elle sourit à son tour, surprise par la douceur du contact des rondins sur la rive.

Tandis que la litière est déposée sur l'herbe, elle observe les hommes, sentant la fraîcheur de l'air et ce plaisir récent encore si étrange : les regards posés sur elle sont pleins d'admiration et d'un respect nouveau.

— Sommes-nous loin de Rimac Tambo ? demande-t-elle au gouverneur du pont.

— À moins d'une journée de marche. Si tu veux nous faire l'honneur d'accepter notre hospitalité pour cette nuit…

Anamaya ne le laisse pas finir.

— Je te remercie. Je parlerai au Seigneur Manco de ton efficacité. Mais nous devons être ce soir à Rimac Tambo.

*

Le grondement du fleuve monte comme un souffle apaisant. Dans le crépuscule, les pentes des montagnes, tout autour du village, ressemblent à des pétales protecteurs. En face de la *cancha* s'ouvre vers l'est une profonde et étroite vallée. Dans la nuit qui vient, engorgée encore de brume translucide, elle demeure étrangement pâle.

Aujourd'hui, Anamaya sait où conduit cette vallée : à la Cité sacrée dont nul ne doit jamais prononcer le nom. Picchu !

Rien n'a changé à Rimac Tambo. C'est une sensation étrange.

Il y a des années, elle se tenait là, dans un crépuscule tout semblable. Les beaux murs soutenant l'esplanade des cérémonies, aux parfaites jointures, possédaient le même calme apaisant que ce soir. Les pentes vives enserrant la vallée, pareilles à des triangles et des rectangles enchâssés dans le sol, faisaient déjà songer aux dessins géométriques des tissages quotidiennement accomplis par les vierges des *acllahuasis*. Déjà elles possédaient cette même force, un peu inquiétante. Seule Anamaya était différente. Ce n'était qu'une jeune fille inquiète que le Sage Villa Oma s'efforçait de rendre vigilante et sûre d'elle.

C'est ici même, à leur grande stupeur, dans un crépuscule pareil à celui-ci, que leur était apparue dans le creux même de la vallée interdite la comète désignant l'Unique Seigneur Atahuallpa.

Il suffit à Anamaya de fermer les paupières pour la revoir.

Une boule de feu jaune pâle, pareille à un soleil de nuit. Elle grimpait sur l'horizon noir, entre les premières étoiles. Derrière flottait son immense chevelure soulevée par le vent de l'Autre Monde.

Il lui suffit de puiser dans ses souvenirs pour entendre encore la voix du Sage : «*Abandonne ta peur,* Coya Camaquen. *Laisse ton esprit te conduire. Souviens-toi de ton voyage dans la pierre des Ancêtres. Abandonne la peur...* »

Un hululement d'oiseau la fait frissonner et elle rouvre les paupières en sursautant.

Tout autour d'elle, l'esplanade est déserte. Elle a un peu froid. Sa cape de cérémonie n'est pas assez chaude pour ces montagnes. Elle s'oblige malgré tout à la porter depuis deux jours, pour accueillir l'Unique Seigneur Manco lorsque, enfin, il arrivera. Mais avec l'approche de la nuit, des frissons lui glacent la nuque et les reins.

De nouveau, un hululement jaillit, plus près du fleuve. Puis un autre, derrière le *tambo*.

La nuit vient vite. La vallée paraît soudain plus sombre et menaçante. Les dalles de la voie royale, droite sur la pente raide qui clôt la vallée au sud, apparaissent entre les bosquets. Elles forment une étrange image, comme si la montagne était tranchée là par une ligne claire, froide, dure.

Anamaya réprime un tremblement, qui doit cette fois plus à l'inquiétude qu'à la fraîcheur du crépuscule.

Plusieurs paysans de Rimac Tambo ont confirmé les dires du gouverneur du pont. Dans les montagnes environnantes, des centaines de soldats rôdent, pillent les *canchas*, brutalisent les villages. Leurs officiers refusent de se soumettre aux ordres de paix avec les Étrangers lancés par les Puissants Seigneurs. Certains affirment qu'ils n'agissent que selon la volonté du général Chalkuchimac, qu'ils n'accepteront jamais que les Étrangers parviennent à Cuzco. Alors que Manco tarde à la rejoindre, Anamaya craint d'apprendre qu'il est aux mains de ces hordes guerrières.

En ira-t-il donc toujours ainsi ? Violences, haine et luttes fratricides malgré la volonté des Ancêtres en un temps si grave et si troublé ?

En vérité, cette vallée d'apparence si calme possède jusque dans sa terre tant de mémoire de drames qu'elle en devient menaçante. Anamaya se souvient trop bien du massacre des vieillards accompagnant le Corps sec de l'Unique Seigneur Huayna Capac qui eut lieu ici même !

Des oiseaux crient encore dans la forêt qui s'obscurcit. Dans l'ombre grandissante, le roulement du fleuve devient plus lancinant et mystérieux. Anamaya resserre encore sa cape autour de ses épaules glacées mais se refuse à rentrer dans la *cancha*, comme si sa patience pouvait protéger Manco dans le chemin qui le conduit jusqu'à elle.

*

Depuis le crépuscule, elle n'a pas bougé. Maintenant il fait nuit noire. On a apporté à ses côtés un brasero près duquel elle peut se réchauffer les mains et le visage. Le temps passe lentement tandis qu'elle suit la montée des étoiles.

De temps à autre des cris, des jappements résonnent dans l'obscurité de la montagne. Bien qu'elle tende l'oreille, elle n'entend qu'au dernier moment le frottement des pas sur l'herbe. Elle n'a pas le temps de se retourner avant qu'une main large et forte lui ferme la bouche, l'empêchant de pousser un cri. Un corps se serre contre elle et la soulève comme une poupée.

— Manco !

— Ah ! murmure Manco en la relâchant. Tu m'as reconnu trop vite !

Ils se font face. L'émotion brille dans son regard. Anamaya en oublie le salut officiel qu'elle s'était promis de faire à la vue de Manco. L'homme qui est devant elle rayonne de force et de distinction. Elle éprouve un grand bonheur à le revoir, à mesurer le passage du temps sur son visage depuis leur première rencontre, à Tumebamba. Lui aussi semble troublé de lui faire face. Il recule d'un pas pour mieux l'admirer.

— Il fait presque nuit mais tu brilles comme une étoile, ma sœur, dit-il avec douceur.

— Je suis heureuse de te revoir, Manco. Très heureuse aussi de voir que…

Elle bute sur le mot et s'interrompt. Elle voudrait lui dire qu'il a acquis la beauté et la prestance qui siéent à un Unique Seigneur. Qu'il possède, dans le dessin de ses lèvres et l'éclat de ses yeux, la détermination et l'assurance d'un Fils du Soleil. Mais elle n'ose pas. En un éclair passe en elle le bouleversement de son amour pour Gabriel. Le *pachacuti* ne renverse pas seulement le monde mais son cœur. Dans son trouble, elle ne voudrait pas que Manco se méprenne et entende ses mots comme une volonté de séduction.

— Je suis heureuse que tu sois arrivé ici sans encombre, finit-elle par dire.

— Oui, des troupes de Quizquiz et de Guaypar rôdent un peu partout. Mais ces gens du Nord ne connaissent pas la montagne aussi bien que moi !

Il sourit avec une pointe de mépris, avant d'ajouter tendrement :

— Comment se fait-il que tu n'aies pas eu peur et que tu m'aies reconnu si vite ? La *Coya Camaquen* serait-elle désormais si pleine de pouvoirs qu'elle a des yeux dans le dos ?

— Je t'attends depuis des heures ! J'avais peur pour toi, je surveillais les bruits de la nuit en t'espérant...

Elle s'interrompt avec un sourire, puis ajoute :

— ... et tu m'avais surprise ainsi, de la même manière, en ce même endroit !

Ils rient ensemble, à la fois heureux et embarrassés.

— Viens, dit Manco, allons dans le *tambo*. Nous serons mieux pour parler et j'ai faim.

*

L'arrivée du Puissant Manco a créé une grande animation à l'intérieur des bâtiments. Les quelques Seigneurs qui l'ont accompagné sont installés dans une salle commune avec l'officier d'escorte d'Anamaya. Les servantes courent le long des pièces pour alimenter les braseros, préparer la nourriture, apporter la *chicha*, les couvertures et les torches.

Lorsqu'ils pénètrent dans la pièce réservée à Manco, aussitôt la tenture de la porte retombée, Anamaya se laisse tomber à genoux. Par deux fois, elle se prosterne.

— Anamaya ! s'exclame Manco, décontenancé.

— Unique Seigneur Manco...

— Anamaya ! Pourquoi m'appeler ainsi ? l'interrompt Manco en s'inclinant vers elle. Nous sommes frère et sœur…

Anamaya secoue la tête sans lever les yeux vers lui.

— Nous ne le serons plus bientôt : les Puissants se sont réunis. Ils t'ont désigné pour être leur Unique Seigneur.

Manco se redresse. Ses lèvres se sont durcies.

— L'heure est venue, murmure encore Anamaya.

Manco l'observe un instant. Il lui saisit les épaules et l'oblige à se relever. Il la regarde bien droit dans les yeux.

— Je me souviens de la première fois où j'ai vu tes yeux. Nous étions des enfants. Le bleu de tes yeux m'est entré droit dans le cœur ce jour-là. Même Paullu, mon frère bien-aimé, en était un peu jaloux !

Le cœur d'Anamaya se trouble de nouveau, comme chaque fois qu'il évoque ses sentiments pour elle. Elle serre les lèvres pour qu'il n'aille pas plus loin. Manco, à son soulagement, ne marque pas qu'il ait vu sa gêne. Il laisse passer un silence avec un sourire rêveur.

— Paullu me manque, soupire-t-il doucement. Cela fait des mois qu'il est au bord du Titicaca. Il n'aime qu'être là-bas…

Le regard de Manco se raffermit. Il reprend le fil de sa pensée :

— Je me souviens aussi de la dernière fois où nous nous sommes vus, Anamaya ma sœur. Cette horrible nuit du Grand Massacre de Cajamarca m'a hanté pendant des jours et des jours.

— Cette nuit-là, Puissant Manco, je t'ai prévenu que l'Unique Seigneur Atahuallpa irait vers sa fin en ce Monde d'ici et que tu devrais bientôt prendre sa place. Cette heure est venue.

— Oui. Tes mots sont restés en moi. Je n'ai pas oublié. Comme je n'oublie pas que depuis toujours tu traces mon chemin vers le Monde de mes Ancêtres.

— Ce n'est pas moi, proteste Anamaya. Je ne suis que la bouche qui parle pour eux. Je ne suis que l'Épouse du Frère-Double de ton Père Huayna Capac. C'est lui qui te désigne. C'est lui qui place le futur de l'Empire des Quatre Directions entre tes mains.

— Je dois comprendre, Anamaya, comprendre ce qui s'est passé cette nuit-là… Tant de choses ont été dites — que les Étrangers étaient des dieux, qu'ils crachaient le feu et faisaient corps avec leurs animaux… À Cuzco, le bruit court que le Soleil s'est éteint depuis qu'ils ont porté la main sur mon frère Atahuallpa.

Anamaya mesure ses paroles.

— Je ne connais pas le sens de tout ce qui arrive dans l'Empire, Manco. Ton Père ne vient plus me guider. Mes rêves sont pleins de silence. Mais je vis aux côtés des Étrangers depuis des lunes et des lunes et je peux t'assurer qu'ils ne viennent pas de l'Autre Monde. Ce ne sont que des hommes ! Des hommes avides d'or. Ils ne crachent pas le feu ni ne possèdent de pouvoirs plus grands que nous. Leurs armes sont simplement plus puissantes que les nôtres.

Manco hoche la tête, libère les épaules d'Anamaya et va s'asseoir sur la couche épaisse au fond de la pièce.

— Viens près de moi, demande-t-il.

— Unique Seigneur…

— Non ! Pas encore. Je ne le suis pas encore ! Viens. N'aie pas peur. Il me faut seulement sentir ta chaleur près de moi, petite sœur. Comme autrefois !

Anamaya le rejoint, un peu hésitante. Manco lève la main pour qu'elle pose ses doigts contre sa paume. Il referme les siens avec douceur.

— Parle-moi encore des Étrangers, demande-t-il. Aide-moi à les comprendre. Doit-on tous les détester ou peut-on en respecter certains, les aimer comme des humains de notre monde ?

Décontenancée, elle sent battre son cœur très fort.

Saurait-il, pour Gabriel ? Mais non. Le regard de Manco est seulement soucieux, curieux.

— Ils ne sont pas bons pour nous, dit-elle avec sincérité. Presque tous… Ils sont étranges et difficiles à comprendre. Ils aiment leur propre force comme si elle était une déesse. Ils parlent d'une certaine manière et font les choses d'une autre. Presque tous…

— Ils te font peur ?

Anamaya ne répond pas tout de suite.

— Non, avoue-t-elle enfin. Non. Mais eux, ils ont peur. Cela les rend cruels et rusés.

— Faire la paix avec eux n'est-il pas chose honteuse ?

— Je pense que la paix avec eux est nécessaire pour l'instant comme elle l'est partout dans le Tahuantinsuyu. Il y a eu trop de sang et de morts. Tous les clans et toutes les familles souffrent mais nul n'en connaît plus les raisons. Il faut reprendre notre souffle avant de faire un bond vers ce qui nous attend.

Manco soupire et hoche la tête.

— Chalkuchimac s'est opposé à ma désignation.

Ce n'est pas une question mais une constatation. Une fois de plus, Anamaya admire la maturité nouvelle de celui qui sera, qui est déjà l'Inca.

— Oui.

— Comment as-tu pu convaincre les autres de me désigner ?

— Tous les Puissants Seigneurs de Cuzco, Tisoc à leur tête, se sont opposés à Chalkuchimac. Moi, je n'ai fait que rapporter les paroles de ton Père lorsqu'il est venu me voir la nuit avant le Grand Massacre. Cela a suffi.

Manco hoche la tête, approbateur.

— On dirait que je ne suis plus seul à apprécier tes pouvoirs, jeune fille. Mais nous devons être prudents. Je me méfie de Chalkuchimac. Je sais qu'il dirige toujours ses soldats dans la montagne. Il fera tout pour m'empêcher de poser la *borla* sur mon front. Et des *chaskis* m'ont rapporté que Guaypar se préparait à attaquer les Étrangers.

Anamaya pâlit mais ne dit mot.

Manco ne la regarde pas. Il a les yeux perdus dans la nuit, dans la méditation de son destin.

— Ils veulent la guerre. Ils veulent la guerre avec les Étrangers et avec nous, ceux de Cuzco. Ils aiment la guerre et ne croient pas que la paix soit une bonne nourriture pour l'Empire. Anamaya, tu dois prévenir les Étrangers de cette menace. Si les forces de Chalkuchimac s'en prennent à eux, c'est surtout pour m'atteindre moi. Ils espèrent déchaîner la colère des Étrangers contre nous tous et empêcher que je devienne l'Unique Seigneur !

Anamaya ne répond pas. Elle sait que Manco a raison. Mais elle sait aussi, sans pouvoir l'expliquer, que Chalkuchimac pas plus que Guaypar ne pourront empêcher Manco de poser la *mascapaicha* royale sur son front.

Manco l'observe avec attention. Son regard est si intense qu'Anamaya le sent peser sur ses joues, ses lèvres, son front comme s'il s'agissait d'une véritable caresse. La main de Manco se lève, ses doigts effleurent le cou d'Anamaya.

— Mon bonheur est grand d'être près de toi, murmure-t-il. Mon bonheur est grand de respirer le parfum de ta présence. Tu m'as beaucoup manqué, sœur Anamaya. Aucune femme, je peux te l'assurer, n'est aussi belle et forte que toi.

Elle sourit, incline la tête poliment.

— Toi aussi tu m'as manqué, frère Manco… Mais je savais que le jour viendrait où je pourrais m'incliner devant toi et te nommer mon Unique Seigneur… Où est le Frère-Double en or ? demande-t-elle comme pour ne pas répondre à l'invitation que contient la caresse.

— Soigneusement caché dans Cuzco, *Coya Camaquen* ! réplique un peu sèchement Manco.

— Il me manque lui aussi, murmure Anamaya sans relever sa mauvaise humeur. Je serais très heureuse d'être près de lui. Depuis le Grand Massacre, plus jamais l'Unique Seigneur Huayna Capac ne m'a conduite dans l'Autre Monde.

— Tu es une femme accomplie, désormais, dit Manco d'une voix mélancolique. Peut-être n'est-il plus possible que tu sois l'Épouse du Frère-Double ? Si tu le veux, ta place pourra être grande près de moi.

Anamaya plonge ses yeux dans le regard de Manco et y lit tout autant de désir que de vraie tendresse. Elle prend la main du jeune prince, la porte à ses lèvres et chuchote :

— Frère Manco, tu sais bien que ce n'est pas ainsi que les choses doivent se passer. Demain, quand tu repartiras dans l'aube, tu seras l'Unique Seigneur. Demain, toi seul pourras empêcher que l'Empire des Quatre Directions se brise. Nul ne pourra te frôler ni te regarder, pas même moi, car ton Père le Soleil ne le voudra pas. C'est la Loi. Il te faudra observer la Loi pour que l'Empire soit fort et uni. C'est ainsi que tu auras le soutien de ton Père le Soleil. Cependant, tu sais que tu pourras toujours, toujours t'appuyer sur moi, quoi qu'il advienne.

Manco scrute son visage. De la dureté passe dans ses yeux, peut-être même un peu de colère. Pourtant, à son tour il attire la main d'Anamaya à ses lèvres et en baise les doigts.

— Raconte-moi, petite sœur. Raconte-moi tout ce que tu as vu ces derniers mois. Raconte-moi la mort d'Atahuallpa et quel homme est le *Machu Kapitu* des Étrangers. Raconte-moi encore, jusqu'à ce que ta bouche soit sèche et mes oreilles lasses, car je veux et je dois comprendre.

## 13

## Vilcaconga, 8 novembre 1533

L'Indien observe Gabriel avec un sourire retenu aussi curieux que craintif. Il répète sa réponse lentement afin que l'Étranger puisse mieux le comprendre :

— Oui, elle était ici il y a trois jours. Je l'ai vue.

— La *Coya Camaquen* ?

— Je ne suis qu'un *hatunruna*. Je ne sais pas les noms des princesses incas.

— Alors, comment peux-tu être certain qu'il s'agissait d'elle ?

— Les yeux. Tu as dit qu'elle avait des yeux couleur de ciel. Jamais je n'ai vu d'autre princesse avec des yeux pareils.

Gabriel approuve d'un signe de tête. Il esquisse un sourire et se retient de dire que lui non plus, il n'a jamais vu de princesse avec un tel regard.

C'est l'aube, les pentes abruptes des montagnes qui entourent le village de Rimac Tambo sont voilées d'une brume légère qui déjà s'élève en lambeaux transparents. Les pentes et les crêtes forment une belle et trompeuse image de pétales protecteurs. Gabriel les parcourt d'un bref regard déçu qui se noie dans le grondement du fleuve. Anamaya n'est peut-être pas bien loin. Quelque part dans la forêt. Les jours précédents, alors qu'il chevauchait auprès de Soto sur la route royale, il n'a cessé d'espérer voir sa litière au retour de son ambassade. En vain. Si bien que sa déception s'est mêlée d'inquiétude. Lui serait-il arrivé malheur ? À moins qu'elle n'ait continué son chemin jusqu'à Cuzco ? Mais ce n'était pas ce qui était prévu.

— Elle était là avec un Puissant du Cuzco, dit encore l'homme, comme s'il percevait les pensées de Gabriel.

— Sais-tu dans quelle direction elle est repartie ?

L'homme n'a pas le temps de répondre. Une voix les fait sursauter :

— Bonnes ou mauvaises nouvelles ?

Soto sourit amicalement. Gabriel remarque qu'il a endossé sa veste de coton matelassée par-dessus son pourpoint. Sa main gauche, qui repose sur le pommeau de son épée, est aussi déjà protégée par le gros gant de cuir doublé de plaquettes de métal qu'affectionne Soto dans les combats.

Gabriel répond avec une moue :

— Ni l'une ni l'autre, pour l'instant.

Il se tourne de nouveau vers l'Indien. Il désigne les montagnes alentour et demande :

— Sais-tu s'il y a des guerriers dans la forêt ?

L'homme hésite. L'intrusion de Soto en tenue guerrière l'impressionne. Gabriel insiste :

— Des soldats du Nord, de ceux qui pillent, qui détruisent vos ponts et vos villages ?

L'Indien se décide. De ses doigts d'homme de la terre, il pointe les pentes abruptes vers le sud.

— Il y a deux nuits, juste avant votre arrivée, il y avait beaucoup de feux, là-haut. Mais plus rien depuis.

Soto n'a pas besoin que Gabriel traduise.

— Bien sûr qu'ils sont par là, marmonne-t-il. Ils doivent nous précéder de quelques jours pour détruire les derniers ponts avant la capitale !

Un instant, les deux hommes regardent encore dans la direction indiquée par l'Indien. À moins d'une lieue du village, la route royale se dresse sur une pente comme ils n'en ont encore jamais affronté. Le chemin n'y est plus dallé et monte si raide que, sous la brume qui se lève, au cœur de la forêt, sa trace claire semble verticale.

— Cette pente va être rude pour nous mais plus encore pour les chevaux, remarque Gabriel. D'autant qu'ils ne sont pas reposés du train que nous avons mené ces jours derniers. Nous ferions peut-être mieux d'attendre le Gouverneur ici.

La mine renfrognée, Soto secoue la tête.

— Je n'aime pas cette vallée. Je n'aime pas ce fleuve, je n'aime pas ça, dit-il.

De son index nu, Soto pointe l'étrange et étroite gorge qui s'ouvre vers l'est, en face des puissants bâtiments incas. Une étrange et profonde gorge. Alors que partout la brume s'efface et laisse entrevoir le bleu du ciel, là elle demeure. Dense, immobile, menaçante. Ses volutes translucides lui donnent par endroits l'aspect d'un animal monstrueux mais vivant.

— De toute la journée d'hier, ajoute Soto, le brouillard n'a pas quitté cette gorge. On dirait qu'elle ne mène nulle part, ou alors directement chez le diable !

Gabriel ne retient pas un sourire amusé.

— Je ne vous savais pas superstitieux au point de craindre jusqu'aux formes de la nature, don Hernando !

— Un effet du climat, sans doute… Tu as tort de te moquer, Gabriel ! Considère la disposition des lieux. Ces bougres d'Indiens sont capables de demeurer dissimulés dans cette vallée embrumée pendant des jours afin de nous tomber dessus alors que nous nous y attendons le moins.

— C'est un risque contre un autre. Nous serons à leur merci en gravissant cette pente. Les chevaux ne nous sont d'aucune aide, bien au contraire.

— Alors il faut le faire vite. Ce sera bien pire si nous

attendons le mauvais temps. Regarde ce ciel, la journée va être magnifique, chaude et saine !

— Ma foi, marmonne Gabriel que la sérénité du ciel convainc peu, c'est vous le capitaine !

— Holà ami ! s'exclame Soto, moqueur, en saisissant le bras de Gabriel. Je t'ai connu plus enthousiaste devant l'aventure. Serait-ce que comme notre cher don Francisco, tu me soupçonnes de vouloir arriver trop vite à Cuzco ?

— Je le soupçonne, oui, réplique Gabriel sur le même ton. Et je crois bien que, cette fois, mon soupçon vaut la vérité, Soto ! Mais peu m'importe. C'est cette pente qui ne me dit rien qui vaille.

— Et moi, je t'assure que c'est cette vallée qui ne me dit rien !

— Alors l'un de nous deux a tort, sourit Gabriel.

— Non, mon ami ! Prie plutôt pour que nous nous trompions tous les deux !

Alors qu'ils repartent vers les bâtiments où les Espagnols s'agitent, l'Indien hèle Gabriel. Il désigne une montagne en surplomb de la vallée, en direction du nord :

— Seigneur Étranger, dit-il, la princesse aux yeux de ciel est partie dans cette montagne, il y a deux jours.

*

Il ne faut pas longtemps pour que les soixante cavaliers sellent les chevaux, revêtent les cottes de coton matelassées ou même, pour quelques-uns, les cottes de mailles. De fait, la journée est trop belle pour que l'on puisse craindre la pluie.

Les trois arquebuses sont chargées de poudre bien sèche et réunies sur un cheval sans cavalier. Les cavaliers qui possèdent des écus les ont fixés aux selles. Les boyaux des petites arbalètes à cranequins ont été graissés la veille et changés pour ceux qui montraient le plus de faiblesse. Certains sont tendus déjà, la manivelle remontée sur la crémaillère et le carrelet à portée de main dans le carquois de selle.

Le plus long est de désigner une douzaine d'hommes pour garder l'or de Rimac Tambo jusqu'à la venue du Gouverneur. Finalement, comme nul ne veut s'y astreindre, Soto désigne une poignée d'hommes sans cheval et les deux plus jeunes cavaliers. Avec lui viendront Gabriel et les bons cavaliers, à commencer par Rodrigo Orgoñez et surtout l'un des plus vaillants d'entre eux, le fier Hernando de Toro.

C'est la mine fermée de colère et de déception que les autres entendent, un peu avant midi, donner l'ordre du départ. Le soleil est lourd comme un feu de forge. Il pèse sur les morions autant qu'il s'y reflète.

Le début de l'ascension se fait avec plaisir et enthousiasme. Deux ou trois fois, Soto hèle ses compagnons pour les ralentir et qu'ils ne forcent pas trop les bêtes.

Mais chacun comprend vite. La terre du chemin succède aux dalles. Elle glisse, trop grasse ou trop poudreuse, c'est selon, mais toujours trop pentue ! Les chevaux par endroits semblent si lourds qu'ils ne peuvent se porter eux-mêmes. Quelquefois, ils ne progressent que par bonds, comme des chèvres, s'essoufflant trop vite.

Au quart de la côte franchi, le chemin se rétrécit entre les arbustes tandis que la forêt, elle, s'espace. L'ombre se fait plus rare, la chaleur plus terrible. Les hommes comme les chevaux ont la bouche ouverte, la langue pâteuse et le souffle court. Soto donne l'ordre de n'avancer que par groupes de quatre.

Gabriel et ses trois compagnons s'écartent du chemin. Les bottes glissent sur l'herbe, s'accrochent aux branches touffues des mûriers et des cotons sauvages, mais les bêtes y sont plus à l'aise et peinent moins.

Les uns et les autres défont les cottes matelassées sous lesquelles on étouffe. On desserre les ceinturons, dégrafe les chemises. Les yeux cillent tant le soleil devient vif. Les mains sont moites sur les brides des chevaux. Il n'y a plus un mot mais pas de silence. Le frottement des bottes, le choc des sabots, les souffles courts résonnent dans l'air cristallin. Les cœurs frappent lourd dans les poitrines oppressées. Les veines grossissent sur les cous et les tempes. Gencives et chicots apparaissent entre les barbes et dessinent des rictus de cadavres sur les visages déformés par l'effort.

Nul ne pense plus aux Indiens mais seulement aux toises de montagne à gravir une par une et qui ne cessent de se dresser devant eux.

*

Au milieu de l'après-midi, ils n'ont franchi qu'à peine la moitié de la pente.

La chaleur les étouffe pour de bon. Le ciel est sans un nuage. Sous les casques, les visages ruissellent, maculés de terre, creusés par l'effort. Les arbalètes ont depuis longtemps été attachées aux selles des chevaux, qui n'en peuvent plus eux-mêmes. Leurs babines et leurs poitrails moussent d'écume, les sangles de cuir sont noires d'humidité. Certaines bêtes roulent des yeux, grondant continûment, comme si chaque respiration déchirait leurs poumons.

La pente est à ce point vertigineuse qu'ils ont une vision d'oiseaux. Au-dessous d'eux, l'étroite vallée de Rimac Tambo n'est pas plus grande qu'un drap de table. N'était le grondement sans répit et les tourbillons d'écume qui surgissent par endroits, on pourrait croire le fleuve gris-bleu immobile, pareil à un serpent endormi.

Enfin Soto, qui depuis le bas de la pente n'a cessé

d'aller devant, lance un ordre. Tous relèvent le visage et découvrent une sorte de replat, de long talus d'herbe qui forme à mi-pente un étrange balcon.

— Une demi-heure de repos ! crie le capitaine.

— Une heure ! réclame un homme au nez si énorme qu'il semble taillé dans un concombre. Il n'y a pas que les chevaux qui doivent souffler…

— Alors demande à un cheval de te souffler dans le cul, Soytina, ça te fera avancer plus vite ! réplique d'un souffle Soto. Une demi-heure, pas plus. Faites boire les bêtes et donnez-leur le maïs que nous avons charrié jusqu'ici ! Mieux vaut qu'il soit dans leur ventre que sur leur dos !

Les hommes se laissent tomber sur les fesses et ôtent leurs morions devenus insupportables. Après un instant d'hébétude, ils s'aspergent la tête avec les gourdes avant d'humidifier les naseaux tremblants des chevaux.

Gabriel reste debout pour mieux contrôler son souffle.

Malgré son poitrail secoué de spasmes, son bai tient le coup. Gabriel le fait boire lentement, lui chuchotant des mots d'apaisement. Les oreilles fixes, l'animal est trop à l'écoute de ses douleurs pour l'entendre. La fraîcheur de l'eau et la caresse de Gabriel font cependant leur effet.

Lorsque son cheval s'apaise, Gabriel fouille machinalement dans la bourse de tissu offerte par Anamaya et qui ne le quitte plus. Il y puise des feuilles de coca. Le jus épais et fade se forme dans sa bouche alors que Soto et Hernando de Toro le rejoignent. Le voyant mâchonner sa boule de coca, Soto fronce le sourcil mais se contente de remarquer avec un sourire fatigué :

— Encore une heure et j'aurai eu raison. Le plus dur est fait.

Gabriel plisse les yeux en regardant le sommet de la pente. À l'exception du chemin, elle n'est plus qu'un éboulis de roches vaguement recouvertes de végétation.

— Je dirais encore une lieue, souffle-t-il. Une lieue entière de pente aussi raide que si nous montions au ciel avec une échelle de Jacob.

— Belle image, marmonne Soto dans un soupir.

— Les chevaux ne montent pas aux échelles, remarque Hernando de Toro.

— C'est bien ce que je voulais dire, réplique Gabriel en flattant l'encolure de son bai.

D'un geste court, Soto montre la pente.

— Ce qui m'ennuie, dit-il, c'est que nous sommes obligés de rester sur le chemin, maintenant. Si nous lançons les chevaux sur les côtés, ils se briseront les jambes dans les roches.

— Assurément, approuve Hernando de Toro. Mais cela nous protège aussi. Aucun homme ne pourrait courir sur une pente pareille sans se rompre le cou !

Gabriel ne dit rien. Il sent trop chez les deux hommes la volonté de se rassurer. Tous les trois, un long instant, observent la pente comme s'ils espéraient qu'elle allait se dissoudre devant leurs yeux.

— On ne voit rien, marmonne Soto. Pas une tête, pas même un de leurs fichus lamas.

Hernando de Toro s'essuie le visage de son gant.

— C'est en arrivant en haut qu'il faudra être prudent.

— J'irai devant, fait Soto. Par groupes de quatre, espacés de cinq coudées. Vous deux, Gabriel et toi, Hernando, vous fermerez la marche.

*

Ils reprennent l'ascension à l'ordre de Soto. Quatre par quatre, à pied, tirant leurs montures par la bride plus que les conduisant. À chaque pas, les bottes sont plus lourdes à lever. Plus aucun ne porte de cotte matelassée.

Le soleil s'est incliné, les ombres s'allongent devant

eux. Ils se voient sur le chemin, pénibles silhouettes vacillantes. Le peu de repos pris s'efface vite. En quelques minutes, ils sont de nouveau en nage et à court de souffle.

C'est à cet instant que cela se produit.

La clameur est si immense que l'on croirait que le ciel se déchire.

Tous, ils lèvent les yeux vers le sommet de la pente. Tous s'immobilisent, pétrifiés. La terreur leur mord les reins.

— Foutre Dieu ! murmure Hernando de Toro.

Les guerriers indiens couvrent tout le haut de la montagne, épaule contre épaule. Combien sont-ils, il est impossible de le dire. Plus de deux mille, estime Gabriel, la gorge nouée.

Plus de deux mille qui gueulent, braillent, frappent leurs boucliers dans le rythme fou des tambours de guerre. Plus de deux mille qui trépignent et brandissent leurs haches, leurs casse-tête, et font tournoyer les frondes. Plus de deux mille hommes qui forment une frange furieusement colorée sur la crête verte de la montagne, pareille à une coulée de poison prête à les emporter.

— Foutre Dieu ! répète Hernando de Toro.

— En ligne, en ligne ! ordonne Soto, l'épée déjà à la main.

— À cheval ! hurle une voix.

Là-haut, ils gueulent toujours, mais la ligne s'est défaite. Les premières vagues de guerriers bondissent dans la pente. Contrairement à ce que croyait Hernando de Toro, ces hommes savent courir dans cet éboulis du diable !

— Gare aux pierres ! Gare aux pierres ! braille une voix.

Gabriel se rend compte que c'est la sienne. Autour de lui, ce n'est que panique. Les hommes tout à la fois referment leurs cottes matelassées, tentent de se remettre en selle en profitant d'un étroit replat pierreux, tirent les épées, cherchent à décrocher les morions des écus, à glisser les lanières des écus à leurs bras, à retendre les arbalètes, à fixer les carrelets. Mais rien ne va.

— Les arquebuses ! beugle une voix. Par la Vierge, les arquebuses !

Mais non, elles sont inatteignables, trop bien fixées à une monture derrière Soto, qui fouette comme un dément son propre hongre. La clameur des Indiens ne cesse pas, de plus en plus aiguë, frénétique. Les chevaux ont peur. Ils glissent et piétinent. Impossible de les monter. Les hommes trébuchent, tombent à genoux, sans plus d'air dans la poitrine, le sang dans les yeux.

— En selle, putain du diable, en selle ! gueule une voix que dans le vacarme Gabriel n'identifie pas.

Mais ceux qui sont en selle ne parviennent plus à pousser leurs chevaux dans la pente. Les Indiens se répandent sur les éboulis, aussi agiles que des fauves, et c'est d'une beauté terrible. Ils sont si nombreux, si serrés, si pleins de couleurs, que l'on dirait un immense tissu déployé depuis le haut de la montagne.

— Gare aux pierres ! Gare aux pierres !

Comme d'autres, Gabriel place son bouclier sur l'encolure de son cheval, et bien lui en prend. Dans un bourdonnement qui fait trembler l'air, des centaines de pierres s'abattent sur eux. Elles martèlent les boucliers, les herbes, les cottes, les jambes, les poitrails, les nuques, les visages. C'est une horreur. Des cris, des gémissements jaillissent tout au long de la colonne. Les bêtes renâclent, fuient dans l'éboulis, s'affolent et cherchent à descendre.

— Retenez-les ! crient ensemble Gabriel et Hernando de Toro.

Du coin de l'œil, Gabriel voit Soto et Ortiz, tout

devant, déjà aux prises avec les Indiens, taillant et frappant, le fer des épées jetant des étincelles au contact des haches de bronze.

Ensuite, pendant de longues minutes, tout est confus. Les guerriers indiens affluent par centaines et centaines tout autour d'eux, toujours hurlant leurs cris de guerre déments, lançant des pierres, des javelots, des flèches, blessant les chevaux, les hommes. Ils n'osent pas encore le plein corps à corps. Ils dansent devant les hommes empêtrés par leur ferraille, devant les chevaux fous de peur. Ils grimacent horriblement, se jettent en avant d'un bond, balancent des coups de massue ou de hache qui fendent le cuir des écus, déchiquettent les rondaches, puis se reculent aussitôt, évitant le sifflement des épées. Et ils se remettent à hurler !

— Vers le haut, vers le haut ! gronde Gabriel en poussant Hernando de Toro.

Mais la moitié des hommes n'est pas en selle. On se bouscule sur l'étroit chemin, s'embarrassant les uns les autres, incapables de se défendre avec efficacité.

Et soudain, un hennissement effroyable, puis un autre, surmontent le vacarme. Une fosse tapissée d'épieux effilés et recouverte de branchages s'est effondrée sous le cheval de Marquina. Les pointes lui traversent le cou, les côtes, l'échine se déchire en plaies écarlates. Les yeux exorbités par la vision de la mort, il se débat, augmentant ses souffrances, pissant le sang comme des fontaines. Indemne, Marquina parvient à s'extirper de la fosse, aidé par Soytina, et à ramper sur le chemin. Mais ils ne sont pas assez rapides. Une demi-douzaine d'Indiens bondissent. La hache se plante profondément dans le dos du fantassin et son nez explose sous un coup de masse, transformant d'un coup son visage en une bouillie de sang, de chairs écrasées et de cartilages broyés.

Quant à Marquina, toujours à terre, ils sont trois à se précipiter sur lui. D'un même coup, ils lui fracassent si bien le crâne qu'il s'ouvre en deux. Hébétés, les Espagnols voient les Indiens tirer le corps du cavalier dans l'éboulis, rugissant de joie devant sa cervelle qui se répand sur les pierres.

*

L'immense clameur a vibré dans l'air, pareille à un vol d'oiseaux noirs.

— Arrêtez ! ordonne Anamaya aux porteurs de sa litière.

Depuis la veille, après avoir quitté Manco, s'en retournant au Cuzco par des chemins détournés, ils suivent les sentiers de crête afin d'éviter eux aussi les troupes de Guaypar et de Quizquiz.

La clameur continue, violente, terrible. Elle semble faire trembler jusqu'aux feuillages des arbres.

L'officier d'escorte se tourne vers Anamaya et dit :

— C'est le cri de guerre.

Chacun écoute, les mains serrées. La clameur continue encore.

Anamaya ne respire plus qu'à peine. Son ventre devient un nœud plus dur qu'une pierre.

— Ils sont nombreux, remarque l'officier.

Elle n'a pas besoin de fermer les yeux pour imaginer. Elle ne devrait pas craindre la souffrance des Étrangers, mais elle fait plus que la craindre.

— Ils sont à Rimac Tambo, murmure-t-elle.

— Oui, approuve l'officier. Les Étrangers doivent chercher à franchir le col de Vilcaconga. C'est un bon emplacement pour un piège. Quizquiz aime cet endroit.

La clameur qui semblait s'estomper reprend, plus aiguë, plus féroce. Anamaya imagine les guerriers innombrables dévalant les éboulis, la pente si raide que les porteurs de litière eux-mêmes s'aident parfois de cordes pour la franchir.

Elle ne veut pas penser à lui. Pourtant, dès le premier instant, elle s'est souvenue des paroles de Manco, du froid qui était descendu en elle. Gabriel est en danger.

Elle le sent, tout son corps le sent. Elle sait qu'il est là-bas dans le combat.

Elle veut se raisonner. Mais l'amour qu'elle a de lui devient une douleur qui raidit ses reins, qui lui broie la poitrine.

Les cris ne cessent pas de résonner dans la forêt et dans l'air froid de la crête.

Anamaya tremble. Sans presque s'en rendre compte, elle murmure une prière : « *Ô Inti, ô Puissant de l'Autre Monde, ô Soleil Père des Ancêtres, ô Quilla ma Mère, ne brisez pas le bond du Puma ! Ô Unique Seigneur qui m'as désignée, ne m'abandonne pas dans le chemin où tu m'as conduite. Ô vous qui décidez le Jour, vous qui décidez la Nuit, ne l'emportez pas dans le Monde d'En dessous en me laissant seule !* »

Avec un grand effort, elle se reprend et voit que tous, autour d'elle, porteurs et soldats, l'observent avec étonnement. Mais tous aussi baissent les yeux sous son regard.

Au cœur des hurlements qui vrillent l'air, le tonnerre gronde. Anamaya reconnaît l'arme de feu des Étrangers. Un autre claquement fait sursauter les porteurs. À peine l'écho des explosions dispersé, la clameur des guerriers reprend avec plus de rage et de puissance.

D'une voix blanche, elle ordonne :

— Que l'on fasse demi-tour. Je veux redescendre à Rimac Tambo au plus vite.

*

Depuis combien de temps se battent-ils ? Gabriel n'en sait plus rien. Leurs ombres sont longues et pleines de sang.

Le tumulte ne cesse pas, les hurlements des Indiens ne cessent pas. Les pierres, les coups, les flèches ne cessent pas. Les flancs des chevaux brillent de sang. Ils n'ont grimpé que d'une demi-lieue quand les arbalètes ont été déchargées à bout portant, tuant parfois deux Indiens d'un même trait. Mais les guerriers incas, au lieu d'en être intimidés, n'en sont devenus que plus furieux. Ils ont appris à connaître ces machines. Ils savent qu'il faut du temps pour les recharger et déferlent sur les cavaliers démontés avec des cris d'épouvante.

Après lui avoir fait franchir la fosse aux épieux, Gabriel libère son bai, lui claquant durement la croupe. En sauts furieux, mordant sur son passage, le cheval se fraye seul un chemin vers le haut de la pente. Tout à côté de Gabriel, un groupe d'Indiens s'accroche à la queue d'une bête pour la retenir et faire tomber son cavalier. Avec un cri de fureur, Gabriel se lance et tranche net et une main et la queue. L'Indien blessé bascule en arrière, beuglant de douleur. Gabriel voit distinctement la peur dans les regards. Il pare un coup de hache de sa dague et de son épée croisées et, d'un coup de botte dans le ventre, repousse son assaillant qui tombe dans la pente.

Hernando de Toro hurle au-dessus de lui :

— Soto est en haut ! Il y est arrivé !

Il voudrait en dire plus mais la charge d'un groupe d'Indiens les oblige à la vigilance.

Gabriel et lui défendent un passage près de la fosse aux épieux pour que les retardataires puissent passer. Bondissant de gauche et de droite, le souffle de plus en plus court, ils repoussent les massues et les haches sans jamais parvenir à contre-attaquer.

Hernando de Toro pousse un cri de douleur. Gabriel le voit chanceler, une pointe de javelot dans la cuisse. Il se précipite vers son compagnon en moulinant l'air de sa longue épée, lui donnant le temps de retirer le bois de ses chairs.

— Monte, hurle Gabriel, monte, je te protège !

Sa voix est couverte par le claquement des arquebuses. Deux coups.

Mais les seuls Indiens que les balles atteignent sont à dix pas de Soto. Il en demeure des centaines tout au long de la pente, si nombreux qu'ils se renversent et se piétinent eux-mêmes.

Et c'est comme si la poudre déchaînait leur folie.

L'arrière de la colonne ne progresse que pas à pas. Les derniers chevaux sont à bout. Hernando de Toro ne grimpe plus qu'en se traînant sur le sol, s'agrippant aux roches et aux branches d'arbustes, tandis que Gabriel sur le flanc droit maintient les Indiens à distance, frappant les bras et les poitrines. Le sang lui bourdonne dans les tempes et trouble sa vue. Son épée commence à peser si lourd que ses coups rencontrent plus de vide que de chairs. Une lassitude sans nom le gagne, comme si, lui aussi, il rampait à quatre pattes. La puanteur de la peur et du sang l'étouffe. C'est à peine s'il se rend compte qu'un Indien fait un formidable saut et tombe à pieds joints sur Hernando de Toro.

Le combat est bref. Toro lance sa dague dans un ultime effort à l'instant même où le casse-tête en forme d'étoile pénètre dans sa joue et lui brise la mâchoire. Hernando de Toro, les yeux écarquillés, peut voir le guerrier indien relever son arme et lui lancer la mort au front.

Sans même réfléchir, Gabriel pivote, le buste plié en avant. Sa lame à plat fuse dans l'air plein de sang. La pointe du fer tranche la nuque de l'Indien. Mais l'épée, sous la violence du coup, lui échappe des mains.

Étrangement, la peur le quitte. Le temps semble se ralentir.

Son épuisement et sa lassitude du sang sont absolus.

Il se redresse lentement, la dague pendant au bout de son bras. Au cœur du vacarme, il entrevoit les regards des guerriers de l'Empire des Quatre Directions. Ce ne sont plus les visages résignés de ceux qu'ils ont massacrés à Cajamarca, ou encore à Hatun Sausa. Ce sont des combattants qui ont retrouvé leur fierté perdue.

Comme venu de très loin, il entend le hurlement de Soto qui l'appelle. Mais la pierre de fronde va plus vite encore que son nom.

Il entend encore le choc sourd contre son morion et plonge dans le néant.

*

Il fait presque nuit lorsque la litière d'Anamaya aperçoit au loin les terrasses de Rimac Tambo.

Des cris, des bruits de tambours se font encore entendre sur le haut de la pente de Vilcaconga. Des guerriers blessés parviennent jusqu'à la rivière. Certains sont en si mauvais état, bras tranchés, poitrine ou dos tailladés, qu'ils s'effondrent sur la berge et meurent au contact de l'eau glacée.

À la demande d'Anamaya, l'officier d'escorte a envoyé deux de ses soldats en avant pour avoir des nouvelles. Lorsque les deux hommes plient les genoux devant la litière, malgré l'ombre du crépuscule, Anamaya lit sur le visage que les nouvelles sont terribles.

— Parlez ! ordonne-t-elle sèchement.

— Deux mille guerriers de l'armée du général Quizquiz, dirigés par le capitaine Guaypar, attendaient les Étrangers au sommet de la montagne. Ils les ont laissés monter très haut pour qu'ils soient fatigués, eux et leurs bêtes, et qu'ils ne puissent pas se déplacer aussi vite qu'ils le font d'habitude.

Le soldat se tait, les yeux baissés, la nuque ployée. Anamaya devine que le plus important n'est pas dit.

— Continue, demande-t-elle.

— Cinq Étrangers ont été tués par les soldats, *Coya Camaquen*, et beaucoup sont blessés. Deux de leurs grands lamas sont morts.

Elle doit faire un effort pour ne pas laisser voir sa peur.

Elle demande, un peu lentement :

— Et maintenant ?

— Les Étrangers sont sur le haut du col. Ils ont trouvé un refuge et fait reposer leurs chevaux. Les guerriers de Guaypar ont cessé de les attaquer. Mais demain à l'aube, les capitaines donneront l'ordre d'attaquer avec des flèches de feu pour effrayer les chevaux.

Là-haut sur la pente résonnent déjà plus fort les tambours et les chants de guerre de nuit. Anamaya songe un instant à Guaypar. Il est certainement là, avec sa rage, sa folie meurtrière. Et son savoir accompli de la guerre et des Étrangers. Il va les empêcher de dormir, de prendre le moindre repos durant la nuit. Dans les premières lueurs de l'aube, ce sera un jeu d'enfant de massacrer Gabriel et ses compagnons.

Elle croise le regard de l'officier d'escorte. Elle lit son trouble et en devine aisément la raison. Pour la première fois, des guerriers de l'Empire tuent des Étrangers et sont sur le point de les vaincre dans une vraie bataille. Il voudrait s'en réjouir mais n'ose pas le faire devant elle.

Elle quitte sa litière et d'un signe entraîne le jeune officier à l'écart. En bas, entre Rimac Tambo et la rivière, il y a maintenant des feux et l'on voit des paysans qui apportent de la nourriture aux guerriers blessés qui affluent encore par petits groupes. Beaucoup semblent s'être seulement cassé des membres, bras ou jambe, en tombant dans les éboulis.

— Officier, dit Anamaya, tu sais que j'ai parlé avec l'Unique Seigneur Manco.

À cette seule évocation, l'homme ploie la nuque et incline le buste.

— Je le sais, *Coya Camaquen*.

— Il souhaite la paix, partout dans l'Empire, et la paix avec les Étrangers. Ceux qui font la guerre là-haut sur le col lui désobéissent.

L'officier se tait.

— L'Unique Seigneur désire que nous aidions les Étrangers afin qu'ils puissent parvenir à Cuzco où il souhaite les accueillir et leur montrer sa puissance, dit-elle d'une voix nette. S'il le faut, nous devrons combattre nous-mêmes les félons ! Il n'est qu'*un* Unique Seigneur, et nous devons tous lui obéir. Comprends-tu ma volonté, officier ?

L'officier se tait encore un instant puis se redresse doucement.

— Oui, *Coya Camaquen*. Je ferai ce que tu m'ordonneras.

— Je t'en remercie et je m'en souviendrai.

Dans le regard de l'officier, il y a un peu de tristesse.

— On m'a dit qu'une troupe d'Étrangers à cheval n'était pas très loin sur la route de l'autre côté de l'Apurimac, dit-il tout bas.

Anamaya doit faire un effort pour réprimer un mouvement de joie.

— Alors envoie tes hommes à leur rencontre ! ordonne-t-elle. Qu'ils traversent le fleuve au plus vite ! Ils doivent être ici avant l'aube.

*

Lorsque Gabriel reprend conscience, il sait qu'il fait nuit pour de bon. Il sait que l'enfer de la douleur a pris logis dans sa tête. Une pluie fine tombe sur son visage avec une douceur bienvenue.

— Sale coup ! Très sale coup ! marmonne Soto en se redressant, les doigts gluants de sang.

Gabriel devine les hommes autour de lui plus qu'il ne les voit. Le visage de Soto lui-même est mangé par des ombres mouvantes.

— Ne bouge pas, ami Gabriel, dit encore Soto, la voix cassée d'avoir trop hurlé. On prend soin de toi et nous allons tous sortir de là.

Gabriel en doute. Il voudrait sourire et dire un mot à Soto, connaître au moins le nombre de morts, savoir si Soto peut encore se défendre avec les hommes valides, sauver les blessés. D'autres que lui, car, lui, il semble que ce soit fini. Une idée à laquelle il s'habitue étrangement, qui ne l'effraye pas. Non, au contraire. La mort est une pensée qui l'apaise.

Mais pas un son ne passe ses lèvres, sinon un lent râle qu'il n'entend pas lui-même. Ce qui est étrange, aussi, c'est qu'il n'a pas mal à la tête mais souffre violemment de son bras gauche.

Il ne se souvient plus très bien de ce qui s'est passé après la mort d'Hernando de Toro. Il est revenu de son inconscience alors qu'on le tirait vers le haut de la pente au beau milieu d'une charge d'Indiens. C'est ainsi que son bras s'est bêtement coincé entre des roches, manquant de se briser.

Il le sait cependant : la douleur est dans son bras mais la mort lui mange déjà la tête. Il a tant perdu de sang qu'une croûte poisseuse lui recouvre le visage. On lui a emmailloté le crâne avec la couverture d'un cheval mort. Mais plus rien de lui ne fonctionne normalement, ni les membres, ni la vue, ni l'ouïe, ni la parole.

Il voit bien qu'il fait nuit, mais il ne sait si la nuit sur le monde est le commencement de la sienne.

Il se demande si le combat est fini.

Il se demande si les Indiens hurlent toujours.

Il croit entendre des cris de nouveau, et comme un

son de trompette. Il songe qu'il entre dans le domaine des morts et se demande si c'est Dieu qui fait sonner ces trompettes. Il songe qu'il est comme un bateau, frêle et fin, qu'entraîne un courant immense. Pourtant le son des trompettes est épouvantable, insupportable. Il n'a qu'une envie : être plus loin encore dans l'obscurité et la délivrance de la mort.

Puis il ne ressent plus que l'engourdissement bienheureux qui l'emporte, et il s'y abandonne.

## 14

# Vilcaconga, nuit du 8 au 9 novembre 1533

Ils ne s'arrêtent pas pour reprendre leur souffle. Peu importe qu'Indiens et Espagnols aient marché sans relâche pour rejoindre Rimac Tambo, peu importe la nuit, le temps qui se gâte et l'humidité poisseuse qui traverse les vêtements, les plaque contre la peau.

Alors qu'elle progresse dans la montée, Anamaya est envahie par le souvenir du terrible piège qui, ici même et des années plus tôt, avait coûté la vie aux Puissants Anciens, valeureux serviteurs de Huayna Capac et victimes de la folie de Huascar. À mesure qu'elle découvre les premières traces du combat, les armes brisées, les blessés gémissants, des cadavres aux membres ouverts, il lui semble que les atrocités se répètent et se répondent.

Lorsqu'ils parviennent à la fosse plantée d'épieux où gisent les cadavres d'un cheval et de deux hommes blancs, la face écrasée par les masses de pierres, les hurlements de colère des Étrangers lui font craindre qu'ils se retournent contre elle. Mais Almagro harangue déjà ses hommes et leur ordonne de poursuivre.

— On ne peut plus rien pour ceux-là ! Poussons jusqu'à la crête, Soto doit nous attendre là-haut, et ces foutus salopards d'Indiens veulent sans doute reprendre le combat.

Proches dans la montagne résonnent les cris de triomphe et les chants étouffés, les roulements de tambour et les trompes des soldats victorieux de Guaypar. Anamaya sait que les Incas ne se battent pas la nuit. Néanmoins, avec un chef comme Guaypar, tout est possible. Qui sait si, enivré par ce premier succès, il ne rêve pas d'un massacre final qui découragerait les Étrangers ?

Derrière elle, elle perçoit les grognements essoufflés des soldats espagnols qui peinent, tirant leurs chevaux, pour progresser dans les éboulis de la pente.

Par instants elle ferme les yeux, poursuivant son ascension comme si elle était conduite par la seule présence de Gabriel, là-haut, par le violent désir de le rejoindre, de le toucher. De s'assurer qu'il est bien en vie.

Quand ils atteignent la crête, le vacarme des guerriers de Guaypar s'estompe. Peut-être s'éloignent-ils, avertis déjà de la présence des renforts espagnols. Les chevaux sont si las qu'ils ne relèvent pas la tête en direction des arrivants. Mais les soldats de Soto accourent à leur rencontre en poussant des cris de joie. S'écartant des embrassades, Anamaya devine plutôt qu'elle ne voit des ombres rassemblées, serrées les unes contre les autres à l'extrémité du replat et qui ne bougent pas. Noires dans la nuit, elles semblent n'appartenir ni à ce Monde-ci ni à l'Autre.

Ce qui reste du groupe du capitaine de Soto n'a pas fait de feu pour éviter de former une cible trop facile dans la nuit. Un cheval gît sur le flanc, deux hommes épuisés allongés sur la terre boueuse se redressent et tentent péniblement de se mettre debout. Plus loin, un gémissement faible traverse la nuit. Almagro se précipite au côté du capitaine.

— Soto !

Soto se détourne à peine. La bouche lasse, il ne salue que d'un signe. Le haut de sa cotte de mailles déchiré, ses chausses raidies par le sang caillé témoignent de la fureur du combat. Mais surtout la colère et la peine plaquent un masque glacé sur son visage.

— Combien des nôtres ? questionne Almagro.

— Cinq, pour autant que je sache, soupire Soto. Marquina, Soytina, Hernando de Toro, Ruiz et Rodas. Mais le sixième ne passera pas la nuit. S'il n'est pas déjà parti…

— Lequel ?

— Gabriel.

— Montelucar y Flores ? précise Almagro avec l'esquisse d'un sourire. Le protégé de Francisco ?

Soto opine du chef, mais sursaute lorsque Anamaya lui agrippe le bras :

— Où est-il ?

— Que faites-vous là ? grogne Soto en se dégageant.

— C'est son escorte qui nous a prévenus de l'attaque, fait Almagro.

— S'il vous plaît, insiste Anamaya. Où est-il ?

D'un mouvement de menton, Soto lui désigne le groupe d'ombres qu'elle a entraperçu tout à l'heure.

— Avec les autres blessés, là-bas.

Elle court. À la surprise des Indiens de son escorte, la *Coya Camaquen* court d'un trait jusqu'aux corps allongés et gémissants qui semblent vouloir se fondre dans la nuit.

Aucun des Espagnols qui pansent les blessés ne proteste lorsqu'elle les écarte et s'agenouille devant Gabriel. Une couverture le recouvre jusqu'au cou. Une autre est roulée sous sa tête enveloppée d'une charpie de chemise. Il luit d'une étrange pâleur mais la tache de sang sur le côté n'en semble que plus pesante et terrible. Ses lèvres sont entrouvertes par un souffle imperceptible, la fièvre agite ses paupières. Lorsque les doigts d'Anamaya effleurent ses joues, ils se mouillent d'une sueur glacée.

Elle respire fort, cherchant le calme au fond d'elle-même, se refusant de céder à la peur. Pourtant, lorsqu'une main se pose avec douceur sur son épaule, elle sursaute avec un cri d'effroi.

— Laissez-moi faire…

Elle reconnaît la voix douce avant de croiser le regard gris de Bartolomé.

— Je vais m'occuper de lui, dit-il encore.

— Qu'allez-vous faire ? demande-t-elle à voix basse.

— Mon devoir : l'aider à passer en chrétien dans l'autre monde…

Anamaya le considère en secouant la tête. Elle lève ses mains et le repousse.

— Si c'est pour cela, occupez-vous à autre chose et laissez-moi avec lui !

Il n'y a aucune sécheresse dans sa voix mais une fermeté qui clôt la bouche de Bartolomé. Il la voit qui s'incline vers le visage de Gabriel, se penche tout contre lui et murmure à son oreille. Il entend un murmure étrange où se mêlent le quechua et le castillan. Puis elle glisse ses mains sous la couverture, sur la poitrine du blessé. Lentement, régulièrement, elle masse son thorax à l'emplacement du cœur. Sans relever la tête, elle demande en espagnol :

— Allumez un feu de chaque côté de lui et apportez d'autres couvertures…

Elle ne se soucie pas d'être entendue ou obéie. Elle répète son ordre en quechua et les soldats de son escorte, qui se tiennent à l'écart, la regardent, tout aussi incrédules que les Espagnols.

— Faites ce qu'elle dit ! ordonne Bartolomé.

Un instant plus tard, alors que les premières flammes vacillent entre les branchages, Soto accourt en beuglant :

— Êtes-vous cinglés ? J'ai dit pas de feu.

Anamaya, qui a dénudé le torse de Gabriel et le frotte avec de la boue fine, lui répond sans cesser son mouvement :

— La bataille est finie, Seigneur Soto. Vous ne serez plus attaqués, ni cette nuit ni demain. N'avez-vous pas entendu que les tambours de guerre se sont tus ?

Et sans attendre de réplique, elle donne encore des ordres en quechua avant de s'allonger sur Gabriel comme si elle l'enlaçait pour un corps à corps d'amour. En courant, des Indiens apportent des *mantas* dont ils les recouvrent jusqu'à les faire disparaître.

La stupéfaction de Soto brise sa colère. Bartolomé lève sa main aux doigts étranges et dit :

— Elle a raison, capitaine de Soto. Laissons-la faire, je vous en prie…

Bientôt deux grands brasiers brûlent à leurs côtés et inondent de lumière le replat, sortant de l'ombre les visages ahuris et épuisés.

Sous les couvertures, Anamaya ne cesse de caresser le corps inerte de Gabriel. Elle souffle sur sa chair nue comme si elle voulait y attiser les braises de la vie. Elle détache de sa ceinture son sac à coca, la mâche avidement et en fait couler le jus entre les lèvres brûlantes de son amant. Et toujours et encore elle masse sa poitrine, oblige son cœur à battre. Enfin, alors que les bruits du camp se sont calmés depuis longtemps, elle perçoit un faible râle dans la gorge de Gabriel. Puis, bientôt, des spasmes secouent son ventre.

De nouveau, elle l'oblige à ingurgiter du jus de coca. Le souffle de Gabriel se fait plus lourd, plus rauque et profond. Son cœur cogne contre les os de sa poitrine. Anamaya y pose ses lèvres puis ses joues enflammées. Une joie timide et terrible l'envahit, comme si la vie tout entière renaissait en elle aussi bien qu'elle en lui.

# 15

## Vilcaconga, 10 novembre 1533

Sur le seuil de la tente, frère Bartolomé retient son pas. Entre les pans de toile relevés, il les voit.

Au fond de la tente, sur un lit fait de tapis entassés, Gabriel est réveillé, le visage lavé, la tête enserrée dans une sorte de turban bleu. Les yeux bien ouverts, il baise les mains de sa belle amie, la jeune Indienne qui passe pour être une princesse influente chez les Incas. Et une sorte de magicienne !

Une fraction de seconde, il hésite à poursuivre son chemin ou à le rebrousser. Se rendant compte qu'ils n'ont pas perçu sa présence, il ne fait ni l'un ni l'autre, se livrant seulement au péché aigu de la curiosité.

Un sourire naît sur les lèvres de frère Bartolomé. Magicienne, la jeune Indienne l'est assurément ! Ce qu'il lui a vu faire, de ses yeux, il y a deux nuits de cela, lui vaudrait le bûcher en Espagne.

Maintenant, les deux amants s'embrassent avec douceur. La tendresse les unit comme un halo de lumière. Frère Bartolomé hésite une fois encore, mais sa curiosité est la plus forte.

Il la voit, elle, qui se détache du baiser avec douceur. Elle repose le bras blessé de Gabriel sur le côté, lui caresse la joue avec un petit rire. Une fraction de seconde, elle ressemble à toutes les jeunes filles amoureuses de l'univers.

Pourtant, dans l'instant suivant, lorsqu'elle se redresse, elle est redevenue la princesse aux gestes mesurés, d'une sévérité presque trop grande pour sa beauté. Et elle le voit.

Gabriel suit le regard de son amante et le découvre à son tour.

Frère Bartolomé fait un pas et les salue sans plus d'embarras.

— Eh bien, il me semble que voilà un Lazare très ressuscité ! ironise-t-il.

Son rire se perd dans le vide. Quoi qu'il en soit, le regard de la jeune princesse l'impressionne. Sans ciller, elle lui adresse un signe bref de la tête.

— Ne me craignez pas, lui dit-il.

Elle le considère d'un visage sans expression. C'est lui qui en éprouve un étrange malaise, comme si elle parvenait à voir très loin en lui, jusqu'en des méandres qu'il préférerait oublier. Enfin, il croit voir l'éclat d'un sourire dans le bleu somptueux de son regard. Mais cela est si fugitif qu'il n'est pas sûr de ce qu'il a vu.

La princesse adresse quelques mots rapides en quechua à Gabriel. D'un bref mouvement du poignet, elle resserre sa *manta* soyeuse sur ses épaules et sort de la tente avec une aisance qui impressionnerait jusqu'à la reine d'Espagne.

Bartolomé la suit du regard et entend dans son dos la voix sourde de Gabriel :

— Ne vous méprenez pas, frère Bartolomé. Anamaya vous apprécie. Mais elle se défie de tous les Espagnols.

— Tu aurais tort de t'en plaindre !

— Pourquoi dites-vous cela ?

— Tu aurais vu comment elle m'a écarté de toi… Il

est vrai que comme les autres je te voyais mort, alors qu'elle te voyait bien vivant…

Il y a une sorte de gaieté légère chez le moine qui intrigue Gabriel, dont l'esprit et le corps sont encore embrumés. Il esquisse un sourire las, tandis que le moine poursuit :

— Une chose est certaine. Elle t'a sauvé la vie, je peux en témoigner.

Bartolomé considère un instant les paupières sombres que Gabriel a refermées.

Sans ouvrir les yeux, Gabriel sourit et demande :

— Racontez-moi, frère Bartolomé. Elle n'a rien voulu me dire. Et moi je ne me souviens de rien — que de ce froid…

Il est parcouru d'un tremblement à cette seule évocation.

— … et puis de ces yeux plongés dans les miens quand j'ai repris conscience.

— Tout le monde, sauf Dieu, te croyait déjà mort. Le capitaine de Soto le tout premier ! assure frère Bartolomé. Tu étais sans une réaction. On ne percevait plus ton souffle. Soto m'a demandé de t'administrer l'extrême-onction. J'étais sur le point de le faire lorsqu'elle est parvenue jusqu'à toi.

Gabriel imagine la scène et ne retient pas un sourire.

— Sais-tu ce qu'elle a fait ? poursuit le frère Bartolomé. Jusqu'au matin, elle t'a maintenu contre elle et comme au centre du brasier pour te réchauffer. Ah, je dois dire que vous aviez belle allure et que cela pouvait impressionner…

Gabriel laisse aller son imagination. L'émotion lui noue la gorge. Il rouvre ses paupières, masquant son trouble par une ironie :

— Et vous l'avez laissée faire ?

Frère Bartolomé opine du chef. Ses deux doigts

étrangement collés glissent de sa tempe à son menton en un geste pensif.

— Oui. C'était étrange et fort peu décent, j'en conviens. Mais dans l'agitation qui vous entourait, dans cette nuit qui suivait tellement de souffrances, cela semblait presque… normal. Cependant, ami Gabriel, il vaut mieux que ceux qui n'ont pas assisté à ce spectacle n'en aient pas connaissance. Me comprends-tu ?

Gabriel ne réagit pas. Il sent la douce chaleur dans son corps et songe qu'il a fallu qu'il soit proche de la mort pour qu'Anamaya s'abandonne complètement à lui. « Et dire que j'étais à peine là pour en profiter… » La pensée lui arrache un sourire qui ressemble à une grimace.

Frère Bartolomé secoue la tête et ajoute :

— Le lendemain, dès que tu as été installé dans cette tente, la princesse a recouvert tes plaies d'une glaise prise sur les berges de la rivière. Après quoi, elle t'a obligé à boire une très grande quantité d'une tisane concoctée par ses soins.

— C'est tout ? s'étonne Gabriel.

— C'est tout. Et c'est justement beaucoup.

— Que voulez-vous dire ?

— Qu'ensuite tu étais guéri.

Frère Bartolomé dit cela sur un ton qui met soudain Gabriel mal à l'aise.

— Certes, reprend Bartolomé, tu as quelque peu déliré. Mais fort joyeusement. Tu te prenais, il m'a semblé, pour une sorte de fauve. Il était difficile de te comprendre car, curieusement, tu parlais la langue de ta belle amie et non le castillan. Comme tu le sais, je l'apprends mais n'en possède qu'à peine les rudiments…

— Ce devait être une décoction pour soulager la douleur, assure Gabriel. Les Indiens d'ici sont très savants dans l'usage des plantes et Anamaya… je veux dire la princesse, en sait les secrets. C'est une chose courante en ce pays.

— Sans doute. Mais le plus étrange, vois-tu, c'est que ta blessure à la tête a aussitôt cessé de suinter ou de saigner. Tu peux le constater toi-même, elle se cicatrise déjà. Tout comme celle de ton bras.

Il y a dans le ton de frère Bartolomé une douceur qui fait frémir Gabriel. Elle lui rappelle des entretiens très lointains. Elle lui rappelle cette manière insidieuse de sourire pour mieux tendre ses pièges et qui n'appartient qu'à une race de prêtres.

— Où voulez-vous en venir ? demande-t-il.

— Cette belle princesse me fait beaucoup réfléchir, dit très sérieusement Bartolomé. Ne dit-on pas qu'elle a des pouvoirs qui impressionnent jusqu'au plus puissant seigneur inca ?

Gabriel se redresse, le visage dur, sans plus aucune trace d'amitié, toute sa méfiance ancienne réveillée.

— Si vous songez à je ne sais quelle sorcellerie, je vous dis tout de suite que vous faites fausse route, frère Bartolomé. Anamaya n'est pas un démon travesti en femme !

— Ai-je dit cela ?

— Je préfère que vous n'y songiez pas.

— Tu te trompes, mon ami.

Frère Bartolomé semble sincèrement surpris. Même son rire sonne avec franchise. Il pose sa main curieusement déformée sur l'épaule de Gabriel.

— Qu'as-tu en tête, Gabriel ? Crois-tu que je veuille du mal à ton amie ? Ou bien m'en veux-tu de t'avoir aidé à voir clair en ton cœur quand la confusion y régnait ?

Gabriel chasse d'une moue dédaigneuse l'allusion du prêtre.

— Je n'ai jamais vu un homme d'Église supporter longtemps ce qu'il ne comprend pas !

— Non ! proteste Bartolomé en se redressant brusquement. Non, tu fais fausse route et tu me connais mal, Gabriel. Je ne suis pas venu dans ce pays pour créer de la douleur, mais pour en apaiser ! Si cela est possible. Tu dois me croire !

— Nous verrons bien, réplique sèchement Gabriel en se laissant aller sur sa couche.

Frère Bartolomé le considère un instant.

— Le Christ m'en est témoin. Ce qui m'importe le plus, mon ami, c'est justement d'apprendre ce qui ne semble pas compréhensible.

Gabriel le regarde sortir de la tente.

Il ferme les yeux, épuisé. Malgré l'hostilité qui règne encore en lui, il se souvient que sans ce moine étrange, à la déroutante bonté, il n'aurait peut-être pas été faire ses adieux à Anamaya, et il n'aurait pas reçu la caresse de ce « je t'aime » qui est resté en lui et l'a peut-être sauvé…

Il est trop tard pour le rappeler.

Mais il s'endort, le sourire aux lèvres.

# 16

## Rimac Tambo, 13 novembre 1533

— Allez en paix, dit Valverde.

Sur la vaste esplanade du *tambo*, les hommes en armes ont écouté la messe dans un recueillement exceptionnel. Il n'y a aucun des murmures ou des grognements habituels — seuls le hennissement d'un cheval, le chant du ruisseau en contrebas.

Malgré l'invite du prêtre, ils ne bougent pas.

Au centre de l'esplanade, les corps recouverts d'un linceul sont posés sur une estrade hâtivement montée et ils les fixent du regard comme s'ils n'arrivaient pas à s'en détacher.

Gabriel est encombré par la raideur de son bras en écharpe. Il n'a pas enfilé la cotte de mailles, comme les autres, mais son habituel plastron de coton recouvert de cuir, maintenant baptisé par son sang.

Depuis l'aube, même les plus fidèles de leurs alliés indiens gardent les yeux fixés au sol quand ils croisent un Espagnol. Quant aux Nobles qui accompagnent Chalkuchimac, c'est comme s'ils s'étaient évanouis dans les montagnes. Le général lui-même n'est pas sorti de sa litière.

Don Francisco Pizarro traverse les rangs pour se placer au centre, juste devant les corps, à côté de Valverde. Il a revêtu son armure complète, d'où seule sa fine tête d'oiseau noir émerge. Avant de parler, il les regarde et, un à un, les hommes lèvent les yeux vers leur chef. De nouveau passe entre eux cette fièvre que certains ont déjà connue, la nuit d'avant la bataille de Cajamarca, lorsqu'il n'y avait plus ni fantassins ni cavaliers, ni riches ni pauvres…

— Vous avez de la peine, dit-il d'une voix ferme, et vous avez de la colère…

Il se retourne vers les cadavres voilés de draps et les désigne.

— C'étaient nos amis et c'étaient de braves soldats, et je ne veux pas que vous oubliiez leurs noms. Juan Alonso de Rodas, Gaspar de Marquina, Francisco Martin Soytina, Miguel Ruiz, Hernando de Toro…

Il martèle chacun des noms avec force, comme s'il énumérait des noms de saints.

— Ils venaient du Pays basque, de Séville, de notre chère Estrémadure… Ils avaient le teint clair ou bien fauve, certains savaient écrire et d'autres ne savaient que se battre, certains étaient à cheval et d'autres à pied… Ils sont morts victimes de la traîtrise mais ils sont morts en hommes…

Gabriel jette un coup d'œil sur le visage d'Hernando de Soto. Il est impassible.

— Je sais, reprend Pizarro, que certains d'entre vous se demandent pourquoi. Je vais vous le dire.

D'un geste ample qui fait cliqueter son armure, Pizarro désigne la pente de Vilcaconga. Sa main reste dressée vers la crête et au-delà, comme si elle chassait l'horizon.

— Je me souviens, dit-il presque en riant, de ceux qui doutaient que nous trouverions le Pays de l'or. Je le savais, moi, mes enfants, je le savais… Eh bien, nous voici aux portes de la capitale du Pays de l'or. M'entendez-vous ?

Ses yeux brillent comme s'ils étaient des pépites et

leurs yeux se mettent à briller avec les siens. La voix de Pizarro s'abaisse encore en même temps que son regard redescend vers les corps sans vie.

— Mais croyez-vous que pour de l'or — pour tout l'or de la capitale du Pays de l'or ! — je puisse un instant oublier qui a tué ces hommes, ces hommes braves de la terre d'Espagne ?

— Non ! Non !

Les cris fusent de toutes parts et Gabriel devine l'esprit de vengeance qui gronde plus fort que la rivière.

— Gardez ce souvenir au chaud, mes très chers enfants, insiste avec fougue le Gouverneur. Gardez-le au plus chaud de votre cœur, et sachez qu'un jour il faudra le faire briller à la lame de votre épée !

*

En remontant la pente de la colline de Vilcaconga, Gabriel a la sensation étrange que des fantômes rôdent encore dans les buissons, derrière les rochers, dans le lit du torrent… L'œil aux aguets, il croit voir à chaque instant surgir les milliers de combattants, il entend les cris de ralliement, l'affolement des chevaux. Malgré son allure lente et le calme qui règne dans l'air, il transpire à grosses gouttes.

Il a tenu à marcher en tête, mais il a le pas lourd sur les pierres glissantes et les élancements dans son bras le font souffrir.

— Ta Grâce fatigue ?

Sans se retourner, Gabriel réplique :

— Ta Grâce a failli se faire trouer le corps et la tête pour sauver ton cul de nègre…

D'un seul mouvement souple, en un éclat de rire, Sebastian est au côté de son ami.

— Mon maître pressait le mouvement pour vous

rejoindre… Mais on dit que Soto était animé d'une telle hâte d'être à Cuzco qu'il…

— Qu'est-ce que cela ?!

Gabriel désigne la rapière qui, dans un balancement incongru, pend au côté de Sebastian, dont la tenue multicolore est toujours aussi spectaculaire.

— Tu n'as jamais vu d'épée, *caballero* ?

— Où l'as-tu trouvée ?

— Elle m'a été remise tout ce qu'il y a d'officiellement par don Diego de Almagro, en remerciement de mes services passés et en promesse d'obéissance à Dieu, mon Roi et don Diego de Almagro lui-même, récite Sebastian comme un écolier.

Gabriel siffle entre ses lèvres.

— Dans quel ordre ?

— Le premier qui en fait la demande a mon service.

— Et peut-on savoir comment tu comptes t'en servir ?

— Ah ! ça !

Sebastian a un geste d'impuissance et d'ignorance. L'air s'est assombri malgré le ciel clair, presque blanc. Ils progressent sous une épaisse futaie au débouché de laquelle ils devinent la crête de la colline.

— J'avais espéré que tu me donnerais quelques leçons, dit Sebastian avec une espèce de timidité.

Gabriel le considère, rêveur.

— Tu veux absolument te faire tuer, n'est-ce pas ?

— Moi ? Tu déraisonnes, écolier. Et puis j'obéis à ma lame…

— Que dit-elle ?

— *Mi dama es mi ley* [1].

— Belle promesse…

— Remarque, elle n'a pas porté chance à son précédent propriétaire…

— Qui se nommait ?

1. « Ma dame est ma loi. »

— Miguel Ruiz.

Les deux hommes plongent dans le silence. Ruiz est l'un des compagnons de Gabriel qui sont tombés dans l'attaque de Vilcaconga. Une ordure s'il en fût, peut-être, mais une ordure qui dort dans la terre. Et c'était le fils d'un gentilhomme de Séville et de son esclave noire…

Comme ils sortent de la futaie et que la lumière du soleil les éblouit, Gabriel découvre la crête de la colline.

Sept ombres noires s'y découpent avec netteté.

*

De toute la matinée, Anamaya n'a pas quitté les alentours de la litière de Chalkuchimac. Elle a invité Inguill à prendre place dans la sienne et elle marche à côté du général inca, malgré l'hostilité des soldats espagnols qui l'ont enchaîné à nouveau, malgré la crainte et l'odeur de mort qui l'entoure.

Elle se penche vers la tenture de fine laine d'alpaga, dont les motifs figurent un damier noir et blanc sur un fond rouge.

— Chalkuchimac ?

— Je t'entends.

Elle sourit. La voix rude, inflexible, du guerrier inca a des inflexions particulières pour elle.

— J'ai écouté les Étrangers ce matin et il y avait de la haine pour toi dans leurs voix… Ils te rendent responsable de ce qui s'est passé.

— Ne t'inquiète pas pour moi.

— Si tu veux fuir, c'est le moment…

Il y a un rire sombre à travers la tenture.

— Si je voulais fuir, cela fait longtemps que je l'aurais fait…

À cause de l'étroitesse du chemin, Anamaya a réussi

à s'isoler des soldats espagnols, obligés de se porter à l'avant et à l'arrière de la litière.

— Ils n'ont aucune preuve et moi seul peux convaincre Quizquiz et Guaypar de déposer les armes…

Anamaya sent l'affolement de son cœur.

— Tu sais bien qu'ils n'ont pas besoin de preuve. Et puis j'ai désigné Manco et tu ne…

— Ce n'est pas toi qui l'as désigné, jeune fille étrange, mais notre Père, le Grand Huayna Capac… Aujourd'hui, vous allez faire la paix avec les Étrangers, mais demain…

Les derniers mots du général meurent dans un murmure. Le chemin s'élargit et déjà les soldats espagnols se rapprochent d'elle, menaçants.

— Demain, il y aura la guerre des Incas et de tous les Indiens contre les Étrangers et c'est toi qui la mèneras…

Un soldat espagnol pousse Anamaya.

— Qu'est-ce que vous préparez encore comme complots et comme traîtrises ?

Elle le regarde, méprisante, ne répond même pas. Dans son cœur, comme elle s'éloigne, le trouble causé par les paroles de Chalkuchimac se répand. Elle voit la guerre, le feu, le sang.

Et au milieu de son trouble, elle voit le visage de Gabriel et celui de Manco, si proches qu'ils se touchent presque, front contre front, bouche contre bouche, les boucles blondes de l'un se mêlant à la chevelure noire de l'autre.

*

« C'est donc lui », se dit Gabriel en voyant le jeune Inca enveloppé dans son manteau de coton jaune, un pas devant les autres, le visage fier et timide à la fois.

Avec le temps, Gabriel apprend à distinguer les physionomies qui, les premiers temps, lui paraissaient toutes semblables, un peu comme ces figurines de lamas dont des milliers, presque identiques, ont été fondues dans le trésor de Cajamarca.

Il se souvient des yeux injectés de sang d'Atahuallpa, du regard fier de Guaypar, du visage-montagne de Chalkuchimac. Mais ce qu'il voit sur le visage de ce jeune homme est différent.

Il y a de la noblesse, de la souffrance, de la force — celles d'une jeunesse qui a déjà vécu mille vies, connu des morts à l'âge des jeux d'enfant.

Le petit groupe des Incas regarde les Espagnols arriver un à un sur la crête, sans crainte apparente — et en tout cas sans bouger. Le premier, sans attendre Pizarro et les interprètes, Gabriel s'approche. Le jeune Noble s'adresse à lui :

— Je suis Manco Inca Capac, dit-il d'une voix ferme, je suis fils de l'Inca Huayna Capac et j'ai été désigné par les Puissants Seigneurs pour être l'Inca de l'Empire des Quatre Directions…

— Je sais, dit Gabriel en quechua.

Manco ne manifeste aucun signe d'étonnement. Il considère Gabriel avec intensité.

— Votre *Machu Kapitu* est-il loin ? demande-t-il enfin.

— Il sera là bientôt.

Les yeux de Gabriel découvrent le paysage qui s'offre depuis le sommet. Après les pentes raides de la vallée de l'Apurimac, le paysage s'élargit, s'adoucit sur un vaste plateau où des collines s'arrondissent. Au loin, sur les pentes, on voit les maisons groupées de Jaquijaguana, puis un col.

Le dernier col. Et au-delà, la ville de l'or…

Il revient vers les Incas qui regardent les hommes et les chevaux envahir le sommet de la colline. Derrière

Manco se trouvent cinq Nobles du même âge à peu près, leurs disques d'or aux oreilles. Légèrement en retrait se tient un Indien plus petit, plus âgé, à la peau plus foncée que les autres. Il porte un étrange bonnet carré au-dessus de ses cheveux longs qui descendent jusqu'aux épaules. Contrairement aux autres, il ne regarde pas vers les Espagnols mais vers les montagnes.

Don Francisco arrive en même temps que ses frères, suivi d'Almagro, de Soto, de Candia et de tous les principaux capitaines espagnols.

Le Gouverneur prend les mains de Manco entre les siennes et lui prodigue des déclarations d'amitié. Un sourire timide éclaire le visage du jeune Inca, qui se laisse accueillir sans manifester plus d'émotion.

— Moi et ceux de Cuzco, dit Manco, nous avons dû subir les crimes et la vengeance de ceux venus du Nord pour régner sur nous, contre la volonté de mon père Huayna Capac…

— Je le sais bien, dit Pizarro avec bonhomie, et c'est pour cela que j'ai traversé ces montagnes hostiles, pour te venir en aide…

— Ce sont les mêmes — et non pas les miens — qui ont attaqué ton armée. Pour nous, nous voulons la paix.

Le sourire de Pizarro s'élargit.

— Nous sommes frères, donc, car je ne suis pas venu jusqu'à toi pour faire la guerre ou te prendre tes biens.

— Ce que j'appelle la paix, dit Manco sans baisser les yeux, c'est régner chez nous, en paix avec les Étrangers qui nous visitent.

— Nous avons donc la même idée de la paix. Sois sûr que je vous aiderai, toi et les tiens, à rentrer en paix dans ta capitale, sans plus subir les crimes de ceux du Nord.

Les deux hommes se sourient.

— Je veux te dire, reprend Manco, que les armées du général Quizquiz et du capitaine Guaypar s'approchent de Cuzco, avec tous leurs guerriers, et qu'ils ont l'intention d'y mettre le feu afin que tu n'y trouves aucun trésor, ni rien pour nourrir tes hommes.

— Nous ne les laisserons pas faire. Et nous ferons cesser les traîtrises de celui que nous avons accueilli et reçu en ami, et qui depuis n'a de cesse de nous détruire par ses messages secrets et les ordres qu'il fait donner — je veux parler de Chalkuchimac, ce chien.

Le mot de « chien » a jailli violemment de la bouche de Pizarro, sifflé comme une flèche. Il s'interrompt et considère Manco, attendant une réaction.

Manco se tait.

— Ne crois-tu pas qu'il est temps que ce chien meure ?

Manco ne répond toujours pas. Ses yeux quittent ceux de Pizarro et se fixent sur le débouché du chemin. La litière d'Anamaya s'approche, soutenue par huit porteurs, et s'arrête. Anamaya en descend.

— La *Coya Camaquen* doit venir avec nous, annonce Manco avec autorité. Elle ne doit plus nous quitter jusqu'à Cuzco.

Pizarro se retourne vers Gabriel, puis acquiesce avec un large signe de tête.

— Ma foi, mon ami, si c'est là ta volonté, qu'il en soit ainsi…

Gabriel en a le souffle coupé. Il cherche à croiser le regard d'Anamaya lorsqu'elle passe près de lui. Mais elle semble vouloir l'ignorer. Alors il cherche celui de Manco. Dans les pupilles noires, il lit avec étonnement le défi, mais aussi une manière de respect.

## 17

## Jaquijaguana, nuit du 13 novembre 1533

Assis dans la cour de la *cancha,* les yeux perdus dans le brasero que de jeunes Indiens viennent alimenter, Manco n'arrive pas à se décider à dormir. Anamaya est restée auprès de lui, seule avec l'Indien à cheveux longs dont elle connaît maintenant le nom : Katari. Elle perçoit le trouble de Manco : il semble impossible de s'habituer aux bruits que font les Étrangers, à la sonorité de leurs voix, à la violence de leurs rires et de leurs cris…

Dans l'humidité de la nuit, Anamaya se serre dans sa *lliclla* trop fine. Elle sent ses certitudes s'évanouir. Elle se souvient de Manco face à Gabriel, si proches et si lointains, venant de deux mondes opposés et pourtant réunis dans l'étrange maison de son cœur. Elle se reproche fugitivement de n'avoir pas parlé à Gabriel. Mais que lui dire ? Comment expliquer ? Il fut un temps où les visions se présentaient à elle dans une sorte de clarté, d'évidence. Mais maintenant elle ne voit plus — et il faut marcher, les yeux fermés, sur ce chemin qui s'ouvre devant elle. *Fais confiance au puma.* Paroles lointaines désormais et dont le sens est à nouveau mystérieux. *Demain, il y aura la guerre et c'est toi qui la mèneras.* Elle ne voyait pas le visage de Chalkuchimac et il lui semblait déjà parler depuis le Monde d'En dessous. Toutes ces paroles qui vivent en elle et acquièrent par elle de la puissance.

Son regard se porte sur Katari.

Manco le lui a présenté en quelques mots comme le fils d'un grand guerrier kolla qui, élevé par son oncle maternel, a grandi dans le respect et la connaissance des divinités anciennes avant d'apprendre à sculpter la pierre. Aussi loin qu'il se souvienne, Manco dit que Katari a toujours été là pour le protéger et lui montrer la présence des dieux.

Son visage est aplati, ses pommettes saillantes, ses yeux sont étirés en deux fentes prolongées par deux rides qui barrent son visage comme deux fils plus clairs dans sa peau sombre. Et il y a ses cheveux longs qui flottent librement jusque sur ses épaules.

— Il est temps, dit Katari sans regarder Manco.

Le jeune Inca se relève d'un bond et fait un signe à Anamaya, surprise.

Tout dort maintenant autour d'eux et les seuls soldats espagnols qui veillent sont ceux qui ont été assignés à la garde de Chalkuchimac. Les trois jeunes gens quittent la *cancha* et filent silencieusement à travers les ruelles étroites de la petite ville accrochée à flanc de colline.

Bientôt ils sont seuls dans la nuit, face aux étoiles, sous la lune presque pleine qui dispense sa douce lumière blanche.

Katari va devant, d'un pas assuré. Bientôt les dernières maisons disparaissent et ils parviennent sur une sorte d'esplanade naturelle, délimitée par quatre gros rochers noirs.

Manco retient le bras d'Anamaya pour laisser Katari s'isoler, à quelques pas devant eux.

Le Kolla se débarrasse de sa cape et s'assied dessus. Il reste quelque temps immobile, la tête légèrement penchée sur la droite, s'immergeant dans la nuit et le calme retrouvé.

Puis il sort une pièce de tissu et l'étale devant lui. Ses mains vont et viennent sur le tissu, orientant ses coins avec soin à l'alignement des rochers qui les entourent.

Anamaya voit soudain, comme un éclair qui traverserait la nuit, la direction de l'alignement ainsi formé : derrière eux, en deçà de la Ville Interdite, c'est le sommet du Salcantay, dont les neiges brillent d'une lumière gris argenté sous la lune. Droit devant eux, au-delà du col, beaucoup plus loin que la Ville du Puma, c'est la formidable masse du Willkanota.

Silencieuses, les deux montagnes se dressent dans la nuit : les deux Apus veillent sur Cuzco, nichée dans un creux de vallée, quelque part devant eux, au centre de cette ligne.

Sans se dire un mot, les trois Indiens sentent jusque dans leur corps cette présence sacrée, que Katari a simplement éveillée en orientant son tissu.

Il sort maintenant sa *chuspa* dont il vide la moitié au centre du tissu. Il prend trois des plus belles feuilles, les dispose entre ses doigts en éventail, les porte à sa bouche et souffle dessus en se tournant vers les Apus, qu'il invoque en murmurant, avant de les reposer à l'un des angles du tissu.

Il répète l'opération pour chacun des angles.

Quand il a fini, Manco s'approche, choisit à son tour trois feuilles et souffle dessus en se tournant chaque fois dans la direction des Apus avant de se mettre à les mâcher.

Katari fait de même, au même moment.

Les deux hommes ont les yeux mi-clos. Sans un mot, sans un regard, il règne entre eux l'unité parfaite de mouvement et d'intention. Anamaya reste immobile, paisible sous la lumière de sa mère, Mama Quilla la Lune. Il ne lui est rien demandé que sa présence.

Manco prend alors à deux mains une poignée de feuilles, les élève à une paume au-dessus du tissu et les fait retomber en pluie. Katari se penche sur les feuilles et d'un geste discret désigne Anamaya.

Elle regarde le tissu : la plus grosse feuille est dirigée vers elle.

Manco rassemble les feuilles et recommence. Trois fois il fait glisser les feuilles dans ses mains, trois fois il les élève au-dessus du tissu et trois fois il les fait retomber en pluie.

Trois fois la plus grosse feuille se sépare des autres et sa pointe désigne Anamaya.

Il n'y a aucun bruit dans cette nuit, que le frottement des doigts sur les feuilles et le tissu — et parfois le frôlement d'ailes d'un oiseau qui passe dans la brise nocturne.

Anamaya se sent légère, libre. Pour cette nuit, elle n'est plus celle qui doit comprendre ses visions, déchiffrer les paroles… Elle est simplement celle que les feuilles de coca désignent, celle qui protège et celle qui dirige. Celle qui ouvre le chemin.

Manco sort de sa *chuspa* une pierre noire de basalte, polie et dure comme une pierre de fronde. Il la met entre les mains puissantes de Katari, qui referme ses paumes comme s'il voulait réchauffer la pierre.

Quand il les ouvre, Anamaya se demande si elle se trompe en voyant la pierre plus brillante, comme si elle avait acquis les qualités de la lune qui brille au-dessus d'eux.

Katari élève doucement ses mains, avec l'offrande de la pierre au milieu. Ses bras parviennent à la hauteur de son visage et la pierre s'élève seule, droite, avant de se suspendre dans le ciel.

Le temps s'arrête.

Et à cet instant précis, un rugissement déchire la nuit.

*

Du seul mouvement de sa colère, Fray Vicente Valverde s'est précipité au milieu de l'esplanade. Il marque un temps d'arrêt devant le tissu avant de le piétiner, puis de le rouler en boule entre ses mains et de le jeter au loin.

— Paganisme ! crache-t-il entre ses dents, esprit d'idolâtrie…

Les deux jeunes hommes sont immobiles. Ils se tournent vers Anamaya, les yeux de Manco arrondis de surprise, ceux de Katari presque fermés dans leurs fentes de chat.

Avant qu'elle n'ait eu le temps de répondre, elle voit arriver Gabriel avec Bartolomé, le jeune prêtre aux deux doigts joints.

— Fray Vicente, dit Bartolomé d'un ton apaisant.

— Divination, sacrifices…

— Je n'entends pas les cris de jeunes enfants qu'on égorge, dit Bartolomé avec une imperceptible ironie. Fray Vicente, calmez-vous, je vous en prie.

Anamaya sent l'autorité dans la voix douce du jeune homme mais elle est encore sous le choc de l'irruption du Dominicain, puis de l'apparition de Gabriel.

— L'alerte a été lancée tout à l'heure, dit Gabriel d'une voix blanche. Vous aviez disparu… Le Gouverneur a donné l'ordre de vous rechercher.

— Nous étions…

Anamaya s'interrompt. Encore une histoire qu'elle ne peut pas lui expliquer — pas encore. Les Apus, les feuilles de coca, la pierre qui arrête le temps… Le silence s'installe entre eux et le désarroi du jeune homme la bouleverse. Un jour, bientôt…

Bartolomé s'est approché de Katari. Le contraste entre le moine aux yeux gris et le jeune sage aux cheveux longs ne saurait être plus frappant. Pourtant il se dégage une même sérénité de leurs allures si contrastées, une même lumière.

— Nous apprendrons à connaître vos coutumes, dit Bartolomé d'une voix douce. Et nous vous guiderons dans la connaissance de Dieu tout-puissant — par l'amour et non par l'épée…

Katari écoute ses paroles sans les comprendre mais il sourit. Bartolomé se tourne vers Valverde.

— Fray Vicente, je comprends votre zèle et croyez que je suis aussi attaché que vous au progrès de la vraie foi, mais…

— … mais vous vous intéressez par trop à ce que vous appelez leurs coutumes !

— Mieux connaître pour mieux guider, mon frère.

Valverde se tait, peut-être soudain gêné par l'accès de violence qui s'est emparé de lui. Malgré les cris qui résonnent dans la nuit, malgré les soldats qui approchent, le calme revient.

Gabriel va vers Manco, le cœur en bataille.

— Pour votre sécurité même, il n'est pas prudent que vous vous éloigniez ainsi…

Bien qu'il ait parlé en quechua, Manco ne lui répond pas directement. Il se tourne vers Anamaya :

— Dis-lui que les Apus veillant sur moi suffisent à ma sécurité et que je n'ai pas besoin des soldats étrangers.

— Je croyais, intervient sans attendre Gabriel, que vous aviez besoin de nous pour chasser Quizquiz et Guaypar ? N'est-ce pas ce que vous avez dit à notre Gouverneur ?

— Dis-lui que les nuits sont à nous.

Anamaya sent les paroles des deux hommes les dresser l'un contre l'autre, instinctivement et violemment. Ils sont comme deux félins qui se défient, chacun jeune et puissant, si sûr de sa victoire, si plein de colère.

— Nous rentrons, Gabriel. Je t'en prie, dis au Gouverneur que nous ne voulions pas créer ce trouble. Que chacun achève sa nuit paisiblement.

Gabriel la regarde — un regard plein d'une supplication muette qui la peine. Puis il entraîne vers la ville Valverde, Bartolomé et les soldats restés en arrière.

Elle est maintenant seule avec Katari et Manco, dans le silence revenu. Mais elle ne retrouve pas la paix — la merveilleuse paix qui est descendue en elle quand elle a senti l'alignement des sommets, quand la pierre s'est élevée des paumes de Katari.

C'est Manco qui brise le silence.

— Qui est-ce ? demande-t-il.

Et elle n'arrive pas à lui répondre.

## 18

## Jaquijaguana, 14 novembre 1533

Au centre de la place de la ville, les Espagnols ont dès l'aube donné l'ordre de dresser un poteau. Il n'y a pas eu besoin de fouetter les esclaves indiens pour leur faire apporter les fagots de bois nécessaires au bûcher.

Ils ont presque tous au cœur une vengeance contre Chalkuchimac, qu'ils rendent responsable des exactions des soldats de l'armée du Nord. Ils se réjouissent déjà du spectacle. Leur charge de bois leur paraît bien légère et c'est avec des plaisanteries sourdes qu'ils entassent le bois et la paille. Ils scrutent le ciel, craignant qu'une pluie violente ne vienne noyer les flammes.

Mais il n'y a aucun nuage dans le ciel clair.

*

Les principaux capitaines espagnols, Soto, Almagro, Juan et Gonzalo entourent Francisco Pizarro dans une pièce sombre, éclairée d'une seule torche. Ici, dit-on, était le palais d'un Ancêtre — ils n'y voient qu'une vieille maison triste et sombre, dont chaque pièce est creusée de ces niches désormais vides de toute richesse, gardée par une vieille femme qui tremble.

— Que dira Manco Inca ? demande Soto.

— Il est d'accord, il nous le demande, dit Almagro avec assurance.

Pizarro hoche la tête, en signe d'approbation des paroles du Borgne.

— Si on nous les demandait, nous avons autant de preuves qu'il en faut : les messagers qu'il envoyait, les bijoux qu'il utilisait pour faire passer les informations, avec leurs cordelettes également…

— Les *quipus*, dit Gabriel.

Pizarro le toise. Gonzalo et Juan le regardent et se mettent à glousser.

— Les *quipus*, les *puquis*, chantonne Gonzalo. C'est un ami de l'Inca qui le dit, il faut l'écouter.

Pizarro lève une main autoritaire vers ses jeunes frères.

— Les *quipus* s'il veut, mes frères. Nous savons aussi que Chalkuchimac leur a révélé que nos chevaux étaient mortels et nous-mêmes également, alors que la masse de leurs troupes nous appelait des dieux sans jamais nous avoir vus… Sans ce traître, Hernando de Toro et les autres seraient encore parmi nous.

— Mais Manco ? insiste Soto.

— Il le hait du plus profond de son cœur. Seule sa fierté l'empêche de nous demander de le brûler. Et puis nous n'avons pas le choix…

Il n'y a dans la voix de Pizarro aucun des doutes, aucune des hésitations qui ont entouré la mort d'Atahuallpa, dont le regret vient sûrement, parfois, le travailler la nuit, quand il est en prière devant la Vierge. Il ne se retourne même pas vers Gabriel avant de s'adresser à Valverde :

— Essayez de le convertir mais n'y passez pas trop de temps !

— Tout de même… proteste le prêtre.

— Vite ! vous dis-je. Et je vous rappelle que je le brûlerai même s'il reconnaît notre Dieu. Après le mal qu'il nous a fait, Fray Vicente, il n'y a pas de onzième heure pour ce chien-là. Et puis je sais qu'il n'y a pas pire malédiction dans leurs croyances que de finir brûlé… Je veux qu'ils sentent que la malédiction est sur lui, par notre main.

Bartolomé a disparu, comme si ce qui va arriver ce matin n'était pas de son ressort. Gabriel ne ressent plus rien de l'intimité si forte qui les a unis, à Hatun Sausa, lorsqu'il l'a poussé vers Anamaya. La sympathie qui l'entraîne vers lui est mêlée d'une crainte indistincte.

— Allons, messieurs, dit Pizarro. Seule une petite flambée nous sépare des richesses de Cuzco. Je sens votre impatience de faire votre devoir d'Espagnols et de chrétiens.

Il y a une sorte de gaieté sombre dans la voix du Gouverneur, dont l'ironie cruelle les empêche de rire de bon cœur. « Comme il les connaît bien, pense Gabriel, et comme il encourage leur avidité tout en la méprisant… » Almagro, Soto, Juan, Gonzalo et les autres le suivent hors de la maison — la seule vaste maison en pierre de la ville, où il a pris ses quartiers pour la nuit.

Pendant l'attente, la foule des Indiens s'est peu à peu massée sur la place mais les Espagnols n'ont même pas à lever l'épée pour se frayer un chemin jusqu'à l'*ushnu*.

Juste comme ils parviennent devant les marches de la pyramide, ils se retournent pour voir arriver le général enchaîné. Le Gouverneur a refusé qu'il ait l'usage de sa litière, afin que tous les Indiens — qu'ils soient Incas du Nord ou de Cuzco, alliés ou rebelles — voient l'état du général et la vengeance que les Étrangers en ont tiré.

Il marche avec une lenteur extrême, son corps entier travaillé par des douleurs qui arracheraient des gémissements à n'importe qui. Il tient devant lui ses mains brûlées, les chairs à vif qu'aucune des plus savantes décoctions de feuilles qui lui ont été appliquées ne peut guérir ni même soulager.

Mais son visage est toujours fermé et il y a une fierté infinie dans ses yeux. Ses lèvres sont serrées dans une ligne droite qui indique sa volonté inflexible.

Chalkuchimac va vers la mort tendu par le refus.

Pizarro ne lui dit pas un mot et lui ne le regarde pas, il ne regarde aucun d'eux, comme s'ils n'existaient pas.

Il faut le porter sur les marches jusqu'au poteau et l'y attacher solidement, afin que d'épuisement il ne glisse pas au sol.

Seul Valverde monte à sa suite et prononce d'une voix étouffée quelques paroles sur Dieu, l'enfer et le paradis. Chalkuchimac donne à peine le temps à Felipillo de traduire.

— Je vous maudis et je vous méprise, vous et votre religion, vos dieux étrangers je ne les connais pas et je ne les reconnaîtrai jamais.

La force de sa voix contraste avec la faiblesse de son corps.

— Arrêtons cela, Valverde, hurle Pizarro, et finissons-en !

Comme les torches approchent des fagots et que les premières flammes montent sur les jambes et le torse du général, sa voix s'élève encore :

— Brûlez-moi, crie-t-il, comme vous m'avez déjà brûlé, mais vous ne me tuerez pas ! Vous ne tuerez pas nos dieux, Viracocha qui a fait toutes choses, et Huanacauri, vous ne me brûlerez pas plus que vous ne sauriez brûler Inti !

Il a presque complètement disparu dans les flammes dans un crépitement d'enfer, mais il semble que sa voix survive à son corps, qu'elle se détache de lui et s'élève :

— Quizquiz ! Guaypar ! Vous tous les généraux incas, vous les capitaines et les soldats ! Venez me venger et détruire les traîtres, venez détruire ces Étrangers puants et avides !

Sur un signe de Pizarro, les esclaves ont rajouté du bois pour que le brasier monte jusqu'au ciel. Le souffle est si fort que la voix du général rebelle y disparaît enfin, engloutie par les flammes.

Le feu se reflète dans les yeux fascinés et silencieux des milliers d'Indiens. Il n'y a ni manifestation de joie ni aucun des cris et des gémissements qui ont entouré la mort d'Atahuallpa — juste un étonnement, une sorte de sidération devant cette furieuse bataille de dieux.

Quand le brasier s'apaise et que les flammes commencent à descendre, un dernier cri s'échappe du cœur du bûcher, qui envahit le ciel et frappe toutes les poitrines, fort comme une pierre de fronde :

— Non !

Comme l'écho de ce dernier refus s'éteint, le feu s'effondre d'un coup ; seules quelques flammèches viennent encore lécher les pieds du corps atrocement brûlé, noir de charbon mais dont, miraculeusement, les yeux sont restés ouverts et fixent avec une intensité vivante un point situé au-delà de ses bourreaux, au-delà de la foule silencieuse, au-delà de la ville et des montagnes.

Là-bas.

*

À l'instant même de la mort du général inca, le ciel s'est brusquement assombri et les premières gouttes ont commencé à tomber.

Depuis, il a plu sans discontinuer. Une pluie froide qui s'infiltre à l'intérieur des cottes de mailles et des chausses, qui glace jusqu'aux os. Dans le ciel gris de plomb, des nuages noirs passent continuellement, porteurs d'encore plus de pluie.

Le fond de la plaine est un marécage au milieu duquel

les Incas ont construit une chaussée surélevée, bordée de deux murs en parapet. L'immense cortège s'étire sur près d'une lieue, à l'amorce de la dernière montée qui mène au col d'où l'on découvre Cuzco.

Les rumeurs d'attaque ou d'incendie ont traversé les rangs indiens et espagnols — les noms de Quizquiz et de Guaypar sont sur toutes les lèvres. La peur fait chuter les porteurs et même les cavaliers expérimentés, encombrés par la lourdeur de leurs armures, sentent la nervosité de leurs chevaux, qui ont passé la nuit sellés et bridés.

En tête du cortège va la litière de Manco. Étrangement, c'est de celle de Chalkuchimac qu'il a hérité, la faisant dépouiller de tous les signes qui marquaient son appartenance au général inca. Elle est surmontée d'une pièce de tissu jaune — le même jaune d'or que la cape dans laquelle les Espagnols l'ont découvert — qui flotte dans le petit vent froid comme une étrange oriflamme.

Le groupe des frères Pizarro et des autres grands capitaines espagnols vient juste derrière. Gabriel chevauche à côté de don Francisco, le regard perdu dans les montagnes qui les entourent, à la recherche d'une présence hostile.

— Tu me sembles bien mélancolique, fils, dit soudain Pizarro.

Ce n'est pas une question, plutôt une constatation.

— Serait-ce à cause de cette jeune fille ? Comment l'appellent-ils, déjà ? *Coya je ne sais quoi ?*

— *Coya Camaquen.*

— Belle fille, ma foi… Je te comprends, mon garçon !

Pizarro laisse planer un silence et, une fois de plus, Gabriel est surpris par l'intuition de cet homme qui marque une indifférence atroce devant les plus grandes cruautés, et se montre capable d'une sensibilité soudaine et profonde.

— Oui, je te comprends. Et donc je ne peux pas te dire ce que je dirais à n'importe lequel de nos compagnons : si tu n'as pas celle-là, tu en prendras une autre…

Gabriel se raidit.

— Tout doux, Gabriel, marmonne don Francisco à mi-voix en le toisant. Les femmes sont les femmes, et nous ne sommes pas ici pour elles.

D'un regard, il désigne la litière de Manco, à quelques pas devant eux.

— Tu l'as entendu comme moi : celui-là la veut pour lui. Je n'en comprends pas les raisons, car je la croyais mariée au soleil ou à la lune ou bien au grand condor… Mais voilà qu'il la réclame. Et c'est un ami qui la réclame. Tu me comprends ?

Gabriel hoche la tête. Pour son malheur, il comprend toujours Pizarro, qui loue son intelligence.

— J'ai besoin de lui. Nous avons besoin de lui. C'est un rebelle mais un rebelle qui a souffert. Nous avons besoin de nous reposer de la guerre, de prendre la mesure de ce pays. Pour cela nous devons en faire notre ami… aussi longtemps que cela est possible. Tu me comprends toujours ?

Lentement la chaussée s'est redressée et de larges marches les conduisent au col. La pluie a cessé, seuls les lourds nuages jouent encore dans le ciel. Malgré l'habitude qu'ils ont maintenant de l'altitude, ils sentent leur souffle s'accélérer à chaque effort.

— Je ne sais pas si je vous comprends, don Francisco, grogne enfin Gabriel. Vous êtes là sur un sujet où je ne suis pas certain d'avoir l'esprit très ouvert.

— Et l'orgueil chatouilleux, bien sûr ! dit Pizarro avec un sourire malin.

— Je lui dois la vie, ne l'oubliez pas. Et cette seconde vie, même si cela peut vous surprendre, elle n'est pas le fruit de l'orgueil, mais de l'amour… C'est elle qui doit décider de lui ou de moi.

La barbe du Gouverneur s'est pointée sur lui et ses mots sifflent comme des dards :

— Que non, Gabriel Montelucar y Flores. Ce ne sera pas elle, ni toi. Mais moi. N'oublie pas ton serment à mon égard, ni ce que tu me dois. Ne compte pas non plus sur ma mansuétude pour te laisser mettre en l'air tout ce que j'ai construit dans ce pays !

Sans répondre, d'un mouvement brusque qui poignarde son épaule blessée, Gabriel, à grands coups de talon, lance son bai dans un galop qui l'éloigne de Pizarro. La colère lui met les reins en feu. Plus durement qu'il ne le devrait, il pousse sa monture, dépasse la colonne où l'on jette vers lui des regards étonnés et file droit vers le col.

Quand il y parvient, le cœur battant de fureur, le regard brouillé, il descend de cheval, retire son morion et le lance devant lui. Et c'est alors seulement, en suivant des yeux son casque vrillant, qu'il découvre la vallée.

Le choc est si intense qu'il croit ouvrir les yeux sur un monde nouveau.

Il voit d'abord le ciel devenu parfaitement bleu, lavé, presque transparent.

Il voit le berceau des montagnes paisibles qui entourent le paysage. Au loin, un puissant massif enneigé.

Il voit la large vallée semée de cultures dont les terrasses s'étagent en un agencement parfait.

Et puis il la voit, elle, la ville.

Il s'attendait, depuis les descriptions de Moguer et de Bueno, à un amoncellement d'or. Mais, sous le soleil qui n'a pas encore eu le temps de chauffer la terre humide, c'est plutôt un magnifique vaisseau d'argent et d'or qu'il voit posé au cœur de la vallée.

Sous la lumière, les murs des temples, des palais, des maisons scintillent dans des irisations subtiles où le soleil joue, créant un trésor à ciel ouvert — un trésor de couleurs où l'on voudrait puiser à pleines mains. Au fond de la vallée, il voit les deux fils d'émeraude des rivières qui traversent la ville.

Son cœur frémit d'une incroyable joie et il a envie de battre des mains. Il n'a pas entendu qu'un à un, les premiers du cortège l'ont rejoint et admirent comme lui le spectacle.

— *Najay, tucuyquin hatun Cuzco*[1] *!* Tu la vois, maintenant ! dit une voix douce à son oreille.

Il ne se retourne pas mais il sent son souffle qui réchauffe son cou, plus doux que la brise encore trop fraîche.

— Sais-tu comment on l'appelle ?

Il secoue la tête.

— La Ville du Puma, dit Anamaya. La ville née du puma… La ville où toi et moi, nous devons trouver le chemin du futur.

Et dans l'éclat du soleil, dans les tourbillons de la brise, la douceur de ces mots fait à Gabriel l'effet d'une promesse qui emporte les doutes, les mystères et les menaces.

1. « Je te salue, grande ville de Cuzco ! »

# TROISIÈME PARTIE

[illegible] 1588

Tandis [illegible]
vers [illegible]
rondi d'une colonne [illegible]
forme en arc [illegible]
mains d'orchidée [illegible]
pic aussi [illegible]
l'onde [illegible]
monde — [illegible]

Étrangement [illegible]
ble par le [illegible] sur
les dalles du chemin [illegible]
Pas un bruit [illegible]
par la [illegible]

Au pied de la [illegible]
entre nous [illegible]
d'hommes et de [illegible]
les chaînes [illegible]
des Turcs [illegible] Sur les
grande place [illegible]
bazars et aux [illegible] jour
rent [illegible]
colonne des [illegible] sur les murs [illegible]
crille sur les [illegible] qui s'agitent
s'approchent les [illegible]

## 19

# Cuzco, 15 novembre 1533

Tandis qu'ils traversent les champs de maïs déjà verts, les Espagnols découvrent sur leur gauche l'arrondi d'une colline. Mais, peu à peu, la colline se transforme en une véritable forteresse. Même de loin, ses murs d'enceinte paraissent gigantesques, dressant un à-pic aussi vertigineux qu'une falaise naturelle. À l'est, à l'ouest et au sud, trois tours — deux carrées et une ronde — plus massives que celles bâties en Castille.

Étrangement, le silence les enveloppe, à peine troublé par le cliquetis des armes, le claquement des fers sur les dalles du chemin et le crissement des sangles de cuir. Pas un mot n'est échangé. Les chevaux, rendus nerveux par la forte pente, frissonnent en cherchant des caresses.

Au pied de la pente, face aux terrasses soigneusement entretenues, les rues rectilignes de la ville sont envahies d'hommes et de femmes dont les vêtements multicolores chatoient dans la première lumière du jour. Des feux fument dans les enclos de fleurs. Sur une très grande place entourée de *canchas* aux cours nombreuses et aux bâtiments splendides, des groupes se forment, immobiles. Les visages sont tournés vers la colonne des Espagnols. L'or brille sur les murs. L'or brille sur les vêtements des Seigneurs qui regardent s'approcher les Étrangers. Plus loin dans la vallée, une ville de tentes prolonge la ville de pierre. Là-bas encore, des milliers d'yeux sont aussi tournés vers les terrasses sacrées où descendent les nouveaux maîtres de l'Empire.

Pizarro s'est placé en tête. Son regard noir fouille cette ville splendide comme s'il voulait en happer chaque parcelle. À ses côtés, ses frères, le borgne Almagro et les principaux capitaines n'osent pas prononcer une parole.

Il n'y a aucun soldat indien.

— Gabriel ! appelle Pizarro.

Juan et Gonzalo se retournent d'un même mouvement. Ignorant leurs regards jaloux, Gabriel d'un claquement de langue fait approcher son cheval bai de la monture noire du Gouverneur.

— Don Francisco ?

— Reste près de moi. Je veux que tu respires à pleins poumons le parfum de notre gloire.

La voix de Pizarro est si basse qu'elle est presque inaudible. Il coule un regard méprisant vers Almagro et sa suite.

— Ceux-ci n'étaient ni à Tumbez ni à Cajamarca. Ils ne sont ici que pour se gaver d'or. Toi, non. Toi, tu es comme moi, je le sais. Reste près de moi, fils, et profite de ce jour : il est à nous !

La route est maintenant bordée des premières maisons. Leur base est en pierre et les murs sont élevés en briques de boue cuites au soleil. Du haut de leurs montures, ils dominent les toits en chaume, à la pente aiguë.

Par dizaines, les Indiens de la ville maintenant les entourent. Ils semblent sortir de partout et ne manifestent pas de crainte apparente. La variété de leurs visages et de leurs tenues, les sonorités de leurs langues étonnent Gabriel.

Pizarro ordonne la halte.

— Va chercher l'Inca, ordonne-t-il. Je veux qu'il nous ouvre la voie.

Gabriel remonte au petit trot l'avant-garde espagnole, indifférent aux questions étonnées de ses compagnons. De loin, il sent le regard de Manco fixé sur lui. Sa litière est d'un luxe fabuleux : l'intérieur est semé d'une pluie d'étoiles en pierres précieuses, d'un soleil en or et d'une lune en argent. Le banc de bois précieux sur lequel il a pris place est garni de coussins de plumes bigarrées de perroquets capturés aux confins de la jungle. Le jeune Inca lui-même, drapé dans un vaste manteau de coton jaune brodé de myriades de fils d'or, détourne le visage et fait semblant de ne pas le voir.

Dans la litière qui suit, Anamaya, enveloppée dans sa *lliclla* blanche à ceinture rouge, esquisse un sourire dans sa direction. Mais Gabriel la sent si lointaine, si altière, qu'il douterait lui-même d'avoir tenu cette femme dans ses bras. Alors, sournois, un doute de nouveau l'assaille.

Avec raideur, il salue l'Inca et sa voix n'a rien d'amical lorsqu'il annonce :

— Seigneur Inca, le Gouverneur Pizarro vous demande de lui faire l'honneur de prendre la tête du cortège.

Manco considère Gabriel comme s'il pouvait lire en son âme. D'un signe, il ordonne à Anamaya de le rejoindre. Ils échangent quelques mots, si rapides et si bas que Gabriel ne les comprend pas. Et déjà elle se hisse aux pieds de l'Inca avec une soumission qui une fois de plus répand le feu glacé de la jalousie dans les veines de Gabriel.

Agacé, il fait volter son cheval. Le tenant au pas, la bride tendue, le dos aussi raide qu'il le peut, il guide la litière royale jusqu'à la tête du cortège.

Cependant, alors qu'ils approchent, une clameur immense monte de la foule qui reconnaît son Unique

Seigneur. C'est soudain comme si la ville et le ciel se muaient en un seul son, une seule vibration :

— Sapa Inca Manco ! Sapa Inca Manco !

La clameur se fait vague et ressac. Quoi qu'ils en aient, les Espagnols sentent les poils de leurs bras et de leurs poitrines se dresser. L'air de la vallée, un instant, devient aussi palpable qu'une pierre brûlante.

Don Francisco Pizarro sourit. Un immense et rare sourire ouvre sa barbe blanche et son visage émacié. Aussi brillants que s'ils étaient pris de fièvre, ses yeux se lèvent vers le ciel où le contemple, il le sait, la Vierge à l'Enfant, son éternelle bonne fée. Son excitation est si forte qu'il se dresse sur ses étriers et agrippe l'épaule de Gabriel, revenu tout contre lui, botte à botte.

— Sapa Inca Manco ! Sapa Inca Manco ! hurle encore la foule.

Don Francisco pivote sur sa selle pour que chacun des Espagnols puisse bien l'entendre et s'écrie :

— Écoutez bien ce bruit, messieurs. Ils acclament leur chef, mais c'est nous qu'ils fêtent sans le savoir ! Remplissez-vous les oreilles, messieurs : vous ne l'oublierez jamais !

Gabriel frissonne. Devant lui, presque à portée de main, Anamaya se tient debout près de Manco. Sa beauté est si éblouissante qu'il en oublie les cris. Lorsqu'elle tourne la tête pour chercher son regard, il se dit que, oui, le Gouverneur a raison : jamais il ne pourra oublier ce moment.

*

Autour du jeune Inca, ils sont des milliers et des milliers à ployer le buste. Du haut de la litière, Anamaya découvre ce spectacle étrange. Les terrasses des cultures sacrées, les rues et les places se transforment soudain en une marqueterie de corps et de têtes. La ville de Cuzco, le « Nombril du Monde », n'est plus qu'un tissu d'hommes et de femmes, pareil à un *unku* gigantesque au motif encore jamais réalisé. Et de cette tapisserie humaine, dont on n'aperçoit ni les visages ni les yeux, jaillit un grondement incessant :

— Sapa Inca Manco ! Sapa Inca Manco !

— M'appellent-ils à la guerre, ou à la paix ? demande Manco d'une voix blanche.

— Ils t'appellent à devenir leur Seigneur.

— M'aideras-tu ?

Anamaya éclate de rire.

— Tu n'es plus le jeune garçon qui avait peur du vide et des serpents…

— Si. M'aideras-tu ?

Anamaya détourne son regard de la foule et le considère avec surprise. Manco a raison : il a encore un visage de jeune garçon et la foule l'impressionne tant qu'au lieu de montrer sa joie, il serre les lèvres pour les empêcher de trembler.

— Tu entres chez toi, Manco, dans cette ville de Cuzco où tu n'as connu que la fuite et la peur, pendant des lunes. Aujourd'hui, tu en es le Seigneur et tu ne te réjouis pas ?

— Je ne sais pas, Anamaya. Mon cœur voudrait crier et mon cœur voudrait pleurer. Et je n'arrive pas à oublier que mon frère Paullu est loin de moi…

— Tu émerges du chaos, Seigneur, et il règne encore un peu de chaos en toi.

Le regard de Manco s'apaise.

— Je te ferai découvrir Cuzco, dit-il, les palais de mes ancêtres…

— J'y ai vécu.

Manco s'étonne.

— Je croyais que tu n'étais jamais venue ici.

— Pardonne-moi, Seigneur, tu as raison… Mais les pierres de ta capitale sont si sacrées que certaines d'entre elles ont été emportées à Tumebamba, où j'ai grandi dans l'*acllahuasi*, avec les jeunes filles qui me parlaient du Nombril de l'Empire… Et cette nuit, cette nuit terrible où ton Père Huayna Capac est parti, il m'a emmenée partout dans ses palais…

— N'est-ce pas mon Père qui m'a désigné à toi ?

La main de Manco se pose sur celle d'Anamaya qui frémit, imperceptiblement. Le jeune Inca le sent, retire sa main sans un mot.

*

La rue par laquelle ils pénètrent dans la ville longe une rivière dont l'eau limpide dévale entre les murs à la parfaite maçonnerie. Bien que les voies soient larges, ils ne peuvent avancer qu'à deux de front, à travers une foule qui gronde comme mille roulements de tambour, le long des palais en pierre.

Quand les Indiens découvrent la litière de l'Inca, ils lèvent les paumes vers le ciel en signe de vénération et d'offrande.

Peu à peu, la peur quitte Gabriel, et sa tristesse d'être séparé d'Anamaya, son sentiment de l'inconnu. Peut-être ne ressent-il pas l'ivresse qui gagne l'impavide Pizarro, mais il est porté par cette ferveur, cette foi qui se dirigent vers le nouvel Inca en même temps que vers ceux qui l'encadrent et le protègent. Ils sont maintenant des centaines autour d'eux, qui se pressent en évitant soigneusement de les toucher. Pas un mot, seulement des murmures et le bruissement des pas.

— Tu rêves, ami ?

Bartolomé a surgi d'on ne sait où et il marche à côté de son cheval. Il pose sa main aux doigts mal formés sur sa cuisse, lève des yeux rieurs vers lui et ajoute :

— Tu me sembles avoir fait un joli bout de chemin. Elle est bien loin, ta geôle de Séville…

— Détrompez-vous ! Ici, elle est toujours très proche.

Comme chaque fois qu'il lui parle, Gabriel ressent un curieux mélange de sentiments face à Bartolomé. Une intimité puissante les rapproche, un mouvement presque irrésistible le pousserait à lui confier tous les tourments de son âme, et cependant une voix secrète lui dit de se méfier.

Ils débouchent sur la vaste place dont le sol, au lieu de la pierre qui pave les rues, est d'un sable fin où crisse le sabot des chevaux. Au centre trône une élégante fontaine en forme de pierre ronde, d'où partent des ruisseaux qui descendent jusqu'à la rivière qui coupe la place en deux.

D'un côté de la rivière — celui qu'ils viennent de traverser — il n'existe presque aucune construction, à peine un mur dont l'édification vient tout juste de commencer. Mais de l'autre s'ouvrent les façades de palais dont ils n'ont pas vu les pareils dans tout l'Empire. L'un d'entre eux semble fait d'un marbre aux veines rouges, blanches et vertes ; une tour massive et ronde chapeautée d'un haut toit conique masque en partie son large portail, plaqué de pièces d'argent et d'autres métaux précieux…

Sous le formidable linteau, assis sur un trône extraordinairement ciselé, un Seigneur très âgé observe sans bouger l'irruption des Espagnols. Son attitude est d'une noblesse et d'une impassibilité qui les intimident. Une dizaine de femmes toutes vêtues de blanc s'affairent doucement autour de lui, dans un ballet dont la grâce est touchante. Deux d'entre elles l'éventent avec des plumes miroitantes, deux autres alimentent un brasier qui flambe à ses pieds.

Il se dégage de la scène une impression d'une puissance inouïe, et le passage des casques d'acier et des chevaux est un détail qui n'affecte en rien l'ordre de l'univers.

La foule s'écoule sans un mot sur la place, attentive à rester sur les côtés.

— Mon Dieu !

Gabriel a entendu l'exclamation s'échapper des lèvres de Bartolomé. Il se retourne vers lui.

— Qu'y a-t-il ?

— Tu ne vois pas ? dit Bartolomé en dirigeant sa main vers le trône où siège le vieillard.

La sueur dégouline du front de Gabriel sur son visage et lui obscurcit la vue. Toute la scène lui parvient à travers un brouillard. Il ne voit rien qu'un Seigneur à l'immobilité parfaite, entouré de serviteurs dévoués.

— Il est mort, dit Bartolomé.

— Mort ?

— C'est une momie.

## 20

# Cuzco, 15 novembre 1533

C'est une modeste *cancha* située en retrait du chemin du Sud, celui qui mène vers le Collasuyu, dans le quartier qu'on appelle Pumachupan, la Queue du Puma, à portée de voix du Temple du Soleil. Quand une cérémonie se déroule sur l'Intipampa, on entend la voix des prêtres, le son des trompes, des tambours et des chants.

Anamaya entre timidement dans la cour fermée par un mur d'appareillage simple qui ne supporte aucune décoration. Les pièces qui entourent la *cancha* sont silencieuses et plongées dans l'obscurité.

Pourtant, c'est ici, elle en est sûre.

Un rugissement la fait sursauter, elle retient à peine un cri.

Attaché à une poutre par une corde en fil d'agave, un puma lui fait face. Contrôlant à grand-peine l'affolement de son cœur, elle plonge ses yeux dans les siens.

Le félin fait quelques pas sans la quitter du regard.

— Alors, Princesse, dit une voix moqueuse dans son dos, on oublie ses amis ?

*

Sur le mur d'enceinte du Temple du Soleil, une frise d'or d'une paume de haut et d'un doigt d'épaisseur est fixée à la pierre. Le gros Pedro Martin de Moguer la désigne à la petite assemblée avec une fierté de propriétaire.

En compagnie du Gouverneur et de don Diego Almagro, ils sont une demi-douzaine à lever le nez pour mieux voir l'or.

— En voilà que tu n'as pas fait rapporter à Cajamarca, Moguer !

— L'or tombe du ciel dans ce pays, Excellence. Il pousse de la terre... À peine l'avions-nous ôté de ces murs qu'il les recouvrait à nouveau !

Moguer a « découvert » Cuzco avec Martin Bueno quelques mois plus tôt, organisant les premiers transports de trésors depuis la capitale jusqu'à la chambre de la rançon, dans le palais d'Atahuallpa, à Cajamarca. Aujourd'hui, il déplace sa masse avec une joie d'enfant, faisant les honneurs de la visite, tandis qu'un prêtre inca, portant une longue tunique à franges surgit dans l'ouverture du mur d'enceinte. Il transporte une statue couverte d'un fourreau de laine. Gabriel surprend son regard perçant, ses lèvres fines aux commissures desquelles coule le jus vert de la coca. Il est suivi de deux guerriers, une lance à la main, une masse et une hache en or aux côtés. Deux jeunes garçons en livrée jaune les précèdent avec des éventails, chassant chaque brin de poussière sur des dalles qui semblent pourtant d'une propreté absolue.

Apercevant les Espagnols, ils montrent leur étonnement avant de pénétrer dans le Temple avec dignité.

— Que se passe-t-il ? demande Pizarro.

— Nous interrompons leur cérémonie, dit Gabriel.

Un rire éclate derrière lui. Juan et Gonzalo le toisent, moqueurs.

— Voyez comme il nous dit ça, ricane Gonzalo. Ne croirait-on pas que l'on va interrompre la messe de Pâques à Saint-Jacques ?

— Moguer, connais-tu l'intérieur de ce temple ? demande Pizarro sans relever la raillerie.

— Oui, Monseigneur.

Pizarro sourit.

— En ce cas, messieurs, allons voir un peu à quoi ressemblent ces pratiques.

— Je viens également, dit une voix douce.

Sans attendre l'accord de Pizarro, Bartolomé les précède d'un pas vif.

Derrière la large ouverture trapézoïdale, ils découvrent les deux guerriers incas, lances croisées et empêchant le passage. Leurs armes ne sont guère menaçantes, pourtant les Espagnols ont un instant d'hésitation.

Derrière les soldats, Gabriel entrevoit une espèce de cloître. En son centre, trône une pierre en forme de banc, recouverte d'une carapace d'or. Le prêtre y pose la statue.

Puis, prenant conscience de leur présence, il les observe. Alors, d'un pas lent, étrangement inquiétant, il s'approche d'eux.

*

— Je m'en étonne chaque fois que le soleil se lève, dit le Nain, mais je ne suis pas mort.

Anamaya n'en finit plus de sourire.

— Tu m'as manqué, mon ami.

— Et toi, Princesse, et toi ! Te souviens-tu du jour où l'abominable prêtre m'a abandonné dans la montagne ?

— Et tu gémissais « Princesse ! Princesse ! » d'une voix lamentable.

— Je pouvais bien mourir, cela t'était indifférent.

— Ne dis pas de sottises ! s'amuse Anamaya, j'ai pensé à toi mille fois depuis…

Elle considère la pièce où ils se sont réfugiés. Pauvre

de l'extérieur, elle est en réalité confortablement installée, avec ses nattes et ses moelleuses couvertures de plumes ou de laine. Dans les murs sont creusées des niches où de délicates figures d'animaux en pierre — pumas, condors, serpents — sont alignées.

— Tu n'es pas mal installé, pour un misérable…

— Gardien de puma, c'est une occupation dont aucun Inca en bonne santé ne veut. Cela mérite sa contrepartie !

Le Nain est habillé d'une de ses longues robes rouges qui traînent jusqu'aux pieds et dont les franges balaient le sol. Il n'arrive pas à tenir en place et ne cesse d'effectuer d'étranges pas de danse autour d'Anamaya.

— Comment en es-tu venu à occuper cette haute charge ?

— On ne t'a rien dit ?

— Que tu étais vivant…

— Vivant, c'est une façon de parler… Quand nous sommes entrés dans la ville avec le Corps sec de mon maître Huayna Capac, pour vaincre ma peur, je me suis mis en tête du cortège pour crier et danser : « Me voici, je suis Chimbu, le fils du Grand Huayna Capac ! Place, place ! » Mais rien n'y a fait : les Puissants du lieu se sont saisis de moi pour me réduire en morceaux. « Avorton ! Gnome ! criaient-ils, comment le Soleil a-t-il pu nous enlever notre Seigneur et Père, qui nous portait tant d'amour et nous faisait tant de bien, pour nous donner à la place un être aussi vil que toi ?… » Et ils m'insultaient, me crachaient dessus, me donnaient le plus de coups possible en dépit de mes larmes et de mes supplications. Heureusement pour moi, ceux du cortège sont venus à ma défense et ils ont obtenu que je sois mis avec les autres prisonniers…

À l'évocation de ce souvenir, le visage du Nain s'assombrit.

— Connais-tu la prison de Sanca Cancha ?

— Non.

— C'est une vision sortie droit du cauchemar du Monde d'En dessous. Elle est d'ailleurs un souterrain parcouru de dédales, semé de portes et de recoins. Ses murs sont empierrés de silex pointus et surtout…

— Surtout ?

— Il n'y a pas de gardes dans cette prison — que des tigres, des lions, des ours, des couleuvres et des serpents de toute nature… Ils nous y ont laissés trois jours. Trois jours de hurlements et de terreur, trois jours de pleurs — trois jours si près de la mort que c'est comme si nous étions déjà morts… Mais nous avons survécu.

— Et ils vous ont libérés.

Le Nain hoche la tête.

— De toutes ces coutumes d'épouvante, c'est la seule dont je puisse me réjouir. Je suis mort bien des fois dans ma vie, mais cette vie-là m'est plus chère que toutes les autres…

Pendant tout le récit du Nain, Anamaya est restée immobile, fascinée, partageant son terrible voyage. Elle murmure :

— Et depuis ?

— Je me suis attaché aux pas des deux frères, Manco et Paullu, et je leur ai rendu des services, voilà tout.

— Des services ?

— Oui, dit le Nain avec une vanité comique, des services. J'ai caché Manco ici même, avant qu'il ne puisse quitter la ville. Et j'ai encore risqué ma misérable vie pour porter des messages à Paullu lorsqu'il était emprisonné…

— Paullu en prison !

— Ce n'est pas pour ses faits d'armes, je te rassure ! C'est uniquement parce qu'il avait approché l'une des concubines favorites de Huascar… Quand ceux du Nord sont arrivés, il a prétendu avec habileté qu'il avait été persécuté à cause de ses sympathies pour eux. Ils l'ont libéré avec méfiance, mais il a eu la prudence de ne pas attendre qu'ils changent d'avis et d'aller se faire oublier quelque temps du côté du lac Titicaca…

Anamaya reste pensive. Elle se souvient des deux jeunes hommes qu'elle a aidés lors du *huarachiku*. Aujourd'hui, l'un est le Sapa Inca tandis que l'autre est en fuite.

— Manco m'a parlé de toi avec affection. C'est lui qui m'a donné le chemin de ta maison.

— Il me fait peur, lui aussi. Qui sait ce qu'il va devenir maintenant qu'il est l'Unique Seigneur ?

— Ne t'inquiète pas, mon ami. As-tu oublié que nous devions veiller l'un sur l'autre ?

— Si je l'avais oublié, Princesse, un personnage d'importance s'est chargé de me le rappeler sans cesse du regard…

— Qui cela ?

Le Nain vient se planter devant Anamaya et lève ses yeux ronds vers elle.

— Ne me dis pas que tu ne le sais pas, Princesse.

*

Gabriel regarde l'homme à la bouche verte s'approcher si près du Gouverneur qu'il pourrait le toucher :

— Je m'appelle Villa Oma, je suis le grand prêtre de ce Coricancha, le Temple du Soleil créé par notre Ancêtre Manco Capac. Ici, nul Étranger n'est admis…

Gabriel traduit. Pizarro réplique, avec un geste apaisant :

— Dis-lui que nous sommes venus pour les protéger, lui et les siens, des crimes de ceux du Nord…

— Et dis-lui également, ajoute Gonzalo, que nous sommes venus leur faire découvrir le vrai Dieu et faire cesser leurs pratiques païennes !

— Pour cela, mon ami, vous laisserez faire les hommes de Dieu, intervient Bartolomé.

Gabriel ne peut retenir un sourire tandis qu'il traduit les paroles du Gouverneur.

Le prêtre ne s'apaise en rien. De son long corps maigre, les bras dépliés comme un Christ indien, il leur barre toujours le passage.

— Comment osez-vous entrer ici, alors que celui qui veut le faire doit d'abord jeûner une année entière et pénétrer dans le temple avec une charge sur les épaules et déchaussé ?

Gonzalo s'esclaffe :

— Dis à l'emplumé que nous avons jeûné bien plus que cela et que nos épaules sont lourdes, bien lourdes… Quant à nos bottes…

Tandis que le groupe des Espagnols se met à rire, Gonzalo retire une de ses bottes et l'agite devant lui.

— Voyez, frère Bartolomé ! Nous avons le plus grand respect pour les coutumes de ces…

Un caillou tombe de sa botte et il la remet avec des grimaces qui arrachent encore des rires à l'assistance.

— … barbares. Et si nous laissons les choses de Dieu aux hommes de Dieu, les choses des hommes nous les traitons… en hommes.

D'un revers de bras, il écarte le prêtre inca et pénètre dans le temple.

Le petit groupe des Espagnols le suit jusqu'au centre du patio. On devine des reflets à travers les ouvertures des bâtiments qui sont distribués tout autour. Un liséré de plaques d'or court en hauteur tout autour du patio, formant une couronne d'or.

Dans les murs eux-mêmes sont creusées quatre niches qui ressemblent à des tabernacles, taillées avec des moulures d'une extrême finesse et dont l'intérieur est recouvert d'une couche d'or. Aux angles sont serties des pierres précieuses, émeraudes, turquoises. Le Gouverneur se tourne vers Villa Oma :

— Nous avons entendu la rumeur des menaces qui pèsent sur vos palais et vos temples, et nous avons nous-mêmes été témoins, dans d'autres villes, des destructions dont vos ennemis sont capables. Nous, nous sommes ici avec un esprit de paix.

Le prêtre Villa Oma plisse les paupières avec sévérité.

Il les considère en silence, puis ses paroles résonnent dans le cloître :

— Je ne vous crois pas.

Les yeux de Pizarro ne cillent pas tandis que Gabriel traduit les paroles du prêtre. Il sourit.

— Assure-le que nous gagnerons sa confiance. En attendant, et afin d'assurer sa protection et celle des biens de ce Temple, nous allons y effectuer une reconnaissance. Don Diego ?

L'œil unique d'Almagro brille de toutes les richesses qui se cachent dans l'enceinte.

— Je compte sur ton autorité pour partager avec moi le soin qu'aucune pièce de ce Temple ne puisse échapper au *quint* royal.

Almagro répond d'un grognement. Le petit groupe des Espagnols se dirige vers la porte du bâtiment situé en face d'eux tandis que le prêtre Villa Oma, resté derrière eux, lève les bras et s'écrie :

— Ô toi, Puissant Soleil, montre à tous, par un signe tangible, ta force !

De chaque côté du soleil, assises sur leurs trônes avec une dignité de vivants, siègent des momies semblables à celle qu'ils ont vue, tout à l'heure, sur la place. Elles sont revêtues d'une tunique de fine laine incrustée de paillettes d'or et de pierres précieuses. La frange royale est à leur front, et les plumes de couleur. Les disques d'or pendent aux oreilles. À l'une d'elles manque seulement le bout du nez — une bizarrerie qui pousse de nouveau au fou rire les deux jeunes frères Pizarro.

De pièce en pièce, ils font ainsi le tour du patio, découvrant une pièce d'argent consacrée à la lune où Moguer se retient d'invoquer Vénus, puis un bâtiment dont les murs sont recouverts des habituelles plaques d'or, mais aussi d'un arc-en-ciel dont les couleurs courent d'un mur à l'autre.

Ils ont commencé la visite dans une sorte d'animation excitée, comme une bande de jeunes gens partis pour boire et trouver des filles. À chaque bâtiment le silence descend, un peu plus pesant.

Quand ils ont ainsi fait la visite des six pièces et qu'ils se retrouvent dans le patio, le grand prêtre et ses suivants ont disparu. Moguer se tait, l'œil d'Almagro est étrangement rêveur et les jeunes frères du Gouverneur sont provisoirement calmés.

Par un passage ouvert à l'est, ils découvrent que l'enceinte du Temple dépasse largement ce qu'ils avaient imaginé. Les édifices et les chambres se succèdent, abritant des serviteurs qui se cachent la face quand ils les voient surgir, recelant des provisions en quantité pour tenir des semaines de siège.

Gabriel a un poids sur le cœur tandis qu'il voit ces beautés et sent les regards avides de ses compagnons...

— Il y avait, dit soudain Moguer, quand nous sommes venus la première fois, une histoire...

— Eh bien ? demande Pizarro, impatient.

Mais Moguer ne lui répond pas. Et aucun d'entre eux ne songe à lui demander quelle histoire.

Sans s'en rendre compte, ils viennent de pénétrer dans le jardin d'or.

*

Le Nain raconte toujours de sa voix sourde et régulière :

— Dès que la rumeur est arrivée que les Étrangers approchaient, Manco m'a fait venir de Yucay, où je résidais alors. Ses hommes m'ont amené auprès de lui, à Chinchero. Quand j'ai vu que nous nous retrouvions seuls, sur les terrasses situées au-dessous des *collcas*, avec l'abominable prêtre, j'ai cru qu'ils s'étaient réconciliés sur mon dos et qu'une de leurs idées sanglantes allait les reprendre…

— Manco et Villa Oma ? s'étonne Anamaya.

— Étrange, n'est-ce pas ? Sur le moment, je n'ai pas pris le temps de penser que les temps changeaient. J'étais trop occupé à protéger ma petite peau. Heureusement pour moi, ils avaient autre chose en tête.

Anamaya sourit devant l'irrésistible mélange de terreur et de comique qui se dissimule au cœur des récits du Nain.

— Si tu es toujours là pour me le raconter, en effet.

— Moque-toi, Princesse !

Il soupire.

— Ils voulaient que je m'occupe de ton noble époux, le Frère-Double.

— Toi !

L'exclamation a jailli de la bouche d'Anamaya sans qu'elle ait le temps de la retenir.

— C'est ce que je leur ai dit, mais ils ne m'ont pas écouté. Ils m'ont dit que, dans leur avidité, les Étrangers allaient se saisir de tout l'or possible. Cela leur était indifférent, qu'il y en avait des quantités telles que des océans d'Étrangers n'en verraient pas la fin. Mais le Frère-Double qui était au Coricancha ne devait pas être souillé par leurs mains impies.

Anamaya est saisie d'une émotion qui l'ébranle et fait courir par tous ses membres une onde de chaleur et de glace.

— Il est ici ?

Le Nain la considère avec sérieux.

— Tu crois que j'aurais l'imprudence, même protégé par un puma féroce, de le garder chez moi ? Nous irons à la nuit. Le Frère-Double t'attend.

*

Tout est en or dans le jardin : les herbes et les fleurs, les arbres et les animaux, petits ou grands, domestiques ou sauvages. Au sol rampent des lézards et des serpents d'or, et dans l'air, suspendus par des fils invisibles, des papillons et des oiseaux d'or.

Une terrasse imite un champ de maïs, une autre de ces graminées que les Indiens appellent *quinua*. Des lamas en or, des fontaines en or où coule une eau d'argent. Les légumes, les arbres fruitiers sont d'or ou d'argent et même les fagots de bois sont contrefaits en or.

Le Gouverneur en reste bouche bée.

— Ne touchez à rien, articule-t-il seulement, la bouche sèche.

— L'histoire était, dit enfin Moguer, qu'il existait une statue entièrement en or, réalisée à l'image exacte d'une de ces momies que nous avons vues. Plus belle et plus grande que toutes les statues que nous avons pu voir, et pas creuse comme souvent mais pleine de bon or.

— De quelle taille ? demande Almagro.

— De la taille d'un homme à peu près, m'a-t-on dit.

— Et son poids ?

— Plusieurs centaines de livres, sûrement.

Nul ne songe plus à se moquer de Moguer. Chacun traduit silencieusement en pesos l'image rêvée de cette statue que la légende, sans aucun doute, grandira à chaque récit.

— Où est-elle ? demande Almagro.

Moguer esquisse un signe d'ignorance.

— Il faut la trouver, dit Gonzalo.

Juan, les yeux brillants, approuve.

— Porte-t-elle un nom, ta statue ? demande Gabriel.

— Cela, je m'en souviens, dit fièrement Moguer. C'est un nom étrange que l'on m'a traduit par : Frère-Double.

Gonzalo jette un regard en coin à Gabriel.

Comme ils sortent du jardin, tandis que ses compagnons ont les yeux et le cœur remplis d'un monde entièrement en or, un monde appartenant aux contes les plus fous que leur imagination leur a jamais suggérés, Gabriel se souvient des paroles d'Anamaya et il se convainc que jamais ces paroles ne doivent franchir la barrière de ses lèvres.

Elle lui a dit qu'elle était l'épouse du Frère-Double.

Dans la confusion de son esprit, il ignore ce que cela signifie pour les Incas.

Mais il sait, désormais, ce que cela voudra dire pour les siens.

## 21

# Cuzco, nuit du 15 novembre 1533

La ville de Cuzco ne dort pas.

La ville de Cuzco ne dort jamais.

L'activité nécessaire à la vie de l'Empire n'y connaît pas d'interruption — celle des jeunes filles qui tissent dans l'*acllahuasi,* celle des orfèvres, des sculpteurs et des prêtres, celle des *panacas* entières qui n'en finissent pas de veiller au service des souverains défunts, de les nourrir et de les fêter, de recueillir les paroles qu'ils prononcent et qui, venues d'En dessous, continuent d'influencer la marche du monde.

À Sacsayhuaman, dans les tours carrées, les soldats se relaient pour leurs gardes. Et à la tour ronde de Moyocmarka, on se tient prêt, comme toujours, à la visite de l'Inca.

Il y a beaucoup de chuchotements cette nuit-là, dans les simples maisons comme dans les palais, et les eaux du Huatanay emportent des secrets qui font peur.

Dans leurs palais, les momies dorment, les yeux ouverts.

Les momies savent ce que les vivants ignorent.

*

Le Nain court devant Anamaya et la guide à travers les ruelles étroites, rendues glissantes par la bruine qui tombe et dont l'humidité pénètre à travers son *añaco.*

À chaque bruit suspect, il s'immobilise, ou bien l'entraîne dans la protection d'une ouverture en trapèze dans un mur. Il lui fait traverser un pont sur le Huatanay, la précède dans des ruelles si sombres qu'elle se croirait dans une faille au milieu d'une *huaca.*

Au début du chemin, elle a cherché à imaginer dans quelle partie du corps du puma elle se trouvait. Tout ce qu'elle sait maintenant, au fur et à mesure qu'ils s'élèvent et que, de temps à autre, elle aperçoit les lumières qui brillent là-haut, dans les tours de Sacsayhuaman, c'est qu'ils se dirigent vers la tête.

Finalement, au débouché d'une pente raide, le souffle coupé, elle découvre une vaste esplanade recouverte du même sable que l'Aucaypata. Au fond, tout contre la colline, l'alignement régulier des niches du mur d'un palais. Face à elles, les lumières qui brillent dans la ville et, sur les pentes des montagnes, les torches et les brasiers.

— Où sommes-nous ? demande-t-elle au Nain.

— Collcampata, Princesse.

Le mot seul fait vibrer son cœur. C'est un des plus vastes quartiers de Cuzco, situé juste au-dessous de Sacsayhuaman, celui où Chima Panaca, le lignage de Manco Capac, vénère la mémoire du fondateur de la dynastie inca.

— Et maintenant ?

Le Nain ne répond pas. Il la prend par la main et l'amène vers le mur du palais. Les niches sont vides — sans doute les statues d'or qui les garnissaient ont-elles été prises comme un butin facile par les Étrangers lors de leur première visite. Là où se dessinait l'élégante frise de plaques d'or, il n'y a plus que la mutilation des trous des attaches. Et pourtant, dans la nuit humide et noire, le lieu n'a rien perdu de sa puissance. La pente des murs dégage une impression de majesté que la découpe parfaite des pierres accentue.

Ils suivent le mur, tournent l'angle. Le palais semble ici pénétrer dans la colline tandis que, à l'abri des lumières de la ville, l'ombre soudain prend son empire. Ils suivent la paroi, se fondant avec la pierre noire, se glissant dans chacune des ouvertures.

À la troisième, le Nain se plaque contre le fond et pèse de tout son poids. Lentement, silencieusement, le mur pivote.

Le voile devant les yeux d'Anamaya se déchire.

*

Sur la grande place, don Francisco Pizarro a donné ses ordres. Pour lui le palais situé au nord, le long de la rivière, et dont la pièce principale est si vaste qu'elle pourrait accueillir facilement soixante cavaliers pour jouer « *a cañas* » ; pour ses frères Gonzalo et Juan, le palais voisin. De l'autre côté de la place, un palais dont les murs sont ornés de serpents de pierre accueillera Soto.

— Nous monterons les tentes, dit le Gouverneur.

Gabriel le regarde, interloqué, désignant les bâtiments.

— Je veux que nous restions tous sur le qui-vive et je ne veux pas de désordre. Je ne veux personne dans les maisons si je n'en ai pas donné l'ordre. Je veux la paix avec le jeune homme.

— Le jeune homme ?

— Manco. L'Inca. Je veux sa confiance pour notre tranquillité. Almagro, Soto, mes frères… ils auront tout ce qu'ils veulent. Mais aucun ne comprend que nous sommes ici pour rester et que maintenant est le moment du plus grand danger pour nous. Si nous nous relâchons, si je les laisse aller au pillage, nous sommes morts. Demain, je verrai le jeune homme. Je monterai avec lui une expédition contre l'armée du Nord.

Les yeux de Pizarro brillent et Gabriel sent chez lui ce mélange de calme et d'excitation qui est sa marque dans les moments difficiles. Il donne ses ordres aux capitaines et Gabriel voit la petite forêt de tentes se dresser bientôt sur la place.

— Et après ? demande-t-il.

Pizarro le considère avec un sourire moqueur.

— Ne me pose pas de questions dont tu n'aimerais pas entendre les réponses.

Gabriel va pour s'éloigner mais Pizarro le retient en posant sa main fine et sèche sur son épaule.

— Je dois te parler de quelque chose, dit-il.

*

Le passage est assez large pour qu'on y avance sans peine dans la pénombre. On y accède après un escalier aux marches hautes, où il faut prendre garde à ce que chaque enjambée n'entraîne pas dans un vide que l'obscurité croissante rend effrayant.

On dit que Tupac Inca Yupanqui a fait creuser ce tunnel à travers la colline, jusqu'à la forteresse de Sacsayhuaman alors en construction.

La voix du Nain parvient à Anamaya étouffée par la brume humide, dont les gouttelettes en suspension dans l'air lui mouillent le visage.

Le chemin décrit un coude et, à peu de distance, elle aperçoit une lumière pâle qui vacille à travers une tenture. Le Nain y précède Anamaya avant de s'effacer pour qu'elle pénètre la première dans la pièce.

C'est une pièce ronde sans aucune niche, aux murs d'un pauvre appareillage où n'est accrochée qu'une seule torche. Il n'y a rien au sol, ni nattes ni couvertures.

Il n'y a qu'un simple banc dont le bois n'a rien de précieux et n'a fait l'objet d'aucun ouvrage.

Sur le banc est assis le Frère-Double.

Un frisson la parcourt de part en part et elle doit fermer les yeux pour ne pas perdre l'équilibre.

Elle tend la main vers lui sans le toucher, ouvre ses bras et laisse un murmure rouler entre ses lèvres.

Quand elle ouvre les yeux de nouveau, le Nain a disparu et la pièce est plongée dans l'obscurité.

Mais c'est une ombre qui ne porte aucun effroi, une ombre au cœur de laquelle le corps d'or du Frère-Double brille comme un soleil de nuit, apaisant, éternel.

Il lui semble que sur les murs se dessinent des figures familières… Peut-être les animaux de la forêt, peut-être des armées qui s'affrontent, des pierres de fronde qui fusent comme des éclairs, des haches qui se lèvent et qui frappent.

Peu à peu cette agitation-là aussi se calme, ainsi que les battements de son cœur, et une paix merveilleuse l'envahit, l'alourdit, la fait glisser au sol, juste aux pieds de celui qu'elle doit suivre et protéger tout au long de son parcours à la surface du Monde.

*Tu es là.*

Est-ce une voix qui a retenti sous la voûte ? Est-ce le chuchotement qui s'échappe de ses propres lèvres ? Qu'importe — elle l'entend enfin, lui dont elle se croyait abandonnée.

*Tu es plus forte que la paix, plus forte que la guerre elle-même. Tu es plus ancienne que l'Inca et tu as traversé les déserts et les eaux pour parvenir à moi. Tout ce qui est à toi vient de la nuit.*

Le silence s'installe et elle ne ressent plus ni froid, ni chaleur, ni humidité, ni sécheresse. Elle est au cœur de l'univers, merveilleusement bien, à la rencontre de tous les mondes.

*Mes paroles sont de toujours. Tu ne peux rien oublier.*

La voix se glisse jusqu'à elle à travers la pierre et dans l'air, tantôt très basse et tantôt sonore comme une conque marine. Mais elle n'est plus qu'un murmure imperceptible lorsqu'elle prononce les mots qu'elle attend sans oser se l'avouer.

*Fais confiance au puma.*

Elle n'a pas le temps de jouir du bien-être qui la gagne et la détend jusqu'au bout de chacun de ses membres.

La lumière revient et l'éblouit.

Elle crie.

*

— Lequel veux-tu ? demande Pizarro à Gabriel en désignant un palais dont les murs puissants s'alignent dans la rue.

— Aucun. Je veux ma tente.

Pizarro rit doucement.

— Tu m'étonneras toujours, fils. Dieu t'a chassé d'Espagne et tu n'es pas venu pour l'or…

— Je croyais que je voulais la même chose que vous, don Francisco…

— Dieu et la Très Sainte Vierge seuls savent ce que je veux. Moi-même, il m'arrive de m'interroger…

Le bruit de leurs bottes résonne sur les pavés. Il y a un pleur d'enfant dans la nuit, et la douceur du filet d'eau qui les sépare.

— Vous vouliez me demander quelque chose, don Francisco ?

— Quelque chose ?

Le Gouverneur semble émerger d'une rêverie.

— Ah oui, fils, quelque chose… quelque chose d'important…

Gabriel retient son souffle.

— Ce n'est pas un mystère que tu as mis cette fille dans ta couche, cette fille aux yeux bleus. Je ne t'en fais pas le reproche, remarque bien, même un vieillard comme moi a le sang réchauffé par ces Indiennes…

Gabriel a le cœur qui bat à grands coups et sa bouche est soudain desséchée. Pizarro feint de ne rien remarquer de son trouble.

— Pour une raison que j'ignore, le jeune homme semble attacher une grande importance à elle. Ce qu'il veut en faire, je n'en sais rien — une de ses femmes ou bien sa concubine royale ou la nouvelle prêtresse de son culte… Je n'aime pas ces diableries, tu me connais, mais, comme dit l'Ecclésiaste, il y a un temps pour tout. Bref…

Pizarro s'interrompt, jette un rapide coup d'œil à un Gabriel qui ne parvient pas à contrôler ses tremblements.

— Bref, mon fils, il me semble que de toutes les femmes ce n'est pas la bonne que tu as choisie.

— C'est celle que j'aime, don Francisco.

Les mots ont jailli de la bouche de Gabriel et il les regrette aussitôt après les avoir dits. « Aimer »… qu'est-ce que cela peut bien signifier pour le Gouverneur ?

— As-tu déjà aimé pour employer ce mot si légèrement ?

— Je n'avais pas aimé, don Francisco, et c'est pour cette raison que j'en comprends maintenant le sens…

— C'est donc une affaire sérieuse que cette affaire-là…

Il n'y a aucune moquerie dans la voix du Gouverneur, plutôt une sorte de tristesse inattendue.

— Et pourtant il faut finir, Gabriel… ou en tout cas

être d'une prudence si grande qu'elle ne me vaille aucun souci avec le jeune homme. Tu me comprends ?

Gabriel ne répond pas. Il sent la main de Pizarro qui lui prend le bras et le serre, serre à faire mal.

— Tu me comprends, fils ?

— J'essaie.

— Essaie bien. Et pour te faire oublier ce souci…

Le ricanement de Gabriel jaillit :

— Vous m'avez trouvé une autre femme ?

— Bien mieux que cela, fils ! Une mission.

— Laquelle ?

— Retrouve-moi cette statue, ce Frère-Double dont ils font si grand cas. J'aimerais bien le voir.

Gabriel espère que le Gouverneur n'a pas remarqué la pâleur soudaine qui marque son visage.

*

La torche éclaire le visage de Manco.

Il s'approche d'Anamaya et la regarde en silence.

Anamaya a du mal à retrouver son souffle et elle est déchirée par une colère qu'elle essaie désespérément de rejeter.

— Ton Père me parlait, dit-elle simplement.

— Je suis désolé.

Il y a tant de sincérité et de simplicité dans cette phrase qu'Anamaya se laisse attendrir.

— Il était resté silencieux depuis toutes ces lunes… depuis la nuit de la Grande Bataille. Il y avait une solitude en moi…

— Tu l'as retrouvé ?

— Il ne m'a jamais quittée. C'est à moi de le protéger. Parfois, j'ai l'impression qu'il ne me parle que pour me rappeler ce qu'il m'a déjà dit, comme si j'étais encore une petite fille à qui l'on apprend ses leçons, à l'*acllahuasi*.

— Te parle-t-il de moi ?

La voix de Manco est touchante de naïveté. C'est un enfant, lui aussi, qui demande à être rassuré.

— Je te l'ai dit, il t'a désigné il y a longtemps comme le premier nœud des temps futurs. Rien de ce qui s'accomplit maintenant n'est nouveau : tout est dans l'ordre de l'univers tel que ton Père me l'a transmis. Tu ne dois pas avoir peur. Tu dois avancer avec résolution, en te laissant guider par ta force et celle du Soleil, comme au jour du *huarachiku*.

— Je ne peux m'empêcher d'avoir peur.

— Ta peur n'est rien. Elle n'a pas de réalité. Ton Père ne m'a pas parlé de ta peur, et moi je n'en ai rien dit aux Puissants quand ils t'ont désigné. Ton Père avait-il peur ? Et Tupac Inca Yupanqui avant lui, et Pachacutec ? Peut-être…

— Et Manco Capac ?

Le nom du fondateur de la dynastie inca laisse Anamaya silencieuse. Elle sait à quel point Manco est inspiré par lui.

— Viens, dit-il.

Elle offre ses paumes ouvertes au Frère-Double avant de le quitter.

— Je dois revenir avec la *chicha* et le maïs, la coca…

— Le Nain l'a nourri et abreuvé régulièrement. Mais tu as raison, il a besoin de toi.

Ils quittent rapidement le passage. Manco fait pivoter le mur avec facilité, en y posant simplement ses deux mains. Ils se retrouvent dans une nuit peut-être plus sombre encore que l'obscurité qu'ils viennent de quitter.

Sur l'esplanade de Colcampata, Manco prend Anamaya par le bras. Il l'entraîne juste au bord du parapet de pierres qui surplombe la ville et la vallée. La nuit presque noire est par instants déchirée par la lumière de la lune et des étoiles pour laisser deviner les puissants sommets, les Apus.

— Manco Capac, mon ancêtre, est arrivé avec Mama Occlo par cette montagne, le Huanacauri. Ils avaient fait un long chemin depuis les origines, les eaux du lac Titicaca, là où le dieu Viracocha a tout fait surgir des profondeurs. Il a vu cette vallée, riche, profonde, fertile…

Manco s'interrompt, se tourne vers Anamaya.

— Tu as raison, il avait peut-être peur mais cela importe peu. Il y avait bien des raisons de vivre dans la crainte : l'épuisement du voyage, la certitude de son destin qu'il était seul à voir, le doute lui-même, cet ennemi terrible qui te ronge de l'intérieur et te laisse épuisé avant d'avoir combattu. La légende ne dit pas lesquelles de ces peurs Manco Capac a dû surmonter pour s'emparer de sa serpe d'or, sa *taclla*, et fendre cette terre pour la première fois. La légende ne le dit pas, mais quelque chose, pourtant…

Parfois, les nuages noirs se déchirent et laissent apparaître la splendeur d'un lambeau du grand fleuve étoilé. Alors, pendant un éclair, les lumières du ciel sont accordées à celles de la terre et le monde est parfait. Puis une saute de vent humide fait son œuvre, et la nuit se referme, froide, hostile, inquiétante.

— L'histoire dit qu'il était avec Mama Occlo. L'histoire dit qu'il fonda son Empire avec l'aide d'une femme…

Soudain, enfin, le sens des paroles de Manco atteint Anamaya. Elle se reproche la lenteur de sa compréhension.

— Je t'ai accompagné autant que je le pouvais, Manco, et je continuerai, tu le sais bien.

— Je ne te parle pas de cela.

— Veux-tu une épouse de plus ? Ce n'est pas possible : je ne suis pas de sang royal. Veux-tu une concubine encore dans ton lit ? Il y en a déjà des dizaines et je peux t'assurer que mon art en ce domaine est bien pauvre…

— Je sais cela, Anamaya, tu me l'as déjà dit et je ne veux pas te mentir avec de belles paroles. Pourtant, il me semble que tu ne parlerais pas de cette façon si…

— Si ?

Il y a du défi dans la voix d'Anamaya. Manco l'accepte d'une intonation basse, sifflante.

— … si ton cœur n'était pas déjà pris par un autre homme.

Le silence de la nuit s'empare d'eux. Anamaya respire doucement, s'efforçant de chasser la peur qui l'a gagnée en entendant la violence contenue dans les paroles de celui qui fut un jeune homme qu'elle protégea, mais qui est aussi l'Unique Seigneur.

— C'est vrai, dit-elle enfin, j'aime l'un d'entre eux.

— Un Étranger ?

— Oui.

La main de Manco a depuis longtemps lâché son bras. Pourtant, elle sent comme si elle était dans son propre souffle sa respiration se faire lourde. Son profil d'oiseau de proie se découpe dans la nuit, prêt à bondir, à griffer…

— Sa venue m'a été annoncée il y a longtemps par ton Père…

— Ah !

Le grognement de rage s'est échappé de la gorge de Manco et sa main est venue frapper violemment le parapet.

— Manco !

L'indignation fait vibrer la voix d'Anamaya.

— Tu sais que je suis incapable de mensonge. Crois-tu que je pourrais avoir l'audace impie d'invoquer le nom de ton Père Huayna Capac pour dissimuler je ne sais quelles amours honteuses ?

— Non. C'est simplement…

La colère de Manco est passée aussi vite qu'un orage. Il ne reste plus qu'une tristesse infinie et touchante.

— Ton Père m'avait dit d'attendre la venue du puma. Et cet homme est le puma.

— C'est un Étranger. Un Étranger ne peut pas être le puma.

— C'est aussi étrange pour moi que pour toi, Manco. Et pourtant c'est ainsi. Dans mon cœur, j'ai tout essayé pour trouver qu'il en était autrement. Et chaque fois que je m'éloignais, la voix de ton Père retentissait et m'enjoignait de faire confiance au puma.

Manco ne répond pas.

— Il y a de la générosité en lui, Manco, de la bonté… Tu l'as vu, il parle déjà notre langue, il n'est pas comme les autres, il n'aime pas l'or… Et puis je le sais — j'en ai été témoin —, il veut sincèrement nous aider…

Manco laisse le silence absorber dans l'humidité la liste des belles qualités de Gabriel. Anamaya se sent un peu stupide, et elle se tait.

— Et maintenant ? demande Manco.

— Maintenant ?

— Oui, maintenant que l'alliance de l'Inca est indigne de toi, et que tu préfères un puma surgi d'on ne sait où…

— Ta colère n'est pas meilleure que ta peur, Manco. Elle est peut-être pire…

— Je lui parle souvent, sais-tu, comme à une ennemie familière, et je lui demande de me laisser en paix. Comme un enfant, j'ai cru que devenir le Sapa Inca m'en guérirait… Je sais maintenant qu'il n'en est rien.

Son rire sans joie claque dans la nuit.

— Tu ne peux pas lui appartenir, dit-il.

— Je sais.

— Tu es l'épouse du Frère-Double, la *Coya Cama-*

*quen*, et tu ne peux être la femme d'aucun autre, fût-il puma ou condor, étranger ou inca...

— Je sais, Manco. Je n'ai pas demandé mon destin, mais je l'accepte.

Malgré elle, sa voix s'est fêlée sur les derniers mots. Le visage de sa mère, son visage renversé et qui ne dit plus un de ces mots de tendresse infinie qui lui réchauffaient le cœur, son visage s'est fugitivement penché au-dessus d'elle et l'a fait trembler de toute son ancienne souffrance. Elle se reprend avec fierté.

— J'étais aux côtés de ton père et je n'ai jamais manqué à Atahuallpa. Je t'ai sauvé du serpent et par ma voix tu vas devenir l'Inca... Te faut-il des preuves nouvelles de ma fidélité ?

— Je te fais confiance, Anamaya, dit Manco, apaisant. Je ne doute pas de toi et je sais le chemin que tu as fait. Je t'en suis reconnaissant et tous avec moi. De plus, nous avons besoin de toi pour les temps qui s'annoncent...

— Ce qui est doit être.

— Ce qui est doit être.

La voix de Manco a fait écho à celle d'Anamaya et l'ordre est revenu dans l'univers. Mais il avance sa main pour la poser sur son bras de nouveau, comme il l'a fait déjà tant de fois, et il suspend son geste. Il met un nom sur sa douleur : ce qui est doit être, mais ce qui n'est pas ne doit pas être, ne sera pas — cela est bien cruel.

## 22

## Cuzco, fin novembre 1533

L'unique porte de l'*acllahuasi* s'ouvre sur la place Aucaypata. Ses bâtiments sont serrés entre ceux du Hatun Cancha, où les Espagnols commencent à prendre leurs quartiers, et ceux du palais de l'Amaru Cancha, qui a été dévolu par le Gouverneur Pizarro au capitaine de Soto.

À l'arrivée des Étrangers, les vingt portiers qui gardaient la maison des Vierges se sont enfuis. Il n'en est resté qu'un, par fidélité ou incapacité : il est aveugle. Anamaya le hèle :

— Tu peux me laisser passer, vieil homme. Je ne suis pas un barbu venu ensemencer une vierge ou une épouse du Soleil !

Le vieux grogne :

— Tu ne devrais pas plaisanter avec ces choses-là. Le jour où cela arrivera…

— Tu seras là pour nous défendre !

Il a un geste de lassitude et d'impuissance, et ses yeux blancs se tournent vers le soleil qu'il ne voit plus.

Anamaya s'engage dans la ruelle le long de laquelle les bâtiments de l'*acllahuasi* sont répartis, les ateliers d'abord, puis les dépôts remplis des *piruas*, ces grandes jarres où sont conservées toutes les productions nécessaires à l'Inca. Après le patio où chaque matin est vénérée l'idole du Soleil, la ruelle distribue les logements des servantes, des *acllas* ordinaires dont la plupart ont déjà rejoint leurs familles et, tout au bout, celui des épouses du Soleil, où personne ne doit entrer sous peine de mort.

Anamaya est dans l'*acllahuasi* de Cuzco comme une sorte de reine et même Curi Ocllo, la *Coya* de Manco, n'oserait pas disputer son autorité. Les femmes qui sont restées, ces prêtresses qui ont consacré leur vie au culte des divinités, sentent qu'elles sont menacées, que tous les palais et les temples autour de la place ont été pris par les Étrangers. Il est venu des rumeurs sur les viols qu'ils ont commis dans toutes les villes où ils sont passés et on se tourne vers elle avec un espoir sans raison, parce que son regard bleu apaise, parce qu'elle a toujours un mot gentil, une douceur pour ces jeunes filles terrifiées et leurs servantes.

Juste avant les appartements des épouses du Soleil, elle a sa propre pièce où nul n'entre s'il n'y est invité par elle — une pièce nue à l'exception de sa natte et d'une couverture de laine, où dans l'unique niche ménagée dans le mur est un serpent de pierre.

Lorsqu'elle franchit la tenture, elle est accueillie par des sanglots :

— Inguill !

La jeune fille est roulée en boule au pied de sa natte et elle ne bouge même pas à son entrée. Anamaya ne l'a jamais vue en proie à un tel chagrin.

— Inguill, dis-moi ce qui t'arrive !

Elle redresse son petit visage défait vers Anamaya :

— À quoi sert que je lui aie obéi ? À quoi sert que j'aie traversé les montagnes, échappé aux soldats qui voulaient me violer et me hacher ? À quoi sert que tu m'aies recueillie ?

— Inguill, si tu ne m'expliques pas ce qui t'arrive,

je te laisse dans cette pièce pleurer seule sur tes malheurs !

— Il ne me prendra pas auprès de lui !

— Manco ?

— Il me l'a promis il y a longtemps mais il ne le fera pas. Il me méprise plus encore que la dernière de ses concubines…

— Pourquoi perds-tu la raison ainsi ?

— Il ne m'a pas parlé une fois depuis que nous sommes entrées à Cuzco…

— Mais il est parti dès le lendemain avec les cavaliers du capitaine de Soto, pour poursuivre les armées du Nord, ceux qui t'ont persécutée !

— J'espérais, Anamaya, j'espérais tellement…

— Écoute-moi…

Anamaya ne peut dire à Inguill qu'elle fait souffrir Manco de la même façon qu'il la fait souffrir… Mais elle peut lui dire que ce Monde-ci est parcouru par des sentiments étranges, qu'on ne sait jamais si aimer et être aimé est un sort heureux ou malheureux. Elle lui parle du puma, de Gabriel, et les yeux d'Inguill brillent d'étonnement et de plaisir après les larmes.

— Un Étranger !

Mais elle ne le dit pas avec crainte et mépris, comme les hommes… Elle la fait parler à la manière d'une femme, elle lui demande si ses mains sont douces et quel goût ont ses lèvres. Anamaya laisse délicieusement les mots rouler dans sa bouche, qui parlent de sa tendresse et des larmes qui lui viennent aux yeux et qu'elle doit lui cacher, quand il est entre ses bras et dans son ventre.

— Mais voilà, je ne dois plus le voir, conclut-elle avec une soudaine sécheresse.

— Pourquoi ?

— Manco m'en a donné l'ordre. Il veut que je me

réserve à mon mari, le Frère-Double, et à la survie de l'Empire…

Inguill reste silencieuse. Son instinct de femme s'arrête devant les mystères du destin des Incas.

— Je parlerai de toi à Manco, dit finalement Anamaya. Je ne te laisserai pas seule, mon amie.

Inguill se blottit dans ses bras.

— Les autres t'aiment parce que tu vois et entends des secrets qu'ils ne comprennent pas. Mais moi, je t'aime parce que tu es bonne.

Anamaya l'écoute à peine. Parler de Gabriel — enfin pouvoir partager son secret sans retenue avec quelqu'un — a été délicieux. Mais sitôt les mots sortis de sa bouche elle voudrait les redire, et son mal est plus grand qu'avant. Obéir à Manco est une épreuve que chaque journée ne rend pas plus facile, au contraire. C'est une épreuve qui n'a aucun sens et ne débouche sur rien.

Elle voudrait qu'il n'y ait aucun mot mais lui, simplement là, avec ses yeux et son sourire, cette façon de la désirer en silence et d'avancer vers elle, confiant, impérieux et magnifique.

*

La première fois que Bartolomé a arrêté Katari, sur l'esplanade vide et grise du Cusipata, à l'aube, le jeune Kolla a eu un mouvement de frayeur. Il a considéré l'Étranger dans sa robe noire serrée par une corde blanche, son crâne sans aucun poil, sa main aux deux doigts joints… Et puis il a plongé son regard noir dans les yeux gris du moine et ne l'a plus lâché jusqu'à ce qu'un sourire éclaire son visage, un sourire où il n'y avait aucune méchanceté, aucune violence ni aucune crainte. Le sourire d'un homme qui se découvre étrangement semblable à un autre homme…

Katari a secoué ses longs cheveux noirs et il a désigné les tours et les murs puissants de Sacsayhuaman, au-dessus d'eux. Puis son bras a tourné au-dessus de la ville entière dans son berceau de champs et de terrasses, il a glissé sur les pentes des montagnes qui les entourent et jusqu'aux premiers rayons du soleil qui se levaient là-bas, à l'est, en direction de l'Océan lointain et invisible.

Les deux hommes ont commencé à marcher ensemble.

Depuis, il n'est presque pas de jour où ils ne se retrouvent et ne partent ensemble pour des promenades qui les emmènent dans les coins les plus reculés de la ville ou bien dans les montagnes, au-dessus de Cuzco, là où sont les pierres sacrées, les sources et les dieux…

Ils sont sortis du silence pour échanger quelques mots et on a l'impression que le langage de l'un pénètre le langage de l'autre, même s'il ne pourrait être compris d'un tiers. Souvent, Katari s'étonne de voir le moine sortir de sa robe un tissu uniforme et une sorte de pinceau semblable à celui des potiers pour y tracer quelques signes. Mais il ne demande rien. Il respire l'air. Il se laisse porter par le vent. Il lui montre les marches qui descendent, à l'envers, dans les profondeurs de la terre. Il l'entend prononcer le nom de Dieu.

Aujourd'hui, l'orage les chasse plus tôt qu'ils n'avaient prévu et Bartolomé l'entraîne dans la maison très simple où il s'est installé, dans Cantupata, le quartier où les fleurs épanouissent leurs corolles dans une richesse qui lui touche le cœur plus que tout l'or du monde.

Katari regarde avec curiosité les quelques meubles déjà installés : la table, les quatre chaises, les étagères où sont quelques volumes. Il reste les yeux fixés sur le crucifix. Bartolomé n'explique rien, ne prêche rien. Il tire une chaise et l'invite à s'asseoir. Katari le regarde avec une vague inquiétude, alors d'une main douce il presse son épaule et l'assied. Katari a l'impression de flotter au-dessus de la terre — ni couché, ni accroupi, ni debout... dans aucune position connue de l'homme...

Le moine sort un morceau de tissu blanc qu'il pose devant lui, avec un autre pinceau. Il trempe le pinceau dans une sorte de petit récipient qui contient un liquide noir, en secoue une ou deux gouttes avant de tracer des signes sur son tissu blanc. Katari le regarde, étonné. Puis Bartolomé souffle sur le tissu et le lui tend avec un sourire.

— Regarde, dit-il, et fais comme moi.

Il tend son pinceau à Katari et le jeune homme le trempe maladroitement dans la petite bouteille. Il essaie de tracer les signes sur le tissu mais il n'arrive à rien de bien — que des taches qui déclenchent l'hilarité de Bartolomé. Il lui jette un regard de colère mais le moine le reprend patiemment, guide sa main.

— C'est bien, dit-il enfin.

Katari regarde ce qu'il a tracé, cette sorte de dessin qui ne représente rien, sinon une maladroite copie de celui de Bartolomé. Il lève vers le moine des yeux interrogateurs.

— *Amigo,* dit celui-ci en montrant les signes.

Plusieurs fois, le regard de Katari va du visage de Bartolomé aux signes tracés sur le tissu.

De la pointe de ses doigts collés, Bartolomé souligne chacune des lettres et reprend patiemment :

— A.M.I.G.O. *Amigo !*

Et avec un sourire, il pose sa main sur sa poitrine puis sur celle de Katari.

— Toi et moi : amis !

Le visage de Katari s'éclaire d'un coup.

— *Amigo !* répète-t-il en approuvant de la tête.

## 23

## Cuzco, nuit du 4 décembre 1533

Le Nain a attendu qu'une nuit noire enveloppe la ville pour oser sortir dans les rues. Quand il entend le martèlement des sabots d'un cheval, il se renfonce dans une ouverture de porte ou simplement se tapit contre un mur. Il ne longe pas le Huatanay, qui le mènerait directement à l'Aucaypata, il prend des ruelles détournées et s'arrête fréquemment pour se retourner et écouter.

Quand il atteint la place, il reste longtemps figé dans l'ombre, face au village de tentes qui abrite toujours les soldats espagnols. Pourquoi avoir dit oui à Anamaya, pourquoi risquer sa vie une fois de plus ? Il soupire et avance de quelques pas. Elle lui a désigné la tente comme celle qui se trouve le plus près de l'Amaru Cancha. « Il parle quechua, a-t-elle précisé, et je lui ai raconté notre amitié. Quand il te verra, il saura tout de suite que c'est moi qui t'envoie. »

Les soldats qu'il croise le remarquent à peine ou bien échangent en le regardant un coup de coude ou un éclat de rire. Au fur et à mesure qu'il s'approche de la tente, il sent ses jambes lui manquer. Au moment où il va franchir la tenture de l'entrée, une voix toute proche retentit à ses oreilles et il roule à l'intérieur de la tente.

Il y règne une ambiance étrange. Le spectacle de ces hommes à moitié nus, le corps couvert de poils noirs ou roux, est tout aussi effrayant. Le Nain voit des armes qui sont plus longues que lui et les carcasses de métal qui les rendent invulnérables. Incapable de prononcer un mot — que de toute façon ils ne comprendraient pas —, il roule ses yeux de l'un à l'autre, cherchant à mettre la plus grande distance avec eux tout en espérant le miracle que se montre celui qu'il cherche.

Mais avec des cris et des gesticulations, les Étrangers s'approchent de lui et il recule en agitant les bras. Lorsqu'il veut sortir de la tente, il s'enroule à moitié dans la toile et tombe à terre. Les rires reprennent de plus belle et il songe, avec un peu de ridicule, que cette fois-ci aucun grand Huayna Capac ne sera là pour le protéger.

— Qu'est-ce que tu fais là ?

L'Étranger qui est entré dans la tente lui a donné un coup de pied sans le vouloir. Il a les cheveux clairs et le regard clair également, et moins l'air d'une bête sauvage que les autres… Il le relève sans douceur particulière.

— Est-ce que votre nom est… Gabriel ?

Il le regarde, l'air interdit, puis ses yeux s'éclairent. Il murmure quelques mots aux autres, qui ricanent.

Il le suit au milieu des tentes sans un mot de plus, jusqu'à la Cassana. Quand ils se sont engagés dans la ruelle qui mène vers Colcampata, il l'attrape par le col et lui gronde aux oreilles :

— Vas-tu enfin me dire où tu me mènes ?

— Non, je ne peux pas… Il faut seulement me suivre.

Gabriel le repousse devant lui avec un mouvement d'humeur, mais il suit sans deviner les ombres derrière eux.

*

Le Nain pose ses mains sur la paroi et Gabriel se sent brutalement très seul et très imprudent. S'il est tombé dans un piège, il y est tombé de bonne humeur, sans réfléchir.

Qu'est-ce qui l'a décidé ? Une vieille histoire d'amitié avec un tout petit homme que lui avait racontée Anamaya à Cajamarca. Et cette drôle de façon qu'il a eue de prononcer son nom : Ga-briel ?

Le passage est plongé dans une obscurité complète. Il appelle en vain, se retourne pour poser les mains sur le mur qui lui échappe. Sa tête est prise de vertige, une peur très ancienne lui remonte dans les tripes. Le battement violent de son cœur lui résonne jusque dans les tempes.

Il avance à tâtons et ses pieds ne se rassurent pas de l'égalité du sol, qui a la même consistance sableuse que celui de la grand-place. Ses mains se râpent contre la pierre dure des parois. Sans progresser beaucoup plus vite, il avance maintenant avec moins d'affolement.

Soudain, ses mains ne rencontrent plus que le vide. Il lui semble que loin au-dessus de sa tête une lumière grise lui parvient, une lumière qui n'éclaire rien. Il s'immobilise, mais tout son corps tourne et il a une sensation de chute qui l'entraîne au fond d'un trou.

Quand les mains se posent sur ses épaules, il a un violent mouvement de recul et il manque de perdre l'équilibre.

— Tu es là, dit la voix douce de celle qu'il aime.

Il la saisit avec une violence dont il ne se croyait pas capable, d'autant plus grande que la peur a failli l'emporter. Ses mains s'agrippent à son corps et une sorte de grognement s'échappe de sa poitrine, comme s'il était un animal blessé. C'est étrange d'avoir envie de l'aimer et de lui faire mal en même temps, de la couvrir de baisers et de lui donner des coups qui la fassent gémir, crier peut-être.

Mais comme il se croit le maître, c'est elle qui l'entraîne au sol, vers une natte semée de couvertures à la laine très douce, et cette douceur l'entraîne à plus de désir et plus de rage. Il la veut avec une force qu'il n'a jamais eue, une impudeur terrible et sans limites.

Il fait glisser la tunique sur ses épaules et il la sent s'abandonner, elle aussi, sans plus de retenue ni contrainte, comme si les journées de séparation qu'ils ont vécues faisaient tomber toutes les barrières. Sa peau est chaude, palpitante, vibrant sous chaque caresse.

Il lui semble que l'excitation du désir est dans chaque partie de son corps, que rien ne lui échappe et que, si elle embrasse son cou, si son sein touche son sein, si son genou fait son chemin entre ses cuisses, il devra crier pour exprimer toute la tension qui est en lui — et peut-être un peu de colère aussi, qu'elle l'ait laissé tous ces jours sans nouvelles, semblant presque le fuir.

Son ventre à elle ondule contre le sien avec fureur aussi, une frénésie de manque — il songe à ces serpents dont elle est l'amie et il se laisse délicieusement entourer, entraîner, céder à leur puissance. Quand il pénètre en elle, il sent qu'elle a le souffle coupé, qu'un long silence l'étonne et la laisse presque inerte, avant que, tout doucement, le mouvement d'ondulation de son corps ne reprenne, insidieux, irrésistible.

L'obscurité est si profonde qu'il ne distingue toujours pas les traits de son visage et cette ignorance ajoute à son excitation. Quel homme n'a pas rêvé d'une étrangère aux pouvoirs peut-être un peu maléfiques, et qui l'entraînerait pour des amours nocturnes et interdites ? Il sait bien que c'est elle, mais la perspective qu'elle se soit rendue étrangère à lui l'emporte dans une furie dont il a peur de ne plus rien contrôler.

— Mets tes mains autour de mon cou, dit-elle.

La surprise manque de la lui faire repousser mais elle est si profondément en lui qu'elle domine sans peine son élan. C'est à son tour d'avoir un instant d'immobilité. Puis ses mains soudain dociles, obéissantes, quittent les fines cuisses aux muscles longs, le dos cambré, exigeant, les flancs au mouvement de danse. Elles caressent son cou puis se rejoignent doigt après doigt en un collier. Il sent sa chair palpiter comme un oiseau fragile, tandis que les mouvements de son corps s'accélèrent jusqu'à la frénésie. Il la serre jusqu'au point où il la sent s'étouffer — mais son corps continue à s'agiter comme une mer de vagues au-dessus du sien — et à cet instant relâche et son étreinte et toute sa colère, et s'en va en elle tandis que les larmes se mettent à jaillir de ses yeux.

Elle enroule une couverture autour d'eux et blottit sa tête contre son cou. Il ne peut plus s'arrêter de pleurer et elle vient lécher son visage à petits coups de langue, comme une chatte. Le calme revient en lui, avec encore tant de questions sans réponses.

— Je ne voulais pas te faire mal, dit-il.

Puis, après une pause :

— Je voulais te faire mal.

— Je te demandais les deux : de ne pas me faire mal, mais de me faire mal.

— Et ?

— Tu connais bien les deux.

Ils rient avec abandon, presque soulagement.

— C'est un monde étrange, dit-elle. Une porte qui s'ouvre comme une fissure au milieu d'une *huaca* et une plongée au cœur de la terre, et lorsqu'il fait le plus noir, une lumière jaillit et t'éblouit. Quand tu ressors, tu es vivant de nouveau. Tu es changé, transformé. Je t'emmènerai, un jour.

— Ce n'est pas ce que tu viens de faire ?

— Tu ne connais rien encore.

Il siffle entre ses dents et elle rit de nouveau.

— Où sommes-nous ?

— Serais-tu comme les autres Étrangers, qui ne supportent pas les mystères et veulent tout connaître, tout posséder ?

— Tu m'as l'air de bien les connaître, ces Étrangers.

— C'est toi qui m'as appris. Nous sommes dans le seul endroit de Cuzco où nous pouvons nous rencontrer aujourd'hui sans le risque que les tiens ou les miens nous nuisent.

— Manco, n'est-ce pas ?

— Manco ne te nuira pas. Mais il a besoin de moi auprès de lui et je ne dois pas me dérober aux paroles de mon Père.

— Ton Père ? Je croyais que…

— Mon Père Huayna Capac…

— Anamaya, je ne comprends rien. Je croyais que tu étais mariée à ce Roi…

— Mariée au Frère-Double, oui.

— Où est-il ?

Il la sent qui se raidit, échappe à l'étreinte de ses bras.

— Qu'y a-t-il ?

— Pourquoi me demandes-tu où il est ?

— Pour te protéger contre l'avidité des miens. Les jeunes frères Pizarro — Dieu les maudisse — ont eu vent de l'existence de cette statue en or et elle leur semble maintenant le prix le plus beau qu'il y ait à convoiter dans Cuzco, peut-être parce qu'on ne l'a jamais vue… Et le comble, c'est que le Gouverneur m'a chargé de la retrouver.

— Et que ferais-tu si tu la retrouvais ?

— Comme les autres, bien sûr : j'en prendrais possession, je la ferais fondre en beaux lingots et je serais riche ! N'est-ce pas mon avidité qui t'a séduite ?

— Dis-moi ce que tu ferais, sérieusement.

— Je t'aiderais à la cacher pour échapper à leur avidité. Car si je l'ai trouvée, moi, sans doute eux aussi y parviendront-ils.

Anamaya lui échappe et ses bras qui s'étendent pour la saisir ne brassent que du vide. Sa voix résonne en vain. Il est nu. Il a froid.

Puis la lumière d'une torche vient éclairer faiblement la pièce où ils se trouvent. Elle est ronde comme un baptistère et ses yeux n'y voient d'abord que des ombres dansantes : elle, nue aussi, dont le corps souple l'attire encore ; au centre, posée sur un socle, une statue dont l'or jette des éclats roux sous le feu de la torche. Il est assis sur son trône, dans la position où Gabriel a vu les momies. Il est parfait, absolument, à l'exception de son nez, auquel il manque un petit bout.

Gabriel frissonne, mais ce n'est plus de froid. À peine ont-ils eu le temps de sortir des jeux de l'amour, de jouir de cet abandon délicieux qui leur a été refusé si longtemps…

— N'est-ce pas une faute grave, chez les tiens comme chez les miens, de ne pas obéir aux ordres reçus ?

— Si. Mais quand l'obéissance n'est que le prétexte à l'avidité de quelques-uns, alors même ce qu'ils appellent la trahison est préférable.

— Peut-être mets-tu des mots très nobles derrière un simple sentiment…

— C'est ce sentiment lui-même qui met de la noblesse en moi.

— Tu vas courir de grands dangers, Gabriel.

— Cache cette statue, cette nuit.

— Nous ne devons pas rester plus longtemps ensemble. Tu dois me faire confiance, quels que soient les épreuves et peut-être les signes contraires, me faire confiance sans me voir, parfois contre l'évidence elle-même…

— Qu'est-ce que tu veux dire ?

La voix d'Anamaya s'éloigne déjà alors qu'il voudrait la toucher une dernière fois, marquer son bras de son empreinte, sentir la fugitive caresse de ses lèvres.

— Fais-moi confiance comme je t'ai fait confiance. Je serai là, Gabriel, quand il le faudra. Ferme les yeux.

Il lui obéit, crispant tout son corps pour ne pas écouter l'instinct qui le traverse. L'emmener. Braver Pizarro, Manco, les frères… Mais sa voix le poursuit en un doux écho : fais-moi confiance comme je t'ai fait confiance.

Quand il ouvre enfin les yeux, c'est pour voir le regard de grenouille du Nain. Il ne se retourne même pas sur le Double en or tandis qu'ils s'engagent dans le passage. Il se sent vide et faible.

Quand ils émergent dans la nuit, il va sur la terrasse de Colcampata. Il cherche les étoiles et voit les ombres noires dans la Voie lactée, là où une nuit, après la mort d'Atahuallpa, elle lui a montré les animaux qui se cachaient dans la lumière — le chien, le lama, le condor…

Soudain, au milieu de la confusion céleste, il voit avec une netteté au-delà du naturel un félin qui le regarde, les pattes dressées, la gueule ouverte.

Le puma.

Il marche sans crainte vers la place.

## 24

# Temple de Cuzco, 20 décembre 1533

Dans l'humidité du brouillard qui joue avec leurs silhouettes, Anamaya a parfois du mal à distinguer les deux ombres qui la précèdent — celles, si dissemblables, de Villa Oma et de Katari. La brume allonge démesurément le corps sec du Sage, tandis qu'elle semble aplatir la masse déjà compacte du jeune Kolla.

Aucun mot n'est échangé.

Ils ne sont qu'à une faible distance de Cuzco, mais le temps est si mauvais qu'ils pourraient aussi bien être perdus dans la montagne, au cœur de la cordillère la plus sauvage. C'est le Sage qui les guide par un chemin étroit, bordé de part et d'autre par un petit muret, vers le temple où Manco s'est retiré depuis trois jours pour mener son jeûne rituel avant de recevoir la *mascapaicha.*

En se retournant, ils voient les maisons, la ville et toute la vallée comme englouties par la brume. Pourtant, des jeux de lumière traversent le ciel et envoient à leur rencontre des ombres de rochers, d'animaux, de guerriers dont le vent qui se lève parfois en bourrasques fait jaillir des cris indistincts.

Que veut Viracocha ?

Finalement, la masse du temple de Poquekancha se dessine devant eux, avec sa vaste esplanade et ses blocs réguliers dont la perfection approche celle de Coricancha. Il est entouré de terrasses de maïs, en bandes dont la largeur répond exactement à la hauteur des murs.

Comme Villa Oma se présente aux gardes qui veillent sur l'unique entrée ménagée dans le mur, Anamaya se retourne et se laisse atteindre par l'harmonie du lieu. Majestueuse et disparaissant presque, l'image de leur monde n'a jamais été aussi proche de l'Autre Monde…

Le brouillard pèse aussi dans le patio du temple. Il semble monter du sol, parcouru de paillettes d'argent légères comme des plumes de colibri, et étouffe le clapotis régulier de la fontaine d'où rejaillit un savant réseau de rigoles.

À l'entrée de sa chambre, Manco se tient seul.

Demain, il revêtira le costume de l'Inca, avec un *unku* de cérémonie que cent vierges, à l'*acllahuasi*, ont tissé pour que chacune de ses fibres resplendisse d'or et de couleurs, avec un collier fait de milliers de *chaquiras*, avec le *llautu* et le *curiguingue*, les lourds bouchons d'or, le pectoral… Mais pour l'heure, il ne porte qu'un simple *unku* blanc avec des sandales de paille, et il est assis sur sa *tiana*, les yeux tournés vers le ciel opalescent.

Anamaya, Katari et Villa Oma viennent se placer devant lui, silencieusement, la tête légèrement baissée. Ses yeux quittent le ciel et se posent sur eux. Il esquisse un sourire qui n'allège pas ses traits tirés.

— On dirait que le Fils du Soleil est dans le brouillard, dit Katari.

Anamaya est surprise, Villa Oma manque de s'étrangler. Il y a un instant de silence, puis le rire s'empare de Manco, un rire qui le secoue tout entier et le fait tousser. Le visage de Katari s'éclaire et Anamaya se laisse aller également, tandis que le Sage à la bouche verte reste impassible, sévère, désapprobateur.

— Le Fils du Soleil dans le brouillard… Il n'y a que toi, Katari, à qui je puisse pardonner cette impiété. N'est-ce pas, Sage Villa Oma ?

Le prêtre ne répond pas mais sa désapprobation est palpable. Anamaya l'a retrouvé plus silencieux et sombre que jamais, comme si une colère profonde travaillait ses entrailles.

— Venez avec moi, dit Manco.

Il les entraîne dans l'une des pièces autour du patio. À la différence de ce qui s'est passé dans beaucoup d'autres temples, celle-ci n'a pas encore été dépouillée, et non seulement sa frise d'or court au sommet du mur, juste au-dessous de la fine charpente qui soutient le toit d'*ichu,* mais d'épaisses plaques d'or sur lesquelles, en une seule ligne d'un poinçon, des figures d'animaux sont dessinées. De même dans les niches, les idoles sont encore présentes, statues des dieux dont les yeux en pierres précieuses — turquoises et émeraudes — les fixent de tous les coins de la pièce.

Et surtout, il y a les peintures.

Anamaya en a le souffle coupé. Elles sont sur des panneaux de bois distribués sur les murs de la pièce. Sans les avoir jamais vues, elle reconnaît en un clin d'œil les épisodes les plus célèbres de l'histoire des Incas : la fondation de Cuzco par Manco Capac, la construction du Coricancha par Pachacutec, la bataille contre les Chancas… Elle est fascinée, ses yeux ne peuvent s'arrêter sur une seule scène. Tout est si présent, si puissant, les couleurs si vives, les personnages si proches de ce monde, qu'on se demande si le peintre n'est pas là quelque part, caché au milieu d'eux.

Même Villa Oma semble impressionné par la solennité du lieu. C'est toute la légende du monde inca qui a été peinte ici en images simples et fortes, plus fortes que les paroles, plus durables que le vent et le fracas des armes. Soudain, elle reçoit comme un choc dans la poitrine.

Sur l'une des peintures, c'est le visage indéchiffrable, crevassé comme un vieux bois, du grand Huayna Capac qu'elle découvre, avec la netteté fulgurante d'une vision. Il est allongé sur une natte, son corps dissimulé par les couvertures de laine et de plumes qui le protègent du froid qui le gagne. Et à son côté, le visage à moitié dissimulé dans l'ombre, une petite fille regarde, ses yeux bleus timides et terrifiés, tandis que la main du vieux Roi est posée sur elle.

Manco observe Anamaya dont les yeux se remplissent de larmes. Elle ne peut ignorer le rôle qu'elle joue dans l'Empire depuis la mort de Huayna Capac. Mais rien mieux que cette peinture ne peut lui faire sentir à quel point elle est maintenant entrée dans sa légende.

— Demain, dit lentement Manco, sera un grand jour pour les Incas…

Les yeux d'Anamaya quittent la peinture et s'attachent au noble visage de son ami, à son profil d'aigle, à ses yeux sombres vibrant d'une énergie vitale sans limites.

— Mais demain, reprend-il avec la même solennité, est lourd de dangers. Le jeûne m'a allégé de beaucoup de soucis inutiles. Mais il n'a pas dissipé toutes les confusions. J'ai besoin de vous pour voir clair.

Son regard se porte sur Villa Oma, qui ne cille pas, puis sur Katari, qu'un sourire imperceptible éclaire.

Enfin il s'arrête sur Anamaya et ne la quitte plus.

*

À quelques jours de Noël, don Francisco Pizarro a enfin donné l'ordre que l'on replie les tentes sur la place et que les hommes gagnent leurs quartiers. Gabriel est logé avec lui — et non de l'autre côté de la place, avec la grande majorité des hommes — dans le palais de la Cassana. Il est seul dans une pièce de dimensions modestes, se réjouissant de l'unique luxe qui lui soit offert : une ouverture sur l'extérieur, un exceptionnel petit trapèze de lumière qu'il n'a pas voulu recouvrir de papier huilé afin de pouvoir profiter à toute heure du spectacle de la rue, du flot bigarré des hommes qui va avec le cours du Huatanay.

— Gabriel ?

Dans la pénombre, il devine la silhouette de Bartolomé et réprime à peine l'inquiétude sans cause qui l'étreint.

— Eh bien ?

Le moine s'approche de lui, lui sourit sans parler, le frôle. Il se poste devant la fenêtre et regarde à son tour le mouvement de la rue.

— Ils espèrent, dit-il avec légèreté.

— Qu'espèrent-ils ?

— Ce qu'espèrent les hommes. De la paix, de la nourriture, les cuisses d'une femme... Et pour les nôtres de l'or, de l'argent et toutes ces sortes de choses.

— C'est vrai. Le Gouverneur a promis que les répartitions commenceraient tout de suite après le couronnement.

— Tu dis cela sans joie.

— Vous savez bien que l'or m'indiffère. Et l'argent. Et toutes ces sortes de choses...

Bartolomé le considère avec curiosité.

— Tu ne peux donc être ici que pour une seule raison, donc ?

— Et laquelle ?

— La même que moi : la plus grande gloire de Dieu.

Quelque chose vibre dans l'œil de Bartolomé, qui laisse les deux hommes partir dans le rire.

— Ma foi, mon frère, vu les circonstances où nous

nous sommes rencontrés, je vous trouve bien charitable de me faire ce crédit de zèle religieux.

— Ai-je tort ?

Gabriel retient l'ironie, fait une moue.

— À vous de voir. Êtes-vous venu pour me demander mon aide dans la préparation de la messe ?

— Non, mon ami. Pour cela, tu sais bien que le Révérend Père Valverde est irremplaçable dans son office. Il a déjà dédié le palais que le Gouverneur lui a attribué à Notre-Dame de la Conception après en avoir chassé je ne sais quels démons qui ont fui en hurlant rien qu'à le voir.

— L'église sera-t-elle édifiée pour Noël ?

— Sans doute pas. Mais c'est seulement parce que nous ne croyons plus assez aux miracles…

— Vous ne pensez pas que je puisse en faire un, n'est-ce pas ?

— Je voudrais que tu cesses de te méfier de moi, Gabriel, et que tu me fasses confiance. Tu es dans les ennuis et je peux t'aider. Viens.

Les deux hommes traversent le vaste patio, où des soldats en armures patrouillent jour et nuit. C'est ici, au sein même du palais du Gouverneur, que les trésors arrachés aux palais et aux temples viennent aboutir, sous la supervision du trésorier, dans l'attente d'être fondus, soustraits du *quint* royal, et enfin répartis.

Ils sortent sur la place qui, avec la disparition de la ville de tentes, a repris son aspect normal, et Bartolomé entraîne Gabriel vers la fontaine centrale. Après le brouillard épais de l'aube, le ciel s'est déchiré et un chaud soleil les éclaire.

— Ils t'ont vu, dit Bartolomé.

— Pouvez-vous me parler en castillan que je puisse comprendre ?

Bartolomé lève ses deux doigts joints en signe d'apaisement.

— Il y a quelques jours, tu as été guidé de nuit par un des leurs jusqu'à un de leurs temples. Tu as — passe-moi l'expression — « disparu dans un mur » avant de réapparaître quelques heures plus tard.

— Eh bien ? défie Gabriel.

Bartolomé fait une pause.

— Tu peux me répondre comme tu veux. Mais je ne suis pas sûr que tu répondes de la même façon au Gouverneur.

Gabriel blêmit.

— Je crois avoir une idée précise de qui tu voyais cette nuit-là et crois-moi, je ne saurais te blâmer, quoi que tu penses.

Gabriel scrute le front glabre du moine et ses yeux gris pour y trouver le piège. Il n'y voit que les rides d'un souci sincère.

— Ton problème est que les frères Pizarro pensent autrement. Et ton problème est qu'ils sont en train de convaincre le Gouverneur qu'ils ont raison.

— Et que pensent-ils, ces deux chiens ?

— Ils pensent que tu as trouvé cette fameuse statue en or que le Gouverneur t'a chargé de chercher et que tu l'as mise en lieu sûr pour t'en assurer le seul profit.

Gabriel sent le sol qui se dérobe sous ses pas. Bartolomé plonge ses yeux gris dans les siens.

— Par le nom de Dieu, mon castillan est-il assez bon pour toi, maintenant ?

*

La discussion est longue, âpre, difficile. Le plus souvent, ce sont Manco et Villa Oma qui s'opposent, sous le regard de Katari. Anamaya a fixé le panneau représentant la mort de Huayna Capac avec la sensation étrange de plonger dans ses propres souvenirs.

— Il faut faire la guerre, maintenant, martèle Villa

Oma. Il ne faut pas recommencer l'erreur de ton frère Atahuallpa. Il faut les détruire tant que nous le pouvons encore. Il faut rassembler des troupes dans tous les villages. Rappeler ton frère Paullu, peut-être même s'entendre avec Quizquiz, Guaypar…

Manco rugit.

— Ceux-là, je les poursuivrai jusque dans l'Autre Monde s'il le faut… Je les ai poursuivis et mis en fuite…

— Avec l'aide des Étrangers ! Crois-tu à leurs sourires faux, à leurs bonnes paroles ? Crois-tu vraiment ce qu'ils te disent pour t'endormir, que tu vas régner sous leur Roi, faire vivre tes dieux sous leur Dieu ? Tu vas les servir comme un esclave…

— Villa Oma !

— Tu vas trop loin, Sage, intervient Anamaya.

— Je n'accuse pas Manco d'être un lâche, rage Villa Oma, je dis simplement que nous connaissons les Étrangers, nous savons qu'ils veulent seulement nous dépouiller, prendre notre argent après notre or, nos émeraudes après nos turquoises, et détruire nos temples… Que nous faut-il de plus ? Combien de temps devons-nous attendre pour nous préparer à la révolte ?

— Nous ne sommes pas prêts, Sage Villa Oma, dit simplement Anamaya, fermant la bouche d'un geste à Manco. Voilà tout.

Le Sage considère la jeune fille à qui il a appris, il y a bien des lunes, les rites du monde inca. Un sourire triste s'allume dans son visage gris sillonné de ravins.

— Tu as bien changé, jeune fille Anamaya.

— J'ai écouté, dit-elle, et j'ai appris. Je connais les Étrangers — elle fuit le regard de Manco en disant cela — et je connais leurs intentions. Mais le message de notre Père Huayna Capac est que Manco doit régner… Son règne commencera comme le règne du serpent, qui se glisse entre les pierres, s'efface entre les feuilles, et non comme celui du condor, qui est le maître des cieux.

Manco se tourne vers Katari :

— Que penses-tu ?

Le jeune homme secoue ses cheveux longs.

— Anamaya a raison.

— Et toi, Villa Oma ?

Le Sage ne répond pas, mais il hoche la tête imperceptiblement, concédant la défaite. Pour le moment.

— Le Frère-Double est-il en lieu sûr ?

La question de Manco a jailli, comme une accusation.

— Il a quitté Colcampata et Cuzco et se dirige vers une nouvelle demeure secrète, dit simplement Anamaya.

— Celle-ci sera-t-elle également désignée à l'Étranger ?

Anamaya ne se demande pas comment il sait, mais la honte la fait pâlir.

— Non.

Katari et Villa Oma restent silencieux. Le Sage a le regard sévère, méprisant, des mauvais jours. Anamaya sent une bouffée de révolte monter en elle mais Katari intervient avant elle :

— Tu as tort, Manco.

Le jeune Inca hésite un instant. Sa confiance en Katari est infinie mais des sentiments confus s'agitent en lui.

— La *Coya Camaquen* a toujours servi l'Empire, dit Villa Oma.

Les paroles sont dites avec la rudesse habituelle du Sage, néanmoins Anamaya sent qu'elles portent. Manco la touche à l'épaule, d'un mouvement furtif.

— J'ai besoin de toi, Anamaya. L'Empire des Quatre Directions a besoin de toi.

Sa voix est si timide soudain qu'Anamaya en est touchée. Elle revoit l'adolescent paralysé devant le serpent et à qui elle a dû ouvrir la voie.

— Tout est prêt pour la *capa cocha.*

Anamaya se glace et lève les yeux vers le Sage, qui vient de siffler ces mots entre ses lèvres vertes.

— C'est impossible ! s'exclame-t-elle en se tournant vers Manco, qui reste impassible.

— Impossible ? ricane le Sage. De toutes les directions de l'Empire arrivent déjà les enfants des familles les plus nobles pour recevoir l'honneur d'être sacrifiés à la gloire du Fils du Soleil…

Anamaya déclare sèchement :

— Les Étrangers ne l'accepteront jamais.

— Les Étrangers !

C'est au tour de Villa Oma de prendre Manco à témoin. Mais le jeune Inca ne manifeste toujours aucun signe.

— Qui sont les Étrangers, gronde Villa Oma, pour changer les traditions qui ont régné chez les Incas depuis la fondation de l'Empire ? Qui sont-ils pour nous dicter leurs lois et leurs dieux ?

Anamaya fixe le Sage et à la place de sa colère, inexplicablement, descend un calme souverain.

— Tu te trompes, Sage.

Pendant toute l'altercation entre la jeune fille et le prêtre, Katari n'a pas ouvert la bouche, pas plus bougé que Manco. Mais à ces derniers mots il vient simplement se placer au côté d'Anamaya, ses longs cheveux balayant les épaules de la *Coya Camaquen.*

Villa Oma crache de mépris.

— Eh bien, Manco ?

Anamaya a mis toute la douceur possible dans sa voix mais elle n'a pu retenir un tremblement. L'image est passée devant ses yeux comme un éclair — celle de la toute jeune fille que le condor a sauvée, il y a bien des lunes, au sommet de la montagne qui domine la Ville secrète.

Manco détourne les yeux.

— Les Étrangers ne doivent rien voir, dit-il. Mais…

— Mais ?

— … mais mon règne ne peut débuter sans la *capa cocha.*

Anamaya ne répond pas. Elle essaie de le fixer mais il détourne obstinément le regard. Elle retient les mots de dépit et de dégoût qui lui viennent à la bouche.

Le mot de *capa cocha* résonne dans sa tête comme un écho terrible renvoyé dans un étroit berceau de montagnes.

Tandis qu'ils quittent le temple sous un ciel enfin bleu, l'écho n'en finit pas de résonner en elle.

*

La grande salle de la Cassana fourmille de monde. Les caciques locaux, avec leurs tuniques de couleur et leurs disques d'or aux oreilles, traînent non loin des soldats — certains avides d'un avantage à prendre, d'une trahison à fomenter, d'autres cherchant des renseignements pour le Sage ou Manco. Certains veulent les deux à la fois et Gabriel, en traversant cette foule, revoit comme un éclair la cour à Tolède, ce nœud d'ambitions et de médiocrités. Nature humaine…

— Eh bien, mon fils ?

À la veille de son triomphe (car c'est le couronnement de l'Inca mais la victoire de Pizarro), le Gouverneur semble enfin se détendre. Il ne revêt plus ni l'armure ni la cotte de mailles, et un gilet cramoisi est venu — incroyable audace ! — se glisser dans son éternelle tenue noire. Même la collerette blanche a des allures de printemps et les plumes dans le chapeau s'agitent comme si elles appartenaient encore à un oiseau.

Don Francisco écarte le petit groupe qui l'entoure, où Gabriel repère tout de suite le regard hostile des frères et les sourires de Soto et de Pedro de Candia, pour venir vers lui.

— Je ne t'ai pas beaucoup vu, ces temps-ci.

— Don Francisco, je dois vous parler.

— C'est ce que je crois, en effet.

Le visage amical et paternel n'a pas changé, mais Gabriel devine la nuance de menace dans la voix. Il remercie silencieusement Bartolomé de l'avoir prévenu. Pizarro prend Gabriel par le bras et le ramène vers le groupe malgré sa réticence.

— Gabriel veut nous parler, dit-il sur un ton satisfait.

— J'ai dit que je voulais vous parler.

— Qu'est-ce à entendre ? Les oreilles de mes frères seraient trop tendres ? Celles du capitaine de Soto trop larges ?

Gabriel ne s'y trompe pas ; les propos, sous leur vernis plaisant, promettent une sévère leçon. Soto lève une main apaisante et s'incline avant de s'effacer sans un mot et de tourner les talons. Candia veut en faire autant mais d'un regard, Gabriel demande au géant grec de rester à ses côtés.

— Seuls les traîtres et les voleurs font de pareils mystères, siffle Gonzalo.

Gabriel rougit sous l'insulte et porte la main au pommeau de son épée.

— Tais-toi, Gonzalo. Si tu n'étais pas le frère du Gouverneur, je t'aurais déjà fait manger tes boucles d'angelot du diable.

— Je te connais, bâtard ! Mon frère Hernando m'a parlé de toi et je t'ai dit de te méfier…

Gabriel jette un regard oblique à don Francisco. Le mot de bâtard ne lui a pas fait remuer un cil. Il a même l'air de jouir curieusement de la situation. Autour d'eux, les conversations ont cessé et un cercle s'est formé. Les dents se découvrent dans l'attente de l'affrontement. Gabriel aperçoit le visage de Sebastian qui le fixe avec amitié et une trace d'inquiétude.

— Je te corrigerai, morveux. Et je n'aurai pas pour toi la clémence que j'ai eue pour lui…

— Je sais tout sur toi, connard. J'aurai ton épée et tes couilles. J'aurai la statue d'or que tu as gardée pour toi. Et ensuite j'aurai ta femme aux yeux bleus à qui j'écarterai les cuisses pour lui montrer ce qu'est un véritable *caballero*.

Sans attendre la fin de la phrase, Gabriel s'est jeté sur Gonzalo. D'un coup de poing à la volée, il lui éclate l'arcade sourcilière, d'où jaillit un filet de sang.

— Cessez !

L'ordre de Pizarro claque, mais Gonzalo veut se battre aussi fort que Gabriel et il faut deux ou trois hommes et son frère Juan pour le ceinturer. Il n'y a plus rien de printanier dans le regard noir de Pizarro quand il se retourne vers Gabriel.

Gabriel sent son souffle comme une forge dans sa poitrine. Il défie du regard le Gouverneur, son maître.

— Gabriel, cesseras-tu un jour de faire l'enfant ? Tu as tous les bonheurs entre les mains : mon amitié, ma confiance et le respect de ceux qui t'ont vu combattre. Pourquoi t'obstiner à tout perdre ? gronde Pizarro. Que t'importent les chamailleries d'un homme que je n'estime pas, même s'il s'agit de mon frère ? Me vois-tu, moi, le Gouverneur, lui chercher querelle pour ses bavasseries ?

D'un mouvement sec, Gabriel se dégage et toise Gonzalo, qui essuie comme il le peut le sang qui coule de son sourcil.

— Vous avez raison, Monseigneur. Inutile de bavasser ! Suivez-moi, puisque vous tenez tant à savoir où je garde mon trésor.

Alors qu'il fait un pas, tous font mine de le suivre. Il s'immobilise, le doigt pointé sur les frères du Gouverneur :

— Non, pas vous ! Don Francisco, Candia et Sebastian. Pas un de plus.

Il tourne les talons sans attendre contradiction ou acquiescement. Pizarro ne laisse pas paraître d'étonnement. Il ignore les protestations furieuses de ses frères et, avec un clin d'œil à Candia, emboîte le pas à Gabriel.

*

Le jour tombe.

Pas une parole n'a été échangée entre Pizarro et Gabriel depuis qu'ils ont pris le chemin de Colcampata ; ils sont entrés seuls dans le passage.

Sur l'esplanade, Sebastian et Pedro de Candia attendent, eux aussi presque réduits au silence.

— Alors ? dit le Grec.

Sebastian ne répond pas, d'abord. Puis :

— J'espère.

Le Grec mâchonne entre ses dents un bout de mèche qu'il finit par cracher.

Quand Pizarro et Gabriel débouchent enfin du passage, les deux géants — le Noir et le Blanc — se retournent vers eux, une question dans les yeux. Les visages de Gabriel et de Pizarro sont impénétrables. Candia est le premier à ne pouvoir retenir son impatience :

— Eh bien, Gabriel ?

Gabriel lui désigne Pizarro.

— Il n'y a rien, dit le Gouverneur. Rien que des marches impossibles qui descendent sur un passage muré, quelques rats et des serpents.

— La statue ?

— Il n'y a pas de statue.

Les deux amis retiennent le soupir de soulagement qui leur monte dans la poitrine.

— Laissez-nous, dit Pizarro.

Candia et Sebastian s'éloignent. Le silence entre le Gouverneur et son protégé n'est toujours pas brisé. Gabriel perd son regard vers les montagnes au loin, dorées par le couchant.

— Je ne te reproche pas de m'avoir désobéi en la voyant, dit doucement Pizarro.

Gabriel se tourne vers lui sans répondre.

— Je ne te reproche peut-être même pas de me mentir sur cette statue. Je punis les voleurs que je prends, mais je sais bien que si j'avais dû écarter les voleurs et les menteurs de mon armée, je serais parti seul…

Il s'interrompt dans un petit rire sec.

— Je ne serais peut-être pas parti moi-même.

Un sourire passe sur le visage de Gabriel.

— Je ne te reproche rien, finalement. Simplement j'ai un peu de peine. Je n'aime personne, dans cette armée, tu sais. C'est-à-dire que je les aime quand je les vois ensemble, quand je leur parle, quand ils se battent, quand j'entends leurs voix unies pour la prière. Mais les individus…

Un sifflement méprisant passe à travers ses lèvres.

— Voleurs et menteurs, hypocrites, ivrognes, criminels, tous ou presque, mes frères les premiers. Crois-tu que je ne le sais pas ?

Gabriel hoche la tête.

— Mais toi, dit Pizarro avec un peu de passion mais sans le regarder, toi je t'ai reconnu, je t'ai choisi et je t'ai… adopté !

Le mot fait presque sursauter Gabriel, qui n'ouvre toujours pas la bouche. Mais au fond de ses tripes, l'hostilité accumulée en boule commence à fondre.

— Et que tu me mentes, que tu me caches quelque chose, ça me… ça me…

Il bouge ses mains fines et blanches comme pour dessiner dans l'air le mot qu'il ne trouve pas.

— Regardez, don Francisco !

Avec un temps de retard, les yeux de Pizarro suivent la direction indiquée par le bras de Gabriel.

— Et ici ! Et là !

Le bras de Gabriel bouge comme l'aiguille affolée d'une boussole. Ce que les deux hommes découvrent, dans le crépuscule, ce sont des colonnes entières qui, venant de toutes les directions à la fois, convergent lentement vers Cuzco, dessinant dans l'espace entier des montagnes et de la vallée une sorte d'immense rose des vents humaine.

— Qu'est-ce que c'est ? demande le Gouverneur stupéfait. Une armée ? On n'aurait jamais vu une armée avancer dans cet ordre…

— Ni avec des chiens, des lamas, des femmes, des enfants…

— Alors qu'est-ce que c'est ?

Gabriel laisse son épaule toucher celle de Pizarro.

— C'est un étonnement, don Francisco.

Les deux hommes replongent dans le silence, finalement interrompu par Pizarro.

— Tu as trouvé le mot, fils, dit-il de sa voix basse. Que tu me caches quelque chose, en voilà un aussi, d'étonnement.

## 25

## Cuzco, 25 décembre 1533

Le son profond des trompes remplit la vallée entière. Nul ne sait si des joueurs invisibles se répondent de pente en pente, ou si c'est simplement l'écho que les montagnes n'en finissent pas de se renvoyer. À chaque note tenue, bercée par le mouvement des porteurs, Anamaya se laisse gagner par l'émotion joyeuse et grave de la fête.

Au départ du Coricancha, Villa Oma a frémi de plaisir lorsque Manco lui a ordonné de prendre la place d'honneur, juste derrière lui et à côté de la litière du Corps sec de son Père Huayna Capac.

Au matin, Anamaya a soufflé à Manco cette idée : que la présence de son Père dans l'Autre Monde et celle du grand Sage Villa Oma, le fidèle d'Atahuallpa, prouvent que le couronnement du treizième Inca ne représente pas la victoire d'un clan sur un autre.

Anamaya se souvient presque avec amusement du visage de Villa Oma lorsqu'elle a émis l'idée. Pendant le temps d'un battement d'ailes, le visage du Sage a failli basculer dans la fureur : comment, une fois de plus, osait-elle parler comme si elle dirigeait l'Empire ! Puis la vérité a frappé son front et ses yeux se sont attachés aux siens avec un respect agacé. « La *Coya Camaquen* a raison », a-t-il admis simplement, concédant une fois de plus (une fois de trop !) qu'il avait beau être devenu la Seconde Personne de l'Empire, l'ombre de cette femme étrange avait plus de poids que lui sur les décisions de l'Unique Seigneur.

Anamaya a de même obtenu que la place à ses côtés dans la procession reste vide : c'est là que devrait se trouver le Frère-Double, mais la frénésie des Étrangers, leur manque de scrupules, rendent la tradition impossible à suivre. Sitôt le couronnement terminé, ils seraient capables de se saisir du Frère-Double et de l'envoyer à la fonte dans le palais du Gouverneur.

À cette pensée son cœur se serre et, plus que jamais, l'acceptation de son destin la rend sereine.

Dans la lente montée du Coricancha vers l'Aucaypata, la foule se fait plus dense et la procession ralentit. Elle entend les chants et les danses mais aussi et surtout, de plus en plus, la clameur de la foule qui reconnaît l'Inca. Manco ? Son Père ? Sans vanité, Anamaya est fière que pour une fois, la première depuis des lunes et des lunes, la passion de presque toutes les tribus indiennes puisse se tourner dans une seule et même direction.

La guerre que Quizquiz et Guaypar s'obstinent à mener au Nord semble appartenir à un autre temps, qui s'éloigne et se rétrécit — à un autre monde. Curieusement, le visage de Guaypar vient souvent dans ses rêves et il y est toujours posé sur elle, impassible et sévère, avec cet air de menace et de défi, cette colère qui vibre dans ses yeux ; mais avec le temps les traits deviennent plus flous et s'effacent parfois, comme l'eau fait disparaître les traits sur le sable.

Anamaya sent dans son corps, à la façon d'une caresse, le déchaînement des tambours, le mouvement qui emporte la foule comme une vague qui déferle sur toute la vallée.

Puis son front se rembrunit soudain et elle doit fermer les yeux sous le choc de la douleur qui vrille dans son crâne.

Gabriel.

Les riches tentures de couleur qui la protègent, les oreillers de plumes, la conque marine de sa litière qui flotte, portée par l'océan des hommes — elle n'y trouve plus ni beauté, ni paix, ni aucune forme d'espoir, rien qu'une agitation qui la remplit d'une fièvre inquiète.

Gabriel.

Elle murmure son nom, elle le répète à voix de plus en plus haute.

Et au moment où la procession débouche sur l'Aucaypata, dans un vacarme où il est impossible de distinguer les cris, les chants, les tambours et les trompes, elle hurle son nom de toute la puissance de sa poitrine.

*

Pendant la durée de la messe, Gabriel n'a pas quitté des yeux Bartolomé, qui officie aux côtés de l'évêque Valverde. Qu'il ouvre le livre saint pour lui, qu'il lui tende le calice, si profondes soient sa discrétion et son humilité, on ne peut manquer de remarquer son autorité dans la calme précision de ses gestes aussi bien que dans la lumière qui émane de ses yeux gris.

Il y a un curieux mélange de recueillement et d'excitation dans la grande salle de la Cassana, transformée pour l'heure en nef d'église. Au cours des préparatifs, Gabriel a vu des soldats apporter deux lamas d'or : recouverts d'une planche, puis d'une pudique nappe blanche, ils font un autel très présentable. Le bachelier aux idées libres ne peut s'empêcher, avec un sourire, de penser que le veau d'or se promène jusqu'au bout du monde.

Tous les Espagnols sont rassemblés, mais aussi nombre d'Indiens — ceux qui se sont déjà convertis par peur ou par opportunisme et ceux qui sont venus par une sorte de curiosité voir de près à quels dieux les Étrangers doivent leur force.

Au fond de la grande pièce, à l'alignement de cet autel improvisé, les premières portes et les premières serrures de Cuzco ont été fabriquées pour garder la pièce du trésor. Derrière l'or, l'argent et encore de l'argent… Aux murs, des dizaines de torches ont été allumées, donnant l'image de l'illumination d'une cathédrale d'Espagne. Sur la droite de l'autel, la seule image religieuse de l'endroit est une Vierge peinte sur bois — celle que Pizarro avait déjà à Cajamarca et qui le suit partout.

Les yeux des hommes brillent aussi. Ils sont heureux de chanter des psaumes dont ils marmonnent entre leurs lèvres les paroles sans en comprendre un mot. Et ils prient avec une ferveur unique que Dieu leur donne une bonne, une grande part de ces putains de trésors qui leur glissent entre les mains depuis tant de jours alors que le Gouverneur — paix à sa Grandeur ! — dit toujours : « Demain, demain… » Eh bien, demain commence aujourd'hui.

Alonso se dit qu'il a mérité mieux que Diego, et Cristobal, le cavalier, pense qu'il devrait avoir part double que celle de Pedro, le fantassin… Pourtant, si accrochés qu'ils soient à l'avidité, en passant sur leurs visages éclairés par les flammes des torches et du désir, Gabriel comprend ce que Pizarro a voulu dire de son admiration pour eux. Brutaux et grossiers, sans doute, mais pleins de courage, infatigables, animés d'une foi d'enfants.

Quand Valverde donne la bénédiction finale, le regard de Gabriel cherche Pizarro. Toute la foule regarde l'évêque, mais don Francisco, lui, a les yeux perdus vers la Vierge. Sans voir ses lèvres, Gabriel sait qu'une fois de plus il la prie et lui rend grâce.

À cet instant, il sent les yeux gris de Bartolomé posés sur les siens et il se trouble comme s'il était pris en faute, heureux du prétexte de la houle qui emporte ses compagnons vers la sortie.

Pizarro en tête, ils sortent du palais dans un joyeux désordre, Espagnols et Indiens, hidalgos et yanaconas, riches et pauvres. Fendant la foule dix fois, cent fois plus nombreuse qui est venue accueillir l'Inca, ils se dirigent vers le centre de la place. Gabriel se retrouve sans l'avoir cherché quelques pas derrière don Francisco, serré entre Candia et Sebastian.

Le soleil est magnifique et le ciel d'un bleu pur, intense et profond.

Ce que tous voient, c'est Manco dans la tenue de l'Inca, assis sur sa *tiana*, attendant le Gouverneur comme un roi attend un vassal ; c'est l'ensemble des momies qui sont revenues, sur leur piédestal d'or ; c'est le prêtre Villa Oma et sa longue silhouette rigide et hostile ; ce sont les brasiers qui commencent à fumer et les jarres de *chicha*.

Gabriel voit tout cela mais ses yeux éblouis suivent avec obstination un papillon blanc égaré dans la cérémonie et qui vient voler au-dessus des têtes des Puissants avant de s'envoler dans une spirale de fumée.

Il cherche Anamaya mais il ne la trouve pas.

— Tu te souviens, Votre Grâce ?

Il n'a pas besoin de se retourner pour reconnaître la voix. Pas besoin de répondre pour laisser les souvenirs affluer. Il sent dans sa bouche la saveur aigre et délicieuse d'un bol de mauvais vin, il voit l'enseigne « Au pichet libre » et deux géants attablés qui attendaient une aventure qui est venue et les a tous entraînés plus loin qu'ils n'avaient jamais rêvé.

Soudain, il sent une main puissante qui cherche la sienne et la prend. C'est celle de Sebastian. Il voudrait attraper son regard mais le géant noir s'obstine à fixer les yeux droit devant lui, vers le groupe des Seigneurs incas.

Tout ce qu'il parvient à surprendre est un sourire oblique, amical, chaleureux, tandis que cette main broie la sienne.

*

Le regard de Bartolomé embrasse en un seul mouvement toute l'assemblée des Nobles incas — Manco, bien sûr, sur sa *tiana* d'or, reposant sur des coussins, les pieds étendus sur de précieux tissages, mais aussi le prêtre au long visage dont le banc est en argent, et tous les caciques qui sont perchés de plus en plus bas, sur des sièges en étain, puis en bois, en bambou, et pour finir en paille.

Il ne peut s'empêcher d'être impressionné par la beauté de cet ordre du monde, plein d'une harmonie de couleurs et de métaux précieux, par la noblesse et la fierté des visages.

Juste devant lui, Pizarro, dans son costume de velours de soie, l'épée de cérémonie au côté, lui semble presque avoir l'allure grossière d'un fonctionnaire de province. Il est engoncé dans des vêtements trop étroits pour lui et la collerette de dentelle blanche dissimule mal la maigreur de son cou.

Pourtant, il n'y a rien d'incertain dans le ton de sa voix quand il s'adresse à Manco :

— Puissant Seigneur, nous sommes venus à toi en amis, guidés par le Vrai Dieu…

Pendant que Felipillo traduit, Bartolomé cherche parmi les visages indiens celui de son nouvel ami. Il ne le voit pas et cette absence provoque une sensation désagréable dans son estomac.

— … et comme cela est la loi chez nous, tu vas maintenant entendre la lecture du *requerimiento*. Nous te demandons de dire que tu l'as compris et que tu l'acceptes — toi et les Nobles de ton Conseil. Après cela, nous serons amis pour toujours et notre protection te sera acquise contre tous tes ennemis.

Manco hoche imperceptiblement la tête en signe de compréhension et Pizarro fait un signe à Pedro Sancho de la Hoz.

Pedro est réputé chez les Espagnols pour sa voix aigre et sans puissance. Mais il est le Secrétaire du Gouverneur, le seul à pouvoir lire une proclamation de cette importance. Plus encore que d'habitude, son ton est éteint. Afin de s'assurer que les mots ne soient pas entendus ? Afin que les Indiens aient pris la fuite avant la fin de la lecture ?

Les paroles sont comme des pierres lourdes et majestueuses ; mais la voix qui les porte les rend à la manière de petits cailloux ridicules.

— *De la part de l'Empereur et Roi don Carlos et de doña Juana sa mère, Rois de Castille, de León, d'Aragon, des Deux-Siciles, de Jérusalem, de Navarre, de Grenade, de Tolède, de Valence, de Galicie, de Majorque…*

À chaque nouveau nom, la voix de Pedro essaie vainement d'enfler, de se charger de toutes ces provinces, de tous ces pays…

— *… comtes du Roussillon et de Cerdagne, marquis d'Oristan et de Gothie, archiducs d'Autriche, ducs de Bourgogne et du Brabant, comtes de Flandre et du Tyrol. À vous, souverains des gens barbares du Pérou et à vous leurs sujets, nous vous notifions et vous faisons savoir du mieux que nous pouvons que Dieu Notre Seigneur, Unique et Éternel, créa le ciel et la terre.*

La voix de Pedro n'a pas plus de vraie solennité que celle de Felipillo, désagréable et rauque.

Bartolomé est pris d'une envie qui le trouble mais à laquelle il lui est difficile de résister.

Il a envie de rire.

— *… à cause de la grande multitude de générations qui sont sorties depuis plus de cinq mille ans que le monde a été créé, il a été nécessaire que certains hommes aillent d'un côté et d'autres ailleurs et qu'ils se divisent en de très nombreux royaumes et provinces. Parmi tous ces gens, Dieu Notre Seigneur chargea l'un d'eux qui fut appelé saint Pierre d'être le Seigneur de tous les hommes du Monde…*

Quand les yeux de Bartolomé rencontrent enfin ceux de Katari, il se rend compte que l'Indien l'observe depuis un certain temps déjà, le sourire aux lèvres. Il n'y a pas de moquerie, plutôt une interrogation, une façon de demander : « Tu me diras, toi, ce que signifient ces paroles étranges… »

— *Par conséquent, et du mieux que nous pouvons, nous prions et vous intimons que vous compreniez bien ce que nous venons de dire…*

Interminable, le *requerimiento* se prolonge, et les mots de « foi catholique » et d'« atermoiements malicieux », les mots de « majestés » et la promesse de l'aide de Dieu rebondissent sur les murs des palais, coulent avec l'eau de la fontaine.

Plusieurs fois, presque gêné, le regard de Bartolomé quitte celui de Katari ; mais quand il revient, les yeux de l'Indien sont toujours fixés sur lui, amicaux et pleins de doute.

— *… mais si vous ne le faisiez pas, nous vous certifions qu'avec l'aide de Dieu nous vous affronterons puissamment et nous vous ferons la guerre partout. Nous vous soumettrons au joug et à l'obéissance de l'Église et de Leurs Majestés ; nous nous emparerons de vos personnes, de vos femmes et de vos fils et nous en ferons des esclaves ; nous les vendrons comme tels ; nous prendrons vos biens et nous vous ferons tout le mal et les dommages que nous pourrons comme à des* *vassaux qui n'obéissent pas, qui ne veulent pas accepter leur Seigneur, lui résistent et s'y opposent. Nous déclarons avec force que les morts et les dommages qui en résulteraient seraient de votre faute et non de celle de Leurs Majestés, ni de la nôtre, ni de celle des chevaliers qui sont avec nous.*

Au fil de la traduction, Bartolomé voit le visage de Katari s'assombrir et son expression changer, jusqu'à être empreinte d'une incrédulité profonde. Quand il voudrait à son tour lui envoyer un signe d'amitié qui limite la violence extrême qui se dégage de ces paroles, il ne trouve plus le regard de son ami.

Pizarro s'approche de Manco et se penche vers lui comme pour l'embrasser, mais l'Inca ne bouge pas de son banc.

Tandis que le porte-étendard tend par deux fois la bannière royale, les trompettes se mettent à résonner.

Enfin, Manco se lève.

*

« Elle n'est pas là. »

Tout le temps de la cérémonie, Gabriel se sent perdu sur l'immense place, perdu au milieu des siens, perdu face aux visages impénétrables des Indiens, tandis qu'à ses oreilles bourdonnent les mots du *requerimiento.*

Elle n'est pas là et c'est tout ce qu'il peut penser, sentir, voir, entendre.

Leur dernière étreinte est en lui comme une brûlure qui ne s'éteint pas, une souffrance qui ne cesse pas, une envie qui lui fait regretter de n'avoir pas été plus violent encore, plus violent qu'elle ne le demandait, plus violent que sa peur… Violent ? Il s'étonne et se reprend : doux, plutôt, d'une infinie douceur, avec des caresses de tout le corps et de ces petits mots qui n'ont aucun sens et qui font pourtant tout le prix de l'amour.

Parfois, une brise passe et fait voler les pans des tuniques, les somptueuses parures de plumes, les larges éventails…

Parfois, une trompe résonne à travers la vallée…

Parfois, un trait de lumière vient se poser sur l'idole du Soleil qui a été découverte par le prêtre Villa Oma, au centre de la place, juste à côté de la fontaine.

Parfois, il croit surprendre un mouvement dans l'impassibilité des momies qui, une à une, majestueuses sur leurs sièges d'or, chacune entourée d'une foule et de richesses, sont arrivées sur la place, comme si tout le passé pouvait présider au présent.

Mais Gabriel ne sait qu'une chose : celle qu'il aime n'est pas là et sa solitude est extrême, son sang est bouillant d'impuissance. Il fixe Manco avec une espèce de haine froide, murmurant silencieusement des paroles de provocation et de mépris, l'injuriant, le convoquant à des duels atroces. Mais Manco ne le regarde pas, pas plus qu'il ne regarde Pedro Sancho de la Hoz dans sa déclamation, pas plus qu'il ne regarde Felipillo : ses yeux ne quittent pas Pizarro.

Quand Manco se lève et qu'Anamaya apparaît enfin derrière lui, sa bouche s'ouvre comme pour crier et il doit se mordre les lèvres pour s'en empêcher.

Pizarro donne l'accolade à chacun des Seigneurs incas et une rumeur, des cris et des chants commencent à monter de partout, de chaque coin de la place et des rues et des palais, et de la vallée entière, des montagnes et peut-être au-delà.

C'est une joie, une joie absurde, un espoir d'on ne sait quoi — mais dans le tremblement qui s'est emparé de son corps, Gabriel est lui aussi plein de joie et d'espoir, même si la jalousie est encore dans ses membres comme un poison puissant.

La terre entière se met en mouvement pour une fête

qui doit durer des nuits, des jours, une fête qui doit engloutir toutes les peurs et les guerres.

Qui couronne-t-on ? Qui triomphe ?

Quelle importance ?

Tout se met à danser.

Gabriel et Anamaya sont immobiles, face à face, seuls et ensemble. Ils ne savent rien mais leur amour, lui, sait tout.

## 26

## Cuzco, janvier 1534

Les nuits se suivent et se ressemblent. Elles sont remplies de cris et de chants, de beuveries et de festins. Sur l'Aucaypata comme sur les autres places de la ville, dans les palais et les *canchas* les plus éloignées, les jarres de *chicha* se vident et se remplissent dans un incessant ballet, les braseros flambent dès le matin et jusqu'à la nuit : ils nourrissent les vivants et les morts. À force de voir les momies sortir des temples et des palais et gagner la place, assises sur leurs sièges d'or, entourées, assistées, on finit par entendre le murmure de leurs voix, l'écho de leur puissance ancienne.

Même Gabriel les entend.

Les momies parlent de la légende de l'Empire, de combats furieux, de dieux qui se montrent, d'ennemis vaincus — elles parlent du Soleil et de l'Éclair, de la solitude des montagnes où l'air est rare et où le condor seul se montre.

Depuis le jour du couronnement, il n'a pas revu Anamaya et traîne dans cette fête perpétuelle une frustration qui devient mauvaise bile et lui aigrit l'humeur.

À la Cassana, les conciliabules entre le Gouverneur, ses frères, Soto et Almagro empestent l'air du matin au soir. Qu'importe en vérité, car il n'y est plus le bienvenu. Depuis l'affaire de la statue disparue, don Francisco lui-même l'évite avec ténacité. Sa « trahison » en fait un paria pour ainsi dire bienheureux : il n'a nulle envie de partager ces ridicules réjouissances. Reste qu'il lui faut occuper ses journées afin au moins de ne pas s'engloutir dans le désespoir où l'attire l'absence d'Anamaya. Alors il va et vient, arpente cette ville si étrange, réservant son sourire pour les enfants et les vieilles femmes, comme un étranger qu'il est même pour ses propres amis.

— Gabriel !

La voix le fait sursauter et il porte instinctivement la main au côté.

— Holà !

— Hé, l'ami, je sais que je t'ai bien enseigné l'art de l'attaque et de la feinte, mais je ne tiens pas à en souffrir à moins que ce ne soit absolument nécessaire !

À la place de deux ombres menaçantes, Gabriel voit enfin les silhouettes immenses mais amicales de Pedro et de Sebastian.

— Pardonnez-moi, mes amis, je cherchais…

— … à nous éviter, par la Vierge ! Tu ne fais que cela !

C'est le Grec qui le gronde amicalement, mais même le large sourire et la bienveillance ne le réchauffent pas.

— Nous avons cherché, reprend Sebastian, un remède pour ta langueur, et nous croyons l'avoir trouvé…

Malgré sa mauvaise humeur, Gabriel ne peut retenir tout à fait sa curiosité.

— Et quel est-il, cet antidote puissant ? De la semence de condor ? De la fiente de lama ?

— Bien mieux que tout cela ! Allez, cesse tes ronchonnements et suis-nous…

Après une hésitation, Gabriel leur emboîte le pas.

*

La *cancha* est dans la pénombre, et on entend les voix des femmes s'échapper des pièces comme des chants d'oiseaux.

Gabriel a un mouvement de recul mais ses deux amis l'entraînent d'une tape dans le dos et il se laisse faire, comme engourdi.

La pièce où ils pénètrent est chaleureuse. Il n'y a — comme dans les intérieurs incas — aucun meuble mais une richesse de tentures, de nattes, de couvertures de laine et de plumes multicolores. Il y a surtout trois jeunes filles qui se taisent à leur entrée mais dont les sourires épanouis disent qu'elles ont déjà fait la connaissance de ses deux compagnons et qu'elles ne craignent pas de faire la sienne.

Elles sont vêtues de tuniques colorées qui recouvrent de jeunes formes prometteuses. Leurs jambes découvertes jusqu'au genou laissent voir des éclairs de cette peau de miel qui plaît aux Espagnols.

— Nous menons campagne, dit Sebastian avec une feinte solennité, contre la barbarie qui dans nos rangs pousse le vulgaire à forcer les jeunes filles… Ayant entendu que le *requerimiento* a été accueilli favorablement par l'Inca et les siens, nous avons entrepris un mouvement visant à enseigner la véritable galanterie du *caballero* à la population locale…

Gabriel ne peut s'empêcher de sourire. À voir l'empressement des jeunes filles autour d'eux, l'enseignement a porté des fruits précoces. Des mains douces se posent sur ses épaules, l'invitant à s'asseoir avec ses amis sur une des nattes dont les couvertures promettent une mollesse délicieuse.

— Je ne… commence-t-il faiblement.

— Tu ne dis rien et tu nous laisses faire, dit Pedro.

De fait, il est assez agréable de laisser faire. Pourquoi vouloir s'épuiser dans une lutte incessante et vaine avec un destin contraire ? Il règne dans la pièce une douce chaleur, les jeunes filles s'agitent autour d'eux dans un ballet bien réglé, leur apportant à boire dans des gobelets d'or et murmurant dans leur langue qu'ils sont bien beaux et fermes, les Étrangers — se regardant en gloussant, comme toutes les jeunes filles du monde, avec une étonnante liberté.

— Je ne veux pas être impie, commente Candia en se signant, et que le Révérend Valverde me le pardonne, mais je trouve que le paganisme a du bon.

— Cela, mon ami, rétorque Sebastian, je le savais de naissance.

— Oui, mais des années parmi nous, le service de don Diego de Almagro, le baptême, une épée... tout cela vous change un homme... Regarde ces jeunes filles. Ne dirait-on pas qu'aucune sorte de mauvaise lecture des livres saints ne les inciterait à nous résister...

— Je dirais même plus, mon cher Pedro, on dirait qu'elles ont fait la lecture d'une autre sorte de livres, où il était dit qu'elles devaient nous rencontrer et nous connaître...

Gabriel les écoute en souriant malgré lui. La fatigue, la déception, la légère ivresse qui le gagne — tout l'entraîne vers un monde où se laisser aller entre les bras d'une jeune fille qui vous sourit est la seule philosophie, le seul espoir qui vaille.

Déjà les mains habiles défont les justaucorps et les chemises de ses deux amis, qui se retrouvent torse nu. Il entrevoit la musculature puissante de Sebastian et celle, plus fine mais néanmoins imposante, de Pedro de Candia. Puis il sent une paire d'yeux noirs fixés sur lui — des yeux jeunes, innocents, interrogateurs mais chargés d'une promesse qui ne laisse place à aucun doute.

— Tu es jolie, dit-il en quechua.

La jeune fille ne manifeste pas de surprise à l'entendre parler sa langue. Son regard se fait seulement plus intense, plus caressant, et ses lèvres entrouvertes laissent entrevoir une rangée de dents blanches délicatement ciselées, des dents qui peuvent grignoter aussi bien que mordre.

Elle glisse, accroupie, sur la natte, jusqu'à le toucher, mais s'arrête sans qu'il ait esquissé un geste, à une portée de main, à un souffle de baiser. Il respire une odeur d'arbres et de fleurs et ferme les yeux pour mieux absorber le parfum, le laisser pénétrer son corps et l'irriguer.

Le crépitement d'un morceau de bois qui craque dans le feu, un rire étouffé, il n'y a plus que le silence des plaisirs, plein de paix et d'abandon. La main de la jeune fille touche son front, descend le long de l'arête de son nez où elle s'immobilise sur l'imperceptible fêlure d'une ancienne bagarre, s'attarde sur ses lèvres... Il reste les yeux fermés et ses lèvres, malgré le désir qui monte en lui, ne l'embrassent pas. Son souffle s'accélère et il lui semble que sa poitrine et son corps entier s'élargissent brutalement quand elle défait sa chemise et pose ses mains sur sa peau qui chauffe, qui brûle, qui demande... « Mon Dieu, se dit-il avec étonnement, comme je la veux... »

Mais qu'au milieu de ses sensations, de l'abandon de son instinct, une parole, une pensée soient venues se glisser, cela le trouble. Il essaie de chasser cette pensée comme on le ferait d'une mouche, mais elle s'installe au contraire et résonne, en appelle d'autres. « Anamaya, Anamaya, tu me fuis mais tu ne me fuis pas, tu m'échappes mais tu ne m'échapperas pas... » Tandis qu'elle dégage ses épaules et alors qu'il se sent, se sait et peut-être même se veut dur et tendu de désir, il ouvre les yeux.

Il voit la pièce en un arc-en-ciel de regard, ses deux amis déjà perdus dans une houle de caresses — et toujours le regard posé sur lui de cette jeune fille, les yeux maintenant mi-clos, comme l'observant à travers des persiennes. Il arrête ses mains et elle le laisse faire. Toujours cette absence d'étonnement, toujours cet abandon… Ce que tu voudras, tu l'auras, quoi que tu veuilles… Cette liberté et cette puissance le font sourire et lui paraissent violemment dérisoires.

Il la soulève de la natte et la dresse devant lui. Ses mains à lui passent dans ses cheveux et elle ronronne comme un chat, fermant les yeux à son tour. Il se met debout, rajustant la chemise sur ses épaules, et la laisse aller contre lui.

Il balance.

Il danse à une musique silencieuse et qui l'entraîne de la violence du désir à la tendresse, tout doucement, sans la brusquer plus qu'elle ne l'a brusqué, lui. « Je te veux, murmure-t-il pour lui-même, mais je ne te veux pas tant que je ne veux l'attendre, elle… Oh ! comme cette attente est terrible ! Mais grâce à toi je sais aussi qu'il n'y a rien de plus doux que cette attente… »

Lentement son corps se détend et, quand il l'éloigne de lui, elle lui sourit.

— Tu es jolie, répète-t-il, et ses yeux terminent la phrase qu'il a interrompue, tu es jolie mais…

De la main il lui envoie un baiser qu'elle accueille du même regard sans étonnement, et il sort de la pièce, traverse la *cancha*, jaillit dans la rue où il respire l'air des Andes à pleins poumons.

C'est à cet instant que les coups se mettent à pleuvoir.

*

Pendant un bref instant, son corps se refuse à sentir autre chose que la chaleur de la pièce qu'il vient de quitter, le frôlement des caresses, l'intensité du désir et cette douce, cette merveilleuse légèreté qui s'était emparée de lui. Puis, coup de poing après coup de poing, la violence l'ébranle et son impuissance lui fait monter la rage et les larmes aux yeux.

Ils sont quatre — les deux qui l'ont saisi par-derrière et se contentent de le maintenir malgré ses efforts furieux pour se dégager, et les deux qui le frappent, des poings, des pieds, avec régularité et méthode.

Il n'y a pas de mots, rien que leur souffle et les grognements, avec ce bruit étrange qu'il met un instant de trop à identifier : c'est le râle qui monte déjà de sa poitrine, le râle de sa faiblesse, de l'épuisement inutile de ses efforts pour s'échapper ou échapper à la souffrance de la volée qu'il reçoit.

La nuit protège le visage de ses assaillants, qui ont par surcroît pris le soin de se couvrir le nez et la bouche de foulards ; il n'aperçoit par intermittence qu'un tourbillon d'yeux noirs.

Dans la lassitude qui le gagne, un brouillard rouge passe devant ses yeux : c'est le sang chaud qui coule de sa tête et l'aveugle, se mêlant à ses larmes, à sa sueur, à sa morve… Quelque chose d'imbécile et de vital, au fond de son ventre, le pousse à ne pas s'évanouir, à se battre encore… Se battre ? Quelques mouvements désordonnés, quelques gestes aussi efficaces que ceux d'une grenouille — et pourtant un refus qui les fait s'acharner encore.

Des lambeaux de phrases, des souvenirs de logique traversent son cerveau. « S'ils voulaient me tuer… » S'ils voulaient le tuer, il serait déjà mort, la tête éclatée, son épée à quatre pas de lui.

C'est ainsi, en se battant toujours même quand il ne bouge plus, qu'il s'évanouit. Il lui semble apercevoir, flottant au-dessus de son visage à la manière d'un ange du mal, les traits charmants et souriants, les boucles brunes savamment arrangées de Gonzalo.

Cette vision précède-t-elle vraiment sa perte de

conscience ? Ou bien n'est-elle que la première image du cauchemar qui l'emporte ?

Il gît comme un homme ivre au milieu de la ruelle.

Mais ce qui coule de la commissure de ses lèvres vers le ruisseau, c'est du sang.

# 27

## Cuzco, janvier 1534

— Mon pauvre ami…

Le regard de Pizarro posé sur lui est un mélange d'ironie et de tristesse, de mépris et de pitié. Gabriel sent que pas une seule partie de son corps n'a été épargnée, mais il n'a pas encore eu le courage, depuis qu'il a réussi à se traîner jusqu'au palais de la Cassana, de se regarder dans un miroir.

— Tu as vu Juan de Balboa ?

— Ne vous inquiétez pas pour moi, don Francisco, je n'ai pas besoin du chirurgien…

— Je ne saurais te dire de quoi tu as le plus besoin, fils… De conseils ? Il ne t'en manquerait pas si tu les écoutais…

Le Gouverneur veille à ce que sa chambre soit toujours la même partout où il passe, qu'il loge dans un palais ou dans une tente. Un lit étroit, une table et deux chaises, un portrait de sa très chère Sainte Vierge. Il fait signe à Gabriel de s'asseoir mais le jeune homme ne peut que rester debout, à moitié cassé par la douleur.

— Alors, puisque tu n'écoutes rien, je vais t'écouter, moi.

— Vous ne m'avez même pas demandé, don Francisco, ce qui m'a mis dans cet état.

— Ai-je besoin de te le demander ?

Un vague sourire dénué d'ironie éclaire le visage maigre du Gouverneur.

— Vous n'avez pas besoin de me le demander et c'est pour une raison simple : c'est que vous le savez bien.

— M'accuserais-tu ?

— Vous accuser, don Francisco… Par ma foi, je ne sais comment nommer ce que je vous reproche…

— Dis-le-moi, cela t'évitera le soin de me le nommer.

— Vos frères, don Francisco, vos frères…

Rien qu'à prononcer leur nom, Gabriel a pâli. Saleté d'engeance de frères de merde…

— Eh bien, mes frères ? demande paisiblement Pizarro, qui feint d'ignorer la colère de Gabriel.

— Non contents d'être des voleurs et de n'avoir pas plus d'humanité que des cochons, don Francisco, non contents d'être le déshonneur de votre nom par la lâcheté, l'avidité, l'hypocrisie…

Gabriel s'étouffe à moitié dans sa litanie et Pizarro lève son gant noir pour l'interrompre.

— Ne parle pas plus, jeune homme. Pas un mot.

Les deux hommes s'affrontent du regard. Gabriel tremble.

— Je veux bien te pardonner, dit lentement Pizarro, la voix blanche. Ils t'ont sévèrement corrigé et c'est l'humiliation qui te fait parler…

— C'est l'humiliation qui m'autorise à vous dire une vérité que tout le monde murmure et que tout le monde vous cache.

Pizarro éclate d'un rire sec.

— Ne crois-tu pas que je les connais ? Ne crois-tu pas que je sais pourquoi ils sont avec moi et ce qu'ils attendent ? Crois-tu que je suis arrivé à Cuzco en étant aveuglé par les liens du sang ?

— Cela fait longtemps que je ne sais plus ce que je

crois, don Francisco, dit Gabriel avec une amertume qui le dépasse.

— C'est cela, jeune homme, c'est bien cela : tu ne sais plus où tu en es depuis que tu as vu cette jeune prêtresse aux yeux bleus, depuis que tu t'es livré à je ne sais quelles manœuvres avec cette statue en or… tes émotions te tiennent lieu de raison et après cela tu insultes mes frères.

Malgré lui, Gabriel encaisse le choc. Pizarro touche à un endroit où il sait bien que tout n'est pas clair. Pourtant, comme il l'a constaté souvent, c'est à ce moment que le calme et la lucidité lui reviennent, ainsi qu'au cœur de la bataille.

— J'admets que vous avez raison, don Francisco. Mais dans votre raison — et même dans ma confusion — c'est encore vous qui avez tort…

— Explique-moi cela.

— Vous pensez que vos frères sont un mal nécessaire mais limité, que vous les dirigez sans problème, comme vous le faites de don Diego de Almagro et de tous les hommes qui vous ont suivi. Vous êtes supérieur à ces hommes. Vous avez plus d'endurance, de courage, vous cherchez plus haut et plus loin que l'or. Vous pensez et votre main ne tremble pas : vous êtes un chef et eux des chiens qui mordent. Pour tout cela vous avez raison. Mais vous ne voyez pas que ces hommes — vos frères, don Diego — sont prêts à se retourner contre vous et n'attendent qu'un moment de faiblesse pour le faire…

— Mes frères ?

— Vos frères ne vous frapperont pas ; mais ils vous feront tant de mal que ce sera comme s'ils vous donnaient des coups à côté desquels ceux que j'ai reçus sont des caresses de femme.

Pour une fois, le visage de Pizarro marque un léger étonnement, une sorte de vague perplexité qui n'est pas dans ses habitudes. Dans le silence qui s'installe, les deux hommes ne se quittent pas du regard. Il y passe toute leur étrange histoire — et ce lien du cœur qui les attache, contre leur propre gré dirait-on parfois.

Don Francisco ouvre finalement ses bras.

— C'est que tu m'aimes bien, finalement.

— Sans doute, don Francisco.

Le visage du Gouverneur s'éclaire.

— Sans doute… C'est bien de l'écolier, ça ! Bah, ça n'a pas d'importance. Je vais t'aider, fils.

— M'aider ?

— Te sauver, même !

Gabriel écoute le Gouverneur sans plus l'interrompre. Au fil de ses paroles, il se sent défait, battu plus fort que par les coups.

Et quand il sort, titubant, du palais de la Cassana, la lumière l'aveugle et il marche à tâtons vers la fontaine.

Quand la pluie se met à tomber, il reste seul.

*

La journée passe.

Il ne bouge pas.

L'humidité, le froid, la chaleur qui revient, les douleurs changeantes — rien ne l'affecte vraiment que ces paroles qui résonnent dans sa mémoire.

Le crépuscule approche.

Des camarades passent, le considèrent avec pitié ou moquerie. Certains l'appellent. Il ignore les murmures. Il reste les yeux obstinément fixés vers le haut : les montagnes, la forteresse dont il suit l'ombre qui se couche avec le soleil.

Il se glisse, toujours immobile, dans la fraîcheur de la nuit.

Une torche s'approche de lui et éclaire son visage. Il lève la main pour se protéger de l'éblouissement.

— Qui me veut du bien ? ricane-t-il.

— Moi.

— Tu es comme l'autre, à vouloir me sauver ?

Bartolomé ne répond pas. Il le prend doucement par le bras et le tire. Gabriel ne résiste pas ; il n'a fait que cela, résister, depuis hier. Résister aux yeux noirs de la jeune fille, résister aux coups, aux paroles du Gouverneur. Il en a assez de se battre avec tous et tout le monde.

Ils traversent le palais de la Cassana à pas lents et, comme s'il guidait un infirme, Bartolomé l'emmène jusqu'à sa chambre.

Une maigre bougie les éclaire, laissant ses reflets jaune pâle danser sur leurs visages. Gabriel s'allonge avec des précautions infinies et en retenant les gémissements qui montent de son corps endolori. Bartolomé s'assied sur le lit et pose sa main aux deux doigts joints sur sa poitrine. Gabriel le laisse faire. Quand sa respiration s'est apaisée, Bartolomé ouvre enfin la bouche.

— Eh bien ? demande-t-il.

Le chagrin étouffe soudain Gabriel, l'étreignant de part en part. Il voudrait parler mais n'y arrive pas et toute sa solitude, son impuissance, sa colère, tout se bouscule entre son cœur et ses lèvres. Il lui semble qu'il n'est qu'un torrent de sanglots incohérents.

Bartolomé le laisse pleurer sans un mot. Seule sa main l'apaise et ses yeux gris posés sur lui, amicaux et curieux.

— Tu parles d'un guerrier ! dit enfin Gabriel.

— Est-il dit que les guerriers ne versent pas de larmes ?

— Tu parles bien, frère…

Bartolomé se contente de sourire.

— Il a dit que je devais le suivre. Il a dit qu'il quitterait bientôt Cuzco pour fonder la capitale du royaume et qu'il avait besoin de moi. Il a dit que si je restais à

Cuzco je mourrais et que, mort, je n'étais d'utilité à personne. Il a dit que si je restais à Cuzco, *elle* mourrait parce que ses frères ne reculeraient devant rien pour assouvir leur vengeance… Il a dit qu'il m'en donnait l'ordre. Et il a dit que nous reviendrions un jour…

— Que feras-tu ?

— Tu es drôle, frère. Je vais lui obéir, bien sûr. Parce qu'il a raison, parce qu'il a trouvé des mots détestables et justes. Il sait bien que je n'ai pas peur de ses frères maudits. Mais il sait aussi que j'ai plus peur pour elle que pour ma vie.

— Que puis-je pour toi ?

Gabriel lève un œil étonné vers Bartolomé.

— Pour moi ? Rien. Que voudrais-tu faire pour moi ?

— Ce que tu me demanderais…

— Rien que ça ! Mon frère, le Seigneur te donne accès à ses voies les plus impénétrables…

— Dis toujours.

Bartolomé sourit encore. Gabriel rêve à haute voix.

— Ce que je voudrais… ce que je voudrais…

— Je vais essayer, dit Bartolomé.

Gabriel ouvre la bouche de stupéfaction.

— Comment…

— N'est-ce pas cela que tu veux ? Je vais essayer, crois-moi.

Le moine se lève et disparaît avec la bougie avant que Gabriel n'ait eu le temps de dire quoi que ce soit.

## 28

## Kenko, janvier 1534

Gabriel ne sait pas combien de temps il a suivi le Nain.

Parfois il se sent pris dans une sorte de somnolence et il ignore s'il marche ou si le chemin se déroule sous ses pas, comme une sorte de ruban sur lequel il glisserait, tiré par une main invisible.

Les premiers temps, son esprit ne se retenait pas d'échafauder des hypothèses. Colcampata, la forteresse ? Et puis les maisons ont disparu, les murs se sont faits rares, il a laissé derrière lui les tours de Sacsayhuaman. Cette direction du nord-est qu'il a estimée au départ n'a plus tant d'importance. En avançant les bras devant lui, il a l'étrange sensation de nager au milieu des étoiles. La nuit est grande, large, infinie — elle mange la terre.

Ses blessures le laissent en paix, ses douleurs sont engourdies. Quelle drôle de chose qu'un homme, philosophe-t-il en claudiquant : au désespoir le matin, et le cœur libre, presque insouciant, pour peu que la nuit lui ouvre ses promesses !

Même la certitude du départ ne paraît plus si cruelle : demain, plus tard… La vérité se trouve quelque part au cœur de cette nuit, et non dans les menaces du Gouverneur.

Il ne sait à quel endroit mais, en s'élevant au-dessus de Cuzco, il a l'impression d'avoir changé de terre. C'est l'air plus rare, c'est l'absence des arbres et la pierre qui gagne sur les collines qui s'arrondissent, c'est la nuit liquide… Il est un voyageur de l'espace et du temps et il lui semble qu'il comprend la présence des dieux.

Le Nain n'a pas ouvert la bouche, rien répondu à ses ouvertures. Le Nain est, peut-être, le premier habitant de cet autre monde dans lequel il se rend.

Quand il quitte soudainement la route, Gabriel le suit sans hésiter vers un affleurement rocheux dont il ne découvre l'étendue qu'au dernier moment : une sorte d'amphithéâtre naturel, autour duquel sont creusées des niches qui rappellent celles des temples et des plus beaux palais. Quand il se retourne, le Nain a disparu.

Au centre, un rocher dont il s'approche et devant lequel il tombe en arrêt. Il ne sait ce qu'il représente mais il sent palpiter toute sa puissance.

— Une main d'homme est passée sur la pierre. Mais c'est un Dieu qui est né.

— J'ai cru que je ne te verrais plus, dit simplement Gabriel.

Un rire lui répond.

— Tu ne me vois pas encore. Suis-moi…

Où qu'il tourne les yeux, Gabriel ne voit, en effet, qu'une ombre dansante qui l'entraîne par un chemin en pente douce vers une grotte creusée dans la colline.

— Anamaya…

Il hésite à l'entrée de la grotte à laquelle on accède par de larges marches de pierre.

Il descend quelques marches et s'immobilise dans l'ombre plus noire que la nuit. Ses mains cherchent à tâtons un obstacle ; elles ne trouvent qu'un air humide et frais, qui monte des entrailles de la terre. Son nez hume un parfum d'herbes brûlées, une odeur douceâtre qui l'attire et le repousse à la fois.

En avançant de quelques pas, il trébuche et tombe lourdement. Son cri de douleur résonne dans la grotte.

— Anamaya !

Le son mat de sa voix résonne. Il n'y a pas d'autre réponse que l'appel renvoyé en vain d'un mur à l'autre.

— Anamaya !

— Viens…

Le chuchotement est tout proche et il se laisse guider, sa peur enfuie. Pas à pas, il avance jusqu'à elle dont il devine le sourire et les yeux qui brillent dans la nuit. Elle prend ses poignets et pose ses mains sur une sorte d'autel, de table de pierre.

— Je t'avais dit que je serais là…

— C'était il y a si longtemps…

— Je t'avais dit de me faire confiance…

Les mains d'Anamaya vont sur les siennes et passent tout doucement sur ses bras, ses épaules, son cou — partout où il est blessé —, sans lui faire mal. Pourtant, il se raidit.

— N'aie pas peur…

Il ferme les yeux et la laisse se promener sur son corps et le soulager à la manière d'une brise, d'un ruisseau. Il ressent une impression de lourdeur délicieuse, une chaleur au cœur de laquelle il n'a qu'à se laisser glisser. Sa respiration se calme et son corps se dénoue.

— L'homme aux yeux gris a trouvé Katari et lui a dit que tu avais besoin de moi…

— Bartolomé ?

— Je ne connaissais pas son nom. Katari et lui se retrouvent souvent et s'enseignent leurs connaissances…

Gabriel a un mouvement d'impatience.

— J'ai reçu l'ordre de partir, Anamaya.

— Je sais.

La tranquillité de la voix d'Anamaya stupéfie Gabriel, qui cherche la vérité dans ses yeux.

— Trop de dangers te menacent ici. Tu dois t'éloigner…

— Manco ?

— Je t'ai dit que Manco ne te ferait pas de mal. Je te parle des tiens, tu le sais bien.

— Y a-t-il d'autres dangers, que je ne connais pas ?

— Il y a toujours des dangers que l'on ne connaît pas, sourit Anamaya. Celui qui croit autrement est très ignorant.

— Ou bien très sage.

Il devine son sourire.

— Ou bien très sage, oui. Mais tout de même, tu dois partir.

Gabriel écoute le silence et respire l'odeur étrange qui remplit l'air.

— Où sommes-nous ?

— Dans une *huaca*, un de nos lieux sacrés. Il y en a des centaines autour de Cuzco, disposées selon des lignes qui forment comme une roue dont notre capitale est le centre. Certaines contiennent des trésors dont les vôtres prendront possession facilement ; d'autres sont si secrètes que vous ne les trouverez jamais.

— Est-ce un lieu de sacrifices ?

Il perçoit l'hésitation, la réticence d'Anamaya.

— Il y a eu des sacrifices, oui.

Soudain, comme si la certitude le frappait, Gabriel comprend la nature de l'odeur qui l'a pris à la gorge. C'est la chair grillée, le sang coulé… Un frisson glacé lui parcourt l'échine.

Percevant son trouble, Anamaya l'entraîne.

— Viens, sortons.

L'air libre lui fait du bien et, après l'obscurité de la grotte, il a l'impression d'être en plein jour sous la lumière des étoiles. Ils gagnent le sommet de la *huaca* par un escalier de pierre.

— Des temps difficiles s'annoncent, dit-elle.

— Et je dois disparaître pour les temps difficiles ?

— Il y a cette paix, cette paix pleine de mensonges et de faussetés…

— Tu parles de Manco ? Des tiens ?

— Je parle de tous, Gabriel…

— C'est pour cela que je dois disparaître ? Réponds-moi.

Il y a une dureté involontaire dans sa voix. Et un peu de désarroi dans celle d'Anamaya quand elle répond :

— Mais non. C'est parce que tu dois vivre, vivre d'abord !

D'une phrase à l'autre, Gabriel s'est rasséréné. Pourtant, la tendresse des sentiments ne suffit pas à calmer l'inquiétude qui sourd au fond de lui comme une source noire.

Au sommet de la colline, un curieux ruisseau taillé dans la pierre même part en zigzag. Des figures gravées apparaissent dans les rochers et au milieu de nulle part se dressent deux protubérances en pierre, rondes comme des bittes d'amarrage.

Gabriel regarde Anamaya d'un air d'interrogation. Elle se contente de sourire et de le serrer contre elle.

Ils s'allongent à même la pierre.

Gabriel ne sent pas sa douleur.

— Dis-moi, commence-t-il, dis-moi pourquoi…

La main fine d'Anamaya vient lui fermer la bouche.

— Regarde le ciel, dit-elle, regarde les étoiles… Et arrête de demander pourquoi.

Il voyage avec elle.

Il oublie tout ce qu'il ne sait pas, toutes ses questions et tous ses doutes. Il bondit comme le puma, il vole comme le condor, il traverse le ciel comme l'éclair. Et, tout ce temps-là, il a sa main dans la sienne. Aucun mot n'est dit.

Elle le relève et se blottit contre lui.

L'émotion le remplit parce qu'elle lui laisse sentir sa faiblesse aussi et, toujours sans un mot, la peine de son départ, son inquiétude peut-être, si humaine et si simple.

Quand elle se détache de lui, elle le regarde longtemps et il peut lire tout ce qu'il veut dans son regard — voir passer toute son histoire, ce qu'il en sait, ce qu'il en devine, ce qu'elle tait au plus profond de son cœur.

— Regarde, dit-elle enfin.

Sous la lune, la lumière trace un dessin autour des deux pierres rondes, qui sont devenues comme deux yeux pâles et brillent dans la nuit. L'ombre délimite la figure d'un félin, tranquille et menaçante.

Le puma.

Il ne demande plus rien.

*

Quand les premières lueurs de l'aube viennent, elle a disparu depuis longtemps.

Les yeux du puma sont redevenus deux pierres rondes au sommet d'un rocher.

Gabriel ne redescend pas vers la grotte.

Il prend le chemin de Cuzco tout en sachant, dans son sang et dans son souffle, que le chemin sera beaucoup plus long.

# QUATRIÈME PARTIE

## 29

# Cuzco, juillet 1535

Il est si tôt, en ce jour de juillet, lorsque les frères du Gouverneur parviennent au palais de l'Unique Seigneur Manco, que la brume de l'aube recouvre encore les champs de maïs sacrés devant le Colcampata.

Gonzalo a glissé de superbes plumes bleues et jaunes au ruban de son chapeau. Juan, lui, l'a curieusement décoré d'une bande de soie blanche. Ils rient fort. Leurs rires se répercutent entre les hauts murs de la ruelle, se mêlant aux claquements de leurs bottes et à ceux de la dizaine de sbires armés de piques et d'arbalètes qui les suivent.

À l'entrée de la *cancha* royale, des guerriers indiens commandés par un capitaine dont le casque a été dépossédé de ses insignes d'or font mine d'en défendre l'ouverture. Plaquant sa main sur la poitrine de l'officier inca, Gonzalo Pizarro le repousse avec mépris. Feignant l'indignation, Juan le retient par le col.

— Attention, Gonzalo ! N'oublie pas que nous venons ici en amis !

La remarque déclenche le fou rire de Gonzalo, aussitôt repris par tous. Sous le regard brûlant d'impuissance et d'humiliation des soldats incas, ils rajustent leurs pourpoints quelque peu chiffonnés. Ils reforment une double ligne, aussi impeccable que s'ils allaient passer la revue dans un palais d'Andalousie. D'un pas long, ils traversent la première cour de la *cancha*, pénètrent dans la suivante. Servantes et seigneurs s'immobilisent, stupéfaits de leur intrusion.

Un sourire radieux éclairant son visage si parfait, don Gonzalo mène son monde droit sur la porte du plus grand bâtiment. Les jeunes gardes qui la protègent lèvent leur lance. Un Espagnol bondit devant les frères du Gouverneur. Il n'a même pas besoin d'avancer la botte pour que les Indiens renoncent, après une brève hésitation, à leur parade de protection.

Gonzalo est le premier à franchir le seuil. La curiosité autant que l'amusement l'immobilisent.

Le torse encore nu, l'Unique Seigneur Manco est debout devant son épouse et ses concubines. Le front incliné, le buste ployé et les paupières baissées, elles lui présentent chacune une tunique différente, des tissages aussi fins que des plumages d'oiseaux. L'une d'elles perçoit l'intrusion des Étrangers. Sans oser relever la tête, elle pousse un cri bref. Manco s'est raidi. La surprise fige ses traits dans un mouvement de colère qu'il retient aussitôt.

— Nous te saluons, Sapa Inca ! dit Gonzalo en s'inclinant.

Ignorant l'interpellation, le regard de Manco revient sur les *unkus*. Il hésite ostensiblement, prend son temps.

— Laissons-le se vêtir, suggère Juan en se détournant déjà.

— Mais bien sûr, mon frère ! Nous ne sommes pas des sauvages, ricane Gonzalo en pénétrant plus avant dans la pièce.

Il s'approche si près d'une des épouses que la jeune femme se recule en détournant les yeux. Gonzalo attrape la tunique qu'elle tend. Il la secoue devant lui en faisant face à sa meute. Les Espagnols éclatent de rire lorsqu'il la plaque sur son pourpoint à collerette, levant sa barbe soignée, papillonnant des paupières avec une mine de jeune fille.

— À moi aussi, cette tenue de roi me siérait assez ! dit-il avec une ironie froide qui déclenche quelques rires grossiers.

Toujours indifférent, sans même un regard dans leur direction, Manco a pointé son doigt sur un *unku* d'un bleu de nuit, décoré de motifs aux géométries pourpres. Malgré les quolibets des Étrangers, deux femmes tremblantes l'aident à l'enfiler tandis qu'une autre déjà tend une *manta* repliée où est déposé le bandeau royal.

Attirée par la scène, une foule s'est amassée dans le patio, femmes et hommes, servantes et Seigneurs qui protestent et murmurent. Dans le soleil oblique du matin, leurs yeux brillent d'effroi devant l'humiliation faite à l'Unique Seigneur.

— Gonzalo...

Juan s'interrompt pour regarder ce qui provoque les cris et les rires autour de lui. Gonzalo a arraché des mains d'une servante une des tuniques dédaignées par l'Inca.

Il s'approche d'une concubine et lui présente l'*unku*, l'invitant à l'enfiler au milieu des rires. Plus effrayée par le sacrilège que par la violence de l'Étranger, elle se défend faiblement.

— C'est qu'elle aime ça, dit Gonzalo, il suffit de l'encourager...

— Gonzalo... reprend Juan, dont la gêne est croissante.

Les autres femmes se sont regroupées dans le coin le plus éloigné de la pièce tandis que Manco, dont le visage demeure impassible, ne bouge pas d'un pouce. Il semble à peine regarder la scène. Pas même lorsque la jeune Indienne se laisse tomber sur les genoux pour échapper à Gonzalo.

C'est alors que sonne dans l'air une voix que tous reconnaissent :

— Messieurs, l'Unique Seigneur ne reçoit jamais à l'intérieur de sa chambre. Sortez dans le patio, je vous prie, et il vous donnera audience comme vous le souhaitez.

Le groupe des Espagnols sursaute et s'écarte en maugréant. Sur le seuil, Anamaya, le bleu de ses iris durci par la colère, parcourt chaque visage. Gonzalo frissonne avant de rire en voyant son frère Juan esquisser une révérence.

— À dire vrai, belle dame, lance-t-il, vous ne le savez pas encore mais vous tombez bien : nous avons besoin de vous.

Anamaya fixe les deux frères. Elle ne se laisse pas submerger par le mépris, la colère et aussi la peur qui sont en elle. Elle est droite et fière, et même Gonzalo doit détourner les yeux devant elle.

*

— Tu nous as menti, gronde Gonzalo. Tu as promis de l'or et où est-il ?

Il marche et agite ses bras dans le soleil. Manco demeure assis sur sa *tiana*, sans ouvrir la bouche. En retrait, Anamaya, raide et glacée, continue de fixer les Espagnols. De l'autre côté de la cour, à bonne distance des Étrangers qui forment une ligne menaçante, se massent les Puissants Seigneurs accourus dans la *cancha* royale.

— Voilà trois mois, Sapa Inca, reprend Gonzalo en pointant son index sur Manco, trois mois que tu nous as promis de l'or. Et tu t'y es engagé en signe d'amitié et de respect pour notre Roi, qui est aussi le tien, et pour nous prouver que les rumeurs d'une rébellion étaient sans fondement. Les jours ont passé. Les semaines ont passé. Et c'est tout juste si nous avons reçu quelques plats, et des babioles que tu as volées à tes servantes !

Lorsqu'il se tait, le silence retombe sur le patio.

Un vol d'oiseaux glisse en pépiant au-dessus de la *cancha*. Leurs ombres, vives comme des flèches, courent entre les Espagnols et les Seigneurs indiens. Juan Pizarro cherche avec insistance le regard d'Anamaya. Mais elle ne lui accorde pas plus d'attention qu'aux autres. Manco enfin sourit et désigne la cour du palais, les murs des bâtiments, le seuil de sa chambre.

— Vois-tu de l'or ici, mon ami ? demande-t-il d'une voix étrangement douce. L'hiver est venu deux fois depuis que vous êtes entrés dans la Ville du Puma. Souviens-toi ! Le jour de ton arrivée, il y avait de l'or partout sur ces murs, il y en avait dans chaque pièce de ma *cancha*, il y en avait dans mes jardins, chez les Nobles de ma cour ! Il y en avait dans les cheveux de mes concubines et de mes épouses ! Tu as joué tout à l'heure avec l'une d'elles. Je te le demande : avait-elle de l'or sur elle ? Retourne-toi, frère de mon ami le Gouverneur : regarde les nobles Seigneurs de ma maison. Regarde leurs oreilles. Vois-tu des bouchons d'or dans leurs oreilles ? Non, il n'y a que du bois. Regarde leurs poitrines, leurs bras. Ils sont nus, aussi nus que des bras de paysans, car déjà ils vous ont tout donné ! Où pourrais-je te trouver encore de l'or, alors qu'il est entre vos mains ? Comment pourrais-je en dissimuler, alors que vous êtes les maîtres de ce pays ?

Gonzalo le considère avec un sourire mauvais.

— Tu me mens, dit-il en détachant les mots, pointant son doigt vers lui. Je sais qu'il y a encore de l'or dans ce pays. Beaucoup d'or.

— En as-tu vu, ami étranger ? Dis-moi où et j'enverrai aussitôt le chercher pour toi !

Gonzalo siffle entre ses dents et d'un pas de chat s'approche tout près de Manco. Il semble prêt à lui cracher à la figure, mais relève les yeux pour dévisager Anamaya :

— Tu sais bien de quel or nous parlons… Où est la grande statue d'or que mon frère le Gouverneur don Francisco a exigée ? Sa patience est épuisée et la mienne plus encore. Depuis des mois, tu nous fais des contes. Dans trois jours, je veux la voir dans ma maison !

Il y a un silence. Juan s'avance à son tour.

— Cela ne se peut, répond Anamaya distinctement.

— Ah ? Et pourquoi cela, madame ? demande Gonzalo du ton le plus courtois.

— Parce que cette statue n'est plus dans ce Monde. Elle vit près des Puissants Ancêtres, dans le pays où le soleil se couche.

Gonzalo l'observe un instant en silence. Son œil est étonné, son sourcil haut, comme s'il cherchait à comprendre le sens de ces paroles. Il lève la main comme s'il allait frapper et un frémissement parcourt les rangs des Indiens. Mais c'est avec une douceur calculée que sa main se repose sur l'épaule de Manco.

— Mon ami l'Inca, commence-t-il, n'est-il pas le Fils du Soleil ? N'a-t-il pas le pouvoir sur les vivants et les morts ?

— Vous n'avez pas le droit de toucher l'Unique Seigneur ! dit sèchement Anamaya.

— Allons donc, mon ami l'Inca supportera bien un instant de cette intimité qui accompagne l'amitié de l'homme de bien… Chez nous, voyez-vous, c'est un sentiment chaleureux, qui s'exprime avec naturel, des sourires, des embrassades… des cadeaux…

Sans cesser de sourire, Gonzalo abandonne Manco aussi brutalement qu'il l'a saisi. L'Inca tente de retrouver une pose digne tandis que Gonzalo se retourne vers l'un de ses soldats. D'un signe du menton, il lui ordonne d'approcher. L'homme porte à l'épaule une grosse sacoche de selle en cuir. Il l'ouvre et en tire une chaîne munie de fers et d'un cadenas en acier épais. Gonzalo en attrape une extrémité et la dépose aux pieds de Manco.

— Moi, vois-tu, je ne suis pas comme toi. Je t'ai apporté un cadeau d'un grand prix.

Manco et Anamaya regardent la chaîne.

— Figure-toi, ami Inca, que cette chaîne est celle-là même avec laquelle *ton* frère Atahuallpa, feu l'Inca, a été protégé de l'affection des siens par *mon* frère, le Gouverneur don Francisco Pizarro. J'ai pensé que cette pièce entrerait dans tes trésors et y trouverait une place éminente. N'ai-je pas eu raison ?

Le silence est complet dans le patio.

— J'attends en retour que tu m'offres le modeste cadeau dont je t'ai parlé.

Ni Manco ni Anamaya n'ont frémi devant la menace. Cependant, les Puissants Seigneurs et les gardes de la *cancha* se sont approchés assez près des Espagnols. Dans un lent mouvement, ceux-ci se resserrent en une ligne protectrice autour de leurs chefs. Juan pose une main sur le poignet de son frère et sourit d'un air désolé à l'adresse des Indiens.

— Un instant, mon frère... Tu te souviens que nous avons une autre proposition à faire au Sapa Inca !

Il ôte son chapeau tout en s'inclinant devant Manco dans une révérence qui se veut respectueuse.

— Sapa Inca, fait Juan avec une expression conciliante, il est vrai que nous sommes déçus de ne jamais voir cette si belle statue dont chacun dit qu'elle est plus belle et plus magnifique que toutes les autres. On dit que nous aimons l'or plus que l'amitié et c'est une injustice. Car ce qui nous peine, voix-tu, n'est pas la possession de cette statue. C'est la méfiance que ton attitude témoigne... Certains, parmi nous, pensent que c'est peut-être même le signe que tu veux nous faire la guerre ! Bien sûr, nous ne le croyons pas. Et c'est pour cette raison que j'ai une proposition à te faire, une proposition qui, si tu l'acceptes, manifestera de façon éclatante aux yeux du monde que nous sommes des amis, des amis pour toujours…

Juan se tait un bref instant afin que ses paroles fassent leur chemin. Sa voix est si paisible, si conciliante que la tension s'apaise. Manco lui-même se détend. Il hoche la tête et considère avec un peu d'étonnement le chapeau que Juan agite devant lui :

— Aujourd'hui, Sapa Inca, j'ai mis un ruban de soie blanche à mon chapeau. Dans le pays d'où je viens, cela signifie que je souhaite prendre une épouse…

Juan se tourne vers Anamaya. Il la détaille quelques secondes avec insistance, lève un sourcil sur son regard enflammé et, avec un petit mouvement du buste, déclare bien haut :

— Je vous ai choisie, belle dame. On m'a dit que vous étiez sans époux, mais que dans vos mœurs, la grande statue d'or était comme votre mari et vous interdisait tout autre mariage. Or vous nous dites que la statue n'est plus de ce monde. Triste nouvelle mais bonne nouvelle aussi ! Vous voilà donc libre de m'accompagner à l'église et de partager une bénédiction qui vous protégera pour toujours !

Anamaya pâlit, stupéfaite. Juan s'avance d'un pas de plus, cherchant à prendre sa main que, dans un réflexe, elle resserre sur son ventre. Mais Manco est déjà debout, le visage écarlate, les veines du cou gonflées par la rage.

— La *Coya Camaquen* appartient à mon Père ! s'écrie-t-il. Nul ne portera la main sur elle !

— À d'autres ! aboie Gonzalo.

Après un regard de défi à Manco, il ajoute d'une voix sourde :

— Elle est aussi vierge qu'une pute de Panamá. Et tout le monde sait qui lui écarte les cuisses…

Manco s'est déjà placé devant Anamaya. Il écarte Juan d'une poussée si brutale que l'Espagnol trébuche et doit mettre un genou à terre.

Alors, en quelques secondes, la confusion embrase le patio. Gonzalo bondit et agrippe le bras de Manco, tandis que des guerriers indiens se précipitent à la rescousse de leur Unique Seigneur.

Les sbires s'interposent et la courte lutte détourne l'attention d'Anamaya. Sur le pourtour du patio, les femmes fuient maintenant vers la première cour en poussant des cris aigus, cependant que Juan à son tour tente de se saisir de Manco.

Soudain une ombre noire jaillit d'on ne sait où, figeant le geste de Juan qui relâche aussitôt Manco tandis que la main de Gonzalo reste crispée sur le bras de l'Inca :

— Êtes-vous tous devenus fous ?

Anamaya reconnaît Bartolomé, le moine ami de Gabriel. Il est pâle comme un linge. Il pointe sa main étrange aux doigts collés sur le visage de Gonzalo et tonne une fois encore :

— Êtes-vous devenu fou, don Gonzalo ? D'où vous vient le droit de brutaliser ce Seigneur indien ?

— Du droit que je tiens. Ce n'est pas de votre ressort.

— Lâchez-le !

Les yeux gris de Bartolomé ont le reflet que l'on imagine d'ordinaire dans le regard des loups. Mais le plus impressionnant est la puissance de son calme.

Un rictus vibre sur la bouche de Gonzalo. L'étau de ses mains se desserre. Juan lui saisit un bras et l'oblige à reculer avant qu'il ne se dégage d'un geste.

— Ce barbare s'est moqué de nous, crache Gonzalo avec mépris. Nous venons prendre cette femme, dit-il en désignant Anamaya du menton comme si elle était une poterie, en mariage pour mon frère, et il la prétend intouchable. Intouchable !

Bartolomé jette un bref regard vers Anamaya comme s'il la découvrait. Il vient se placer entre Anamaya et Manco :

— Le Sapa Inca Manco est le Seigneur des Indiens de ce pays, réplique-t-il d'une voix audible par tous. L'Empereur Charles Quint l'a désigné à la protection de votre frère le Gouverneur ! L'auriez-vous oublié ?

— Épargnez-nous le sermon, frère Bartolomé, il n'est pas encore dimanche ! glousse Gonzalo. Mon frère est Gouverneur, je m'en souviens en effet. Et mon frère est bien loin d'ici, occupé à fonder des capitales et à construire des royaumes. En attendant, c'est à nous qu'il a confié la charge de cette ville…

— Et c'est à lui que vous en rendrez compte, ainsi que de la façon dont vous avez traité cet homme.

— C'est nous qui décidons ici, rage Gonzalo, qui est un homme et qui n'en est pas un… Je ne pense pas que mon frère Francisco soit particulièrement bien placé pour venir nous faire la leçon là-dessus…

— L'Espagne vous regarde !

— L'Espagne ? Où est-ce ? raille Gonzalo. Et puis suffit, l'apôtre ! D'où vous vient l'autorité de me sermonner ?

— Gonzalo ! souffle Juan. Je t'en prie…

— Je n'ai aucune autorité sur vous, don Gonzalo, réplique Bartolomé paisiblement.

— Vous l'avez dit, siffle Gonzalo. Alors maintenant, allez sauver les âmes si vous le pouvez et épargnez-nous vos sentences…

Gonzalo jette un coup d'œil de mépris au moine et ramasse son chapeau qui a roulé dans la bagarre. Juan a la face chagrine. Bartolomé esquisse un début de sourire en les regardant :

— Je n'ai en effet aucune autorité sur vous, messieurs, mais notre Dieu en a une — le jugement suprême lui appartient. Il est Dieu de miséricorde pour les humbles et Dieu de vengeance pour les nuques raides.

— Mon frère… commence Juan d'une voix misérable.

— Tais-toi ! coupe Gonzalo.

Le dernier regard que Gonzalo jette à Bartolomé en quittant le patio est un regard de défi.

Pendant toute la scène, Anamaya n'a cessé de trembler.

*

Discrètement appuyé contre le mur de la *cancha*, Bartolomé suit des yeux Anamaya qui va et vient dans le patio. Il attend qu'un peu d'ordre et de paix soit revenu avant d'aller à sa rencontre.

Dans son quechua un peu haché mais dont il est très fier, il dit :

— Je sais qu'il est difficile de pardonner à un homme pour un autre, *Coya Camaquen*. Mais je vous demande cependant pardon pour les insultes que vous et l'Unique Seigneur Manco venez de subir. S'il était en mon pouvoir de bannir ces violences, elles n'auraient jamais lieu. Je hais ces manières et j'en ai honte.

Anamaya le considère un instant et esquisse un petit signe :

— Je le sais. Et je vous remercie pour ce que vous avez fait.

— Non. Pas de merci, non… Je voudrais seulement que vous expliquiez à l'Unique Seigneur Manco qu'il ne doit pas considérer que nous sommes tous comme les frères du Gouverneur.

Anamaya ne répond pas immédiatement. Son regard

reste un instant dans celui de Bartolomé. Puis elle secoue doucement la tête :

— Je ne crois pas que ceux qui sont comme vous soient assez nombreux pour que l'Unique Seigneur Manco puisse s'en réconforter.

Un mince et triste sourire aux lèvres, Bartolomé hoche la tête. De sa main curieuse, il tire un pli de la manche de sa bure. Avec un claquement de langue, il déplie les feuillets de papier brun, assombris encore par les lignes serrées d'une écriture régulière.

— Nous sommes au moins deux, je pense ! murmure-t-il. Don Gabriel m'a demandé un service que je veux volontiers lui rendre. Ceci est une lettre de lui qui m'est parvenue hier. C'était là la vraie raison de ma venue, et non pas de vous tirer des griffes des Pizarro ! Mais il semble que Dieu… et vos « ancêtres » aient bien fait les choses.

Il laisse échapper un petit rire.

Assurément, quelque chose en lui est adouci par la présence d'Anamaya. Comme si sa seule beauté l'apaisait et le réconfortait. Du menton, il désigne l'ombre d'un bâtiment où les servantes, revenues aux tâches du jour, préparent les soupes et le gibier pour le repas de l'Unique Seigneur.

— Si vous le voulez bien, allons nous installer à l'aise pour que je vous lise cette missive, *Coya Camaquen*.

Quelques secondes plus tard, les yeux brillant d'un bonheur qui se répand en elle comme l'ivresse de la bière sacrée, Anamaya croit entendre, à travers ceux de Bartolomé, la voix et le souffle de Gabriel. Elle écoute de toutes ses forces, les paupières closes, et les mots deviennent une présence proche de la caresse.

«Cité des Rois, 18 juin 1535

«Frère Bartolomé, ami Bartolomé,

«J'espère que bientôt vous aurez sous les yeux ces mots que je trace sur du mauvais papier, bien trop humide — mais il n'y en a pas d'autre ici.

«Il se peut bien que cette missive vous surprenne. Souvent je me suis dit qu'il serait bon, pour repousser mon humeur sombre et ma mélancolie, que je vous écrive. Et puis il s'est toujours trouvé quelques mauvaises raisons pour gâcher ce plaisir. Le temps a passé, non pas comme l'éclair, mais avec une épouvantable lenteur, tant ce qui me manque est grand. Bref, voilà bientôt dix-huit mois que nous ne nous sommes vus. Dans mon souvenir, j'ai le sentiment d'un au revoir un peu court, où je ne vous ai pas assez remercié pour votre amitié et votre aide dans les difficiles moments qui m'ont valu l'exil où je suis encore contraint. La méfiance que vous éveilliez autrefois en moi me paraît aujourd'hui bien étrangère, et pour tout dire enfantine, et c'est au contraire vers vous qu'il m'est tout naturel de me tourner.

«Dans mes pérégrinations au côté du Gouverneur, j'ai eu souvent l'occasion de songer à vous et de regretter la chaleur apaisante de nos conversations autant que votre science des caractères. La première, je dois dire, m'a cruellement manqué dans cette véritable solitude à laquelle m'a contraint don Francisco pour complaire à ses frères ; la seconde m'a tout autant fait défaut en trop de circonstances !

«Je n'ai sans doute guère de nouvelles à vous apprendre que vous ne sachiez déjà par une rumeur ou une autre : et vous savez bien comme moi que le problème des rumeurs n'est pas leur fausseté, mais que trop souvent elles soient justes. Mon ami Soto s'est embarqué pour Panamá après s'être convaincu que les frères du Gouverneur ne le laisseront jamais devenir aussi important et riche que sa valeur et ses actions pouvaient le lui laisser espérer. C'est une perte supplémentaire pour moi car nous nous aimions bien que tout ait été fait pour nous séparer, et je vais garder beaucoup de souvenirs de lui.

« Votre évêque, Fray Vicente Valverde, s'est aussi embarqué, lui pour l'Espagne, avec l'onction appuyée de don Francisco qui cherche à endosser, la barbe de plus en plus blanche et l'œil de plus en plus transparent, le rôle d'un sage patriarche. Il en serait capable, je crois. Il y a toujours en lui quelque chose de bon sous l'écorce de cette folie qui l'a mené jusqu'ici, et nous avec lui. Plus je le vois, vieillissant, jamais fragile mais soudain soucieux de paix, engrossant son épouse, une des sœurs du défunt Inca Atahuallpa (sa façon à lui d'honorer sa promesse de protéger la famille !), avec une vraie gentillesse, plus je me dis qu'il y a en lui deux hommes. Je déteste le premier, capable de tout : de violences, de mensonges, de flagornerie autant que d'un courage sans limites pour atteindre son but. Cet homme-là est proche d'une bête brute. Il porte une force et une puissance comme la terre en a rarement porté. Et puis il y a un autre homme, attentif, intelligent et fin politique. Un homme qui, je le crois, ne désire qu'une chose, mais extraordinaire : fonder un pays ! L'or ne l'intéresse guère plus que moi, en vérité. Sauf qu'il en a besoin pour asseoir sa puissance. Et je crois qu'il est capable de la partager avec les Seigneurs incas de Cuzco. Je l'espère…

« Je ne sais jamais bien lequel de ces deux hommes m'appelle son “fils” ! Ne souriez pas, frère Bartolomé ! Je ne suis pas dupe de la séduction qu'il veut mettre dans ces mots. Mais j'en perçois aussi la sincérité. Il m'a choisi, contre son frère Hernando, contre l'immonde Gonzalo et le piètre Juan. Il m'a choisi alors que les autres s'imposaient à lui et se seraient débarrassés de moi — vous en avez été témoin — par n'importe quel moyen. Et je sens, jusque dans ses injustices à mon égard, une affection vraie qui, oui, pourrait être celle d'un père. Vous connaissez mon histoire, ami Bartolomé. Elle nous a valu notre première rencontre dans les geôles de Séville. Vous savez donc ce que cela signifie pour moi… Et pourquoi, sans doute un peu, je cours dans son ombre.

« Enfin, pour ne point trop songer à tout ce temps que je perds loin de celle que vous savez, je m'active chaque jour en des actions grandes ou petites !

« L'une des plus importantes, comme vous le savez peut-être, a été de trouver l'emplacement de la capitale du Pérou. Je dois avouer que ce fut pour moi l'un des plus beaux moments de ces trop longs mois vécus loin de Cuzco.

« Depuis l'automne dernier, il ne se passait de jour sans que don Francisco ne cherche un lieu digne de ce grand projet. Son opinion, acceptée par tous, était que le lieu idéal devait être en bordure de la mer du Sud afin de la prolonger d'un port et de faciliter les liaisons avec Panamá et l'Espagne. Après avoir arpenté des centaines de lieues de désert, un jour du début de janvier dans le milieu de l'après-midi, nous avons atteint une véritable vallée de l'Éden. Imaginez une terre si riche, si foisonnante qu'on peut y chevaucher trois heures entières sous des arbres lourds de fruits sans que jamais le soleil ne nous fasse cligner des yeux ! Imaginez ce verger parsemé aussi subtilement qu'une marqueterie de Tolède de champs de maïs, de patates douces, d'habitations de terre ou de joncs, de petits jardins magnifiquement entretenus où poussent comme des fleurs les goyaves, les avocats, les tomates, tout cela irrigué avec une grande intelligence d'un réseau de canaux jamais à sec.

« Au cœur de cette vallée enchanteresse, nous avons atteint la rive d'un fleuve peu profond. Tout près du rivage, une manière de vaste clairière bordée de buissons fleuris, d'arbustes aux feuillages pourpres ou jaunes, était seulement occupée par le tumulus habituel des temples indiens.

« Nous y sommes entrés au petit trot, comme si nous craignions qu'un site aussi enchanteur puisse s'envoler sous les naseaux de nos chevaux ! Le Gouverneur m'a regardé avec cette expression que vous lui connaissez et qu'il réserve, d'ordinaire, aux grands moments d'excitation victorieuse, à son portrait béni de la Sainte Vierge à l'Enfant. "Ce sera ici !" a-t-il dit en ôtant son chapeau.

« Et comme nous étions le jour même des Rois, il a ajouté : "La capitale s'appellera : *La Ciudad de los Reyes* !"

« Il a suffi d'une poignée de jours pour que ce désir devienne réalité. Le 18 janvier de cette année 1535, les mesures ont été prises dans cette clairière, que les habitants d'ici appellent *Lima*. Quelques piquets indiquent désormais la place royale, la future cathédrale, le futur marché et les non moins futurs palais du Gouverneur et de la Municipalité ! Un curé fraîchement débarqué de Panamá a sanctifié ces emplacements fantômes. Le pauvre homme, encore peu accoutumé aux mœurs d'ici, tremblait de tous ses membres. Il était persuadé que les Indiens qui le regardaient faire n'attendaient rien d'autre que de le rôtir !

« Il n'empêche, je dois avouer que le moment m'a ému plus que je ne m'y attendais. Se dire : voilà, nous sommes arrivés dans un pays et aujourd'hui nous bâtissons une ville ! Imaginer que là où il n'y a pour l'heure que quelques traces de chaux vive sur l'herbe, rien de plus que sur le dos d'une main, il y aura là demain des rues, des bruits de charrettes, des bâtiments et des commerces, des moines et — pardonnez-moi — des brigands. La vie tout entière ! Oui, il y a là quelque chose qui vous noue le ventre, je peux vous l'assurer, bien plus qu'au sortir d'une bataille. On peut enfin espérer que nous sommes venus en cet étrange et merveilleux pays pour d'autres raisons que l'or, les pillages et les mises à sac. Croire enfin que nous sommes là pour construire, sinon l'œuvre de Dieu, du moins celle d'hommes dignes !

« Du moins est-ce ainsi, dans l'émotion de l'instant, que j'ai voulu voir les choses.

« Frère Bartolomé, mon ami, j'imagine que vous lisez ces lignes avec votre mince sourire, vous demandant ce qui vous vaut cette description en règle.

« En vérité, c'est que je ne voulais pas être seulement sombre. Comme vous le savez sans doute, rien ne va plus entre le Gouverneur et don Diego de Almagro. Après cent disputes, réconciliations et autant de menaces de guerre, il fallait trouver un moyen d'éloigner leurs appétits, tant il est vrai que deux molosses mangent mal dans la même gamelle.

« La nouvelle est tombée sur moi avant-hier. Ainsi, comme vous devez déjà le savoir, il a été décidé que don Diego de Almagro irait conquérir le sud du Pérou. On dit la région plus riche en or que tout ce que l'on a pu voir jusqu'ici, de quoi apaiser la voracité maladive d'Almagro. Il me semble que cette rumeur-là devrait être prise avec suspicion.

« Don Francisco m'a demandé de rejoindre la colonne d'expédition de don Diego et, pour dire la chose simplement, d'y être son œil !

« Je hais cette tâche. Je hais ce qu'elle signifie : encore une année de voyage. Plus, peut-être. Et quel voyage ! Alors que je sais où devrait être ma place.

« Mon ami, permettez que j'écrive son nom : Anamaya.

« Il n'est pas d'aube, pas de soir, pas de silence sans que je songe à elle. Il n'est pas de jour sans que je ferme les yeux pour voir son visage inscrit dans ma cervelle comme par un fer chauffé à blanc. J'en tremble, mon ami, de cet amour d'elle qui bouillonne en moi et dont je ne sais que faire. Je tremble des milliers de caresses faites en imagination et jamais accomplies. Je tremble d'oublier un jour sa voix, ses lèvres, le musc de sa peau !

« Je tremble et puis je me dis que c'en est fini. Il y a trop longtemps que nous sommes éloignés. Et ce nouveau départ va définitivement nous séparer, je le crains.

« Je tremble du mal que l'on peut lui faire, j'enrage de ne pouvoir la protéger. Je sais trop bien de quoi sont capables les frères du Gouverneur.

« Alors je sais que j'ai raison de trembler !

« Frère Bartolomé, mon ami, pardonnez-moi de vous livrer, à vous le prêtre, ces sentiments où je ne sais moi-même séparer la brûlure du désir, sa frustration et cet emportement qui nous fait homme. Oui, humain pour de bon, car on aime de toute son âme ! On goûte l'infini bonheur de savoir exister un autre être, si différent, si étranger à soi, et qu'on ne peut pourtant nous retrancher sans nous vider de notre substance !

« Mais il n'y a que vous qui puissiez m'aider en la circonstance. Pouvez-vous annoncer à Anamaya mon départ ? Et lui dire combien il va contre ma volonté ? Pouvez-vous, surtout, la protéger un peu ? La considérer un peu comme votre amie et la prévenir des folies de Gonzalo ou de Juan ? Elles ne manqueront pas dès qu'Almagro aura quitté Cuzco. Ils seront maîtres de la ville, mais pas de leur démence !

« S'il le faut, ne pouvez-vous lui faire quitter Cuzco ? Je vous en laisse juge…

« Ah ! comme vous le voyez, le papier me manque. Il me faut clore. Je m'en remets à vous comme un noyé s'en remet à la volonté divine.

« Sebastian vous déposera discrètement cette lettre. Vous pourrez lui faire confiance, lui demander service et même de l'or. Il vient de réussir un grand coup à Jauja. Étant devenu expert au jeu, en une nuit et un jour, lançant les dés, il a plumé aussi bien qu'une poule de basse-cour Mancio Sierra de Leguizamon. Sierra avait dépouillé il y a deux ans le grand Temple de Cuzco. Voilà don Sebastian, toujours noir de peau, mais libre et riche ! Votre Dieu semble capable parfois d'ironie.

« Je dis votre Dieu. Aujourd'hui, je voudrais prier sincèrement pour qu'il soit le mien. Adieu, ami Bartolomé. Je vous en prie, prenez soin d'elle. Je l'aime plus que ma vie et, même dans l'enfer où je vais, je ne l'oublierai pas.

« Votre Gabriel. Son Gabriel. »

Relevant les yeux de la lettre, pour la première fois Bartolomé voit pleurer la *Coya Camaquen*. Son visage est levé haut, elle semble regarder les montagnes superbes par-dessus les murs de la *cancha*. Mais ses joues brillent de larmes qu'elle ne fait même pas mine d'essuyer.

Avec un peu d'embarras, Bartolomé lève les mains dans un petit geste fataliste. Il dit doucement :

— Dans mon pays, on me considère comme un homme proche de Dieu, tout comme ici on vous admire pour être proche des présences invisibles. Cela devrait nous séparer, car Dieu ne connaît pas d'autre présence invisible que lui-même. Et pourtant, chaque fois que je vous vois, je sens ce qui nous rapproche.

Anamaya fronce les sourcils et semble s'extirper des pensées qui la tourmentent.

— Je sais qu'il est difficile pour vous de nous comprendre. Même pour lui, dit-elle en désignant la lettre comme elle frôlerait le corps de Gabriel. Même pour lui, c'est difficile. Mais je vous remercie d'essayer.

— Je serai près de vous chaque fois que vous aurez

besoin de moi, répond seulement Bartolomé. Gabriel a vu juste. Vous êtes en danger ici. Vous devez être prudente.

— Je connais le sens de ce mot, mais il ne fait pas partie de ma vie. Je fais ce qui doit être fait, avec ou sans prudence.

Un bref sourire éclaire ses yeux bleus encore brillants tandis qu'elle les plonge dans ceux de Bartolomé, qui ne peut s'empêcher d'être troublé par la profondeur et l'intensité de son regard.

— C'est peut-être vous, dit-elle avec douceur, qui avez besoin d'être prudent ?

## 30

## Tiahuanaku, août 1535

Cela fait deux semaines qu'il est en route à la poursuite de la colonne d'Almagro. Longtemps il a cheminé au bord de la mer du Sud, puis un Indien l'a guidé par les vallées et les cols.

Depuis deux jours, il est de nouveau seul et peut-être bien perdu au cœur de la désolation. Deux journées à ne rien voir que du vide, à se nourrir de vent et de poussière plus que des victuailles qui gonflent encore ses fontes.

Il lui semble par moments être sur le toit du monde. Les pas de son bai, absorbés par le sol sec et souple, ne font pas même fuir les insectes. Jusqu'à perte de vue, le plateau est immense et lisse, çà et là recouvert d'*ichu*, cette herbe courte et épaisse, constamment bousculée par les bourrasques et calcinée par le soleil. En cette heure du crépuscule, il semble que la terre entière devienne rousse sous le bleu assombri du ciel.

Gabriel a remonté son foulard sur son visage pour se protéger un peu de la poussière. À force de considérer la même chose, sa vue semble s'être éteinte. Soudain, il entend un cri. Ou une vibration dans l'air. Il lui faut un long moment d'observation avant de deviner, en plein ouest, dans l'ombre montante, des formes raides plantées sur l'horizon plat. Peut-être est-il enfin parvenu quelque part !

Après avoir mouillé son foulard à sa gourde et s'être rafraîchi le visage, d'une caresse sur l'encolure, il pousse l'allure de son cheval. Il lui faut encore une petite demi-heure pour découvrir le plus étrange des spectacles.

Énormes, deux ou trois fois plus hautes qu'un humain et comme surgissant du sol désolé, s'alignent des sculptures anguleuses. Dans la pierre sombre se devinent des visages, des mains, des membres, des postures de poupées frustes. Un peu plus loin, c'est la surface poussiéreuse du plateau qui est bouleversée par un chaos d'immenses roches polies, à demi enfouies, comme si un monstre du cœur de la terre avait tenté de les avaler.

Certaines font songer à des portes gigantesques, avec leurs pentures et leurs linteaux taillés dans un seul et énorme bloc. Comment est-ce possible ? Comment a-t-on pu ainsi travailler, sculpter, polir, transporter ici où il n'y a que le ciel, le vent et la poussière, ces ouvrages prodigieux de plus de trente pieds de long et quinze de large ? Avec quels instruments, quels outils, quels savoirs ont-ils été taillés dans des blocs qui ne pouvaient être qu'encore plus prodigieux ?

Et devant ces blocs immenses, un homme s'agite, tournoie sur lui-même comme s'il voulait danser avec ces masses colossales de pierre. Il est presque aussi grand que Gabriel mais plus massif. Du front au cou, une infinité de rides recouvrent son visage large, au nez aplati et aux paupières bridées. Il ne lui reste que deux chicots noirs plantés de travers entre lesquels s'agite une langue apparemment agile. Vêtu de haillons, les jambes nues malgré le vent froid qui souffle sur le plateau, il porte un étrange bonnet de tapisserie aux couleurs vives. Une très bizarre coiffure, de la forme d'un carré et possédant à chaque angle une pointe pareille à une corne de chèvre.

Lorsque Gabriel s'approche, l'homme jette un regard appuyé au bai. Sans aucune peur, au contraire de la plupart des Indiens qui découvrent les chevaux. Il se tait un instant, ne répond pas au salut de Gabriel, qui demande s'il a vu une longue colonne en route vers le sud.

— Avec des Étrangers habillés comme moi et des bêtes comme celle-ci, conclut-il avec une tape sur les flancs du bai.

L'homme plisse les yeux mais garde bouche close. Gabriel se dit qu'il n'est pas parvenu à se faire comprendre. Comme souvent depuis qu'il a quitté la côte, tant il y a de sortes d'Indiens et de langages différents dans ce pays !

Et puis soudain, le vieil homme agite ses bras comme un moulin. Et c'est dans un quechua assez compréhensible qu'il s'exclame :

— *Taypikala, Taypikala !* Ici c'est *Taypikala* ! Tu es dans le centre de l'univers, Étranger. Ce que tu vois, ce sont les hommes d'avant que nous soyons des hommes nous aussi ! Ils sont en pierre mais ils te voient. Moi aussi ils me voient ! C'est pour cela que je viens chaque jour les saluer. Chaque jour où le soleil est sur ma tête. Oui, oui ! Et toi aussi, Étranger, tu devrais les saluer. Fais comme moi !

Roulant des yeux, le vieillard plie les genoux et lève les bras au ciel. De sa voix aiguë, il marmonne des phrases incompréhensibles dans une langue dont Gabriel ne discerne rien.

Vaguement amusé, la bride de son bai négligemment passée à l'épaule, Gabriel regarde l'homme lever les bras au ciel et basculer son buste d'avant en arrière en produisant des claquements mouillés semblables à des caquètements de poule. Mais, s'apercevant que Gabriel demeure près de son cheval sans bouger, il s'interrompt et le toise, la mine furieuse.

— Pourquoi tu ne salues pas les Hommes de Pierre ? lui reproche-t-il dans son quechua à peine compréhensible. Ils te voient et vont se fâcher ! Salue comme moi, ou tu le regretteras !

À dire vrai, il y a tant de conviction dans les paroles folles de l'homme que Gabriel pourrait le croire. Et aussi, l'endroit est l'un des plus extraordinaires qu'il ait vus.

Comme s'il avait suivi la pensée de Gabriel, le vieillard s'est approché de lui. Sans la moindre crainte du cheval, l'ignorant même, de ses doigts aux ongles longs, aussi noirs que des griffes, il agrippe sa chemise. Lui soufflant au nez la pestilence de ceux qui ont le ventre vide, il murmure :

— Il y a très longtemps, Étranger, Viracocha le créateur du Début et de la Fin a voulu poser des humains sur la terre. Mais les êtres qu'il a créés d'abord ne tenaient pas debout. Ou alors ils se comportaient comme des bêtes. Ils tuaient, grognaient et se mangeaient entre eux comme des bêtes ! Ils copulaient comme des bêtes et leurs enfants comme eux ! Pas de différence entre les humains et les animaux, Étranger ! Alors Viracocha les a détruits. Il les a transformés en pierre : c'est eux que tu vois devant toi. Il s'est dit : « Je vais créer quelques hommes parfaits, des êtres humains forts, sages et beaux ! Je vais leur donner une ville parfaite pour vivre. Et ils éduqueront eux-mêmes ceux qui ne seront pas parfaits, pas encore tout à fait des hommes… » Alors il a créé les Seigneurs incas et la Ville du Puma du Cuzco ! C'est là-bas que tout est parfait, Étranger !

Le vieil homme se tait brusquement. Avec un clignement d'œil, il fait claquer sa langue et relâche enfin la chemise de Gabriel. Se tournant vers les immenses sculptures que le crépuscule baigne d'un or sanglant, il lève à nouveau les bras en marmonnant :

— Étranger, voilà ce qu'il a fait, Viracocha ! Ensuite, il a créé toutes les nations soumises à Cuzco ! Il a sculpté ce que tu vois, il a modelé dans des pierres immenses les vieux, les jeunes, les femmes, les enfants. Chacun pour une nation ! Il leur a donné à chacun une sorte de coiffe, une couleur de tissage et des *quipus* sans un seul nœud. Il leur a fait une *cancha* pour ici, avec des portes immenses pour qu'ils apprennent à vivre dedans et dehors. Et puis il leur a désigné une terre autour des montagnes sacrées de Cuzco…

De phrase en phrase, les claquements de langue du vieil homme redoublent. Il crie, les yeux exorbités, comme s'il craignait que le vent froid étouffe ses mots aussitôt qu'il les prononce :

— Il leur a dit : « Voilà où sont vos nations, hommes ! Ici ce sera chez les Canchis, ici chez les Kollas, ici chez les Yungas… Et vos Puissants Seigneurs à qui vous obéirez en tout seront les Fils du Soleil, ceux de Cuzco. Ils vous apprendront à cultiver, à faire des routes, à être sages comme des humains doivent l'être… » Et puis Viracocha a fait venir des guides pour chaque nation. Il leur a ordonné : « Enfoncez-vous dans la terre avec les Hommes de Pierre et ne ressortez que sur le sol des nations que je vous ai désignées. » Et ils l'ont fait. Ils ont voyagé sous la terre, ne ressortant que dans les sources, les grottes, les grosses roches fendues. Là, le guide de Viracocha a soufflé sur leurs grands corps de pierre en disant : « Animez-vous, humains de *Taypikala* ! Animez-vous ! Prenez des chairs d'humain et allez peupler cette terre qui est déserte. Multipliez-vous en respectant la volonté de Viracocha et des Seigneurs Fils du Soleil ! »

Le vieil homme fou a hurlé ces derniers mots. Il se tait, essoufflé, les paupières closes, le visage levé vers le ciel nimbé des derniers rayons de soleil. En le regardant, grotesque et magnifique, Gabriel ne peut s'empêcher de le comparer à un prophète tout droit sorti de l'Ancien Testament et qui se serait égaré jusqu'aux confins du monde.

Le vent s'est fait piquant. Gabriel frissonne. Il attrape son pourpoint sur la selle du bai et l'endosse. Le vieillard se retourne. Comme s'il ignorait toujours la présence du cheval, il claque dans ses mains et sourit. Un sourire que lui rend Gabriel, un peu mal à l'aise. L'homme hoche la tête, désigne un point du plateau :

— Ceux que tu cherches sont là-bas, Étranger, dit-il d'une voix redevenue normale. Ils sont nombreux, nombreux ! Il y a des Seigneurs de Cuzco et d'autres hommes, oui, des Étrangers comme toi.

— Merci ! dit Gabriel d'une voix rauque d'avoir si peu servi dans les jours précédents.

Un rire passe entre les chicots du vieil homme, éclate, grinçant :

— Ils sont là-bas, Étranger ! Et Viracocha va devoir recommencer son travail !

D'un geste circulaire du bras, il semble vouloir attraper les mégalithes dans sa paume et les projeter loin au-delà du plateau.

— *Taypikala*, c'est fini ! s'exclame-t-il. Regarde autour de toi et tu verras que tout se brise ! Ceux que tu vas rejoindre sont de nouveau pareils à des bêtes. Ils tuent, grognent et se battent entre eux comme des bêtes ! Ils volent les femmes, les vieilles ou les jeunes sans distinction pour copuler comme des bêtes ! Pas de différence entre les humains et les animaux, Étranger ! C'est redevenu comme avant, Étranger : avant que Viracocha ne pose les humains sur la terre. C'est un nouveau *pachacuti*. *Taypikala*, c'est fini !

Ce n'est plus le vent qui fait frissonner Gabriel mais le rire du vieux fou dans son dos. Après un dernier signe d'adieu, il met le bai au trot. Pendant encore un instant, il entend les cris et les rires vibrer dans l'air froid :

— *Taypikala*, c'est fini ! Viracocha doit recommencer !

*

Lorsque Gabriel, après avoir achevé la traversée du plateau, parvient à la colonne conduite par Almagro, le jour est tombé. Il la voit et l'entend de loin, immense cohorte qui s'installe entre les replis du plateau, parsemée de milliers de torches. Cela d'abord lui rappelle la longue colonne formée, il y a deux années de cela, au départ de Cajamarca. Elle semble aussi longue, aussi populeuse : peut-être dix mille Indiens suivent-ils Almagro et ses conquistadores.

D'une pique du talon dans les flancs du bai, Gabriel accélère l'allure pour traverser le plateau de biais et atteindre la tête de cet interminable troupeau humain, où d'ordinaire se trouvent les Espagnols. Mais les Indiens sont si nombreux qu'il les rejoint bien avant. Et d'un coup, dans les lueurs des torches, ce qu'il voit le stupéfie.

Là, des hommes sont enchaînés, dix par dix. Là, il en découvre une vingtaine d'autres debout dans le vent et la nuit, presque nus, les chevilles et les bras reliés les uns aux autres par des lanières de cuir. Là, ce sont des femmes, dans la même posture, jeunes ou vieilles, le visage ruiné de douleur dans la lueur de la lune. Nulle part il ne voit de feu ou de tentes pour la nourriture et le coucher. Partout on évite son regard avec la plus grande crainte, et lorsqu'il pose des questions les bouches demeurent closes.

Les cris du vieux fou lui reviennent à l'esprit : « *Pas de différence entre les humains et les animaux, Étranger !* »

Le cœur au bord des lèvres, Gabriel chevauche encore une longue heure parmi cette peine et ces horreurs, mais lorsqu'il parvient enfin au campement de don Diego, tout éclairé par une haie de torches montées sur des hallebardes, les hurlements et les rires lui annoncent déjà ce qu'il va trouver.

En soulevant la tenture qui masque l'ouverture, il est soudain assailli par le brouhaha, l'éclat des lampes et la chaleur. La pièce est plus grande qu'il ne l'aurait imaginé. Le borgne malingre y est assis à l'extrémité d'une longue table recouverte par les restes de rôtis, à demi assoupi dans un fauteuil. Une vingtaine d'Espagnols ivres de bière gueulent et rient, entourés de jeunes Indiennes à demi débraillées et qu'ils n'ont de cesse de tourmenter. Certaines sont déjà nues ou presque, les yeux écarquillés, d'autres ivres aussi et riant dans leurs larmes.

Malgré son air benoît, don Diego de Almagro est le premier à voir Gabriel franchir les murs de draps. Son œil unique s'ouvre en grand et brille déjà d'ironie. Il pousse un cri qui ramène le silence et tous se tournent vers Gabriel qui, d'un coup d'œil, jauge les visages et n'en reconnaît presque aucun.

— Don Gabriel ! s'exclame Almagro. Que voilà une surprise !

Il jaillit de son fauteuil comme un diable. Du plat des deux mains, il frappe violemment sur la table. Les femmes sursautent de peur et les hommes rient.

— Messieurs, je vous présente don Gabriel Montelucar y Flores ! Un très proche et très cher ami de mon ami don Francisco.

Le fiel de la voix de don Diego suffirait à aiguiser les regards encore noyés par l'ivresse. L'allusion au Gouverneur les fait briller de haine. Gabriel ne relève pas l'ironie des propos.

— Don Francisco m'envoie pour vous assurer de

son soutien dans votre entreprise. Il m'a chargé de vous dire que l'aide qu'il vous apporte ne saurait s'arrêter à son financement… Et si le besoin s'en faisait sentir, un seul mot de vous et il vous serait reconnaissant d'accepter son concours…

Almagro se remet à rire :

— Nous sommes sensibles à cette attention généreuse. Don Francisco s'est rempli les poches d'un bel or. À l'heure qu'il est, il dort dans un lit douillet tandis que nous, nous courons encore les routes pour ne trouver que de la poussière. C'est aussi qu'il a deux paires d'yeux là où je n'en ai qu'un ! Et vous, messieurs, vous avez devant vous sa paire de rechange !

— Don Diego, coupe Gabriel, gardez vos sornettes pour le reste du voyage. Je viens de chevaucher pendant une heure le long de votre colonne et c'est l'enfer que j'y ai vu. Vous traitez ces gens comme des bêtes ! Voulez-vous soulever tout le pays contre nous ?

Le silence se fait aussi froid que le vent. Aussi froid que la voix d'Almagro :

— Auriez-vous l'intention de me faire la leçon, don Gabriel ?

Gabriel n'a pas le temps de répondre. Un homme s'est levé de la table. Il attrape l'une des toutes jeunes femmes qui se sont écartées de quelques pas. Il déchire en entier sa tunique d'un coup de stylet.

Sa poitrine nue apparaît. Elle regarde ses doigts tachés de sang avec une sorte d'incompréhension affolée.

— Ici, gueule l'homme tandis que la jeune fille fait des mouvements désordonnés pour lui échapper, ici, on fait ce qu'on veut ! Ici, notre Gouverneur, c'est don Diego.

Gabriel a déjà son épée en main. Mais le crissement de vingt épées sortant du fourreau lui répond. Dans un éclair d'acier, une haie de lames se hérisse devant lui.

La bouche d'Almagro est prise d'un tremblement machinal qui secoue ses maigres joues grêlées.

— Voyez la générosité de ces hommes, don Gabriel. Ce titre qu'on m'a refusé, vous voyez avec quel naturel ils me l'accordent… Et ce n'est pas tout : voulez-vous voir jusqu'où ils sont prêts à aller pour moi ? Allons, je vous sais courageux, mais nous sommes cinq cents et vous êtes seul. Même pour vous, je crains que cela soit trop… Don Cristobal de Narvaez vient de vous le dire. Ici, c'est moi qui dis le oui et le non. Et je voyage comme je l'entends. Si vous n'aimez pas mes manières, retournez donc polir les bottes de don Francisco.

Gabriel rentre lentement l'épée dans son fourreau. La fatigue de son voyage lui plombe les membres et sa bouche a un goût d'amertume.

Les paroles du vieux fou chantent tristement dans sa tête tandis qu'il tourne les talons sous les ricanements.

« *Taypikala*, c'est fini ! Viracocha doit recommencer ! »

# 31

# Cuzco, août 1535

— À moi, Seigneur !
— Toi, je vais te percer !
— Aïe, *caballero* !
— Titu ! Lloque ! Faites attention avec ces bâtons, vous allez vous faire mal !

Un instant les deux garçons, d'à peine cinq ou six ans, retiennent leurs bras armés d'un bout de bois transformé en épée par l'imagination. Ils jettent un regard vers leur mère. Avec les autres servantes, elle s'affaire au ménage de la grande pièce commune, secouant les *mantas* des lits. Voyant que, sa réprimande passée, elle se détourne déjà, les deux enfants éclatent de rire. Bondissant comme de petits fauves, ils reprennent leur jeu de plus belle. Un jeu magnifique et nouveau : se battre comme les Étrangers et avec des armes d'Étrangers !

Immobile dans l'ombre, Anamaya les regarde faire. Un sourire est venu sur les lèvres mais grave, mélancolique et qui n'éclaire pas ses yeux.

— À quoi rêves-tu, *Coya Camaquen* ! murmure tout près d'elle une voix légère.

— Inguill !

Anamaya se retourne avec un petit mouvement de surprise et découvre le visage tendre de sa jeune amie.

— Je ne t'ai pas entendue venir ! Tu te déplaces toujours comme un courant d'air, ajoute-t-elle avec tendresse.

— Pas vraiment ! Je suis derrière toi depuis un petit moment. Mais je n'osais pas t'aborder tant tu avais l'air passionnée par ces gamins. Je me suis dit…

Inguill hésite, se mordille les lèvres avant de chuchoter :

— Tu pensais à lui en les regardant, n'est-ce pas ?

Anamaya approuve d'un simple hochement de tête, jetant de nouveau un regard vers les enfants. Courant, se poursuivant d'un bout à l'autre du patio, ils jouent à en perdre haleine, mêlant à leurs cris et leurs rires quelques mots volés dans la langue des Étrangers.

— Il te manque, dit Inguill sans que cela soit tout à fait une question. Il y a tant de lunes que tu ne l'as pas vu ! Tu pourrais presque en oublier son visage et même comment il est fait. Moi, je n'ai pas ta force. Il y a longtemps que je serais morte à force de pleurer…

Anamaya réprime son désir de faire taire la jeune fille. L'affection d'Inguill est sincère, même si elle ne se rend pas compte de la cruauté de ses paroles. Et puis elle a raison. Il y a si longtemps, effectivement, qu'Anamaya doit taire son amour de Gabriel ! Si longtemps qu'elle ne confie sa peine et sa solitude qu'à l'obscurité de la nuit et au silence de la montagne.

— Cela arrive comme ça, dit-elle tout bas. Parfois, je parviens à l'oublier durant toute une journée. Parfois, je dors une nuit entière sans me réveiller pour penser à lui. Parfois, tu as raison, j'ai peur d'oublier son visage, la forme de sa bouche, la douceur de ses mains… Mais sa pensée me revient, sans même que je sache pourquoi. Rien n'est oublié, jamais. Tout à l'heure, je traversais cette cour et j'ai vu ces garçons jouer. Soudain, c'était comme si je le voyais.

— Mais pourquoi toujours penser à lui puisque tu ne sais pas s'il reviendra ? Pis encore : tu sais qu'il ne pourra jamais devenir ton époux véritable. Tu te fais souffrir en vain, *Coya Camaquen*.

Les yeux brillants, retenant d'un battement de paupières le picotement qui annonce les larmes, Anamaya a un petit rire. Elle saisit la main que lui tend Inguill avec tendresse.

— Tu as sans doute raison. Mais c'est ainsi… Que puis-je y faire ? Je pense à lui parce qu'il est dans mon cœur. Je pense à lui parce qu'il est dans mon âme d'ici et peut-être même dans l'âme qui m'attend dans l'Autre Monde. Je pense à lui parce que mon corps attend ses caresses et qu'il n'en veut pas d'autres…

— Ce doit être terrible !

— Non, pas toujours…

Elles se taisent un instant car la mère des deux garçons les appelle de nouveau. Cette fois, elle leur confisque les bâtons-épées, déclenchant des larmes.

— Gabriel n'est pas là et pourtant il est si proche, si proche qu'il y a une place pour lui entre mon souffle et ma peau ! murmure Anamaya en suivant la scène des yeux. Certains jours, cela est si fort, si violent que je pourrais croire qu'il vient de quitter Cuzco. Ces jours-là, il semble qu'il me suffit de me retourner pour que je puisse poser ma main sur son visage et qu'il me serre dans ses bras. Mais tu as raison : il est beaucoup d'autres jours où je sais la vérité. Il est loin, si loin que je pourrais douter qu'il vive encore en ce Monde-ci.

Une larme, une seule, a franchi les paupières d'Anamaya. Elle l'essuie d'un geste furtif. Rieuse, presque moqueuse, elle saisit le bras d'Inguill et l'entraîne vers la porte de la *cancha*.

— Allons, fait-elle d'une voix plus ferme, cessons nos bavardages de femmes ! Accompagne-moi sur la grande place Aucaypata. On y a porté ce matin les Corps secs des anciens Seigneurs du clan de Manco. Je veux aller les saluer.

Inguill, les pommettes rougies par l'émotion, approuve d'un signe de tête et suit Anamaya, le regard tout pensif.

Lorsqu'elles approchent du mur d'enceinte de la *cancha*, le son bref d'une trompe retentit. Sans même qu'un ordre soit donné, six gardes munis de lances décorées de plumes aux couleurs de l'Unique Seigneur Manco accourent auprès de la *Coya Camaquen* pour l'escorter.

Alors qu'elles s'engagent dans la rue descendant en pente raide vers Aucaypata, Inguill demande soudain tout bas :

— Anamaya, dis-moi : peut-on aimer un Étranger comme on aime un homme de notre race ?

De surprise, Anamaya s'immobilise presque. Avant de répondre, elle jette un regard aux hommes de l'escorte pour s'assurer qu'ils ne peuvent entendre.

— Gabriel n'est pas un Étranger comme les autres. Cela serait difficile de te l'expliquer : il y a en lui une force qui le rend différent de tous les hommes. Ceux d'ici comme ceux du pays d'où il vient.

Inguill secoue la tête avec un sourire à la fois espiègle et embarrassé. Elle demande encore, dans un chuchotement presque inaudible :

— Je voulais dire : font-ils l'amour comme les hommes d'ici ? J'ai entendu des femmes dire que les Étrangers y accordent… plus d'importance que les hommes de chez nous ! Qu'ils aiment plus le faire et que pour nous les femmes, eh bien…

Inguill n'ose pas achever sa phrase. Anamaya cette fois s'arrête pour de bon. De là où elles se trouvent, la grande place des cérémonies est visible, les momies alignées sur le côté gauche, avec chacune devant elle un vif brasier entretenu par un prêtre.

— Pourquoi me poses-tu cette question, Inguill ?

— Je voudrais aider Manco. Je crois que je le peux si tu m'aides, Anamaya. Je sais que les Seigneurs Étrangers sont revenus hier tourmenter Manco pour qu'il leur donne ton époux, le Frère-Double en or. Ils ont tant crié, tant menacé ! Je n'ai pu dormir de toute la nuit en pensant à ce qu'ils lui ont demandé…

Anamaya ne sait que trop bien à quoi songe Inguill. Les menaces des deux frères du Gouverneur Pizarro, Juan et Gonzalo, résonnent encore en elle. Ces deux démons qui sont à l'origine de l'éloignement de Gabriel !

Une fois de plus, Manco a courageusement refusé de leur céder la statue d'or. Une fois de plus, ils l'ont insulté, lui l'Inca, le Fils du Soleil, comme s'il n'était pas plus qu'un chien errant ! Avant de lui proposer un ignoble échange : que la *Coya*, sa propre épouse, à lui le Roi, quitte sa couche pour entrer dans celle de Juan !

— Je ne laisserai pas faire cela ! gronde Anamaya en frissonnant de fureur.

Les hommes de l'escorte commencent à les observer. Elle reprend sa marche, entraîne Inguill vers la place. La voix plus basse mais tout aussi violente, elle lance :

— Manco ne doit plus accepter qu'on le traite avec tant de mépris ! Il ne peut leur céder la *Coya*, pas plus qu'il n'a accepté que je leur sois livrée. Curi Ocllo est la Reine. Le Soleil et la Lune ont béni son ventre afin que l'Unique Seigneur y engendre sa descendance. Elle est encore plus sacrée que moi. Quelle honte ce serait si cet Étranger la prenait pour lui ! Aucun des Puissants Seigneurs ne croirait plus en Manco. Il n'aurait plus aucune autorité !

— Anamaya, il n'a plus le choix, proteste Inguill le visage soudain défait. Manco ne peut pas refuser une fois de plus ! Les Étrangers lui mettront les chaînes. Oui, ils le feront… Ô que Viracocha nous vienne en aide !

Le visage durci, d'un geste bref, Anamaya fait signe à l'escorte de s'écarter car elles sont parvenues aux dernières marches dallées donnant sur la place. Il n'y a pas grand-monde, seulement quelques Seigneurs incas, des prêtres et des jeunes garçons, autour des momies. Quelques Espagnols, en retrait, les observent avec une curiosité un peu lasse. Il est loin, le temps où cette cérémonie les fascinait.

— Non, Inguill, reprend Anamaya avec netteté en faisant face à la jeune fille. Ne laisse pas la peur t'envahir. Elle est toujours mauvaise conseillère. Nous devons quitter Cuzco. C'est le mieux. Il n'est plus possible de partager cette ville avec les Étrangers.

— Anamaya ! C'est de la folie. Cela n'apportera que la guerre !

— C'est un risque à prendre, réplique Anamaya avec calme. As-tu vu les enfants tout à l'heure ? Ils jouaient aux Étrangers, ils utilisaient des mots étrangers. Leurs bâtons ne représentaient ni les masses des guerriers incas ni les lances ou les arcs, mais les armes des Étrangers. Voilà ce qui leur plaît et les amuse aujourd'hui : ressembler aux Étrangers ! Que deviendront-ils en grandissant si nous laissons faire ? Ils vont cesser d'aimer Inti et Mama Quilla. Ils vont cesser d'être les fils des humains à qui Viracocha a accordé l'Empire des Quatre Directions. Ils deviendront les esclaves des Étrangers, qui méprisent nos anciens de l'Autre Monde et appellent notre pays le « Pérou ». Tu le sais, Inguill : j'ai tout fait pour maintenir la paix quand Chalkuchimac voulait la guerre. Il le fallait pour que Manco puisse devenir notre Unique Seigneur. Mais aujourd'hui, l'Unique Seigneur Manco doit savoir faire la guerre.

— Il ne le peut ! s'écrie Inguill. Pardonne-moi de me mêler de ce qu'une fille comme moi ignore, *Coya Camaquen*. Cependant, on dit partout et jusque dans l'*acllahuasi* que nous n'avons pas assez de forces, pas même assez de guerriers pour faire la guerre aux Étrangers.

— Dans quelques lunes, il en ira autrement.

— Dans quelques lunes, Manco aura des chaînes autour des pieds et du cou comme l'Unique Seigneur Atahuallpa ! s'écrie Inguill. C'est dans trois jours que les Étrangers viennent chercher la *Coya* !

Anamaya se détourne avec un grognement de dépit. Un instant, pour calmer les battements de son cœur et éviter des paroles trop dures envers Inguill, elle regarde les prêtres en longues tuniques à franges pratiquer les offrandes. En gestes précis, ils jettent des morceaux de viande et des grains de maïs dans les brasiers. Ensuite, ils lèvent haut des vases de *chicha* devant les Corps secs, comme s'ils les invitaient à boire.

Sans regarder Inguill, sans pouvoir cacher sa moquerie, elle demande :

— Très bien, puisque tu sembles avoir réfléchi à tout cela, peut-être as-tu une meilleure solution ?

— Oui ! Ne sois pas fâchée contre moi, Anamaya. Je veux seulement vous aider, Manco et toi.

— Et comment comptes-tu y parvenir ?

La jeune fille se raidit avant de lâcher dans un seul souffle :

— Les Étrangers peuvent me choisir, moi.

— Toi ? Inguill ! Ne dis pas de bêtises. Tu n'es pas la *Coya*, que je sache !

— Non, mais ils l'ignorent ! Et tout le monde dit que je ressemble tellement à Curi Ocllo…

Stupéfaite, Anamaya considère quelques secondes le doux et innocent visage d'Inguill, ses pommettes hautes et larges, sa bouche courte mais délicatement ourlée, son nez un peu recourbé… C'est vrai qu'elle ressemble à l'épouse de Manco. Néanmoins, Anamaya secoue la tête en signe de refus, émue :

— Non, Inguill, c'est de la folie. Tu ne sais pas ce que tu dis.

— Anamaya, écoute-moi ! Tu sais que j'aime Manco

plus que tout. Autant que toi-même tu aimes ton Étranger. Je lui dois tout et d'abord la vie, souviens-toi ! Et aujourd'hui, bien qu'il n'ait pas voulu de moi dans sa couche, je veux lui montrer mon amour...

— En devenant l'épouse d'un Étranger ?

— En lui évitant de faire une guerre qu'il ne peut pas encore gagner.

Ébranlée, Anamaya regarde son amie avec stupéfaction.

— Mais comprends-tu tout ce que cela signifie pour toi ?

— J'y ai bien réfléchi, assure Inguill avec un pâle sourire. C'est pourquoi je te demandais tout à l'heure comment aiment les Étrangers. Je serai la femme du plus vieux, celui qui s'appelle Juan. Je l'ai bien observé : je crois qu'il n'a pas la cruauté de son frère.

Anamaya secoue encore la tête, incrédule. Les larmes aux yeux, Inguill rit et ajoute :

— Et puis, je serai ainsi la reine pendant un instant ! Aide-moi, *Coya Camaquen* ! Conduis-moi auprès de Manco pour que je vous explique mon plan.

*

Dissimulée derrière la *manta* rabattue devant l'embrasure, Anamaya regarde l'animation de fête qui règne dans le patio. Manco a bien fait les choses. Les Étrangers, pour une fois, offrent des mines réjouies.

Espagnols ou Incas, il n'y a dans la cour de la *cancha* royale qu'une dizaine de gardes et de soldats, tandis qu'une foule de jeunes et jolies femmes vont et viennent. Toutes ont revêtu des tuniques de cérémonie aux couleurs vives. Des guirlandes de *cantutas* rouges sont fixées à leur coiffe. Dans un habile ballet, elles font virevolter devant l'Unique Seigneur et ses hôtes des plats surchargés de mets odorants, vigogne rôtie et farcie de prunes, tourterelles et perdrix rissolées avec de minuscules pommes de terre, purée de *quinua* aux cacahuètes…

Juan Pizarro porte un vêtement qui semble neuf, aux manches amples, le cou serré par une dentelle large comme la main et qui dissimule son grain de beauté. D'une main il tient ses gants et de l'autre un cattleya blanc qu'il porte à ses narines, respirant l'ample parfum de la fleur avec des battements de paupières. À son côté, Gonzalo accepte avec tant d'amabilité les fruits et les galettes de maïs gorgées de miel que nul ne pourrait croire, en cet instant, à la noirceur de son âme. Face à Manco assis sur son trépied royal, l'un et l'autre ont pris place sur un banc que l'on a rendu plus confortable avec des couvertures de fine laine.

— Tout va bien, annonce tout bas Anamaya. Les Étrangers sont contents. Manco fait comme s'il était très fier de leur faire plaisir. Ils ne vont pas tarder à demander la *Coya*…

Dans son dos, accroupie dans la pénombre où ne luit que sa coiffe d'or, Inguill approuve d'un murmure.

Comme l'a deviné Anamaya, alors que des servantes à la nuque courbée et aux paupières baissées apportent les vases de *chicha*, Juan Pizarro déclare :

— Sapa Inca, ton repas est bon et ton hospitalité agréable, mais je ne voudrais pas que tu oublies la raison de notre venue.

Manco, sans répondre, fait un signe de sa main droite. Aussitôt les servantes cessent leur agitation pour former un double rang menant jusqu'à la porte de la seconde cour.

Lentement, avec beaucoup de grâce, précédée de deux très jeunes filles en tunique blanche, apparaît la première des concubines de Manco. Tandis qu'elle s'approche à petits pas entre les rangs des servantes, les deux Espagnols scrutent son visage large, sa petite taille, ses lèvres bien dessinées. Il y a en elle plus de robustesse que de beauté mais aussi une évidente sensualité. Elle va droit devant l'Unique Seigneur et se prosterne, sans un regard pour les Étrangers.

Avant même que Manco lui ordonne de se relever, la bouche de Gonzalo se gonfle de dédain.

— Sapa Inca ! grogne-t-il. Voudrais-tu nous faire croire que cette femme est ton épouse ?

— Elle l'est ! assure Manco en souriant.

— Que non. Il nous trompe ! Elle ne ressemble pas du tout à la *Coya* ! s'exclame Juan avec dépit. Regarde, Gonzalo, elle est plus âgée que moi !

— Sapa Inca, soupire Gonzalo en se levant. Nous n'allons pas nous fâcher à nouveau. Il faut pour mon frère la plus belle de tes femmes. Ton épouse préférée, n'est-ce pas ?

Anamaya voit le sourire de l'Espagnol, mais elle reconnaît dans sa voix une vibration de fureur contenue. Manco aussi a dû la percevoir, car il rit doucement :

— Bravo ! Tu as raison, frère du Gouverneur, tu as vu juste. Cette femme est bien à moi, c'est celle qui, il y a longtemps, m'a appris comment un homme devait se comporter entre les cuisses d'une épouse.

Les deux Espagnols s'esclaffent tandis que Manco déjà poursuit :

— Cela me déplairait de donner ma plus belle femme à un homme qui ne saurait pas en reconnaître la beauté. Je suis content que votre goût soit aussi exigeant que le mien.

Il claque entre ses mains. De la vaste pièce commune face à sa chambre sortent une vingtaine de jeunes femmes. Les Espagnols se retournent, la bouche béante et les yeux écarquillés.

— Amis, annonce aimablement Manco, voici mes

plus belles femmes. Je ne peux faire mieux que de vous laisser le choix !

Dans son refuge d'ombre, Anamaya voit la stupéfaction des Étrangers tandis que les jeunes femmes, le visage craintif et soumis, avancent jusqu'à eux. Elles sont toutes vêtues du même *añaco* bleu clair, d'une cape blanche seulement rehaussée de quelques motifs colorés dans le bas.

— Ça y est, murmure Anamaya, les concubines sont là.

Nerveuse, tendue, Inguill s'est approchée si près de son épaule qu'elle respire le lourd parfum de musc huileux dont elle s'est enduite.

— Regarde…

Imperceptiblement, Anamaya repousse un peu plus la *manta* pour que la jeune fille puisse voir la scène elle aussi.

Sous le soleil qui inonde le patio, les frères du Gouverneur passent en revue les concubines. Ils soulèvent un menton, une main, caressent une épaule, font tourner celle-ci puis celle-là. Les gestes et le rire de Gonzalo deviennent plus insistants. Il palpe un sein, un ventre, esquisse des caresses impudiques qui font frissonner de dégoût Anamaya.

— Inguill, es-tu certaine…

— Oui, oui ! coupe Inguill. Je crains seulement qu'ils choisissent une concubine avant même de me voir !

Mais non. Tout se passe comme elle l'a prévu. Fronçant les sourcils, Gonzalo retient son frère, qui semble enchanté et ne cesse de faire des saluts avec son chapeau. Un instant ils se parlent tout bas. Puis Gonzalo, encore, revient vers Manco. Cette fois, ses yeux étincellent de rage lorsqu'il s'immobilise tout près de l'Unique Seigneur.

— Sapa Inca, par le sang du Christ ! Quand comprendras-tu qu'il ne faut plus nous mentir ?

Il hurle soudain et son cri résonne dans le patio, immobilisant les concubines et les servantes :

— Plus jamais !

Inguill instinctivement serre le bras d'Anamaya comme si elle risquait de se briser sous la colère de l'Espagnol.

Cependant, Manco réagit avec une placidité désarmante. Ignorant les cris de Gonzalo, il demande à Juan d'un ton uni :

— Frère du Gouverneur, aucune de ces femmes ne te plaît ?

— Ce n'est pas qu'elles ne soient pas jolies, Sapa Inca, reconnaît Juan avec embarras. Elles sont plaisantes à voir, fraîches et bien faites, il faut le reconnaître.

— Mais aucune d'elles n'est la *Coya* ! coupe Gonzalo d'un grondement. Et tu le sais…

— Ah, amis ! soupire Manco. Que vous êtes difficiles !

— Ne discute plus. Je n'ai plus envie de m'amuser à tes jeux. Nous voulons voir la Reine dans l'instant.

Le visage de Manco s'assombrit d'un coup. Son regard devient fixe comme si son cœur se déchirait. Anamaya en frissonne, serrant Inguill contre elle.

— Il va t'appeler, souffle-t-elle. Prends soin de toi, mon amie.

Elle devine sur les joues d'Inguill l'humidité des larmes. Contre toute évidence, la jeune fille murmure en lui baisant la main :

— Je n'ai pas peur ! Je n'ai pas peur !

Anamaya presse son visage contre le sien. Ensemble, elles entendent l'appel de Manco.

— Curi Ocllo ! Que vienne ici la *Coya* Curi Ocllo.

— N'oublie pas que je t'aime ! chuchote Anamaya. Et promets de te sauver s'il veut te faire du mal…

Mais les servantes déjà ont repoussé la *manta* et se prosternent sur le seuil de la pièce. Tandis qu'Anamaya se retire un peu plus dans l'ombre, Inguill s'avance dans la lumière.

Aussitôt, la satisfaction détend les regards des Espagnols. Jamais Inguill n'a été si belle et sa beauté semble se refléter sur les visages des Étrangers. D'un vert d'eau, si fin tissé qu'on ne peut en deviner les points, l'*añaco* qui l'enveloppe souligne son corps gracile. La *lliclla* violette, accordée aux motifs savants de sa ceinture, flotte sur ses épaules et tombe jusqu'au sol avec la souplesse d'une fumée. Sous la coiffure parsemée de petits coquillages dorés, son visage est parfait, les cils arqués comme d'un coup de pinceau. Ses paupières et ses lèvres frémissantes, au bord des larmes, ne font que rehausser sa beauté.

— Ah ! s'écrie Gonzalo, mon frère, la voilà enfin ! Voilà la *Coya*, je la reconnais.

Juan semble avoir du mal à soutenir cette vision. Anamaya devine en lui un trouble plus sincère qu'elle ne l'aurait imaginé. Il s'approche d'elle le pas hésitant, l'œil fixe et ému, courtoisement il salue Inguill, inclinant le buste, et quand il se redresse, encore stupéfait d'admiration, on devine un peu de vrai respect dans son bonheur.

— Celle-là oui ! balbutie-t-il à l'adresse de Manco. Celle-là oui, Sapa Inca, je la reconnais, c'est la *Coya* ! Et il me la faut sur-le-champ…

Alors qu'il tend la main pour prendre celle d'Inguill, celle-ci, comme il est prévu, se met à hurler. Elle se détourne, gémit, ses mains voilant sa face, elle tremble et recule à petits pas, crie enfin qu'elle ne veut pas quitter son Unique Seigneur, que ces gens lui font peur ! Sa crainte et sa douleur se répandent sur tous les visages des concubines et des servantes encore présentes. L'atmosphère se tend si bien que des larmes jaillissent, ainsi que des murmures.

— Holà ! rit Gonzalo. Du calme, dame *Coya* ! En voilà un accueil pour ton nouvel époux !

Cependant, sous l'œil consterné de Juan, Inguill, froissant sa belle parure, se laisse tomber aux pieds de Manco. Elle ressemble ainsi à une fleur somptueuse et opulente qui d'un coup s'ouvrirait de tous ses pétales. Mais elle gémit :

— Unique Seigneur, je t'en supplie, ne m'abandonne pas ! Unique Seigneur, je n'aime que toi ! Unique Seigneur, mon cœur ne bat que pour toi et les Ancêtres de l'Autre Monde ! Unique Seigneur, ouvre ma poitrine et prend mon cœur, mais ne le donne pas aux Étrangers.

Anamaya a beau savoir que ce sont là des phrases qu'Inguill et elle ont arrangées, elle ne peut s'empêcher de frémir tant elles sonnent avec sincérité. Et tous, elle le voit bien, même les Étrangers soudain déconcertés, en sont ébranlés.

— Lève-toi, femme, répond sombrement Manco. Va avec ce Seigneur qui est mon ami. Ne te préoccupe pas qu'il soit étranger. Tu me serviras en devenant sa fidèle épouse. J'en ai décidé ainsi.

— Ô Unique Seigneur ! Prends pitié de moi ! Tue-moi car je n'ai plus de raison de vivre si tu me laisses dans les mains d'un autre homme…

Anamaya tressaille de nouveau. Les mots d'Inguill sont comme des flèches. Mais, contre toute attente, alors qu'il est prévu que l'Unique Seigneur doive seulement ignorer ses larmes, Manco s'incline vers Inguill. Il la saisit par un bras et la relève. Il l'attire brusquement contre lui et l'embrasse à pleine bouche.

Le baiser n'est peut-être pas long mais le silence qui fige le patio semble le faire durer infiniment.

Lorsque Manco repousse Inguill, fugacement, Anamaya croise le regard de la jeune fille. Un étrange sourire l'illumine et demeure dans ses yeux même lorsque les mains de Juan la happent avec vigueur et que déjà, entourée par l'escorte des soldats espagnols, elle est poussée plus que conduite vers la porte du patio.

En moins de temps qu'il ne faut pour le dire, les frères du Gouverneur disparaissent avec leur gibier. Anamaya sort sur le seuil de la pièce, le ventre et la gorge noués de honte, de colère et de peine. Le patio semble peuplé de masques plus que de visages, qui tous portent les mêmes signes de douleur.

Manco se lève et la suit. Il repousse les concubines et les serviteurs qui se précipitent. Sa démarche est celle d'un homme lourd, peut-être ivre. Il y a sur son visage une expression qu'il a tenté de faire ressembler à un sourire, mais qui n'est plus qu'une sorte de rictus crispé et sans joie.

Dans le bleu profond du ciel, Anamaya voit en levant les yeux les murailles de la forteresse de Sacsayhuaman, ses trois tours puissantes qui semblent indestructibles.

— Nous avons réussi, dit sombrement Manco.

Anamaya le considère en hochant la tête. Elle ressent de la tristesse et de l'amertume jusqu'au fond de l'âme.

— C'est ce qui reste de ton pouvoir, dit Anamaya en désignant les murs au-dessus d'eux. L'apparence de la puissance sous le Soleil, le souvenir de la puissance…

— *Coya Camaquen*, je t'en prie.

— … une puissance qui nous réduit à accepter le sacrifice d'une jeune fille au cœur pur pour nourrir l'avidité de ces monstres…

Le visage de Manco est devenu gris et il serre les poings.

— Ne crois pas que je ne le sais pas, dit-il avec une rage sombre, ne crois pas que la souffrance ne me déchire pas comme les griffes d'un puma dans mon ventre…

Anamaya se tait. Le nom de « puma » la fait sursauter. Puma si fort, mais si lointain…

« Viens, murmure-t-elle entre ses dents, je t'en prie, viens à mon aide. »

32

## Cuzco, septembre 1535

Le bruit de la pluie est doux. Anamaya l'entend crépiter partout au-dessus d'elle sur le toit. La pluie elle-même est douce. Elle coule sans violence sur ses cheveux et son front, elle mouille son *añaco*.

Anamaya l'entend maintenant qui frappe la boue de la cour et les flaques qui s'y sont formées. Elle a envie de quitter sa couche et d'aller voir cette pluie douce qui tombe dans la nuit. Elle se voit elle-même, cessant de dormir et se levant. Mais au même instant elle comprend que les choses ne sont pas comme elles devraient être.

Pourquoi pleut-il sur son front et ses cheveux, puisqu'elle est à l'abri du toit ? La cour de la *cancha* est dallée et la pluie ne peut la transformer en boue !

Alors elle se lève pour de bon et va jusqu'au seuil. Oui, elle s'est trompée ! Elle n'est pas dans la *cancha* mais dans la case du village de jungle, le village de son enfance, celui où elle est née. Il y pleut maintenant avec plus de force, comme il pleuvait cette nuit-là, avant que tout commence.

Avant qu'elle devienne la *Coya Camaquen*.

Fugitivement, Anamaya se dit qu'elle dort et qu'elle est en train de rêver. Peut-être devrait-elle cesser de dormir afin de repousser ce rêve. Cependant, elle ne peut s'empêcher de regarder avec fascination la cour du village avec quatre grandes huttes. Tout est exactement comme autrefois, sauf que les cases sont vides. Pourtant elle se sent en danger et a peur de l'attaque des guerriers de l'Unique Seigneur Manco.

Oui, elle a peur et elle sait qu'elle devrait se réveiller.

Mais le mouvement brillant de la pluie dans la nuit et son chant doux sont si lancinants qu'elle ne peut s'en détacher. Cela est si extraordinaire de voir à nouveau ce village où elle fut petite fille ! Si elle en a le courage, peut-être va-t-elle voir le visage de sa mère ?

Elle est reconnaissante à son époux le Frère-Double de lui permettre ce rêve. Elle devra, à son réveil, songer à le remercier. Tout à la fois elle a peur et le cœur léger.

Elle tressaille car elle entend un bruit. Un trottinement. Comme celui d'un animal. Puis un autre. Elle croit voir une silhouette de fauve au pelage clair bondir avec un grognement vers la palissade.

Mais non, elle s'est trompée. C'est un bruit de pas sur le sol mouillé qu'elle entend. Et même un bruit très particulier qu'elle reconnaît : un bruit de bottes ! Les pas d'un Étranger.

Son cœur s'enflamme à l'instant même où il apparaît entre les cases. C'est lui, bien sûr. C'est lui, Gabriel. Il a ôté son chapeau et son visage dans la nuit est aussi lumineux qu'en plein jour. La pluie ne le mouille pas. Ses beaux cheveux d'or sont secs. Il sourit. Il tend les bras vers elle dont le ventre et la poitrine tremblent de bonheur. Il y a si longtemps qu'elle l'attendait. Enfin, enfin il est de retour, vivant et beau comme au premier jour de leur rencontre !

Un bonheur fou qui inonde Anamaya quand il l'enlace. Elle sent à travers sa chemise humide sa chaleur et le souffle rapide de ses baisers quand il commence à dérouler son *añaco*. Elle rit de son empressement ! Il la soulève comme une plume et la porte sur sa couche. Elle veut aussi voir son visage et ses yeux. Son visage lui manque depuis trop longtemps, ses lèvres douces, son nez droit et fin, ses joues claires. Mais il a tant d'impatience qu'il en devient brutal. Elle le repousse et se rend compte qu'une barbe lui couvre le menton et la bouche. Qu'il a changé de visage.

C'est alors qu'elle crie.

Elle a les yeux grands ouverts. L'homme qui est vautré sur elle dans l'ombre n'est pas Gabriel. Ses doigts lui labourent la poitrine et, avec une violence insupportable, cherchent à la dénuder. Elle hurle de nouveau en comprenant qu'on la violente.

Son agresseur cette fois se recule, les yeux pleins de haine. Jurant en espagnol, il lui plaque une main sur la bouche tandis que, de l'autre, il cherche sa gorge.

— Laisse-moi faire, salope !

Elle comprend à peine les paroles qui écument au bord de la bouche tordue de désir et de haine, mais elle reconnaît la voix du frère du Gouverneur.

La peur d'Anamaya cède à la fureur. Elle tente de rouler sur le côté mais l'homme la retient. Elle se débat, secoue la tête, la main de l'Espagnol glisse sur sa bouche, assez pour qu'elle puisse y planter les dents. Le goût du sang vient sur sa langue à l'instant où l'homme hurle de douleur.

— Écarte les jambes, putain d'Indienne !

Elle profite de sa surprise pour se recroqueviller, repliant ses genoux jusque sur sa poitrine. Gonzalo râle. Sa main blessée rend ses prises malhabiles. Il retombe sur elle pour l'immobiliser. Mais Anamaya est parvenue à glisser la pointe de ses pieds contre le ventre de l'Espagnol et le repousse de toutes ses forces. Il bascule en arrière jusqu'au mur, arrachant l'*añaco* et lui griffant un sein.

D'un bond, Anamaya parvient à se relever. Elle est

à peine debout qu'elle crie pour appeler les servantes. Elle se rend compte qu'il pleut vraiment et que Gonzalo a les chausses toutes détrempées. Même sa chemise, sous son pourpoint ouvert, est mouillée de pluie. Ses cheveux sont plaqués sur son visage de fou. Il grimace et ricane comme s'il ne s'agissait que d'un jeu. À tâtons, il trouve le fourreau de son épée qu'il avait abandonné près de la couche. Il l'attrape et se redresse.

— Tais-toi, putain !

Mais déjà, avant qu'il ne tire la lame du fourreau, mue par une violence qu'elle n'a encore jamais connue, Anamaya a lancé son pied. D'une torsion du buste, Gonzalo tente d'éviter le coup, mais cela va trop vite. C'est tout le corps d'Anamaya qui désire tuer. Elle sent son talon frapper le visage de l'Étranger, glisser sur la pommette et se bloquer dans la cavité de l'œil. Elle se laisse emporter de tout son poids, retombant sur sa couche. La tête de Gonzalo rebondit comme une balle de chiffon et frappe le mur de pierre.

— *Coya Camaquen ! Coya Camaquen !*

Les cris plaintifs des servantes l'entourent lorsqu'elle se relève. Des gardes accourent déjà avec des torches, des masses et des lances. Tous les regards sont braqués sur elle, son visage griffé et sa tunique déchirée que macule un peu de sang. Des gémissements montent qu'elle veut interrompre d'un geste. Du mieux qu'elle le peut, elle reprend son souffle.

— Je vais bien, assure-t-elle comme si elle se parlait à elle-même. Je vais bien. Il ne m'a rien fait…

À ses pieds, le frère du Gouverneur ne s'est pas relevé. Du sang coule de sa tempe et, zigzaguant en une mince rigole le long de son cou, s'insinue dans sa chemise.

Recouvrant ses épaules d'une cape que lui tend une servante, Anamaya demande :

— Est-il vivant ?

Un garde se penche sur l'Espagnol, pose sa main sur la poitrine puis place sa joue tout près de la bouche. Il sourit et hoche la tête :

— Seulement assommé, *Coya Camaquen* ! Mais je peux le tuer pour de bon, si tu veux.

Elle ferme les paupières et respire profondément pour lutter contre l'envie d'en donner l'ordre.

— Non… chuchote-t-elle. Non ! Fais seulement appeler l'Unique Seigneur.

*

Lorsque Gonzalo, toujours adossé au mur de la chambre, reprend ses esprits, son œil gauche est gonflé, écarlate. Après l'avoir tâté en grognant, il repousse les servantes qui cherchent à fixer un emplâtre sur sa tempe. Avec stupéfaction, il découvre alors la vingtaine de lances pointées sur lui.

Les guerriers de l'Unique Seigneur ont pris place de chaque côté de Manco et d'Anamaya. Quelques Puissants de la cour sont là eux aussi. La lumière vacillante des torches éclaire leurs visages impassibles, augmentant encore leur sévérité.

Le frère du Gouverneur tente un ricanement mais la douleur le fait grimacer. Son visage n'a plus rien de celui d'un ange, mais seulement d'une bête cruelle et blessée. Son œil valide dévisage Anamaya avec une férocité qui la fait frissonner.

— Ce que je t'ai promis est doux à côté de ce que je te ferai, marmonne-t-il.

Il réussit à dessiner sur son visage un ignoble sourire et Anamaya sent la crainte comme un poison envahir son cœur et ses membres.

Gonzalo se redresse, mais vacille aussitôt. Dans un effort plein d'orgueil, la bouche déformée par la douleur, il parvient à se mettre debout en s'agrippant aux pierres du mur. Alors Manco annonce d'une voix égale :

— Frère du Gouverneur, je devrais te tuer pour ce que tu as fait. Je te l'ai dit déjà : nul n'a le droit de porter la main sur la *Coya Camaquen* !

Gonzalo le regarde d'abord avec un peu d'étonnement, puis un rire hoquetant achève de déformer son visage.

— Chez nous, dit encore Manco, un homme qui violente une femme est pendu par les cheveux jusqu'à ce que les fauves ne laissent que ses os sur le sol.

— Eh bien, essaie donc. Tue-moi !

Gonzalo fait deux pas incertains. Les pointes des lances se resserrent aussitôt sur sa poitrine et l'immobilisent. De son œil il toise Anamaya et Manco, et puis soudain gronde, retrouvant sa superbe :

— Si tu crois me faire peur ! Tu n'es plus qu'un lâche, Sapa Inca ! Tu n'es pas un homme, tu n'as pas ce qu'il faut pour me tuer là, maintenant. Même avec une dizaine de guerriers pour le faire à ta place. Et je vais te dire pourquoi…

Il crache, se racle la gorge. Le sourire mauvais est dans son visage.

— Parce que tu sais que ma mort signifie la tienne et que tu tiens à la vie plus qu'à n'importe quoi. Plus qu'à ton or, plus qu'à tes femmes… plus qu'à ton honneur…

Il fixe Manco avec une rage, une haine sournoise et totale, et crache des insultes comme s'il frappait de l'épée :

— C'est cela que nous avons fait de toi, ô Fils du Soleil, divin Sapa Inca ! Un pantin qui braille et gesticule. Les sons qui sortent de ta bouche n'ont pas plus de sens que les vagissements d'un nourrisson…

Il continue à parler tandis que les guerriers poussent leurs lances. Les pointes de bronze appuient sur sa chemise sale. D'un coup violent de la main, il en balaye quelques-unes. Mais cet effort lui donne le tournis. Il recule en chancelant pour s'appuyer contre le mur et gronde comme un homme ivre :

— Ô grand Roi des Rois ! Tu croyais me tromper ? Moi…

Il ricane encore et crache une salive sanglante sur les dalles du sol.

— Ta *Coya* n'était qu'une servante. Ce pauvre Juan qui croyait baiser ta Reine et qui n'a qu'une guenon dans son lit ! Et tu croyais qu'on ne s'en apercevrait pas, hein ?

Manco fait un signe aux guerriers pour qu'ils s'écartent de lui. Dans sa main, il tient l'épée de Gonzalo, levée à hauteur du ventre de l'Espagnol, il s'approche si près qu'il n'y a plus que la distance de la lame nue entre eux. Un instant, la peur ternit l'œil valide de l'Espagnol.

Anamaya aussi a fait un pas. Sa main esquisse un geste pour retenir Manco. Mais, d'un mouvement si brutal que des guerriers sursautent, l'Unique Seigneur lève à la fois l'épée et son genou. Il y abat le plat de la lame et la brise en deux dans un tintement aigu.

— C'est nous, éructe Gonzalo, qui disons qui doit vivre et mourir ! Nous qui désignons les vivants et les morts !

Manco, les yeux exorbités par la fureur, saisit une masse des mains d'un soldat et déjà la lève haut.

— Non ! crie Anamaya. Non, Unique Seigneur ! Ne fais pas cela, pas encore !

Il y a un instant de flottement. Tous regardent le poing de Manco, son regard qui semble être devenu aussi rouge que celui d'Atahuallpa autrefois.

Le silence est si grand que tous entendent le souffle rauque et chuintant de l'Espagnol.

— Laisse-le repartir, Unique Seigneur, reprend doucement Anamaya. Il y a de la vérité dans son mensonge. Il te fera plus de mal mort que vivant.

Manco laisse retomber son bras et lance la masse aux pieds de Gonzalo.

— Sors d'ici, Étranger, gronde-t-il. Quitte cette *cancha*…

Gonzalo sourit. Il se libère des bras des guerriers et passe une main sur sa joue où le sang coule de nouveau.

— Écoute ton intouchable putain que je toucherai bientôt ! Il vaut mieux pour toi que je reste en vie.

Les servantes et les gardes reculent à bonne distance et le laissent s'approcher du seuil de la pièce. Il se retourne, crache encore sur le sol et pointe un doigt rouge de sang sur Manco :

— Tu peux quitter tes grands airs, Sapa Inca. Tu n'es plus rien du tout ici, tout juste une fiente d'âne ! Désormais, le roi de Cuzco, c'est moi.

En le regardant sortir au milieu des soldats indiens qui, à regret, écartent leurs lances et laissent tomber leurs masses, Anamaya songe à ses dernières paroles.

Elles sont méprisables et grotesques.

Elles sont vraies.

*

— Il faut partir dès cette nuit, Unique Seigneur, dit Anamaya dès que les gardes et les servantes se sont retirés. Il te faut partir loin de Cuzco.

— Tu n'aurais pas dû m'empêcher de le tuer tout à l'heure, gronde Manco sans l'écouter.

— Demain, son frère serait venu te tuer à son tour. Tu dois conserver ta haine au bout d'une laisse, comme un fauve, et non la laisser exploser…

Comme s'il ne parvenait pas à mettre hors de lui toute la violence contenue, Manco pousse un grondement et jette ses poings serrés vers la nuit où la pluie a enfin cessé.

— Tu aurais dû me laisser le tuer ! Il t'a souillée et tu l'épargnes ? Où est ton orgueil, *Coya Camaquen* ?

Anamaya l'affronte, le regard sec et froid :

— Le tuer signifie la guerre. Dès demain ! Tu n'es pas en état de faire la guerre aux Étrangers, Unique Seigneur. Pour cela, il faut d'abord quitter Cuzco puis rassembler nos forces. Tu sais que nous n'avons pas encore assez de guerriers ! Les Étrangers sont toujours plus forts que nous…

Manco scrute son visage avec attention.

— Tu penses que l'heure de la guerre est venue ?

— L'heure de la préparer est venue. Nous devons partir dès cette nuit. Tu ne peux plus demeurer dans ce palais.

Un instant Manco la considère, comme s'il envisageait soudain tout le sens des paroles d'Anamaya.

— Préparer la guerre… Mais comment ? Villa Oma et mon frère Paullu sont en route pour la province du Sud avec Almagro. Nous avons divisé nos forces pour obliger les Étrangers à se diviser eux-mêmes, puisqu'ils ne sont plus amis. Aujourd'hui, Villa Oma et Paullu doivent être à au moins deux lunes de Cuzco. Moi il ne me reste pas cinq mille soldats dans les montagnes de la Vallée sacrée. Si je fuis Cuzco sans pouvoir prendre la tête d'une véritable armée, l'Empire des Quatre Directions n'aura plus d'espoir. Qui croira assez en ma force pour vouloir se joindre à moi ?

— Si tu es enchaîné, si tu es le prisonnier des Étrangers, les larmes couleront dans ton royaume, mais pas la révolte, Unique Seigneur ! Nous serons seuls et sans mains pour nous entraîner. Si tu vas dans nos montagnes, tes ancêtres t'aideront. La plupart des *chaskis* te sont toujours fidèles. Sur un mot de toi, ils mobiliseront toutes les provinces. Nous y formerons l'armée dont tu as besoin. Villa Oma et Paullu attendent ton appel et ils reviendront avec des milliers d'hommes. Chacun t'aidera, car on sera fier de toi.

— C'est mon Père qui te l'a dit ?

Il y a un grincement d'ironie dans la voix de Manco qui fait frémir Anamaya. Elle ne détourne pas son regard, cependant.

— Manco, chuchote-t-elle, tu sais bien que ton Père Huayna Capac ne m'appelle plus près de lui depuis longtemps. Je suis comme toi : il n'y a pas de jour ou de nuit sans que je souhaite entendre sa voix. Cette nuit, j'ai fait un rêve et j'ai cru… j'ai cru qu'il allait m'appeler.

Elle s'interrompt un instant, les larmes brouillant ses yeux. Les images de la violence de Gonzalo glissent dans son esprit, souillant son corps alors que s'y mêle le souvenir de Gabriel.

Elle sent le poids de l'attention de Manco et reprend avec force :

— Fais-moi confiance, Manco. Je connais l'esprit des Étrangers. Ce qui vient de se passer montre que plus rien ne les arrêtera maintenant. Le frère du Gouverneur te l'a dit : il fera tout pour t'humilier. Il faut fuir maintenant. Cette nuit, sans perdre de temps. Avant qu'il ne soit trop tard pour que tu puisses rassembler autour de toi le peuple des Fils du Soleil. Je t'en prie, Manco, écoute-moi ! Je le sens, l'aube qui vient est pleine de menaces.

Manco hésite encore. Du bout des doigts, il effleure l'*añaco* déchiré qu'Anamaya maintient sous sa cape, il frôle sa joue marquée par les ongles de l'Espagnol. Enfin, il hoche la tête avec résignation :

— Oui, je te fais confiance, *Coya Camaquen.* Fais prévenir ceux qui doivent l'être. Nous quitterons Cuzco par l'escalier secret de la Tour du Soleil…

*

Au-dessus des montagnes de l'Est, le ciel est déjà éclairci par l'aube lorsqu'ils sortent enfin de l'interminable labyrinthe secret qui relie les terrasses de Colcampata à la haute Tour du Soleil de Sacsayhuaman. Dans la pénombre, les énormes murailles de la forteresse qui surplombe Cuzco dessinent la tête d'un monstre endormi.

Ils ne sont qu'une trentaine. Manco n'a voulu avec lui que quelques épouses et serviteurs, cinq ou six des Puissants Seigneurs de sa cour. Tous les autres ont ordre de demeurer dans la *cancha* royale et de vaquer normalement aux tâches afin que les Étrangers ne se rendent compte de sa fuite que le plus tard possible.

La respiration bruyante et la poitrine douloureuse de l'effort de la montée, les fuyards se répandent sur la terrasse au pied de la Tour. Le front moite, les cuisses durcies par l'escalade rapide des escaliers, Anamaya voit le Nain bondir avec une agilité surprenante sur les murettes qui mènent à une terrasse de surveillance. Sa petite silhouette s'immobilise un instant, comme engloutie par l'obscurité.

Quand il revient, elle entend le bruit des litières que les porteurs déposent.

— Tout va bien, annonce le Nain avec un sourire. Pas un bruit ! Les Étrangers rêvent d'or. On ne va surtout pas les réveiller.

Son rire s'interrompt en voyant le visage d'Anamaya.

— Ça ne va pas ? demande-t-il en saisissant sa main.

— Si… La montée m'a essoufflée…

En vérité, de temps à autre lui reviennent les images de son rêve avec Gabriel et l'horrible vision de Gonzalo déchirant ses vêtements, s'acharnant sur elle comme si elle n'était qu'un animal. Deux fois déjà elle a vomi et sa faiblesse n'a fait que croître dans la montée jusqu'à Sacsayhuaman.

— Viens, dit le Nain en l'entraînant vers les litières. Au moins, tu te reposeras un instant. Et tu dois manger un peu. J'ai pris cela pour toi avant de partir.

Alors qu'elle s'installe sur sa litière, il sort du petit sac de tapisserie qu'il porte en bandoulière un épi de jeune maïs doré dans le feu et une mangue.

Anamaya sourit, émue. Elle prend le fruit et le maïs avec une caresse sur les mains du Nain mais les place à côté d'elle.

— Je ne pourrai rien manger maintenant ! Mais tout à l'heure…

À quelques pas d'eux, la voix nette de Manco se fait entendre et les surprend :

— Mange, insiste Manco. Le Nain a raison : tu dois manger et reprendre des forces. La journée va être longue et j'aurai besoin de toi.

Elle fait un effort pour sourire mais elle se sent lasse et pleine de dégoût. Elle est là — comme toujours — quand Manco a besoin d'elle. Mais qui est là pour elle quand elle en a besoin ?

La solitude, l'ancienne et terrible solitude, l'envahit à la manière d'une ombre froide.

*

Presque sans un bruit, ils contournent par l'est la ville endormie. Le pas rapide mais sans courir, leur cortège longe les murs de quelques *canchas* de Seigneurs avant de pénétrer dans les ruelles du quartier des orfèvres. Des fours rougeoient encore dans les cours devant les maisons de terre. Puis ils traversent la partie de la ville qui jouxte la plaine et où sont logés ceux qui ne sont pas nés à Cuzco. Les maisons y sont plus espacées, entourées de jardins soignés mais sans mur pour les protéger.

Quelquefois, une femme ou un homme apparaissent, les bras chargés de bois. Ils s'immobilisent, regardent avec étonnement l'étrange colonne s'éloigner dans la dernière obscurité de la nuit.

Après avoir dépassé les grands entrepôts de la ville, ils retrouvent la voie royale bien dallée qui conduit vers le sud. Pendant presque une heure, jusqu'à ce que le ciel devienne laiteux au-dessus d'eux, il n'y a pas un mot, seulement le frottement des sandales sur les dalles et le vacarme des oiseaux qui s'éveillent.

Anamaya a fait une place auprès d'elle pour le Nain afin qu'il ne s'épuise pas à courir. Elle qui, depuis des mois, n'est presque jamais sortie de la *cancha* est surprise de trouver les champs si riches et les montagnes si belles. La pluie de la nuit avive les rouges et ocres des champs dans le jour naissant. Travaillés en terrasses qui s'étagent en un déploiement chatoyant, il semble que les flancs des montagnes soient recouverts d'une sorte d'*unku* gigantesque aux motifs aussi finement agencés qu'un tissage de cérémonie. Vers les sommets et dans les replis des vallées, des bancs de brume, légers et changeants, glissent et se mélangent. De sentir tout autour d'elle cette beauté de la Terre-Mère la soulage un peu du poids qui pèse sur sa poitrine. Elle se prend à espérer que c'est là le signe que leur accordent les Ancêtres, heureux de les voir s'éloigner de la ville souillée par les Étrangers comme elle-même a failli l'être.

Son espérance dure peu.

Alors que le premier rayon du soleil frappe les cimes, un soldat remonte le cortège en courant jusqu'à la hauteur des litières, roulant des yeux terrifiés :

— Unique Seigneur ! Unique Seigneur !

Manco repousse la tenture et ordonne au jeune garçon de parler.

— Unique Seigneur, un *chaski* vient de nous rattraper. Les Étrangers ont déjà découvert ton palais vide. Ils savent que tu n'es plus dans ta *cancha*. Ils y ont tout détruit…

— Alors ils sont déjà à nos trousses ! conclut le Nain avec un regard vers Anamaya.

— Avec leurs cavales, ils vont nous rattraper ! gémit un vieux Seigneur en palpant ses bouchons de bois doré comme s'il sentait déjà des mains les lui arracher. Que Viracocha nous vienne en aide !

— Ce n'est pas le moment de gémir ! coupe Manco.

En quelques mots, il donne l'ordre aux Seigneurs, aux femmes et aux serviteurs de continuer sur la route royale en direction du sud.

— Inutile de vous presser. S'ils vous rattrapent, dites que je vous ai demandé de rejoindre mon frère Paullu et leur ami Almagro… Moi, je vais disparaître dans les vallées de l'Est. La *Coya Camaquen* vient avec moi.

— Et moi, s'il te plaît, Unique Seigneur ! s'exclame le Nain en se prosternant.

— Laisse-le venir, insiste Anamaya en voyant Manco grimacer. Tu sais qu'il mourra pour toi s'il le faut.

— Et mieux encore, marmonne le Nain, je vais m'obstiner à rester en vie pour que tu puisses vivre libre !

D'un haussement d'épaules, Manco accepte puis donne l'ordre aux porteurs de repartir. Avec une robustesse impressionnante, ils courent malgré la charge. Une fois quittée la route royale, les chemins de terre sont parsemés de flaques et glissants, mais leurs pieds semblent posséder des griffes. Il leur faut peu de temps pour atteindre les limites de la vallée dans l'aube de plus en plus lumineuse. Soudain, l'un des porteurs crie et tend un bras. Le Nain, qui depuis un moment scrute l'horizon, s'exclame au même moment :

— Les voilà !

Par-dessus le gris-vert des champs de *quinuas*, Anamaya et Manco découvrent la troupe des Étrangers. Ils ressemblent à de gros insectes dont les carapaces noires glissent à une vitesse surnaturelle au ras des cultures. Grâce à leurs chevaux, ils ne vont pas seulement vite : ils voient loin sur la plaine.

— Ils sont sur la route royale, remarque Manco avec espoir. Ils courent derrière les femmes, ils ne nous verront pas.

Anamaya secoue la tête :

— Je crains que si. Les litières sont trop bien visibles au-dessus des champs.

— Elle a raison, Unique Seigneur, approuve le Nain sans s'embarrasser de politesse. Si nous les voyons, c'est qu'ils peuvent nous voir !

Un instant, crispés par leur impuissance, ils regardent la meute d'Espagnols galoper. Des hurlements résonnent sur la plaine comme des aboiements de fauves en chasse. Mais soudain le Nain claque dans ses mains et saute sur le sol.

— Unique Seigneur, il y a des marécages là-bas, s'exclame-t-il en indiquant un bosquet à la limite de la plaine et des terrasses. Les Étrangers craignent ces endroits car ils ne sont pas bons pour leurs chevaux. Que les porteurs poursuivent droit dans le sentier de la montagne tandis que nous allons nous cacher !

Manco acquiesce.

*

Le Nain a dit vrai. À quelques arpents des premières terrasses qui sculptent la montagne, le bosquet délimite un marécage tout en longueur et recouvert de joncs.

Avec une rapidité impressionnante, le Nain a brisé des joncs, les mélangeant à d'autres, secs ou pourris. Il y a accumulé du bois mort et de la boue pour en faire un grand tas de broussailles qui maintenant semble être là depuis des saisons. Mais lorsqu'il l'a invité à se dissimuler à l'intérieur, Manco a sifflé entre ses dents avec mépris.

— Me prends-tu pour un cochon d'Inde ?

— Unique Seigneur…

— Non ! a crié Manco avec colère. Il n'est pas question que le Fils du Soleil se dissimule sous ce tas de branches pourries ! Que dirait de moi mon Père ?

— Manco, il ne s'agit que d'échapper aux Étrangers pendant un instant ! a tenté de le raisonner Anamaya avec douceur.

Manco l'a dévisagée avec fureur :

— *Coya Camaquen !* Veux-tu que je commence ma guerre contre les Étrangers en me dissimulant comme un couard ? Veux-tu qu'Illapa et Inti me voient, moi, blotti comme un enfant sous ce tas puant ? Veux-tu que le frère du Gouverneur ait eu raison lorsqu'il m'a traité de lâche ?

— Je veux qu'on ne te prenne pas, a répondu Anamaya.

En vain. Manco s'est détourné, déclarant avec morgue :

— C'est mon Père et Viracocha qui en décideront et moi, je resterai debout tant qu'ils n'auront pas pris leur décision !

Et il est allé se dissimuler à demi entre les tiges de joncs, les pieds dans l'eau.

Anamaya ne trouve pas les mots pour lui expliquer que ce n'est pas à Gonzalo qu'il s'adresse maintenant, que sa honte peut être rachetée par la ruse et non par des paroles d'arrogance inutiles.

Voilà maintenant un long temps qu'ils sont ainsi, Anamaya et le Nain serrés l'un contre l'autre sous l'amas de branchages, et Manco patientant au milieu des joncs qui le cachent mal. Mais l'humidité froide les transit déjà. Anamaya doit serrer ses poings pour s'empêcher de trembler.

Un temps, elle se dit cependant qu'ils ont réussi. Les cris et les appels des Étrangers demeurent loin et même semblent s'estomper. Puis soudain, les doigts courts du Nain se resserrent sur son épaule.

Ce qu'elle perçoit d'abord, c'est le roulement des sabots qui frappent la terre. Puis il y a des appels. Assez proches pour qu'elle puisse en reconnaître le sens.

— Là-bas, Beltran ! Va donc jeter un œil dans le bosquet…

— Ils vont venir, chuchote-t-elle.

Le Nain ne répond que d'une nouvelle pression de la main.

À travers l'entrelacs des branches, elle voit deux cavaliers surgir côte à côte. Ils ralentissent leurs bêtes, regardent de tous côtés. Au pas, ils s'avancent en direction du tas de branchages. L'un d'eux se laisse glisser sur le côté de sa monture pour mieux explorer les broussailles. Anamaya ferme les yeux. Mais elle entend le frappement des sabots qui dépassent leur cache. Les Étrangers n'ont rien vu et poursuivent le long du marécage.

C'est alors que des cris résonnent plus loin en direction de la montagne.

— Ah ! par les poils noirs du grand lama ! grogne le Nain. Ils ont rattrapé les porteurs… Ils vont trouver les litières vides !

De nouveaux cris résonnent. Les yeux rivés sur les joncs où se dissimule Manco, ils entendent les chevaux piétiner dans l'eau tandis qu'un Espagnol hurle :

— Oh ! Don Pedro ! Le Grec ! Vous l'avez trouvé ?

Comme il n'y a pas de réponse, ils reviennent en arrière, passent de nouveau tout près des broussailles. C'est alors qu'un très grand Étranger surgit de l'autre côté du marécage. La bouche blanche d'écume, son cheval fait gicler de l'eau de tous côtés.

— Nous avons les litières, annonce-t-il. Il ne doit pas être bien loin.

À l'instant où Anamaya reconnaît en lui l'un des rares amis de Gabriel, l'homme tire sur la bride de son cheval qui se cabre.

— Holà ! À moi ! Il est ici, mes amis !

— Non ! murmure Anamaya. Non !

— Chut… Ne dis rien ! souffle le Nain.

Les chevaux piétinent la boue, les joncs se plient et se brisent. Manco, digne et droit, apparaît les mollets noirs de vase comme s'il portait des bottes à la manière espagnole.

— Ne bouge pas, supplie encore le Nain agrippé au bras d'Anamaya, qui entend le grand Étranger donner ses ordres.

— Beltran ! Va prévenir don Gonzalo que nous l'avons retrouvé. Et qu'on apporte ici la litière du Sapa Inca.

Pendant un temps bref, Anamaya croit deviner à travers les branchages le regard de Manco qui cherche le sien. Elle ne parvient plus à respirer, et n'était la présence du Nain, elle serait déjà debout.

Mais Manco se détourne, le visage aussi indifférent que s'il sortait de son bain. Déjà les porteurs arrivent en courant. Le Grec, avec un sourire et des signes de respect, l'invite à y monter. Manco, repoussant sa cape, s'y installe.

— Je dois aller avec lui, souffle Anamaya.

— Es-tu folle ?

— On ne peut pas le laisser seul !

— Et que pourras-tu faire, une fois que les Étrangers t'auront avec eux ?

— Je dois y aller…

La petite main du Nain se plaque sur sa bouche :

— Tais-toi, je t'en supplie ! As-tu oublié ce qui s'est passé cette nuit ? Que crois-tu que l'Espagnol fera de toi, maintenant ?

Au même instant, comme si la pensée du Nain l'avait fait surgir d'un cauchemar, Gonzalo déboule près du marécage, entouré de trois cavaliers galopant aussi follement que lui. Il pousse sa monture tout près de la litière, si près que l'un des sabots de son cheval heurte la cuisse d'un porteur, qui tombe en gémissant.

Tirant sèchement sur la bride de son cheval, le frère du Gouverneur le fait volter dans l'eau croupie, inondant tout autour de lui. Un bandeau pourpre serre sa tête et masque son œil blessé.

— Je suis content de revoir mon grand Roi, mon unique Sapa Inca mouillé.

Sa voix est calme et siffle d'ironie mauvaise. Revenant tout près de la civière, s'inclinant brusquement sur sa selle, il attrape Manco par les cheveux et le tire hors de son siège.

— Manco… souffle Anamaya.

— Tais-toi ! Tais-toi, ne regarde pas ! gronde le Nain.

— Don Gonzalo, s'insurge Candia. Vous ne pouvez pas le traiter ainsi…

Sans lui accorder la moindre attention, obligeant son cheval à faire des pas de côté, Gonzalo traîne Manco hors de la litière.

— Don Gonzalo !

— Vous, le Grec, allez donc voir si votre mère n'a pas besoin que vous lui torchiez le cul ! gueule Gonzalo en lâchant Manco, qui retombe sur les genoux. Qu'on apporte les chaînes et qu'on ferre ce roi des singes !

Anamaya ne regarde plus. Elle ne peut plus regarder et s'étonne que son cœur batte encore. Elle entend le cliquetis des chaînes, les cris et les insultes, et tout en elle prend la lourdeur de la pierre. Tout contre elle, le Nain souffle comme s'il allait s'étouffer.

— Ô Puissants de l'Autre Monde, ô Viracocha ! Pourquoi nous abandonnez-vous ? Pourquoi ?

— Tais-toi, chuchote le Nain, tais-toi, je t'en prie.

Tandis que les Espagnols s'éloignent avec Manco prisonnier, ils laissent le silence retomber.

Quand il n'y a plus un bruit que le souffle de la brise et le clapotis de l'eau, le Nain lui serre le bras avec une force insoupçonnée.

— Maintenant, il n'y a plus que toi, Princesse. Alors, ne les laisse pas te prendre, tu m'entends ? Jamais.

# 33

# Tupiza-Grand Salar, novembre-décembre 1535

Ils sont des centaines, enchaînés par lignes de dix ou vingt, vieux ou jeunes.

Tous ont le même cercle de fer crasseux et brûlant autour du cou. Tous ont les épaules éraflées et meurtries par le balancement de la chaîne qui les retient les uns aux autres. Tous ont ces mêmes joues creusées par la fatigue et la faim. Tous ont le même regard qui ne sait plus faire la différence entre la brûlure du soleil et l'opacité de la nuit.

Ils marchent ensemble depuis des jours. Franchissant des cols ou traversant des plaines nues, ils bandent leurs muscles décharnés pour charrier des paniers qui pèsent aussi lourd qu'eux, remplis de vêtements, de nourriture, de plats et de gobelets d'étain, tout un fatras de cuisine.

C'est vers midi, sous le soleil à l'aplomb, que l'un d'eux vacille. Il se reprend un instant. Puis de nouveau ses genoux ploient comme s'il s'endormait. La lanière d'un fouet claque dans l'air mais ne le réveille pas. La chaîne entre les hommes se tend. Elle entaille leurs cous en les étranglant à demi durant quelques pas. Aucun ne proteste contre cette douleur supplémentaire. Chacun d'eux sait ce qu'elle signifie.

Étrangement, le panier rempli de gobelets et

d'écuelles tient encore sur les épaules de l'homme. Mais celui qui le porte est mort. Tétanisés, ses bras semblent soudés à la charge alors que tout le reste de son corps déjà a cédé.

Enfin, dans un grand tintement, le panier bascule et renverse son contenu. Les hommes de la chaîne s'immobilisent. Un murmure bas frissonne dans les bouches alentour. Le mort n'est plus qu'un corps suspendu à la tenaille de fer qui, curieusement, retient sa tête droite.

Gabriel, qui chevauche à cinquante pas de là, se retourne d'un bloc sur sa selle en entendant le bruit de ferraille. Ce qu'il voit le gèle sous le soleil, comme si son propre corps n'était plus qu'une cage d'os.

Un cavalier au large chapeau est déjà devant la chaîne où pend, entre deux Indiens, l'homme mort. Il fait passer son fouet dans sa main gauche tandis que de la droite, d'un mouvement débonnaire, il tire son épée du fourreau. Gabriel ne comprend que lorsque la lame scintille dans le soleil.

Il fait volter sèchement le bai, le talonne d'un coup violent en hurlant :

— Non ! Non !

Cependant, la lame aux reflets mats a déjà pris son envol. Inclinant le buste et allongeant le bras comme s'il lançait la faux, d'un seul coup le cavalier tranche la tête du mort. Elle roule entre des touffes d'*ichu* tandis que son corps s'effondre, les épaules béantes, sous les regards hallucinés de ses compagnons.

Lancé au galop, Gabriel ne voit qu'à peine le cadavre se replier sur lui-même. Un cri jaillit de la masse des porteurs lorsqu'il tire son épée. L'autre se retourne, le regard stupéfait dans l'ombre de son chapeau. Il n'a le temps de rien. Ni cri ni parade. Le poing serré dans la coquille de l'épée, pareil à un boulet emporté par toute la puissance de son bai, Gabriel le frappe dans la poitrine avec une force inouïe.

Dans un craquement de bois sec, l'homme décolle de sa selle, les côtes brisées.

Il roule cul par-dessus tête sur la croupe de son cheval, s'effondre sur le sol avec une plainte aiguë. Lorsqu'il tente de se redresser, les yeux écarquillés d'incompréhension, un peu de sang teinte sa salive. Ce qu'il voit devant lui, ce sont les deux bottes de Gabriel et le regard d'un fou prêt à anéantir le monde. Déjà, la lame de Gabriel pousse si fort contre sa glotte qu'il ne parvient plus à respirer et entend à peine le hurlement :

— Je vais te la décoller, moi, ta gueule de porc !

L'homme sent l'acier se faire une place dans sa chair. De ses deux mains, s'ouvrant les paumes, il attrape l'épée de Gabriel pour la repousser à l'instant où une autre voix tonne dans l'air pétrifié :

— À votre place, je n'en ferais rien, don Gabriel. Un seul mouvement et vous n'avez plus de cervelle !

Gabriel n'a qu'à détourner un peu le visage pour découvrir, à cinq pas, le trait d'une arbalète pointée sur sa poitrine.

Une brève seconde, le désir immense d'achever son geste le traverse. Entendre enfin le claquement sec de la corde qui mettra fin à la honte qui le ronge depuis trop de jours !

— Reculez ou j'ordonne le tir ! hurle encore Almagro, qui a senti son hésitation.

À cheval derrière l'arbalétrier, don Diego pointe son index sur lui. Sa face, d'ordinaire outrageusement laide, est écarlate de fureur. Ses lèvres sont violettes et ses joues, crevassées depuis des lustres par les attaques de syphilis, semblent sur le point d'éclater. Son corps est d'une maigreur extrême que les boursouflures et les crevasses défoncent comme un cratère.

Aux pieds de Gabriel, l'homme rampe en grognant. Gabriel le laisse faire. La colonne auprès d'eux s'immobilise et des centaines d'Indiens les observent, craintifs et distants. Pas un n'a un geste vers le cadavre qui se vide lentement d'un sang bien noir.

D'un claquement de bride, Almagro pousse sa monture à la hauteur de Gabriel.

— Foudre Dieu de merde ! gronde-t-il. Qu'est-ce qui vous a pris ?

— Vous êtes un dément, Almagro. Regardez donc autour de vous. Il n'est pas un homme qui soit sans chaîne ou sans corde ! Ils crèvent de faim et de soif, mais pas une heure par jour vous ne les soulagez de leurs charges. Ils vont jusqu'à porter vos poulains sur des litières. Qu'il pleuve ou qu'il gèle, la nuit vous les entravez comme des bêtes fauves, sans rien pour les protéger. Au moins, les enfants meurent-ils après une semaine de ce régime, les bienheureux ! Quant aux femmes, elles se font violer par dizaines jusqu'à en avoir l'entrejambe en sang ! Vous brûlez les villages dès que les habitants veulent vous échapper ou vous démontez les toits de leurs maisons pour cuire votre soupe. Et voilà que maintenant vos soudards en sont à décapiter les cadavres afin de s'économiser jusqu'à l'effort d'ouvrir les cadenas des chaînes ! Almagro, je vous le dis, vous êtes la pourriture de ce monde. Cela se voyait déjà sur votre face. Maintenant, vous en laissez la trace puante à chacun de vos pas !

Gabriel s'interrompt, tout tremblant de colère. À chaque phrase qu'il prononce, le rire d'Almagro ne fait que croître, secouant son corps sec. Une vingtaine d'Espagnols, piétons ou cavaliers, se sont maintenant assemblés autour d'eux et rient à leur tour.

— Pauvre âme ! Pauvre petit oiseau ! glousse Almagro, augmentant les ricanements. Entendez, messieurs, comme ce mirliflore veut nous faire la leçon. Ah, ça ! il faut le comprendre. À trop lécher le cul de don Francisco, monseigneur Gabriel s'est accoutumé au parfum de rose !

D'un pas en avant, le bras tendu et raide, Gabriel pointe son épée sur la maigre silhouette d'Almagro. Le silence se fait d'un coup. Dans la cohorte des Indiens qui jusqu'alors regardaient la dispute avec lassitude, des regards se font plus aigus. Des cavaliers, le stylet déjà dans la main, poussent leurs chevaux pour encercler Gabriel. Avec un sourire de mépris, Almagro les arrête en soulevant sa main.

— Jamais, crie Gabriel en s'adressant à tous, jamais le Gouverneur ne s'est permis de pareilles violences envers le peuple du Pérou ! Almagro ! Depuis votre arrivée à Cajamarca, vous n'avez eu de cesse de semer la honte et la désolation autour de vous. Vous avez triché et menti pour obtenir la mort d'Atahuallpa. Vous n'êtes qu'une souillure ! Je prie pour qu'il y ait un Enfer dans le ciel. Un Enfer tout pareil à celui que vous faites régner ici ! Et si jamais Dieu est vivant, il vous y accueillera…

Hors de lui, Gabriel est sur le point de pousser sa lame, mais ses cris semblent avoir débondé la nausée qui l'étreint depuis un moment. Un vertige le saisit. Une sueur glacée le couvre et l'oblige à mettre un genou à terre. Il s'appuie sur le pommeau de son épée comme sur une canne. Sans plus de force, avec un hoquet qui lui brouille les yeux de larmes, il se casse en deux et vomit tripes et boyaux.

Les rires redoublent au-dessus de lui.

D'un petit coup d'éperon, don Diego fait avancer un peu sa monture et vient poser le talon de sa botte sur sa nuque :

— *Gabrielito !* roucoule-t-il. M'est avis que ce voyage n'est pas bon pour ta santé. Ton petit cœur est fragile, ta petite âme aussi. Au train où tu vas, je crains fort que ce soit là ta dernière promenade. Écoute mon conseil : laisse-nous cheminer dans notre Enfer et va respirer les parfums du Paradis…

Gabriel se tait au milieu des rires et des sifflets. Une sensation nouvelle le remplit à la manière d'un breuvage amer et dont, pourtant, il faut boire jusqu'à la dernière goutte.

Il faut écouter chacun de ces rires, se nourrir de chacun des ricanements, sourire à ces faces d'humains dévorés par les instincts les plus ignobles.

Il faut se relever et boire la bile qui traîne au fond de sa gorge, l'avaler comme si c'était un nectar.

L'humiliation est la mère de sa force.

*

D'un seul galop, la bouche encore amère, Gabriel remonte la colonne jusqu'aux litières des Grands Seigneurs incas. Sous l'autorité du Sage Villa Oma et de Paullu, le frère préféré du Sapa Inca Manco, ils accompagnent la colonne et sont même censés la conduire.

Là, il n'y a plus de chaînes ni de visages mourants. Quelques gardes, aux tuniques aussi impeccables que s'ils étaient sur la place de Cuzco, tentent de lui barrer le passage avec leurs lances. Un ordre résonne. Les gardes se transforment en escorte jusqu'à la litière de Villa Oma. La tenture s'en écarte, tout comme celle de la litière voisine. Gabriel y reconnaît le visage fin et rusé de Paullu.

Les deux Seigneurs incas l'observent avec un étonnement mesuré. Calmant son élan et maîtrisant sa voix, Gabriel prend soin de les saluer avant de lancer :

— Sage Villa Oma, au nom du Gouverneur don Francisco Pizarro, je viens vous demander de mettre fin aux souffrances imposées aux gens de votre peuple dans cette colonne ! Il est impossible de continuer ainsi jusque dans le Sud. Ces hommes de votre peuple seront morts avant d'arriver ! Je peux vous assurer que don Francisco, s'il était là, n'autoriserait jamais une pareille horreur ! Tout cela a lieu contre sa volonté et contre ses ordres.

Le regard du jeune Paullu brille fugacement et se détourne. Celui du Sage reste figé. Il fait seulement passer sa boule de coca d'une joue à l'autre. Mais n'offre ni un signe ni un mot en réponse.

— Vous savez ce dont je parle, insiste Gabriel. Vous devez intervenir auprès de don Diego ! Exigez que les porteurs ne soient plus enchaînés. Demandez que les femmes et les enfants puissent quitter la colonne ! Au nom de l'Unique Seigneur Manco…

Les prunelles sombres du Sage pèsent si fort sur lui que Gabriel se tait. Tout autour de lui, il n'y a rien d'autre que du silence.

Mal à l'aise, frappant du sabot, le bai renâcle. Gabriel est obligé de lui faire faire un tour sur lui-même avant de reprendre avec un tremblement dans la voix :

— Sage Villa Oma ! Je sais qui vous êtes et vous me connaissez. J'étais à Cuzco lorsque l'Unique Seigneur Manco a posé la *mascapaicha* sur son front. Je sais qu'il vous a désigné comme le Second Puissant de l'Empire des Quatre Directions ! Et moi… je suis un ami de la *Coya Camaquen*. Je vous demande de m'écouter : il n'est pas dans la volonté du Gouverneur Pizarro que votre peuple soit si mal traité ! Et vous… Oh ! Seigneur Paullu, Sage Villa Oma, comment pouvez-vous l'accepter vous-mêmes ?

Malgré sa colère et sa frustration, Gabriel devine que le silence se creuse sous ses mots comme un puits sans fond. Tous les visages sont tournés vers lui, indéchiffrables. Les regards des Nobles, des porteurs ou des gardes brillent d'attention. Mais il n'y a que le silence pour réponse.

Et puis, soudain, comme le silence dure encore, le Sage crache un jus de coca, vert et épais, entre les sabots du bai. D'un claquement de langue, il ordonne aux porteurs de reprendre leur marche et rabat la tenture de sa litière.

*

La nuit est longue et froide. Sans sommeil.

Éloigné d'un quart de lieue à peine de l'immense colonne, il s'est adossé à une grosse roche, au pied d'un talus qui le protège un peu du vent. Des heures durant, il garde les yeux posés sur les torches qui jettent des éclats rougeoyants sur le bivouac d'Almagro et de ses hommes. Quelques-unes aussi, tout à l'opposé, brûlent devant les tentes des Seigneurs incas. Entre les deux, la nuit n'est qu'obscurité. Comme si elle-même cherchait à voiler la souffrance et la honte.

Au plus obscur, alors que la lune disparaît, laissant entre la folie des étoiles du sud un ciel aussi opaque que le néant, Gabriel ne peut s'empêcher de laisser sa rage et son impuissance l'emporter. Glissant le fourreau de son épée entre ses dents pour empêcher ses hurlements de porter trop loin, il maudit Dieu et les hommes, il maudit cette terre et la vie elle-même.

Puis la pensée, le visage et même le nom d'Anamaya viennent en lui, comme s'il respirait un air soudain purifié. Il se met à trembler d'autre chose que de la colère d'être humain ici et en ce jour. Un instant, tout son corps s'allège comme un sourire de paix. Un instant, il imagine tendre le bras et trouver sous sa paume le corps chaud et confiant de sa bien-aimée.

Maintenant, l'aube vient. Pareille à une vague livide, elle roule sur les énormes sommets de l'Est. Il a toujours les yeux grands ouverts. Il frissonne de temps à autre sous une couverture que l'humidité alourdit. Le feu qu'il a réussi à allumer la veille n'est plus que cendres. Dans la froidure montante du jour, il va devoir se décider. Son choix est entre deux maux. Il peut poursuivre ce chemin de l'Enfer sous les quolibets et les mauvais coups. Il peut retourner à Lima, « respirer les parfums du Paradis » auprès de don Francisco, comme l'a si bien dit le puant Almagro. Dans un cas comme dans l'autre, la honte sera à porter sur les deux épaules !

À quelques pas de lui, le bai, dessellé, dort à demi. De temps à autre, les oreilles inquiètes, il soulève une paupière et secoue sa crinière en frémissant des naseaux. L'œil brillant, il offre alors son chanfrein laiteux avec la tendresse d'une caresse.

Soudain il se tend, l'échine hérissée et la pupille grande ouverte. Il souffle en tournant sur lui-même à l'instant où Gabriel perçoit un crissement dans les cailloux. Un pas léger, qui ne veut pas être entendu, frôle les pierres. Sous sa couverture, Gabriel a déjà saisi sa dague. Mais la forme surgit à sa gauche alors qu'il l'attendait de l'autre côté. Le chuchotement le surprend plus encore.

— N'aie pas peur, Seigneur ! N'aie pas peur !

Néanmoins, Gabriel est déjà debout, l'arme à la main.

Sous la *manta* d'un rouge sombre presque brun apparaît une vieille main aux doigts déformés. Elle repousse la cape, découvre un visage avec tant de rides, une face si déformée par l'âge que Gabriel ne sait d'abord s'il s'agit d'un homme ou d'une femme. Le visage sourit. La bouche est sans plus de dents, mais les yeux, devenus gris comme une neige de fin d'hiver, brillent.

— N'aie pas peur, Seigneur !

La cape s'ouvre et l'autre main tend un tissu noué aux quatre coins.

— C'est un peu de nourriture que j'ai mise de côté pour toi.

Éberlué, Gabriel saisit le cadeau, dénoue le tissu. Il y a dedans une poignée de grains de maïs, quelques pommes de terre, rabougries et noires comme du charbon d'avoir été gelées longtemps avant d'être cuites.

— Merci, murmure-t-il. Mais pourquoi ?

Un rire espiègle jaillit du vieux visage et Gabriel se dit qu'il s'agit d'une femme.

— Parce que hier tu as été bon et courageux, Étranger. Nous avons vu ton feu durant la nuit, loin des autres. Et nous voulons te dire merci.

— Nous ?

La vieille femme tend sa main déformée vers la colonne :

— Nous tous... Tout le monde sait. Tout le monde a raconté dans la nuit comment tu étais entré dans la colère. Comment tu as demandé qu'on ôte les chaînes. Et comment tu étais allé proposer au Sage de s'opposer aux tiens.

— Alors peut-être vas-tu pouvoir m'expliquer pourquoi le Sage Villa Oma ne m'a pas même répondu ?

La vieille femme hésite un instant. Son regard scrute celui de Gabriel avec une intensité qui le met mal à l'aise.

— Parce qu'il avait déjà décidé. Il est parti cette nuit pour délivrer notre Unique Seigneur Manco et faire la guerre aux Étrangers de Cuzco.

Un frisson dresse les poils de Gabriel sous son pourpoint.

— Que dis-tu ?

— L'Unique Seigneur Manco est en prison à Cuzco. Le *chaski* l'a annoncé il y a deux jours. Les Étrangers y sont comme ceux d'ici. Ils ont mis la chaîne autour du cou de l'Unique Seigneur.

— Oh, doux Jésus !

Gabriel n'ose pas poser la question suivante. Son regard vacille sur le visage raviné.

— La *Coya Camaquen* ? demande-t-il enfin. Sais-tu si la *Coya Camaquen* est prisonnière elle aussi ?

La vieille secoue à peine la tête. Sa bouche s'ourle d'une moue.

— Qui est la *Coya Camaquen* ?

Gabriel ne répond pas. En un éclair, il voit Gonzalo et Juan molestant Anamaya. Il voit Anamaya avec la chaîne autour du cou. Anamaya que l'on…

Non, il ne doit pas se laisser aller à imaginer. La route est trop longue. Il deviendra fou avant d'arriver !

Déjà, il replie sa couverture et soulève la selle. Le bai s'ébroue aussitôt et s'approche en se dandinant comme s'il n'attendait que ce geste.

— Dans quelle direction est parti le Sage ? demande Gabriel en lançant la couverture de selle sur l'échine du bai.

Le vieux visage sourit.

— Il a pris un chemin détourné mais, si tu suis celui qui nous a conduits ici, tu le rattraperas facilement. Tu devras alors emporter de l'eau et plus de nourriture. Je vais t'aider à en trouver…

Alors qu'il glisse la sous-ventrière dans la boucle, Gabriel se retourne avec un froncement de sourcils :

— Pourquoi tiens-tu tant à m'aider ?

— Parce que tu me plais.

— Toi aussi tu me plais, grand-mère. C'est vrai, tu es bien mignonne.

— Mignonne, ah !

La vieille femme rit d'un rire de jeune fille.

Son rire l'accompagne tandis qu'elle s'éloigne et qu'il achève de seller le bai.

Pour la première fois depuis des jours, la paix de l'âme est en lui. La vie s'est ouverte au milieu des murailles du mal.

Enfin, il n'y a qu'une seule chose à faire.

Même si c'est la dernière des folies.

# 34

## Huchuy Qosqo, décembre 1535

La nuit approche et il fait frais. Anamaya tend les mains vers le feu qu'a allumé le Nain. Dans le pot de terre brune, la soupe se réchauffe doucement. Le parfum aigrelet des oignons sauvages et des tomates se mêle à l'air humide.

À la dérobée, Anamaya jette des regards vers son fidèle ami. Lorsqu'il est arrivé dans le village un peu plus tôt, grelottant d'avoir marché deux jours durant sous la pluie, elle a cru ne pas le reconnaître. Maintenant encore, son visage est déformé par une douleur qui semble lui ravager les entrailles.

Au-dessous d'eux, dans le crépuscule, les hauts murs rouges des *canchas* de Huchuy Qosqo paraissent s'illuminer dans les verts ardents des champs de maïs et de pommes de terre qui couvrent le plateau jusqu'à son aplomb vertigineux sur la vallée. En temps ordinaire, Anamaya aime la régularité paisible de cette cité suspendue entre ciel et terre. Mais, depuis le matin, il semble que Pacha Mama, la Terre Mère bien-aimée, souffre du même mal que le Nain.

À l'aube, un orage terrible a fait trembler toute la vallée des Cités royales.

Alors que le ciel au-dessus d'eux était seulement voilé de brume, des volutes noires et grises comme de la cendre se sont amassées à la limite du plateau, jusqu'aux rebords des champs. En peu de temps, la vallée tout entière s'est transformée en un chaudron dégorgeant d'une vapeur venue du Monde d'En dessous. Les terrasses de maïs et de *quinuas*, étagées comme des ailes de papillon sur les rives de la Willkamayo, ont disparu, puis les pentes les plus raides et enfin le chemin presque vertical menant à Huchuy Qosqo.

Et puis d'un coup, une onde d'argent liquide s'est répandue dans la nuée opaque. Chacun a entendu le grondement d'Illapa, bien que le bruit du tonnerre soit venu du cœur de la vallée et non du ciel comme d'ordinaire.

Il y a eu des murmures chez les paysans. Les femmes ont fait rentrer les enfants dans les maisons. Les Puissants et les prêtres d'Huchuy Qosqo se sont approchés des murs bordant la limite extrême du plateau. Tous ont eu la même pensée : soudain ils voyaient le Monde dans son envers !

La lumière d'Inti, tamisée par la brume, baignait les champs et les ruelles d'Huchuy Qosqo. Là-bas, au-delà de la vallée des Cités Royales, elle illuminait les grandes montagnes de l'Est. Mais entre les deux, cette mer de nuages si prodigieusement née ne cessait de bouillonner, traversée de part en part d'ondes de lumière argentée.

Et puis cela a cessé. Les nuages se sont mollement soulevés, s'enroulant les uns aux autres en volutes vite déchirées. Une brume tiède a envahi les champs. Mêlé de pluie fine, le brouillard a laqué les murs de terre des *canchas*. Le haut du ciel est devenu sombre. Il a plu sans cesser jusqu'au cœur de l'après-midi.

C'est alors que le Nain est arrivé, crotté et épuisé d'avoir marché pendant une longue journée sur les mauvais chemins de la montagne.

Maintenant, le ciel est sans un nuage. Il n'y a plus

que le visage du Nain à être tourmenté. Anamaya saisit elle-même un grand bol de terre cuite et le remplit de soupe fumante.

— Mange, ordonne-t-elle avec douceur. Mange, tu grelottes de froid et de faim. Tu me diras après.

Machinalement, le Nain tend ses mains aux doigts d'enfant pour soutenir le bol. Un bref instant, il regarde la soupe rougeâtre et odorante. Puis il secoue la tête et relève ses paupières épaisses.

— Non, dit-il. Je ne peux pas manger. Je dois d'abord te dire…

Mais il s'interrompt. Ses yeux brillants de fièvre cherchent ceux d'Anamaya. Elle tend la main. Du bout léger de ses doigts, elle frôle la tempe du Nain. Il repose le bol sur une pierre à côté du feu, se saisit de sa main et y appuie son front comme s'il pouvait y trouver la force qui lui manque.

— D'abord, murmure-t-il, ils l'ont traîné à travers toute la ville du bas. Lui, l'Unique Seigneur Manco, ils l'ont fait passer devant le Coricancha avec des chaînes autour du cou. Ensuite, pendant trois jours, il est resté sur le haut de la place de Colcampata, le fer des Étrangers autour de son cou et de ses chevilles…

Le Nain se tait déjà, comme si les mots qui traversaient sa bouche l'empoisonnaient un peu plus à chaque phrase. Il repousse la main d'Anamaya et se recroqueville :

— Là… Oui, ils l'ont laissé là, lui notre Unique Seigneur. Avec les chaînes, son *unku* sale et déchiré. Ô Anamaya, il a porté la même tunique durant trois jours ! Lui, le fils d'Inti, s'est tenu ainsi devant les Corps secs de ses Ancêtres, devant les yeux des habitants de Cuzco ! Du matin jusqu'au soir, les Étrangers venaient rire de lui.

À nouveau, le Nain se tait. Anamaya n'ose plus le regarder. Elle fixe ses yeux sur les très lointaines montagnes. Les sommets de neige montent dans l'obscurité de la nuit, elle croit en sentir la glace dans tout son corps.

— Lorsqu'ils l'ont enlevé de Colcampata, toute la Ville du Puma a gémi, reprend le Nain. Ils l'ont conduit dans la maison du démon étranger qui a voulu te violenter. Les servantes ont hurlé d'épouvante en voyant comment on le traitait. Certaines se sont enfuies, d'autres ont utilisé les armes des Étrangers pour se trancher la gorge ou s'ouvrir la poitrine. Les concubines sont venues les supplier de mieux traiter l'Unique Seigneur. En réponse, les Étrangers ont ri encore. Ils ont enfermé les concubines dans une cour, y ont fait transporter Manco avec des chaînes tout autour de son corps et, devant lui, ils ont dénudé les femmes. Sous les yeux de l'Unique Seigneur, toute la nuit ils les ont forcées et violées. Le lendemain, plusieurs sont mortes : leur cœur se vidait entre leurs jambes.

Le Nain souffle à petits coups. Il tremble si fort qu'il doit s'appuyer sur la natte pour ne pas perdre son équilibre. Il n'ose pas regarder Anamaya. Elle est à ce point immobile que l'on pourrait croire qu'elle va se briser au premier mouvement.

Soudain, dans un cri pareil à un sanglot, le poing du Nain balaye le pot de soupe qui se brise. Dans un crissement de vapeur, le feu s'éteint.

— Ils l'ont mis dans une fosse et à douze sont allés lui uriner dessus ! souffle le Nain.

— Ça suffit ! ordonne Anamaya, déjà debout.

Il semble que son visage vient d'être taillé dans un bloc de craie.

Jusqu'à ce moment, la guerre a été comme un fracas lointain, le spectacle toujours étranger de milliers de guerriers qui s'affrontent.

Maintenant, la guerre est en elle.

*

Entouré de torches, l'or du Frère-Double luit dans la nuit.

À l'intérieur d'un petit temple, la statue tant convoitée par les Étrangers repose sur un coussin de tapisserie rempli de coton qui recouvre une large pierre polie. À ses pieds, des feuilles de coca se consument sur les braises d'un brasero et répandent leur parfum entêtant dans la pièce.

Lorsque Anamaya entre, deux jeunes femmes dispersent des pétales de *cantutas* sur le sol après avoir déposé la nourriture au côté du Frère-Double. D'un geste, Anamaya leur ordonne de sortir.

Son regard est vide, son visage sans expression. Deux fibules d'argent retiennent une longue cape de laine autour de ses épaules mais, par instants, un frisson la parcourt avec tant de violence qu'elle en claque des dents.

Elle soulève la jarre de *chicha*, en remplit le gobelet de cérémonie en bois peint. Sans un mot, elle le lève au-dessus de sa tête. Elle plonge son regard sur le visage d'or du Frère-Double. Il est aussi impassible, aussi fermé que le sien.

À l'instant où elle doit prononcer le salut à son époux de l'Autre Monde, son bras retombe. Elle ne verse pas la *chicha* sur le sol, ne l'offre pas. Elle serre le gobelet contre sa poitrine et ses paupières voilent son regard bleu. Dans sa bouche à peine entrouverte, les mots deviennent des grondements.

— Pourquoi t'offrir la boisson et la nourriture jour après jour, ô Puissant Frère mon époux ? Pourquoi t'appeler et murmurer ma peine que tu n'entends pas, Unique Seigneur Huayna Capac ? Qu'avez-vous contre nous pour nous infliger un si long silence ? Qu'avez-vous contre nous pour permettre la honte qui nous recouvre tous, ici ?

Elle se tait un instant. Elle vacille, peut-être sans s'en rendre compte.

Son front se plisse et ses lèvres se tordent. Un cri rauque fuse dans la pièce avec tant de violence qu'il semble un instant que les flammes des torches manquent de s'éteindre :

— Pourquoi nous abandonnez-vous ?

Anamaya avance d'un pas, sans ouvrir les yeux, et ses mains se tendent. Le gobelet de *chicha* se renverse sur la statue d'or qu'elle agrippe dans un sanglot.

— Ô Puissants de l'Autre Monde, êtes-vous là ? N'entendez-vous pas notre amour et nos plaintes ? Ne voyez-vous pas notre souffrance ? Ô Puissants de l'Autre Monde : il n'est pas de jour sans que partout et en tout nous vous obéissions. Nous pensons à vous en nous levant et en nous couchant. Nous surveillons le vol des oiseaux et la course des nuages pour connaître vos humeurs. Nous faisons pousser pour vous les meilleurs plants de maïs, nous vous offrons le sang des plus beaux lamas afin que vous soyez heureux et fiers de nous. Pour vous honorer dans ce Monde comme dans l'Autre, nous vous tissons des couvertures aux couleurs aussi belles qu'un jour de paix. En tout nous suivons vos lois et vos volontés. Pourtant, en retour, il n'y a que votre silence ! Avez-vous peur des Puissants qui gouvernent les Étrangers ? Êtes-vous devenus aussi faibles que nous ?

Les larmes ne mouillent pas les yeux d'Anamaya mais la douleur et la fureur bandent ses muscles comme s'ils allaient se déchirer. Sans plus pouvoir se retenir, elle secoue la statue d'or du Frère-Double sur son coussin. Elle crie :

— Êtes-vous là ?... Avez-vous entendu ce qu'a dit

le Nain ? Avez-vous vu votre Fils Manco fermer les paupières sous l'urine de nos ennemis ?

Les mots résonnent au-dehors du temple, fusent dans la nuit transie et immobile.

— Ô Unique Seigneur Huayna Capac ! supplie-t-elle encore, toi qui as pris ma main d'enfant avant de rejoindre Inti, ne m'abandonne pas ! Ne me tourne pas le dos ! Ne me laisse pas croire que nous sommes seuls comme des enfants perdus dans une trop grande montagne. Nous laisseras-tu nous anéantir dans la guerre comme tu nous as anéantis dans la paix ? Ne laisse pas notre peuple seul face à la puissance des Étrangers. Si j'ai fauté, moi la *Coya Camaquen*, je veux bien devenir cendres !

Même le murmure s'estompe dans le silence.

À l'extérieur du petit temple, les habitants de Huchuy Qosqo se sont massés en entendant les cris de la *Coya Camaquen*. Maintenant, comme elle ils tremblent, et leurs dents mordent leurs lèvres. Comme elle, ils attendent que le silence devienne autre chose.

Mais il n'y a que le frappement régulier de l'eau qui s'égoutte des toits d'*ichu* sur les dalles.

*

L'aube n'est plus très loin lorsqu'elle se décide à quitter le temple.

Les torches s'y sont éteintes mais personne n'a osé venir les rallumer.

La nuit est encore dense et opaque, pourtant, à l'instant de passer le seuil, Anamaya doit brusquement battre des paupières pour se protéger de la lumière.

Cela est bref comme un éclair.

Il semble que le plateau, la Vallée sacrée et les montagnes de l'Est soudain soient baignés d'un soleil dur et puissant. Que tout devienne lisse et poussiéreux comme une infinie plaine de sel blanc. Il semble que l'univers entier, d'un coup, soit devenu un désert ! Que la terre ne soit plus qu'une peau morte et craquelée. Il n'y a plus d'ombre, plus de plante ni d'arbre, plus un souffle de vie. Pas même un insecte.

Anamaya sent à peine ses genoux plier. Elle ne perçoit pas la poigne petite mais solide du Nain qui vient à sa rescousse. Elle n'entend pas les murmures lorsqu'elle s'effondre. Elle voit seulement à quoi ressemblera le monde des humains lorsqu'il sera mort pour toujours.

Et c'est alors qu'elle le voit, lui, Gabriel.

Elle le voit, noir de peau et les vêtements en lambeaux. Il est au loin dans la plaine infinie, puis tout près, si près qu'elle perçoit son souffle rauque et découvre ses joues craquelées comme un vieux cuir, ses lèvres gonflées et éclatées. Elle voit ses pupilles mangées par la blancheur du monde mort. La sueur a coulé dans ses cils, le soleil l'a transformée en minuscules cristaux de sel. Elle voit ses mains aux doigts pleins de sang coagulé. Et il tangue comme un homme au dernier souffle. Comme un homme qui ne porte plus son ombre à ses pieds. Il a le regard perdu de l'inconscience.

Dans l'immense désert qu'est devenu le monde, chacun de ses pas soulève une minuscule poussière qui efface sa trace. Et puis, d'un coup, il bascule et s'effondre.

Elle crie.

Elle comprend à la fois que Gabriel est en train de mourir et que les Puissants de l'Autre Monde l'ont entendue.

35

## Désert du Grand Salar, décembre 1535

Aussi loin qu'il puisse voir, tout est blanc.

Ils viennent de passer le dernier col. À leurs pieds, la pente est raide. Le chemin rejoint cette vallée inouïe en une quinzaine de lacets serrés. Ensuite, sur la gauche, s'allongeant et s'élargissant de plus en plus entre les pentes abruptes, la mer de sel disparaît au-delà de sa vue. Blanche, dure, menaçante comme une porte du néant ouverte face au ciel.

— *Lloc !* C'est le temps de ne pas y aller !

L'homme à la voix éraillée qui vient de baragouiner ces mots est à l'image de tout ce qui entoure Gabriel depuis des jours. Il est petit, très sale, noir de peau tant le soleil l'a déjà brûlé. Il porte un bonnet aux couleurs passées d'où tombent de longs cheveux réunis en tresses folles par la crasse. Pour tout vêtement, il n'a qu'une antique tunique maculée de taches. Une longue corde en cuir de lama lui entoure la taille. Les muscles de ses cuisses et de ses mollets sont dessinés sous sa peau aussi bien que s'ils étaient à vif. Mais le plus extraordinaire, ce sont ses pieds. Des pieds qui ont épousé la forme de toutes les pierres, de tous les chemins parcourus. En vérité, ils ressemblent plus aux pattes d'un animal qu'aux pieds d'un homme. Les orteils n'en sont plus discernables, les ongles avalés ou arrachés par une chair si épaisse que des craquelures s'y ouvrent sans même saigner.

Gabriel l'a rencontré la veille. Après une semaine de course derrière le Sage Villa Oma, il a dû reconnaître qu'il était perdu.

Dès le premier jour de son départ de Tupiza et de manière incompréhensible, la maigre avance qu'avaient le Sage et son escorte n'a cessé de croître. Pourtant, lui-même ne laissait au bai que le repos à peine nécessaire. Dans l'un des villages où il trouvait un peu de nourriture, on lui a expliqué que le Sage réclamait des hommes partout où il passait. À tous il ordonnait de rejoindre le Nord. Ainsi, ayant suffisamment de porteurs, il voyageait de jour comme de nuit, ne quittant plus sa litière où il dormait et mangeait.

La première pensée de Gabriel a été que cette précipitation montrait toute la gravité de ce qui se passait à Cuzco. Et que cette mobilisation à laquelle se livrait le Sage signifiait la guerre.

La seconde pensée a été celle du désespoir. Il ne pouvait plus espérer rejoindre Villa Oma et avec lui traverser l'Empire sans trop de risques. Autrement dit, il ne pouvait plus espérer parvenir auprès d'Anamaya assez vite ! Au contraire : il allait traîner et lambiner comme un ver de terre tandis que les frères Pizarro lui faisaient certainement subir les pires atrocités. Il n'en doutait pas ! Ce qu'il venait de vivre des semaines durant avec les soudards d'Almagro ne pouvait lui laisser aucun espoir. Il ne se passait pas d'heure ni de jour sans que des images terribles l'assaillent.

Il se reprochait tout à la fois son inconscience et sa trop grande soumission à don Francisco qui l'avaient entraîné trop loin de l'unique force de sa vie : son amour d'elle !

Il a rêvé comment il allait enfin purifier l'univers de Gonzalo. Il a rêvé de devenir oiseau et de s'arracher à cette lenteur d'homme qui le clouait dans l'impuissance. Il a rêvé qu'il la rejoignait, là, dans l'instant, qu'il retrouvait ses bras et la douceur de ses seins, aussi belle et intacte qu'au jour de leur adieu.

Alors, contre toute raison, il a poussé au trot son bai vaillant plus souvent qu'il n'aurait dû, l'obligeant à marcher pendant une partie de la nuit. Et c'est ainsi qu'il s'est perdu !

Jusqu'à ce que cet homme sans âge, tel un démon jailli de son terrier, surgisse devant lui tandis qu'il franchissait un amas de roches.

Cet homme qui maintenant le regarde de ses yeux aussi noirs que la nuit et le met en garde une nouvelle fois, usant du quechua avec des roulements de langue qui le rendent à peine compréhensible.

— *Lloc!* Si tu vas, tu peux arriver vite ou tu peux mourir vite.

En vérité, il suffit de voir l'immensité blafarde de la mer de sel pour s'en douter. Le soleil de l'aube y allonge démesurément les ombres des montagnes. Tout là-bas, au nord, l'horizon livide qui se confond avec la brume matinale est aussi courbe que celui d'un océan.

— Tu dis qu'il faut trois jours ? demande Gabriel pour la dixième fois.

— Trois jours si tu arrives. Si le soleil ne t'a pas dévoré avant.

— On pourrait marcher la nuit plutôt que le jour.

— La nuit tu te perds ! Avec les nuages, tu ne vois pas la cime des Apus qui guident ton chemin. Tu meurs. Et si dans le jour les nuages s'en vont trop longtemps, tu meurs aussi. Inti te mange.

D'une tape, Gabriel répond au bai, qui frissonne comme s'il comprenait les paroles de l'Indien.

— Trois jours, reprend Gabriel. Si je passe par la montagne, tu dis qu'il m'en faudra six ou sept…

— *Lloc!* Oui, sept et plus car c'est la saison des

pluies et les chemins deviennent rivières. Sept et plus, mais tu es vivant.

— À quoi cela me servira-t-il d'être vivant si elle ne l'est plus ? Allons-y, ne perdons plus notre temps en bavardages. Me guideras-tu ?

Il a posé la question sans espoir.

À sa surprise, l'homme hoche la tête.

— Tu es plus fou que moi, dit-il.

Et il avance vers le désert de sel.

*

À l'entrée du Grand Salar, le spectacle est stupéfiant. Là où il ne croyait voir que du sel, il n'y a que de l'eau. Le soleil déjà haut est masqué par une légère brume, qui efface la ligne de l'horizon. Le ciel et l'eau se confondent en un seul lavis. Gabriel a la sensation qu'il va entrer dans la toile blanche d'un tableau encore vierge. Comme si c'était là un rituel pour affronter les esprits maléfiques d'un monde à part, ils se masquent les yeux.

L'Indien montre l'exemple. Il mouille son bonnet à l'eau de l'une des quatre cruches solidement fixées à la selle du bai et ensuite l'enfonce sur son front jusqu'à faire disparaître ses yeux.

— Tu fais pareil et tu fais aussi pour ta bête, ordonne-t-il de sa voix rauque. Sinon la lumière du sel te troue les yeux et ta tête devient du feu.

Gabriel tire sa dernière chemise de ses fontes et la déchire en lambeaux qu'il humidifie à son tour. Le bai ne renâcle pas trop, les yeux déjà douloureux de la réverbération. Cependant, il est si comique avec son bandage de fortune que cela tire un sourire à Gabriel. À son tour il s'enveloppe la tête, ne laissant qu'une mince fente pour voir où il met les pieds.

Ensuite, sans un mot de plus, la bride du cheval passée sur l'épaule, il suit l'Indien qui déjà est entré dans le blanc et l'attend. Immobile, sa silhouette semble flotter dans le vide.

*

Au bout d'une heure, l'eau a disparu. Elle a fait place à une mer aussi figée que si le monde ne possédait plus un seul mouvement. Elle est rêche et elle crisse, craquelée en milliers de dalles dures comme de la pierre qui s'étendent à perte de vue.

La brume aussi s'est évaporée, remplacée par un ciel dont le bleu profond ravive son inquiétude. Et ses pas scandent les syllabes bien-aimées au rythme des sabots du bai.

Les ombres des montagnes depuis longtemps se sont retirées. L'air est sans un souffle. L'Indien se dirige sans jamais jeter un regard à gauche ni à droite. Longtemps ils longent une île rocheuse, sur la gauche, hérissée de cactus si géants qu'un instant Gabriel croit voir en eux une troupe de guerriers venus d'un autre monde. Puis, de part et d'autre de la mer blanche, les pentes des montagnes s'écartent. Elles fuient et flottent sur l'horizon, tremblantes et diluées par la brume de chaleur.

Avant d'atteindre le zénith, le soleil est devenu une lame incandescente. Sur son menton, ses joues, sous sa barbe qu'il n'a pas rasée depuis des jours, partout où la peau n'est pas protégée par le bandage, Gabriel sent la brûlure de la réverbération qui devient aussi violente que celle d'une flamme. La tentation est grande de prendre un peu d'eau dans l'une des cruches. Mais chaque fois il parvient à la repousser.

Et soudain, sans crier gare, l'Indien s'immobilise. Si nettement que Gabriel doit faire un écart pour que le bai ne le heurte pas.

Sans un mot, l'homme tourne sur lui-même, lentement, comme s'il vérifiait tous les points de l'horizon. Enfin il regarde Gabriel. Il relève un peu son bonnet et secoue la tête.

— Qu'y a-t-il ? demande Gabriel la bouche pâteuse. Nous n'allons pas dans la bonne direction ?

L'homme pointe un doigt en direction du ciel :

— *Lloc !* Trop de soleil.

— Comment ça, trop de soleil ? s'exclame Gabriel en agrandissant la fente de son bandage.

— Pas assez de nuages. Le soleil va nous manger.

Gabriel ne semble pas encore comprendre, alors les mains noires de l'homme montrent toute l'étendue du désert puis le ciel d'un bleu impeccable.

— Aujourd'hui et demain et encore demain, dit-il, il y aura trop de soleil. On ne traversera pas le désert. Le soleil nous mangera. On peut encore retourner vers la montagne avant la nuit.

— Non ! grogne Gabriel. Pas question ! Je ne peux pas retourner !

L'Indien fait deux pas en arrière et hausse les épaules.

— Ta bête aussi va mourir, constate-t-il doucement. S'il n'y a pas de nuages, personne ne peut traverser la mer de sel.

— Tu as peur, c'est tout ! Moi, je traverserai.

L'homme le considère un instant.

— Parfois, il faut avoir peur, murmure-t-il.

Il rabaisse son bonnet sur ses yeux et ajoute :

— Demain, si Inti le veut, il te montrera une montagne comme deux mains réunies par les doigts. Elle s'appelle Apu Thunupa. Autrefois, avant d'être montagne, c'était un homme *humain*, fait comme les Puissants Seigneurs de Cuzco. C'est lui qui indique la fin de la mer de sel. Mais il faut encore avoir des yeux pour voir la montagne.

Aussi soudainement qu'il s'est immobilisé, sans un

salut, il se remet en marche. Cette fois, il se dirige droit sur les montagnes de l'Est les plus proches.

Gabriel hésite. Il sait que l'Indien a raison. Il sait que seul il lui sera encore plus difficile de traverser la mer de sel. Mais il se répète son unique vérité : à quoi bon être vivant si elle ne l'est plus ?

L'ombre de l'homme qui s'en va est très courte. Il se demande comment il peut marcher ainsi pieds nus sur cette croûte de sel alors que ses propres pieds semblent bouillir déjà dans ses bottes.

Lorsque l'Indien a parcouru une centaine de pas sans se retourner, Gabriel flatte doucement l'encolure du bai et murmure :

— Viens, mon beau, viens. Nous nous en sortirons bien tout seuls !

Mais il ne se laisse pas le temps de se demander s'il y croit lui-même.

*

Avant l'aube, ils reprennent leur marche dans le blanc qui miroite sous la nuit. Les myriades d'étoiles en fête dans le ciel sont un réconfort. Pendant quelques heures, il fait même assez frais pour que Gabriel ose chevaucher le bai qu'il dirige en se repérant sur la Croix du Sud. Puis la brume vient. Gabriel songe que l'Indien a eu tort, le soleil ne les mangera pas. Lorsqu'il apparaît dans les nuages, ce n'est qu'un disque blanc au-dessus de la mer blanche.

Alors tout va bien. La chaleur n'est plus si éprouvante et la réverbération moins meurtrière. Gabriel de nouveau met pied à terre et marche devant le bai. Ils vont bon train durant presque la moitié de la journée.

La fatigue ne monte doucement dans les cuisses de Gabriel que lorsque le disque blanc du soleil retombe sur l'ouest. Ce n'est d'abord qu'une douleur sourde et légère. Bientôt cependant, des milliers d'aiguilles meurtrissent ses muscles et le font gémir. Une première fois il doit s'arrêter et même s'allonger un instant avant de repartir sous le regard inquiet du bai.

Puis encore une fois, après moins d'une lieue, il s'arrête. Cette douleur est incompréhensible. C'est comme si les muscles de ses cuisses demeuraient noués sans plus pouvoir se détendre.

Bientôt, il doit si souvent s'immobiliser que le bai en vient à glisser sa grosse tête dans le dos de son maître pour le pousser.

Et c'est ainsi qu'il entend soudain le craquement, recouvert par le hennissement du bai. La tête du cheval heurte avec violence le dos de Gabriel, l'envoyant bouler alors que lui-même s'effondre, hennissant à nouveau.

Hébété, à genoux, Gabriel ne trouve pas la force de se relever. Ce qu'il voit est le pire des cauchemars.

L'antérieur droit du bai, aveuglé, a pénétré jusqu'au tendon un trou large d'une paume dans l'épaisse croûte de sel, s'enfonçant dans une sombre crevasse où flottent des cristaux. Et il s'y est brisé net.

— Le bai ! murmure Gabriel en retirant son bandeau. Le bai !

Les lèvres retroussées sur ses dents jaunies, le cheval tend le cou avec un grognement de douleur qui fait trembler ses naseaux. Dans un ultime effort, il tente de se redresser. Ses jambes cependant battent le vide en même temps que ses yeux ronds s'effrayent et entrevoient la mort. Il retombe d'un bloc sur le flanc avec un gémissement.

Enfin sorti de sa stupeur, Gabriel rampe jusqu'au bai. Il lui saisit la tête à l'instant où un frisson terrible parcourt son vieux compagnon. Le bai maintenant souffle vite et fort. Un feulement rauque fait vibrer sa grande poitrine. Du sang vient teinter le sel sous son poitrail et scintille dans la poussière terne.

Alors seulement Gabriel comprend que le cheval s'est effondré sur les cruches d'eau saumâtre, les brisant sous son poids. Un éclat de poterie, tranchant comme un stylet, s'est fiché entre ses côtes, lui perçant un poumon. Déjà le sang vient dans sa bouche.

— Le bai ! chuchote Gabriel en attirant encore la tête du cheval contre lui. Le bai ! Tu n'avais pas de nom, mon cheval, et maintenant ça ne sert plus à rien que je t'en donne un…

La paupière cille sur l'œil doux et déjà vitreux de résignation.

Dans une ultime et vaine agitation, Gabriel oublie la douleur de ses cuisses pour ôter la gourmette et le mors, soulageant la bête de son harnachement. Mais l'œil du cheval ne semble réclamer que des caresses. Un nouveau frisson de fièvre ou de douleur le fait trembler en entier.

Gabriel de nouveau glisse ses cuisses douloureuses sous la tête du bai. Longtemps sa paume passe et repasse sur les joues, glisse entre les oreilles, sur le chanfrein.

Il sait ce qu'il doit faire mais ne parvient pas à s'y résoudre.

Il tire sa dague de sa ceinture et la pose à côté de lui.

Il se dit qu'il a encore un peu de temps, bien qu'il sente la douleur de l'étouffement monter dans la respiration du bai.

Il pleure des larmes de sel. Sa poitrine hoquette de refus, de lassitude et de peur.

Et puis il le fait sans réfléchir. Sa main se referme sur la dague et la plante dans le tendre de la gorge.

À l'instant de son ultime liberté, le bai pousse si fort sa tête contre la poitrine de Gabriel que ce dernier bascule en arrière, inondé par le sang de son compagnon.

*

Une nouvelle nuit est passée. Maintenant, il ne sait plus depuis combien de temps il marche.

Le sang du bai est partout sur lui, coagulé comme une croûte qui le préserve du soleil. Car le soleil est de retour et veut le dévorer. Gabriel sait que l'heure en est venue.

Ses lèvres sont si desséchées et dilatées qu'il ne parvient pas toujours à respirer. Il songe qu'Anamaya le trouverait à ce point horrible qu'elle se détournerait de lui.

Mais il marche et n'a plus mal aux jambes. Il marche comme si son corps n'avait plus que cette fonction. Ses mains pendent, enflées comme des baudruches, brûlantes comme s'il les avait passées dans un four.

De temps à autre, il soulève une paupière et repousse son bandeau d'un coup de poignet. Alors il croit voir la cime déchiquetée du Thunupa, la montagne qui fut un homme *humain* ! Mais il sait qu'il ne l'atteindra pas. Le cuir de ses bottes s'est ouvert contre les lames de sel et ses pieds deviennent comme ceux de l'Indien qui a su ne pas l'accompagner sur sa route vers la mort.

« Tu es plus fou que moi », se répète-t-il parfois, ne sachant plus de qui il parle.

Alors il place le visage et le corps d'Anamaya devant lui et il marche. Il la regarde en souriant et elle lui sourit. Il lui dit :

— Je ne peux pas te rejoindre maintenant mais je t'attendrai tout le temps qu'il faudra. N'oublie jamais que je t'aime.

Elle hoche la tête et lui répond qu'elle va bien, qu'il ne doit pas s'inquiéter. Elle lui dit :

— Toi, n'oublie pas que tu es le Puma !

Il rit et soudain la voit dans l'herbe bien verte de la

montagne Thunupa. Elle est loin cette fois et il discerne mal ses yeux tandis qu'elle lui tend les bras devant une petite maison de terre ocre. Elle lui crie encore :

— N'oublie pas que tu es le Puma et que tu peux toujours te libérer !

Il se dit qu'il est fou et qu'il devrait faire une prière pour que Dieu les sauve, elle comme lui. Qu'il a encore le temps d'une prière et de ne pas fâcher Dieu !

Mais il entend de nouveau le cri d'Anamaya qui l'appelle, beaucoup plus proche cette fois, comme si elle n'était qu'à cinquante pas de lui. Il ne veut pas le croire mais il le croit.

Son cœur se met à battre lentement comme s'il était en paix.

Alors il cesse enfin sa longue, si longue et si inutile marche. De ses mains de monstre, il relève le bandeau de ses yeux.

Comme il le pressentait, il n'est pas dans un champ sur les pentes du Thunupa, mais dans le Monde blanc et infini. Avec étonnement, il découvre cependant, au loin dans la chaleur fluide, un long cortège de silhouettes noires qui semble venir à sa rencontre. Des silhouettes qui dansent, chantent et tournoient.

Il sourit et comprend. Ce sont des anges.

Il sent enfin sur son visage le souffle du baiser d'Anamaya et, lorsqu'il s'effondre, il sait qu'elle sera là dans le paradis où il va.

## 36

# Huchuy Qosqo, février 1536

Dès l'aube, par centaines, ils franchissent le col surplombant Huchuy Qosqo. Le bouclier à l'épaule, le casse-tête étoilé serré dans le poing, ils descendent entre les terrasses de pommes de terre en fleur et atteignent les murs rouges des *canchas*. Le frottement des sandales en cuir de lama sur les dalles des ruelles résonne ainsi qu'un chuchotement venu du cœur de la terre. Les Seigneurs comme les servantes, les enfants comme les vieillards, chacun vient admirer leurs tuniques du Nord, du Sud et des lointaines plaines de sable du bord de l'Océan.

En ligne, les uns derrière les autres, ils vont se réunir sur la grande terrasse des cérémonies qui domine la vallée. Beaucoup ont le visage sévère mais d'autres sourient de bonheur. Certains possèdent les insignes et les lances des généraux, d'autres ne sont que de jeunes officiers. La plupart sont des officiers qui ont déjà combattu sous les ordres des grands généraux d'Atahuallpa ou de Huascar. En ce grand jour qu'ils attendent depuis bien longtemps, tous oublient les anciennes querelles.

Inti lui-même est heureux de les voir. Il ne pleut plus, il fait doux et le ciel est aussi léger qu'un tapis de plumes. La fumée des braseros où se consume la coca monte droit dans le ciel, en même temps que le Soleil,

Père aimé de l'Unique Seigneur, s'élève au-dessus des montagnes.

Aux nouveaux venus, de jeunes vierges apportent des jarres d'eau fraîche et du lait de lama fermenté, des fruits et des galettes de maïs. Aux quatre angles de la terrasse puis tout autour de la Pierre sacrée où s'arrime chaque jour Inti, les prêtres offrent de la bière sacrée à la terre sombre. Enfin, des tambours roulent lorsque le Sage Villa Oma et la *Coya Camaquen* s'avancent sur la terrasse.

Portant la lourde lance d'or du chef de guerre suprême, le Sage a revêtu un *unku* pourpre et vert où se déploie un unique motif géométrique. Son casque de cuir recouvert d'or, piqué d'un demi-cercle de plumes bleues et jaunes, brille comme un second soleil jetant ses rayons dans les quatre directions de l'Empire.

Quelques jeunes guerriers murmurent de fierté en le voyant s'avancer jusqu'à la pierre de l'*ushnu*. Les bouchons d'or qui traversent les lobes d'oreilles de Villa Oma sont si gros et si magnifiques qu'ils n'en ont pas vu de pareils depuis des années.

La *Coya Camaquen*, qui marche au côté du Sage, possède elle aussi des bijoux que l'on croyait disparus dans le vol perpétuel des Étrangers. Sur sa tunique blanche et sa ceinture de fin tissage pend le lourd disque d'or d'Inti. Dans ses cheveux scintillent les torsades d'or du Serpent Amaru qui, comme elle, sait voyager du visible à l'invisible.

Lorsque Anamaya et Villa Oma s'immobilisent face aux centaines d'hommes en armes, une trompe de coquillage sonne longuement. Sa vibration grave retentit dans la montagne. Elle sonne et sonne si fort que l'écho en démultiplie les appels de loin en loin, franchit la vallée des Cités royales avec la vigueur d'un faucon tandis que les guerriers ploient la nuque devant les deux plus Puissants de l'Empire des Quatre Directions.

Anamaya s'avance vers les guerriers aux bustes inclinés et saisit le disque d'or qui pèse sur sa poitrine. Elle le lève haut et d'une voix forte psalmodie :

*Ô Viracocha, Ô Inti,*
*Pères puissants de l'Univers,*
*Pères aimés du devenir,*
*Entendez notre appel !*
*Ô Viracocha,*
*Dans le ciel au-dessous, tu peux être !*
*Ô Inti,*
*Dans le ciel du dessus, tu peux être !*
*Ô Viracocha, Ô Inti,*
*Pères aimés de l'Origine,*
*Seigneurs de tous les Puissants,*
*Baissez votre regard sur nous !*
*Accordez-nous votre force !*
*Ô Viracocha, Ô Inti,*
*Nous n'avons pas d'autre désir*
*Que de sentir votre présence*
*Dans le jour qui suit la nuit.*

Il y a un bref silence puis les guerriers se redressent. Leurs regards enflammés scrutent les yeux pâles d'Anamaya qui lance d'une voix ferme :

— Puissants Capitaines des armées du Tahuantinsuyu ! Je suis heureuse que vous ayez répondu à mon appel. J'ai voulu que vous entendiez par ma bouche cette nouvelle : bientôt, l'Unique Seigneur Manco sera libre. Déjà, les chaînes que les Étrangers ont nouées autour de son cou et de ses chevilles sont tombées et bientôt ses souffrances s'apaiseront. Encore deux lunes et Inti son Père tracera l'ombre de son corps dans la Vallée sacrée où il nous rejoindra…

Le murmure qui a grondé dans les poitrines tandis qu'elle parlait explose. Un cri rauque et violent retentit dans l'air du matin comme le claquement de mille lanières de fronde.

Villa Oma esquisse un sourire amer qui laisse entrevoir ses dents vertes. Avant que le hurlement retombe, il s'approche d'Anamaya. D'un geste bref, il fait signe à quatre soldats demeurés sur le bord de la terrasse. Les hommes accourent en portant un grand panier. Ils l'ouvrent et le renversent devant les guerriers.

Un pourpoint déchiré, noir de sang coagulé, une paire de bottes, une épée brisée roulent sur l'herbe rase. Puis autre chose. Une masse étrange, claire et sombre, molle et dure à la fois. Villa Oma y plante sa lance.

Lentement, le visage impassible, il soulève le paquet de chair. Tous découvrent la peau d'un Étranger blanc écorché vif.

Les plus vieux et les plus expérimentés des officiers ne cillent pas tandis qu'un souffle d'effroi glisse sur les visages des plus jeunes. Anamaya détourne les yeux. Du mieux qu'elle le peut, elle masque la nausée qui la saisit lorsque tonne la voix de Villa Oma :

— L'homme qui portait cette peau faisait dévorer nos enfants par ses chiens. Parmi les Étrangers, il est celui qui le premier a souillé le Coricancha : son nom était Moguer ! Ses cris ont été doux à mes oreilles car ils couvraient les rires de ceux qui ont osé humilier l'Unique Seigneur Manco. Ceci est la première réponse que nous leur faisons !

Le visage aussi dur que le bronze d'une hache, Villa Oma passe devant les guerriers, les obligeant tous à fixer l'horrible trophée. De la même voix, il reprend :

— Pendant mon absence, la *Coya Camaquen* a obtenu le soutien des Puissants de l'Autre Monde. Le Frère-Double de notre bien-aimé Huayna Capac s'est proposé pour libérer son fils, l'Unique Seigneur Manco ! Tous, nous devons lui en être reconnaissants. Bien qu'elle soit femme, elle se conduit comme un guerrier. Mais demain, lorsque l'Unique Seigneur nous rejoindra dans cette vallée, de nouveau libre dans la lumière d'Inti, nous devrons lui offrir la force qui lui permettra de châtier pour toujours les impudents qui l'ont souillé !

D'un coup de poignet, Villa Oma fait pivoter sa lance. La dépouille va s'affaler tout devant de jeunes officiers.

— Moi, Villa Oma, Second Puissant de l'Empire du Tahuantinsuyu, je déclare qu'avant le mois d'Aucaycusqui nous reprendrons la Ville du Puma aux Étrangers et nous y célébrons la Grande Fête du Soleil ! Nous allons purifier Cuzco d'une grande bataille afin que notre Unique Seigneur puisse retourner s'asseoir dans sa *cancha* et que les Corps secs de nos Ancêtres retrouvent la paix dans le grand temple du Coricancha. À partir d'aujourd'hui, chacun d'entre vous doit réunir les hommes et les armes dont nous aurons besoin. Je veux qu'il y en ait assez pour recouvrir toutes les crêtes des collines autour de Cuzco. Je veux que le jour venu, les guerriers de l'Unique Seigneur Manco forment autour de la ville une ceinture aussi solide qu'une lanière en cuir de lama. Alors nous serrerons la gorge des Étrangers et il n'en restera plus aucun de vivant !

De ses mains, Villa Oma mime l'étranglement d'un ennemi. Pourtant, le frisson qui parcourt les guerriers ne vient pas de son geste.

Depuis un instant une ondée, de l'autre côté de la vallée, a glissé d'une montagne à l'autre. Alors que le Sage se tait, l'Arc aux sept couleurs de *Cuychu* scintille. Il se bande d'un coup, va se courber dans le haut du ciel avant de s'enfoncer sur la pente abrupte qui prolonge le plateau de Huchuy Qosqo. Un long moment il demeure là, splendide et bien visible.

Alors tous ensemble, Anamaya comme Villa Oma, les habitants de Huchuy Qosqo comme les guerriers réunis, tous s'immobilisent les paumes ouvertes devant la poitrine et murmurent avec respect, en admirant l'arc-en-ciel messager des Puissants de la Guerre :

— *Nous te voyons,* Cuychu, *nous te voyons ! Bienvenue parmi nous, toi qui nous donnes la force et la joie du combat !*

*

Dans la douce pénombre du petit temple, les reflets de la lumière vive du dehors dessinent un sourire sur le visage du Frère-Double. Après l'avoir longuement contemplé, Villa Oma jette un bref regard à Anamaya, qui dispose les offrandes.

— *Coya Camaquen*, je suis content que nous soyons de nouveau réunis pour ce grand moment, murmure-t-il. Je suis très fier de toi. Ce que tu fais pour Manco est inestimable.

Anamaya secoue la tête avec une moue désinvolte :

— Ce n'est que le début d'une longue ruse qu'il me tarde de voir aboutir. Le frère aîné du Gouverneur est revenu de son pays. C'est désormais lui qui commande aux Étrangers de Cuzco. Il est orgueilleux et n'écoute personne ! Il fait des sourires à l'Unique Seigneur car il veut obtenir de l'or. Nous avons fait parvenir à Manco des vases et de la vaisselle : lorsqu'il les a reçus, le frère aîné du Gouverneur a fait ôter les chaînes de Manco. Alors nous avons envoyé une statue de Viracocha que les prêtres ont accepté de donner. Elle est aussi grande que mon époux le Frère-Double, mais elle est creuse. Manco l'a offerte aux Étrangers et ils en ont été si heureux que l'Unique Seigneur est maintenant libre d'aller et venir dans la ville. Bientôt il proposera au frère du Gouverneur de venir chercher le Frère-Double, car tous les Étrangers savent qu'il est lourd et d'or plein. Manco quittera Cuzco mais n'y reviendra qu'avec nos armées…

Son sourire est presque joyeux.

— Il y a longtemps que je ne fais qu'appliquer ce que tu m'as appris, Villa Oma, ajoute-t-elle.

Le rire du Sage ressemble à un crissement de sable. Ses doigts nerveux esquissent une caresse sur le poignet d'Anamaya.

— J'ai enseigné quelques rudiments de mon savoir à une enfant étrange qui s'appelait Anamaya. Il y a bien longtemps que la *Coya Camaquen* n'est plus cette enfant !

Anamaya cille et baisse les yeux comme si le compliment de Villa Oma la plongeait dans le désarroi.

— Puis-je te poser une question, Sage ?

Les paupières de Villa Oma se plissent à demi et elle se sent rougir sous l'œil aigu qui la scrute.

— Demande, *Coya Camaquen*. Il n'y a rien que je sache que tu ne puisses toi aussi savoir.

Elle est sur le point de se taire mais le besoin de savoir est trop fort. L'inquiétude qui a rongé ses nuits depuis presque une lune est trop insupportable.

— L'as-tu vu ? chuchote-t-elle.

Le visage et le corps de Villa Oma se tendent comme la corde d'un arc. Sa bouche n'est plus qu'une lame et ses yeux des fentes étincelantes de fureur.

— De qui me parles-tu, *Coya Camaquen* ?

— Tu le sais. Vous étiez ensemble sur la route du Sud et…

— Comment oses-tu ?

— Villa Oma !

— Comment oses-tu ? Toi ? En ce jour où nous venons de décider la guerre contre les Étrangers !

— Villa Oma, Gabriel n'est pas un Étranger comme les autres. Il est le Puma !

— Tais-toi ! Ne prononce pas son nom ici. Ne souille pas ce temple ! Tous les Étrangers sont les mêmes, *Coya Camaquen*, l'ignorerais-tu ? Tous, sans aucune exception ! Je les ai vus pendant des jours et des jours, détruisant tout ce qui vit sur leur passage. Hommes, femmes, enfants, maisons et animaux, pierres et temples ! Jour et nuit. Ce sont des démons, *Coya Camaquen* ! Lui comme les autres !

— Non. Il ne l'est pas ! C'est lui que l'Unique Seigneur Huayna Capac m'a désigné !

— Tu t'es trompée !

— Alors, Sage Villa Oma, je me suis trompée aussi en voyant la comète qui désignait l'Unique Seigneur Atahuallpa. Je me suis trompée lorsque le Frère-Double m'a permis de désigner Manco comme notre Inca. Villa Oma, si je me trompe pour Gabriel, s'il n'est pas le Puma qui doit me conduire, alors c'est que je me suis trompée depuis la première nuit où l'Unique Seigneur Huayna Capac m'a tenu la main.

D'un jet, le Sage crache un jus vert de coca sur le seuil du temple.

— *Coya Camaquen*, pense ce qui te convient ! Mais moi, le chef suprême des armées de l'Unique Seigneur, je te mets en garde : il n'est pas question que tu préserves cet Étranger de la punition qui l'attend. Je veillerai à ce qu'il soit un des premiers à mourir ! Songe aussi à cela si tu en es encore capable. Si tu trompes ton époux le Frère-Double avec lui, c'est nous tous que tu vas mettre en danger. En te conduisant comme une fillette adultère qui geint pour des caresses, c'est Manco et l'Empire tout entier que tu vas détruire, fille Anamaya ! Si cela doit arriver, moi, Villa Oma, je te détruirai avant qu'il n'y ait plus un Fils du Soleil en ce monde-ci !

Anamaya le voit s'éloigner sans un regard pour elle, raide de toute la certitude qui l'anime.

*Fais confiance au puma.*

Pour la première fois, elle se demande si elle ne s'est pas trompée.

## 37

# Lac Titicaca, février 1536

Il entend des bruits de verre brisé, des cristaux qui tintinnabulent, des cris et des rires. Puis son corps est pris dans la glace. Tout devient rouge. La douleur est violente, autant que s'il se trouvait pris dans l'étau d'un établi. Il veut protester, mais sa voix ne produit aucun son.

La nuit revient et la paix avec elle.

De nouveau, il y a du rouge partout, comme s'il nageait dans son propre sang. Peut-être est-il en train de naître car un liquide le porte, l'enveloppe et le protège. Le rouge devient plus intense. Il entend les rires et les cristaux. Le froid lui serre brutalement les tempes et c'est alors qu'il ouvre les yeux.

Il claque des dents et croit qu'il ne va pas pouvoir respirer. Pourtant, après une première longue goulée d'air, l'angoisse s'apaise. Ses yeux voient pour de bon. Ce qu'il découvre est merveilleux. Trop étonnant pour être vrai.

Tout est bleu autour de lui. Ce qu'il croyait être des cristaux est une eau limpide. Il est plongé dans une mer glacée et immense, insérée entre des montagnes si hautes qu'il ne parvient pas même à en voir le sommet.

Gabriel respire une nouvelle fois en grelottant et découvre vingt visages qui le scrutent, des enfants et des femmes, amusés et ravis. Les uns sont plongés dans l'eau comme lui, d'autres se tiennent debout sur l'eau. Ils marchent, vont et viennent, se penchent et lui tendent la main. Il se croit arrivé dans un monde surnaturel et veut se redresser pour fuir.

Au fond de l'eau glacée, ses pieds heurtent des pierres et du sable, il parvient à se mettre debout en vacillant. Les rires des enfants fusent et redoublent joyeusement. Gabriel se retourne. Il voit la courbe harmonieuse d'une plage de sable, une crique que surplombent quelques maisons. Des arbres y ressemblent à des pins et même à des oliviers. Un instant, il pense être dans un rêve, de retour dans son Espagne natale. Son cœur bat joyeusement. Il veut courir vers la berge, mais ses muscles sont trop faibles. Après trois pas, il s'effondre dans une grande éclaboussure d'eau et d'éclats de rires.

Réunissant toutes ses forces, il se met à quatre pattes, la barbe traînant dans les vaguelettes qu'il produit. Mais des mains l'aident et le soutiennent. Ce sont des jeunes femmes aux longs cheveux huilés et parfumés. Elles sont très réelles et très belles, et il découvre qu'il est nu comme un ver. Il se débat, veut se couvrir le sexe et déclenche de nouveau les rires tandis qu'on le porte sur la plage de sable fin.

Là, un homme petit et râblé l'observe. Son regard est paisible et amical. Ses cheveux longs balaient ses épaules. Ses mains sont étrangement grandes et puissantes. Il fait un petit signe de salut de la tête lorsque les jeunes femmes allongent Gabriel sur le sable. Gabriel le reconnaît enfin.

— Katari ! s'exclame-t-il d'une voix qu'il ne reconnaît pas lui-même.

— Bonjour, ami de la *Coya Camaquen*, répond avec douceur Katari.

— Je t'en prie, dis-moi dans quel monde nous sommes.

Katari sans répondre ouvre sa main droite, dévoilant une pierre noire sur sa paume. D'un petit coup de poignet, il lance la pierre à la verticale. Durant quelques secondes, elle semble se suspendre en l'air sans vouloir retomber. Néanmoins, elle revient dans sa paume.

Gabriel le regarde et embrasse des yeux le paysage.

C'est un lieu d'ici et d'ailleurs, un temps de maintenant et d'alors. Katari lui sourit :

— Bienvenue au monde, dit-il doucement.

*

Gabriel est allongé sur plusieurs *mantas* finement tissées qui lui font une couche douce. Une femme lui enduit patiemment le corps d'un onguent qui assouplit sa chair et réchauffe ses muscles qui ont fondu comme neige au soleil.

Ils sont installés en plein air, un peu au-dessus de la plage où il a repris ses esprits. Ce qu'il voit provoque en lui une émotion profonde. Une baie qui ressemblerait à une petite crique de Méditerranée si des dizaines de terrasses aux murs parfaits n'en épousaient les pentes et les replis.

D'étranges barques y sont maintenues à l'abri du vent. Certaines sont petites et d'autres assez grandes pour qu'une vingtaine de personnes puissent s'y réunir, conçues comme des radeaux. Des pêcheurs y vont et viennent comme s'ils marchaient sur l'eau elle-même, ce que Gabriel a cru dans sa demi-conscience. Mais le plus étonnant, ce sont les coques et les voiles. Elles ne sont ni de bois ni de toile mais d'un savant assemblage de brins de roseaux jaunes.

Ce que Gabriel a cru être la mer, en vérité n'est qu'un lac. Mais un lac si immense que les berges par endroits disparaissent de la vue. Au nord, s'effaçant dans une blancheur de brume, l'horizon esquisse une courbe comme un océan. À l'est, les pentes vives des plus hautes montagnes que Gabriel ait jamais vues tracent une rive raide et aride tandis que les sommets aux neiges éternelles miroitent paisiblement à sa surface. À l'ouest et au sud, aussi loin que porte le regard, les pentes sont recouvertes de milliers de terrasses de culture.

Jusqu'aux plus hautes crêtes, sans jamais de discontinuité, elles forment une fabuleuse tapisserie de verts dont les plis, soyeux et souples, plongent avec douceur dans l'abîme bleu du lac. Il semble en vérité que ces montagnes ne soient pas nées d'une volonté divine mais que, terrasse après terrasse, mur après mur, une fourmilière d'hommes les ait élevées dans le ciel.

Cette grandeur et cette beauté sont si stupéfiantes que Gabriel, oublieux des caresses du massage qui ramènent son corps à la vie, les contemple fasciné, encore incertain d'être bien réveillé.

— Ce lac s'appelle Titicaca, explique Katari accroupi à quelques pas de lui. C'est ici que le monde voulu par Viracocha est né. Ces montagnes que tu vois, les plus fortes, les plus hautes, Apu Ancohuma, Apu Illampu, ce sont les premiers vivants à être nés ici. Aujourd'hui, les Seigneurs Montagnes t'ont vu revenir à la vie. Ils en sont heureux.

Gabriel observe Katari un instant pour être certain qu'il ne se moque pas de lui. Mais le Maître des Pierres des Incas contemple les cimes enneigées avec le plus grand sérieux. Machinalement, ses doigts jouent avec la pierre noire qu'il retient toujours.

— Ici, reprend-il, tu te trouves sur une île. Celle-là même où Inti, le jour de sa naissance, s'est extrait du Rocher sacré avant de bondir dans le ciel. Il existe une autre île, là-bas derrière la colline. Une île plus petite :

Mère la Lune s'est reposée elle aussi le jour de sa naissance. Tout comme toi en ce moment !

Pour la première fois, Gabriel devine un peu d'ironie dans le ton et le regard de Katari. La jeune femme qui le soigne, sans s'embarrasser d'une pudeur superflue, masse maintenant si fermement ses fesses qu'il se fait l'effet d'un bébé que l'on prépare aux langes.

— Doit-elle vraiment me palper ainsi ? demande-t-il.

— Il vaut mieux, s'amuse Katari. Tu es resté des lunes sans marcher, sans bouger le moindre membre. Si tu veux pouvoir te tenir debout bientôt sans grande douleur, il faut beaucoup te masser. Mais ne crains pas pour ta pudeur, cette servante te voit nu depuis longtemps…

Gabriel repousse le sourire et la main de la servante qui veut confirmer ce qui vient d'être dit :

— Katari, je dois repartir au plus vite pour Cuzco !

Le Maître des Pierres a un petit rire :

— Tu ne pourras pas avant une lune au moins. Tu n'as plus ton cheval pour te porter. Tu devras marcher. Il te faut toutes tes forces.

— Ce n'est pas possible, je devrai partir avant…

— Si tu songes avec inquiétude à la *Coya Camaquen*, dit doucement Katari, sois sans crainte. Elle va bien. Elle vit dans une cité de la montagne que les Étrangers de Cuzco ignorent.

Gabriel se redresse pour mieux le regarder. La jeune femme un instant cesse son massage.

— Tu dis « les Étrangers de Cuzco », Katari… Est-ce pour m'épargner et ne pas blesser mon orgueil ? Personne plus que moi ne sait à quel point ces gens sont mauvais. Il y a désormais de la folie chez ceux que le Gouverneur Pizarro a conduits jusqu'ici. L'or et le sang sont devenus leur unique désir, leur unique pensée, leur unique raison de vivre ! Ils ne savent plus rien du bien ou du mal. Ils ne savent plus ce qui est humain ou bestial. C'est une folie qui me terrifie et, je te l'assure, qui n'est pas la mienne.

— Je les ai observés, dit sobrement Katari. Ils sont pires que les animaux car les animaux ne connaissent pas la cruauté inutile, les animaux ignorent l'esclavage et ils ne tuent que pour se nourrir… Mais c'est vrai, tu n'es pas comme eux. Si tu l'étais, tu ne serais pas ce que tu es pour la *Coya Camaquen* !

— Je te remercie.

— Je sais ce qui est bon ou mauvais pour le Monde d'ici qui est le mien.

— Il va y avoir la guerre, n'est-ce pas ?

— Sans doute.

— Anamaya doit s'éloigner de Cuzco, murmure Gabriel.

Katari secoue la tête :

— Non ! La *Coya Camaquen* ne peut pas s'éloigner de l'Unique Seigneur Manco. Elle va le libérer. Ensuite, elle l'aidera à faire la guerre. Aujourd'hui, Anamaya est l'unique repère en ce monde pour le Fils du Soleil. Il n'y a plus qu'elle qui sache entendre la volonté des Puissants Ancêtres. Villa Oma que tu poursuivais n'est plus un Sage désormais : c'est seulement un guerrier assoiffé de vengeance.

Un instant Gabriel demeure silencieux, cherchant à comprendre tout le sens des paroles du Maître des Pierres. Une chose au moins l'apaise : Anamaya est en vie et loin des frères du Gouverneur !

— Comment m'as-tu sauvé ? s'étonne-t-il soudain. Comment as-tu fait pour me trouver dans cet enfer de sel ?

Le rire de Katari est presque tendre.

— De cela, tu pourras la remercier, elle ! C'est elle qui a *vu* où tu étais et que le sel allait te faire mourir. Un *chaski* m'en a averti et je suis parti à ta rencontre. Quand je t'ai retrouvé, ton sommeil te conduisait dans l'Autre Monde. Il a fallu te retenir ici pendant plusieurs lunes pour que ton âme ne te quitte pas.

— J'ai dormi pendant des lunes ? murmure Gabriel, incrédule. Moi, j'ai l'impression de n'avoir fermé les yeux que depuis hier ! Je me souviens de l'instant où je suis tombé. Je me souviens de la mort de mon bai et de mon ombre qui ne voulait plus avancer ! Je me souviens aussi de la soif et puis des brûlures mais…

Il regarde ses mains, ses bras. Il sent ses épaules que la jeune servante masse encore et encore, les faisant luire d'huile sous le soleil. Et il n'en croit pas ses yeux !

— Ma peau est intacte, rit-il un peu nerveusement. Je suis intact. À croire que j'ai tout rêvé et que je n'ai pas traversé ce monstrueux désert de sel !

Les prunelles sombres de Katari luisent d'amusement. De nouveau, il ouvre sa main et lance sa pierre noire en l'air. Une fois encore, Gabriel croit la voir suspendre son orbe avant de retomber dans la paume du Maître des Pierres.

— Tu as dormi plusieurs lunes, confirme-t-il. Il fallait cela pour te soigner, car le sel avait commencé à te sécher le corps de l'intérieur et te transformait en Corps sec. Si tu avais été réveillé, la douleur serait devenue si insupportable que tu en serais mort comme si ton cœur éclatait. Alors je t'ai fait boire des herbes qui font dormir. Lentement, lentement, nous avons remis de l'eau en toi. Jusqu'à aujourd'hui où c'est toi qui es sorti de l'eau !…

Le rire de Katari est celui d'un homme fier d'avoir sauvé une vie. Il fait un geste et la servante cesse enfin son massage. Elle tend un *unku* jaune à Gabriel. Il enfile la tunique. Sa barbe glissant mal dans l'échancrure du cou, la jeune femme l'aide de quelques caresses efficaces.

— Je vais devoir me raser, grommelle Gabriel, gêné. Je déteste porter la barbe.

— Alors toutes les femmes de l'île vont pleurer, plaisante Katari. Ton visage recouvert de fils d'or leur plaît beaucoup. Elles s'imaginent que tu es un don des Montagnes et que tous leurs hommes bientôt seront faits comme toi. Si tu perds tes poils, je vais devoir les soigner pour un mal beaucoup plus grave que le tien !

Gabriel enfin sourit. Il tend sa main vers le Maître des Pierres :

— Je te dois beaucoup, ami Katari. Je ne sais si je pourrai te le rendre…

Katari saisit fermement sa main.

— Il n'y a rien à rendre en ce Monde-ci comme dans l'Autre. Il n'y a qu'à donner, mon ami, donner sans fin.

*

Katari a raison en tout.

Lorsque Gabriel rase sa barbe, pendant plus d'une semaine les femmes de l'île fondent en larmes et se cachent le visage dans leurs mains lorsqu'elles le croisent. Quant à marcher, il lui faut d'abord se contenter de dix pas, puis de vingt ou cinquante. Il est alors aussi moulu et épuisé que s'il avait gravi un col.

Après dix jours seulement, il parvient à longer le lac une heure durant sans trop de douleurs. Bientôt ses promenades le portent dans les sites merveilleux de l'île. Il découvre la vaste esplanade qui surplombe la plage de sa renaissance. Les arbres en adoucissent la découpe, les troupeaux de lamas viennent y paître dans une paix grandiose.

Lentement, il commence à percevoir lui aussi l'étrange puissance des hautes montagnes de l'Est. Leurs plis et leurs pointes gigantesques surgis de l'immobilité du lac semblent au repos. Mais ils semblent aussi en attente d'un mouvement prodigieux qui pourrait entraîner la Terre entière dans la nuit de l'univers.

Après deux semaines, Gabriel atteint enfin le col qui surplombe l'île et découvre avec stupéfaction le paysage de l'ouest. Ici, il n'y a plus un lama, plus une seule terrasse de maïs ou de pommes de terre. La végétation y est morne et rare. Partout le vent abrase les buissons, les herbes et jusqu'aux pierres qu'il ponce et lustre inlassablement.

De temps à autre, sans jamais s'en approcher de crainte d'éveiller trop de curiosité, il entrevoit sur l'autre partie de l'île le grand Rocher sacré et le Temple d'Inti où affluent aux jours de fête les habitants des rives du lac.

Jour après jour, ses promenades s'allongeant, la pensée d'Anamaya l'occupe tout entier. Son besoin de la retrouver devient insatiable. Les yeux fixés sur l'horizon du lac, il tente de reconstituer chaque parcelle de son corps, puis chacun des instants qu'ils ont déjà vécus. Dans le vent venu de l'ouest, il veut respirer son parfum, trouver les inflexions de sa voix. Il ne regarde plus aucune des femmes de l'île afin de vivre seulement avec l'image d'elle qu'il a reconstituée.

La nuit, dans ses rêves, elle lui vient avec une présence dont le manque est douloureux et brutal quand il se réveille en sursaut, ses bras agrippant la nuit fraîche.

Étrangement, l'île elle-même semble capable de protéger cet amour d'elle qui par instants l'immobilise, lui coupe les jambes bien plus que la fatigue. Alors il se voit ici, dans cette paix, vivant chacune des journées de son existence avec Anamaya, dans une des maisons de la plage, accomplissant enfin ce qu'un homme et une femme doivent réaliser lorsque l'amour les unit.

Et cela devient comme un rite. Chaque crépuscule, il va s'asseoir sur une pierre face à l'immensité du Titicaca et imagine ce que pourrait être leur vie dans la splendeur de ce lieu.

Un soir, il voit soudain le ciel se rayer d'un vert vif.

Un frisson de crainte le raidit. Mais il voit ce qu'il voit ! Le soleil vient de disparaître derrière les crêtes de l'ouest, une nuée pourpre enveloppe les montagnes, mais, dans le plus haut du ciel, de longues traînées vertes s'avancent dans le ciel assombri. Il se dresse comme si quelque autre signe d'un changement du monde allait surgir. Et il sursaute de frayeur en entendant la voix derrière lui qui chantonne doucement :

*Le Soleil,*
*La Lune,*
*Le jour et la nuit,*
*Le printemps et l'hiver,*
*La pierre et les montagnes,*
*Le maïs et la cantuta.*
*Rien n'existe en vain, ô Viracocha.*
*Chacun va depuis les rives du Titicaca*
*Rejoindre sa place que Tu lui as désignée.*
*L'Univers est ton désir, Viracocha,*
*Et ton désir s'est réalisé sur les rives du Titicaca.*
*Ici, ô Viracocha, tu as tenu le bâton de l'origine,*
*Ici, dans le Titicaca je suis avec mon âme double,*
*Celle du dessous et celle du dessus,*
*Ô Viracocha, c'est ta volonté,*
*Celui qui s'éloigne du Titicaca,*
*Est déjà sur le chemin du retour.*

Celle qui a prononcé ces mots n'est autre que la servante qui s'est si bien occupée de lui durant ces dernières semaines. Elle lui sourit mais son regard est triste. Elle pointe le doigt vers le ciel où les rayons verts déjà se retirent.

— Lorsque le ciel devient vert, dit-elle, c'est que Viracocha fait le don de Paix aux êtres humains. Viracocha t'aime et il te le dit.

Elle saisit la main de Gabriel et la presse avec douceur.

— Il est temps que tu partes, Étranger. Le lac a commencé à t'apprendre ce que tes yeux ne parviennent pas encore à voir. Tu auras un jour le désir de revenir car, bien que ta peau soit blanche et tes cheveux d'or, Viracocha t'a reconnu. Tu sors de son Bâton d'origine et une âme du dessous t'attend ici.

Après ces mots étranges, serrant la main de Gabriel stupéfait dans la sienne, elle chantonne encore :

*Le Soleil,*
*La Lune,*
*Le jour et la nuit,*
*Le printemps et l'hiver,*
*La pierre et les montagnes,*
*Le maïs et la cantuta.*
*Ô Viracocha, c'est ta volonté,*
*Celui qui s'éloigne du Titicaca,*
*Est déjà sur le chemin du retour.*

## 38

# Calca, avril 1536

Depuis deux jours, dans les temples de Calca, les prêtres et les devins multiplient les questions aux augures. La coca est brûlée maintes fois. Les cœurs des lamas blancs et noirs sont consultés le matin et le soir. Dans la tour de pierre qui entoure la *huaca*, à l'extérieur de la cité, ceux qui comptent le temps refont leurs calculs sans se lasser. Dans les entrepôts, les noueurs de *quipus* manipulent leurs faisceaux de cordelettes, tandis que les généraux désignés par Villa Oma comptabilisent les bataillons recrutés, les quantités d'armes et de vivres amassées dans les *tambos* secrets.

Depuis deux jours, la *cancha* royale est une ruche fébrile. Les servantes préparent cent mets différents, les vierges disposent des piles de tuniques somptueuses dans les réserves, les épouses et les concubines soignent leur beauté et la vérifient jusqu'à la courbure de leurs cils.

Depuis deux jours, dans Calca, les hommes, les femmes et les enfants, de quelque condition qu'ils soient, ne mangent plus et se contentent de boire de l'eau.

Car, depuis deux jours, l'Unique Seigneur Manco est libre.

Et ce matin, dans l'aube qui blanchit, les trompes

sonnent dans la vallée. Depuis les pentes qui entourent Calca, chacun peut voir le cortège qui se forme autour de la litière de l'Unique Seigneur, les cent vierges qui balayent la poussière de son chemin, les cent autres qui chantent, les tambours qui roulent et les mille guerriers en impeccables tenues, l'arc ou la masse à la main, qui le suivent.

Alors, dans la *cancha* royale, Anamaya donne l'ordre de placer le Frère-Double au centre du patio. Les offrandes sont disposées autour de lui, la coca, la nourriture et la *chicha*.

Ensuite, les Puissants Seigneurs de Cuzco et des provinces viennent saluer le visage d'or du Frère-Double avant de prendre place sur les côtés du patio, chacun derrière une lourde pierre rectangulaire. Puis encore les épouses et les concubines se placent en rang, en retrait du trépied royal placé sur un long *cumbi* au motif tissé en poil de chauve-souris.

Quand chacun est là où il doit être, les visages sont pleins de fierté. Jamais, depuis que Manco a reçu la *mascapaicha*, tant de fastes n'ont été déployés. Pour tous, en cet instant, il semble que la splendeur de l'Empire des Quatre Directions est restaurée, aussi intacte que si les Étrangers n'avaient jamais posé un seul orteil sur la terre créée par Viracocha.

Le visage d'Anamaya est plein de lumière et chacun de ses gestes empreint d'une noblesse qui donne de la force et de la fierté aux combattants.

Mais son cœur est un lac d'attente et de mélancolie qu'elle doit dissimuler à tous.

*

Avant que le soleil parvienne au zénith, les trompes et les tambours résonnent entre les murs de Calca. Dans le patio royal, les épouses et les concubines se prosternernent, immobiles. Puis c'est au tour des Puissants Seigneurs et des généraux de saisir les lourdes pierres déposées à leurs pieds. Ils les placent sur leurs épaules et ainsi courbés attendent l'entrée de l'Unique Seigneur Manco. Anamaya à son tour plie les genoux et plaque ses paumes sur le sol, la nuque ployée.

Les chants des vierges cessent. Une dernière fois, les trompes sonnent et les tambours roulent.

Un immense silence vient sur la ville, et chacun retient son souffle.

Un silence si grand que tous, dans le patio, perçoivent le froissement du très fin *cumbi* de Manco lorsqu'il descend de sa litière, puis le frissonnement des plumes que les vierges agitent sur les dalles devant les pas de l'Unique Seigneur.

Et tous entendent ses paroles lorsqu'il touche l'épaule d'Anamaya :

— Redresse-toi, *Coya Camaquen*. Redresse-toi et regarde-moi.

Anamaya se remet debout. Elle retient ses larmes tandis qu'elle découvre Manco bien vivant et enfin libre. D'abord, il semble aussi lumineux que le soleil lui-même et l'or de son casque et de sa tunique est aussi splendide que celui du Frère-Double.

— Je suis si heureuse de te voir, Unique Seigneur ! s'exclame-t-elle. Tu m'as manqué. Tu nous as manqué à tous.

Manco esquisse un sourire et se détourne pour contempler tous les Puissants ployés sous leurs charges de pierres. Alors Anamaya est frappée par son visage.

D'un coup, il lui semble aussi sombre qu'une nuit. Il a maigri. Ses joues se sont creusées et ses lèvres sont devenues minces. De fines rides se dispersent autour de ses paupières. Ses yeux sont ceux d'un homme dont le cœur s'est retiré si loin que la vie n'en parvient plus qu'à peine dans ses prunelles.

Sur ce visage-là, tout est effacé de ce qui fut le jeune, vif et fougueux Manco qui un jour gagna la grande course du *huarachiku* !

Sur ce visage-là, les Étrangers ont laissé l'empreinte terrible des humiliations et le souffle glacé de la haine.

Il lève la main et ses doigts se posent sur la joue d'Anamaya. Elle frissonne à ce contact et doit réprimer un mouvement de recul.

— Moi aussi, je suis heureux de te retrouver, sœur Anamaya. Je sais que je te dois beaucoup.

Les paroles sont chaleureuses mais le ton reste froid et distant. Dans le dos de Manco, Anamaya devine le regard attentif de Villa Oma.

Manco abandonne sa caresse et souffle :

— Tu me trouves changé, n'est-ce pas ?

— Non, répond Anamaya avec hésitation. Tu as seulement besoin de repos, Unique Seigneur, de bonne nourriture et d'un peu de paix.

Le rictus de Manco est cruel :

— Tu te trompes, *Coya Camaquen*, dit-il. J'ai changé et j'ai seulement besoin de faire la guerre.

— La guerre n'attendait que toi, Unique Seigneur.

Elle lui sourit. Elle se sent plus seule que jamais.

*

— Anamaya !

La première fois qu'il l'appelle, Anamaya n'entend pas le chuchotement du Nain.

La lune est depuis longtemps au milieu du ciel. La *cancha* royale résonne des bruits de la fête. Les Seigneurs boivent beaucoup pour se promettre fidélité et force au combat. Ils boivent tout autant pour se moquer de leurs ennemis. Ils crient plus qu'ils ne parlent, surtout lorsqu'ils racontent les anciennes batailles et les grandes victoires des Ancêtres.

Retirée sur le côté du patio, Anamaya ne les voit que de loin mais, dans la lumière des torches, leurs visages sont tour à tour enfantins et terribles.

— Anamaya !

Elle se retourne enfin et découvre la petite silhouette à l'angle du bâtiment. De la main, le Nain lui fait signe d'approcher.

— Pourquoi te cacher ? demande-t-elle.

— Pas la peine que l'on me voie, marmonne le Nain en saisissant le bord de sa cape. Penche-toi pour m'écouter.

— Pourquoi tant de mystère ?

— Penche-toi !

Elle obéit avec un soupir un peu las. Lorsque son visage parvient à la hauteur du Nain, il chuchote :

— Il est là.

Anamaya tressaille. Elle s'en veut de la pensée qui lui a traversé l'esprit. Les tempes battantes, elle s'oblige à froncer les sourcils pour demander :

— De qui parles-tu ?

— De lui. Il est là.

Le Nain rit avec espièglerie mais comme elle s'obstine à ne pas vouloir comprendre, il grogne :

— Ne fais pas la sotte ! Il est là, lui : le Puma.

Elle serre la main du Nain comme si ses jambes n'allaient plus la porter. Elle ferme les yeux pour demander encore, dans un souffle :

— Où ?

— Je l'ai mis dans un entrepôt de laine. C'est l'endroit le plus sûr. Je t'y conduis.

Le Nain se retourne vers une sorte de panier déposé au pied du mur.

— Je t'ai apporté une cape noire. On te verra moins quand tu sortiras de la *cancha*.

Anamaya le retient par le bras.

— Chimbu…

— Princesse, ça doit être grave pour que tu m'appelles par mon nom !

— J'ai peur.

*

Elle doute un instant qu'il s'agisse de lui.

Il est vêtu d'une tunique jaune, d'un pantalon de paysan. Un bonnet à quatre pointes du Titicaca recouvre ses cheveux blonds qu'il a coupés court.

Alors qu'il se tient encore à quelque distance d'elle, il ôte son bonnet et rit nerveusement.

— La tenue est étrange, murmure-t-il, mais elle m'a permis d'arriver jusqu'ici sans trop d'encombre. Le plus difficile a été d'attirer l'attention du Nain…

Anamaya n'entend pas ces mots car le rire de Gabriel lui vrille déjà le ventre d'une flamme de bonheur. En quelques pas, elle perd toute la raideur de la *Coya Camaquen* dans laquelle elle s'est corsetée durant la journée.

Il rit encore lorsqu'elle noue ses bras autour de lui. De sa bouche elle éteint son rire et se fond dans sa chaleur.

Presque avec brutalité, elle quitte ses bras, s'écarte et le dévisage dans la mauvaise lumière d'une lampe à huile. À son tour, elle se met à rire follement, le frôlant de petites caresses, tournant autour de lui en répétant :

— Tu es vivant ! Tu es vivant !

Cette fois c'est lui qui l'attrape, glisse ses lèvres de sa bouche à son cou et à sa poitrine comme s'il voulait se nourrir de sa peau et de son parfum pour les siècles à venir. Entre les baisers, il chuchote :

— Oui, je vis, mais c'est toi qui m'as donné la vie ! J'étais déjà mort !

Ils passent leurs mains sur le visage de l'autre comme si cette si longue séparation les avait rendus aveugles.

Mais le désir trop longtemps retenu et imaginé leur incendie les reins et brusque leurs caresses. Anamaya retire la tunique de Gabriel, ses doigts vont courir sur la marque de son épaule. Elle gémit :

— Puma, puma !

Alors il la soulève et l'emporte sur l'amas de laine brute. Il n'a de cesse de redécouvrir son corps, grain de peau après grain de peau. Ils n'ont de cesse de se joindre et de s'entremêler, chair à chair, ventre à ventre, souffle à souffle.

Pour eux, au loin, dans un lac cerné de montagnes, Katari lance une fois de plus sa pierre noire dans le ciel sombre et elle reste ainsi suspendue en l'air, arrêtant le temps pour que leur amour y trouve un abri impossible.

*

Plus tard, ils retrouvent une timidité de très jeunes gens et s'aident entre les caresses avec des mots, chacun racontant les mois écoulés et les peines endurées. La gravité leste leur poitrine, mais chacun veut encore conserver la légèreté de son bonheur.

Finalement, c'est Gabriel qui déclare :

— Le Nain m'a raconté tout ce qui s'était passé à Cuzco. Pour Manco et pour toi…

Elle ne répond pas et ferme les yeux, mêlant ses doigts aux siens pour accompagner et s'offrir mieux à ses caresses sur ses seins tendus, son ventre et ses cuisses.

Gabriel la laisse faire un instant. Soudain il referme sa main en immobilisant celle d'Anamaya :

— Je sais pour Gonzalo, chuchote-t-il. Je sais ce qu'il a osé faire. Je te promets que je le tuerai.

— C'est effacé jusque dans mon esprit, répond-elle. C'est oublié. Cela n'a jamais existé.

Mais des larmes perlent sous ses paupières. Gabriel les boit à petits coups de lèvres.

— Je crois savoir qui est le puma, dit-il, l'émotion traversant sa poitrine. Je l'ai vu…

Anamaya se tait.

— Je l'ai vu dans les ombres et dans le soleil, dans la nuit et sur les pierres. Je l'ai vu dans ce lac où sont nées vos légendes et votre histoire et où moi-même j'ai connu ma seconde naissance. En cheminant vers toi, j'ai compris que le puma était en moi, que j'étais le puma… J'ai cessé d'avoir peur.

Anamaya prolonge le silence. Rien de ce qu'elle pourrait dire ne peut ajouter à l'univers. Et pourtant, rien de ce qu'il dit n'apaise vraiment cette solitude qui est maintenant en elle, comme depuis toujours.

— Nous allons partir, assure-t-il, les yeux brillants. Je suis revenu pour t'emmener avec moi et fuir ce chaos. Nous allons nous installer sur l'île du Titicaca, là-bas nous trouverons la paix et personne ne détruira notre bonheur, ni les Pizarro ni Manco…

Elle se raidit, détourne brièvement les yeux dans l'ombre. Puis un drôle de rire fait vibrer sa gorge, comme un sanglot. Sans un mot, elle agrippe le visage de Gabriel, l'embrasse longuement jusqu'à ce que le désir revienne. Elle s'offre à lui cette fois avec plus de lenteur, comme si elle pouvait abolir toutes les réalités du monde visible et devenir un lac de promesses.

*

La nuit s'éternise mais après la nuit viendra l'aube à la crête des collines.

La nuit ne finira jamais mais la nuit finira bientôt.

Ils sont allongés côte à côte, joue contre joue, nus et parfaits.

— Je dois rester près de Manco, dit finalement Anamaya.

— Non !

Le cri a jailli de sa bouche et elle l'étouffe d'une main douce.

— Gabriel, nous allons faire la guerre. Nous *devons* faire la guerre, sinon il ne restera bientôt rien des Fils du Soleil.

Gabriel ne la regarde pas. Elle dit encore :

— Tu ne peux pas rester ici, près de moi, car Villa Oma voudra te tuer.

Gabriel hoche la tête, avec une ironie cruelle qui lui fait monter les larmes aux yeux.

— Je viens vers toi plein d'amour et tu me chasses ! J'ai fait tout ce chemin, ce si long chemin et tu me chasses ! Je te dis ces mots qui sont le plus profond de moi et ils ne signifient rien pour toi. Tu me parles de ta guerre, et tu réponds à la folie des miens par la folie des tiens…

Elle hésite. Tire sa cape noire et lui en recouvre les épaules.

— Tu es le puma, tu es l'unique homme qui peut me toucher en ce Monde comme dans l'Autre.

— Mais tu m'aimeras mieux si je pars dans l'Autre !

— Je t'en supplie, arrête !

Gabriel est pris d'un tremblement qu'il ne contrôle pas, ses mouvements sont ceux d'un enfant inconsolable. Elle veut le prendre contre elle mais il la repousse avec colère. Quand elle le laisse, il lui prend le cou et le griffe, le serre, le caresse… Puis il la repousse avec brutalité, comme s'il avait besoin de cette violence pour se défaire des paroles qui lui brûlent la poitrine.

— Vous ne pouvez pas gagner cette guerre ! Vous êtes faibles et votre monde est en train de s'achever. Notre conquête est injuste : je le sais. Elle est accompagnée d'horreurs qui me font honte : je le sais aussi.

Mais vous perdrez comme vous avez perdu à Cajamarca et ailleurs… Ne le comprends-tu pas ?

— Nous devons mener cette guerre car les Montagnes et nos Ancêtres ont besoin de nous pour ne pas être emportés par le néant. Et moi, je dois être auprès de Manco quand il combattra car c'est ma place.

Gabriel se lève avec un grondement de rage. Il va repousser la tenture qui pend sur l'ouverture de l'entrepôt. Le froid le fait trembler.

— Alors, nous allons devoir nous battre l'un contre l'autre.

— Tu n'y es pas obligé, murmure-t-elle.

— Si ta place est près de Manco et non près de moi, répond Gabriel avec une soudaine douceur, c'est que je suis un « Étranger » comme les autres. Donc, ma place à moi est parmi les Étrangers.

Ils s'observent un long moment, transis, chacun guettant l'espoir dans le regard de l'autre.

— Je dois faire cette guerre, murmure enfin Anamaya, la voix durcie. Je le dois ! Sinon, ce n'était pas la peine que l'Unique Seigneur Huayna Capac me prenne la main.

Un calme étrange s'empare de Gabriel, toute sa colère se retire de lui comme la mer à son heure.

— Je le comprends, dit-il avec une douceur extrême. Je ne sais pas ce que cela veut dire mais je le comprends jusqu'au plus profond de moi, et je l'accepte.

Cette douceur ébranle Anamaya plus que les cris, plus que les paroles de révolte. À cet instant, il est vraiment le *puma,* celui qu'elle attendait. À cet instant où ils se séparent, ils sont proches autant que deux êtres qui n'étaient qu'un dans le lac des origines et se retrouvent après avoir traversé les mers de vagues et d'étoiles.

— J'espère, dit-il, j'espère contre la raison et contre cette guerre… C'est juste qu'il est difficile, si difficile…

Sa voix se casse et il doit se racler la gorge pour reprendre :

— … si difficile de se séparer de toi après avoir fait tout ce chemin pour te trouver…

— Je t'aime.

Gabriel hoche la tête, le regard brouillé par les larmes. Il s'approche d'elle, et c'est lui qui cette fois lui saisit le visage pour lui baiser longuement la bouche.

Plus tard, aux heures sombres, dans le fracas des batailles, au milieu du sifflement des pierres et des flèches, quand il perdra jusqu'au sens de la vie, il gardera contre la solitude et le désespoir la douceur de ses lèvres quand elle a dit ces mots — la certitude sans logique que derrière la fin, une fois de plus, il y avait une autre naissance.

# GLOSSAIRE

*Acllahuasi*, résidence des Femmes Choisies (*acllas*).

*Anaco*, longue tunique droite des femmes descendant jusqu'aux chevilles.

*Apu*, mot quechua signifiant « Seigneur » ; il désigne en général des sommets montagneux qui sont autant de divinités protectrices.

*Ayllos*, arme de jet : trois lanières de cuir lestées chacune d'une pierre. Lancées, elles s'enroulent autour des pattes des animaux.

*Balsa*, radeau de bois du même nom.

*Borla* (espagnol) ou *mascapaicha* (quechua). Avec le *llautu* et les plumes de *curiguingue*, cette sorte de frange de laine qui tombe sur le front forme la coiffe emblématique du Sapa Inca.

*Cancha*, patio. Par extension, l'ensemble des trois ou quatre bâtiments qui l'encadrent et forment l'unité d'habitation.

*Chaco*, gigantesque chasse à la battue.

*Chaquiras*, petites perles de coquillage rose (*mullu*) assemblées en collier ou tissées pour des vêtements cérémoniels.

*Chaski*, coureurs chargés de transmettre les messages par un système de relais.

*Chicha*, boisson cérémonielle, bière fermentée, le plus souvent à base de maïs.

*Chuño*, pommes de terre qui ont subi un processus naturel de déshydratation pour pouvoir être conservées plusieurs mois.

*Chuspa*, petit sac tissé avec des motifs symboliques religieux qui contient les feuilles de coca.

*Collcas*, bâtiments d'une seule pièce de forme circulaire ou rectangulaire destinés à la conservation des aliments, tissages, armes ou autres objets de prestige.

*Coya*, titre donné à l'épouse légitime de l'Inca.

*Cumbi*, tissage de très haute qualité, la plupart du temps en laine de vigogne.

*Curaca*, souverain local ou chef de communauté.

*Curiguingue*, petit falconidé dont les plumes noir et blanc ornaient la coiffe du Sapa Inca.

*Gacha*, soupe ou bouillie à base de céréale ou de féculent, base de l'alimentation médiévale.

*Hatunruna*, signifie paysan en quechua.

*Huaca*, mot qui signifie « sacré ». Par extension, tout sanctuaire ou résidence d'une divinité.

*Huara*, caleçon. Le jeune garçon le recevait lors du rite d'initiation appelé *huarachiku*.

*Ichu*, herbe sauvage d'altitude, dont la paille sert notamment à recouvrir les toits.

*Inti Raymi*, l'une des cérémonies majeures du calendrier rituel inca, à l'occasion du solstice d'hiver.

*Kallanka*, bâtiment allongé, doté d'ouvertures qui donnent en général sur la place d'un centre administratif.

*Kapak*, chef.

*Llautu*, longue tresse de laines de couleur qui entoure plusieurs fois le crâne pour former une coiffe.

*Manta*, mot espagnol qui désigne une couverture, mais également la cape que portaient hommes (*llacolla*) et femmes (*lliclla*).

*Mascapaicha*, voir *borla*.

*Mullus*, coquillages de la côte Pacifique de couleur rouge ou rosée ; à l'état naturel ou travaillé, son usage est intimement lié aux rituels religieux.

*Pachacuti*, grand bouleversement annonçant le début d'une nouvelle ère.

*Panaca*, lignage. Descendance d'un souverain inca.

*Plateros*, mot espagnol qui désigne les métallurgistes spécialisés dans les métaux précieux.

*Quinua* : céréale andine très riche en protéines.

*Quipu*, ensemble de cordelettes comportant des nœuds de couleur qui servait de support mnémotechnique à des inventaires.

*Sapa Inca*, littéralement : Unique Seigneur. Titre du souverain inca.

*Tambo*, sorte de relais placé à intervalles réguliers sur les routes de l'Empire où le voyageur pouvait obtenir le gîte, le couvert, voire des vêtements, aux frais de l'État.

*Tiana*, petit banc, symbole du pouvoir, dont l'usage est exclusivement réservé à l'Inca ou aux *Curacas*.

*Tocacho*, arbre de cinq à huit mètres de haut qui résiste bien au froid.

*Tocapu*, motif géométrique à signification symbolique qui orne les tissages incas.

*Tumi*, couteau cérémoniel dont la lame de bronze est perpendiculaire au manche.

*Tupu*, longue aiguille en or, argent, bronze ou cuivre dont la tête est travaillée et qui permet de fermer la cape ou la *manta*.

*Unku*, tunique sans manches portée par les hommes, qui s'arrête aux genoux.

*Ushnu*, petite pyramide située sur la place d'une agglomération inca, réservée au pouvoir.

*Viscacha*, rongeur de la famille des marmottes, doté d'une queue semblable à celle de l'écureuil, qui vit dans les éboulis de rochers.

*Imprimé en France sur Presse Offset par*

BRODARD & TAUPIN

GROUPE CPI

12445 – La Flèche (Sarthe), le 12-04-2002
Dépôt légal : avril 2002

POCKET – 12, avenue d'Italie - 75627 Paris cedex 13
Tél. : 01.44.16.05.00

Antoine Audouard, Jean-Daniel Baltassat et Bertrand Houette se sont réunis sous le nom de Antoine B. Daniel pour écrire *Inca*.

## Jean-Daniel Baltassat

Phtotographe pour des revues d'art, réalisateur de publicités audiovisuelles, puis enseignant de cinéma, Jean-Daniel Baltassat vit aujourd'hui de ses travaux d'écriture : romans, traductions, essais et scénarios de film.

## Antoine Audouard

Antoine Audouard a publié quatre romans. Après des années dans l'édition, il se consacre désormais, pour l'essentiel, à l'écriture.

## Bertrand Houette

Passionné de la civilisation inca, docteur en ethnologie, Bertrand Houette collabore aujourd'hui avec différents journaux et télévisions, et passe cinq mois par an en Amérique du Sud pour continuer ses recherches archéologiques.